VUURTOREN

Venero Armanno

VUURTOREN

SIRENE

Oorspronkelijke titel *Firehead*
Oorspronkelijke uitgave Random House Australia

Omslagontwerp Studio Eric Wondergem BNO
Foto voorzijde omslag Henry Talbot, met toestemming van Byron Mapp Gallery
Foto achterzijde omslag Adam Knott
Zetwerk Stand By, Nieuwegein
Druk Bercker, Kevelaer
Uitgave januari 2004

Uitgeverij Sirene is een onderdeel van Uitgeverij Maarten Muntinga bv
www.sirene.nl

ISBN 90 5831 274 7
NUR 302

Voor mijn familie

INHOUD

LIEFDE: 1975

BLOED: 1985

LIEFDE: 1975

LEKKERE BORST

Ze gaf zoentjes in ruil voor karamellen; haar lippen waren een lange lik drop waard en strelen kostte mandarijntjes en tuttifrutti. Je kon haar in een donker kartonnen hutje lokken of in de modderige spinragwereld onder je huis als je haar zoetigheid te bieden had. Andere kinderen kwamen met geschaafde knieën en barsten in hun smerige blote voetzolen voorbij rennen zonder iets te zien en jij mocht met haar in een muf stil hoekje zitten waartegen je honderd keer was gewaarschuwd en waar je duizend keer heen was gegaan. Je kon haar een Valencia-sinaasappel geven en terwijl ze die pelde en het sap langs haar kin liep, stond ze je toe haar knie te betasten om wat je veertienjarige fantasie daar ook maar verwachtte aan te treffen; en als ze in een goede bui was en haar chaotische gezinsleven die middag of avond goed was, mocht je een arm om haar heen slaan en kon je de kruidige citrussmaak van haar mond en haar stevige roze tong likken en terwijl je dat deed wist je zeker dat jij en zij geen van beiden nogmaals veertien zouden worden en dat het leven nooit meer zo eenvoudig zou zijn.

Niet zo dat je zulke dromen kon betalen met fruit en snoep.

Ze betrad ons hoekje van de hemel in juni van het jaar 1975, op een vrijdag de dertiende, de ongeluksdag. Het eerste dat ze over de zwarte schutting tegen me zei, in een tongval die even ruig was als haar haar: 'En, wat is er tot nu toe misgegaan?' En ik keek op van mijn jongensverzameling van botjes en moordwapens en tanden van dode honden en zei: Nog niks, en zij zei: Fout, en ontblootte scherpe tanden die net zo wit en klein waren als mijn hondentanden geel en lang. Toen het die nacht kiezelstenen hagelde en de bliksem de zware wolken tot leven wekte, besefte ik dat ze gelijk had. Ze had die krachtige tongval van de Middellandse Zee, maar ze sprak keurig schoolengels en ze was met haar familie helemaal uit dat smerige rotvlekje voor de laarspunt van Italië gekomen, Sicilië. Waar mijn familie oorspronkelijk vandaan kwam; met dit verschil dat mijn *papà* in de jaren vijftig hier in Australië met mijn moeder was getrouwd en ik in het door hun geadopteerde land was geboren, terwijl dit meisje en haar gezin nieuwelingen waren, een volledig buitenlandse familie die nog maar kortgeleden naar het zuidelijk halfrond, het eilandcontinent, was verhuisd. Naar Queensland en Brisbane, naar de buitenwijk New Farm en mijn grote dromerige straat, Merthyr Road, hoekje van de welig groene Abbott Street. Naar het buurhuis. We zouden naast elkaar wonen in het stedelijke loofbos waar krekels en sprinkhanen hun hese liederen zongen en mussen en spreeuwen duikvluchten op onze hoofden uitvoerden als we in de achtertuinen speelden; hoe zou je zo'n jeugd ooit kunnen vergeten? Vanaf het eerste begin wist ik dat ze een blijvertje was; dat wil zeggen dat al vertrok ze naar Babylon, trouwde ze met een sultan wiens haar ze sneeuwwit zou toveren en wiens trieste overbelaste zenuwen ze aan het schokken en sidderen zou brengen, haar scherpe tandjes en woeste rode haardos en sproetenpatroon zouden mijn wereld nooit meer verlaten.

Voor het geval ik het niet begrepen mocht hebben, klom ze over onze schutting, banjerde door de venkelstruikjes van mijn moeder en gaf een glimlach ten beste die verontschuldigend moest zijn, maar eigenlijk een al kattenkwaad uitstraalde. Ze zei: 'Steek je arm uit', en dat deed ik en met een dikke watervaste stift die ze uit haar achterzak haalde, waarin ze ook pennen en opgevouwen vellen papier bewaarde vol merkwaardige notities en eindeloze kringels, schreef ze met knalrode letters Gabriella op mijn arm. 'Steek nu jouw arm uit' – en daar gaf ze graag gehoor aan –, en op de zachte, blanke huid aan de binnenkant van haar onderarm schreef ik de drie letters van mijn naam: Sam.

Ze schudde haar hoofd en stak haar andere onderarm naar me uit voor een volgende poging. In precies hetzelfde boerse, onuitstaanbaar Siciliaanse dialect dat mijn ouders thuis spraken of schreeuwden, zei ze: 'Sam? Wat is dat nou voor naam, Sam? Waar wij vandaan komen is het Salvatore en soms veranderen we hem zelfs in Turiddu en jij bent een van beide. Begrepen?'

Ik begreep het en probeerde het daarom nogmaals.

In lange halen schreef ik op die warme maagdenhuid mijn naam voluit: Salvatore, en ze wilde niet dat het kriebelde, maar het kriebelde natuurlijk waanzinnig, dus moest ik haar pols vasthouden om haar onderarm recht te houden en omdat ik zag dat ze bloosde om iets wat ik nog nooit bij een meisje had gedaan, schreef ik er voorzichtig ook mijn lange achternaam bij, en daar zat ze dan in de verwoeste venkelstruiken van mijn moeder donkerrood te blozen, met mijn naam, Salvatore Capistrano, op haar arm en het leek mij dat zij er bovendien erg tevreden over was.

Ja, ze kreeg die uitdagende blik in haar ogen die ik zo goed zou leren kennen.

'*Va bene*', zei ze, 'ben jij ook klaar voor de volle laag?' En zonder op antwoord te wachten pakte ze die onuitwisbare stift en zwaaide ermee als met een wapen, en hoewel ik niet bloosde smolt er iets diep in mijn binnenste, langzaam, sloom, onvermijdelijk.

Tegenstellingen.

Ze zag er zo Iers uit als regen op een zonovergoten dag en zo Engels als groene weilanden vol wilde bloemen, en ze heette

Gabriella Maria Santuzza Zazò. Haar moeder heette Belpasso Agata, als je je naam op die malle formele Italiaanse omkeermanier zei, en dan was er nog haar vader Raffaele en haar broer Michele – of Michael zoals we in het Engels zeggen – en haar enige nog levende grootouder woonde ook bij hen, een zwaar seniele *nonno* van moeders kant. Zijn naam: Belpasso Enrico of voor ons: signor Enrico Belpasso. Zijn achternaam betekende letterlijk 'mooi pad' of 'fraaie stap' en misschien was dat wel wat hij deed, fraaie langzame stapjes nemen naar de hemel, want ik kon me niet voorstellen dat hij naar iets anders op weg was.

En dat was dus de familie die naast ons kwam wonen. Gabriella noemde de namen van de plaatsen waar ze vandaan kwamen en hoewel ik de oude taal sprak en het oude Siciliaanse dialect beheerste, waren het wat mij betrof net oude stenen waarop je moest kauwen, maar die je nooit vermalen kreeg.

De dag nadat ze erin waren getrokken, vroeg Gabriella me om karamellen en wisten we onze weg te vinden naar het stof en het koele duister onder mijn huis, waar een vergeten schommel hing waarvan het touw zo versleten was dat je op je achterste zou belanden als je hem probeerde, en waar roestige kapotte soldaatjes en eenogige teddyberen met sjofele huiden zich als overleden voorouders hadden verzameld om hun familieleden op Italiaans Allerzielen presentjes te brengen. We gingen naast elkaar zitten en ik ontdekte wat er met loven en bieden te verkrijgen viel en wat voor geen prijs werd verhandeld. Een week later vertelde Shane Calder van drie straten verderop dat ze hem voor drie overrijpe pruimen zijn hand in de pijp van haar wijde sportbroekje had laten steken en hem met het wilde haardosje daar had laten spelen en vanwege die smerige leugen sloeg ik hem neer.

Toen besefte iedereen dat ik me in de nesten had gewerkt.

Gabriella's papà sprak de nieuwe taal nog niet, maar haar moeder wel, opgeleid door haar eigenste dochter die haar voordat ze ten slotte emigreerden, anderhalf jaar lang Engelse woorden en zinnetjes had geleerd. Ik vond Gabriella's moeder aardig omdat ze mij aardig vond en omdat er altijd iets op haar vierpitsfornuis stond te pruttelen. Op een dag kwamen we uitgedroogd de keuken van mamma Zazò binnen en zei ze zodra ze Gabriella's droge mond zag: 'Foei, schattie, heb jij wel genoeg gedrinkt?' Ze zocht in de koelkast, haalde een fles sinas tevoorschijn, pakte een glas van het aanrecht en schonk haar dochter een glas in. Daarna keek mamma Zazò naar mij, pakte nog een glas en hield het pak er verwachtingsvol boven.

'En jij dan, schattie?' vroeg ze. 'Moet jij ook lekkere borst?'

Ze woonden amper een week in dat buurhuis, ik was pas voor de tweede keer bij hen binnen, en nu al was ik mamma Zazò's schattie.

Als Gabriella glimlachte leken de sproeten op haar neus tot leven te komen. Zo blank als haar huid was, zo olijfkleurig was die van haar moeder en nu Gabriella zich omdraaide zag ik alle sproeten welhaast smeken of iemand ze wilde tellen. Ze dronk haar glas leeg en zette een blik op die me meedeelde dat de tijd dat ik me met botjes en moordwapens en hondentanden bezighield grotendeels voorbij was.

'Ma vroeg je wat, Salvatore.' Ze sloeg haar armen over elkaar, mooi en klein en roodharig. 'Salvatore. Moet jij ook lekkere borst?'

HET GEVAL VAN DE VERMISTE KRANTEN

Mijn moeder noemde me ook wel eens zo, maar alleen als ik mezelf in de nesten had gewerkt en nu brulde ze het door het huis alsof de tapijten in brand stonden.

'Salvatore! Waar zit je? Naar de voordeur! Snel!'

Ik bleef op de slaapverdieping rondlummelen omdat ma er niet voor terugschrok om me een pets voor mijn kop te geven of een draai om mijn oren als ze dat nodig vond. Mijn papà gaf me er niet van langs, hoewel hij als hij kwaad werd angstaanjagender was dan alle Wolfmannen of Graaf Yorga's uit de griezelfilms die we zaterdagsavonds op tv zagen. Ik vroeg me af voor welke van mijn vele mogelijke en waarschijnlijke overtredingen – of overtredingen van mijn zus waarvan ze mij de schuld gaf – ik gestraft zou gaan worden. Zo was Luisa. Drie jaar ouder dan ik en ze bespeelde me als een piano. Ze kon trouwens ook heel aardig met een echte piano overweg, hoewel ze vaak in plaats van naar les te gaan rondhing met Bob, haar stiekeme vriendje. Ma zou haar hebben vermoord als ze had geweten dat er een vriendje in het spel was, vooral een of andere Bob die leefde voor de rugbywedstrijden in het weekend en die de verstandelijke vermogens bezat van een rugbyweekend-Bob. Ik noemde hem Bobo en nog recht in zijn gezicht ook. Toen hij er op een dag genoeg van kreeg, wou hij me een knal verkopen, maar hoewel hij brede schouders heeft, heeft hij trage benen en ik ben snel, gewoon snel, dus stond hij ten slotte te bulderen als de mongool die hij is. De pianolerares, door Luisa Hondenbeen genoemd omdat ze zo verrekte mager en uitgedroogd was, heette mevrouw Dorrington. Soms was ze zo ver in sprookjesland afgedwaald dat ze niet merkte wie er wel of niet op de lessen verscheen, maar er waren ook genoeg dagen waarop ze scherp was als een scheermes en de gebreken in Luisa's spel wist aan te wijzen als foute penseelstreken op een valse Rembrandt. Luisa was te braaf of te stom of te geil om zich er wat van aan te trekken. Ze nam de gok en was tot nu toe nog niet gepakt en dat betekende waarschijnlijk dat Bob haar wel had gepakt. Maar misschien zou Hondenbeen haar sowieso niet hebben verlinkt. Luisa vertelde me dat ze een keer wat arpeggio's speelde en mevrouw Hondenbeen zich afwendde met een donkere vlek op haar lichtblauwe jurk, die stonk naar kattenpis die beslist niet van een kat afkomstig was, en toen Luisa dat opmerkte smeekte het oude incontinente dametje haar het niemand te vertellen omdat ze bang was voor wat wij Italianen het Casa di Riposo noemen – het rusthuis. Zodoende had Luisa een geheim pact waarop ze kon vertrouwen, mocht de nood aan de man komen.

Zover kwam het niet. Bob brak zijn rug door een rugbyscrum met halve mutanten, werd voor reparatie en herstel naar de Goudkust gestuurd en kwam domweg nooit meer terug. Luisa was maandenlang stilletjes en haar pianospel werd aanmerkelijk beter; ze was waarschijnlijk de behendigste caissière die ooit de oude mechanische kassa van onze plaatselijke modezaak had aangeslagen.

Maar goed, nu viel de zomerzon binnen door de open voordeur van ons huis waarin ma tegenover meneer Harry stond van het buurtwinkeltje, die er mistroostig en gekweld uitzag. Toen hij me door de gang zag schuifelen, fleurde hij een beetje op en wreef over zijn snor alsof die jeukte.

'Die jongens moeten er weet van hebben,' zei hij tegen ma. Het winkeltje van meneer Harry was een straatje verderop, maar hij bracht nooit bestellingen rond. We kochten melk en brood en nog wat kleinigheidjes bij hem, maar we hadden geen idee hoe hij heette en of er een mevrouw Harry bestond, en al met al was het dus een hele verrassing dat hij hier was. Hij zei: 'Kom op, Sammy, wat is er aan de hand?'

'Wat is waar aan de hand?'

'Waar zijn mijn kranten, godverdomme?'

Ma zei: 'Meneer Harry, zo u spreekt niet tegen mijn zoon.'

Ik zei: 'Huh?'

'Elke ochtend tussen vier en vijf zet de bezorgingsdienst mijn pakken kranten voor de winkel. Honderd kranten, elke dag. Iemand gaat er met die pakken vandoor. Bijna elke dag.' Het leek of meneer Harry me van woede wilde aanvliegen en me net zolang door elkaar zou schudden tot ik hem vertelde wat hij wilde weten. 'Ze stelen mijn kranten de hele tijd! Waarom? Waar slaat dat op? Wat weet jij ervan?'

Als het al niet een van de mafste vergrijpen was waarvan ik ooit had gehoord, dan was het tenminste de onzinnigste.

'Ik heb niks gezien.'

'Luister Sammy, dit is godvergeten –'

'Meneer Harry,' onderbrak ma hem pardoes. 'Als hij zegt, hij niet weten, hij niet weten. Basta.'

Hij kon vertrekken, of hij nou liep te grommen of niet, want hij wist dat ma geen flauwekul duldde. Hij was per slot van rekening een Aussie en zij een Siciliaanse en haar zoon had gesproken. Wat haar betrof was het dus afgehandeld; ik haalde heus wel eens kattenkwaad uit, maar als ik zei dat ik onschuldig was, was ik onschuldig. Basta en finito.

Ik had wel medelijden met meneer Harry. Hij had zo'n rotbaan waarvoor je 's ochtends om vijf uur je bed uit moest en 's avonds om negen uur nog op je werk was, en nu moest hij nog eerder opstaan om een dief te vangen – of op zijn minst zijn pakken dagelijks nieuws te redden. Ik hoorde dat hij ermee begon al om vier uur 's ochtends naar zijn winkel te gaan en dat hij soms zijn kranten wist te redden; maar vaak waren de pakken al foetsie voordat híj er was. Met mijn vrienden besloot ik een keer op de loer te gaan liggen 's ochtends vroeg, maar geen van ons kon zichzelf er wanneer ook maar toe brengen om zo vroeg op te staan.

In de weken daarna raakte meneer Harry steeds verbitterder en de politie die hij belde kon het niet echt schelen, met name onze plaatselijke held, de jonge agent Pietro Pierucci niet. Al snel keek meneer Harry altijd slaperig en onvoldaan en soms noemden we hem Hangerige Harry. Ondertussen bleven gek genoeg de kranten verdwijnen. Er moest toch iemand uit de buurt weten wat er aan de hand was, maar niemand biechtte het Hangerige Harry op. Het ging van kwaad tot erger met hem. Hij schreeuwde naar ons als we te lang in zijn winkel waren zonder iets te kopen; hij kreeg last van slechte adem; zijn houding verslechterde, hij kreeg hangende schouders. Ik kon me niet voorstellen dat zoiets gerings iemand zo kon slopen.

Gabriella en ik verzonnen bizarre theorieën die moesten verklaren wat er aan de hand was. We verzonnen buitenaardse wezens, zombies van gene zijde die niet naar vlees hongerden maar naar actualiteiten, en een complot van een racistische politieke beweging die de Sicilianen van New Farm de gebeurtenissen in Australië en de hele wereld wilde onthouden om ze zodoende kansloos te maken in dit land.

Het was misschien niet het grootste mysterie ter wereld, maar wel het onze.

NET EEN SALAMI

Een paar weken nadat Gabriella en de haren naast ons waren komen wonen nodigden mijn ma en papà hen uit. Ze vonden dat we allemaal dikke vrienden moesten worden omdat we twee Siciliaanse gezinnen waren die deur aan deur woonden. Mijn papà was metselaar en Raffaele Zazò was stucadoor en eerst dacht mijn vader nog dat hij zijn landgenoot aan wat werk zou moeten helpen, maar wat hij niet wist was dat de Zazò's familie in heel de stad hadden wonen die hen al op alle mogelijke manieren hielpen bij het leven in Australië. Die familieleden hadden hen ook daarheen gehaald en zo'n fraai oud Queenslands huis voor ze gekocht en zodoende had Raffaele helemaal geen hulp nodig.

Toen de avond van de *visita* was aangebroken moest ik van ma een schoon wit overhemd aantrekken en maakte zij een fles donkere Cinzano open en legde ijsblokjes en citroenschijfjes en kleine flesjes tonic klaar. Ze had *ricotta cannoli* gemaakt, een van haar specialiteiten en bij Sala's Delicatessen, de winkel in Italiaanse etenswaren in Fortitude Valley, had ze *pasta di mandorla*-koekjes gekocht, die zacht en bitter en tegelijkertijd zoet zijn. Er waren ook andere koekjes die keihard zijn en waarbij de vullingen uit je kiezen springen als je erop bijt; die lekkernijen heten *Ossi dei Morti* – knekels. Papà was in een goed humeur omdat de week er voor hem opzat en hij vroeg thuis was, wat ik wist doordat zijn auto al in de garage stond toen ik thuiskwam en de badkamerspiegels nog beslagen waren en de deur naar de ouderslaapkamer op slot zat. Achter die deur werd gepraat en gelachen en als je stilletjes bleef staan luisteren kon je voelen hoe het huis op zijn houten palen schudde.

Als Gabriella's nonno Belpasso er niet bij was geweest, zou het vast een leuke avond zijn geworden en waren we nadien allemaal dikke vrienden geweest; maar hij was een jaar of tachtig en helaas in zijn hoofd zo week als een zachtgekookt ei en alles waar hij aan dacht, flapte hij er zeer luid uit, ook al was het nog zo beledigend of ongepast. Hij begreep het verschil tussen gisteren en morgen niet meer en volgens mij had hij ook problemen met vandaag. Hij noemde Gabriella Fortunata, en zijn dochter Agata Marina en zijn schoonzoon en kostwinner was alleen maar tu. Hij werd reuze enthousiast bij het zien van Anna en Frida van ABBA, vooral als ze die satijnen pakjes met die lieve poesjes voorop aanhadden, en zodra hij Humphrey Bogart op tv zag, riep hij: '*Cumpari, vieni 'ca!* Hierheen, kameraad!' De zoon, de zeventienjarige Michael, was er die avond niet bij. Hij zat met zijn nieuwe vriendenclub achter die schriele meiden uit de buurt aan, maar daar was ik als enige van op de hoogte.

Gabriella vertelde me dat Il Presidente della Repubblica vijftig jaar na de Italiaanse overwinning in de Eerste Wereldoorlog Enrico Belpasso de titel had toegekend van Cavaliere dell'Ordine di Vittorio Veneto, en hem een handjevol medailles had gegeven omdat ze hem ergens in een of andere vergeten veldslag hadden opgeblazen. De oude baas was nauwelijks helder genoeg om te beseffen dat hij nu officieel oorlogsheld was. Het was te laat gekomen. Soms, zei ze, was hij volstrekt helder en kon hij verhalen vertellen en zich gebeurtenissen uit zijn leven herinneren, maar ik dacht dat ze maar wat romantisch liep te doen en het allemaal verzon. Ik zag nooit iets anders dan een glazige blik in zijn ogen die me deed denken aan staren naar de horizon op een bewolkte dag. De oude baas was zo rond als een groot wijnvat en hij had niet meer dan drie rotte tanden in zijn mond. Hij torende boven iedereen uit en was zo kaal als een watermeloen, met een deuk in de zijkant van zijn hoofd die werd geaccentueerd door de dikke, gruwelijk kronkelende lijn van een blootliggende ader op zijn slaap. Bovendien lachte hij als een hyena als hij iets grappig vond. Hij was bijzonder onaantrekkelijk. Desondanks scheen Gabriella haar nonno te verheerlijken; ze zorgde voor hem en samen leken ze een bizar stel, zij petieterig en met een roze huid vol sproeten, deze avond met haar rode haar in vlechten als een sexy variant van Pippi Langkous, en hij als een stokoude beer door het huis strompelend nadat hij zojuist door de bliksem was getroffen: de deuk van de inslag was nog zichtbaar.

Aan het begin van die visita bleef Gabriella bij hem, gaf hem een drankje en brak de koekjes in haar hand zodat hij erop kon zuigen en ze zonder veel te hoeven kauwen kon doorslikken, maar hij duwde haar voortdurend tegen haar schouder van zich af. Hij moet in een bijzonder slecht humeur hebben verkeerd, want ten slotte sloeg ze haar blik ten hemel, gaf het op en bleef net als alle anderen bij hem uit de buurt. Hij stond voor de televisie druk te gebaren en te mopperen, misschien omdat hij de weg niet wist in een vreemd huis. Zo nu en dan brulde hij in het Siciliaans iets als: 'De wijnranken staan droog!' en 'Wie van dat tuig in Rome zou schone handen kunnen hebben?' en 'Vuile hoer!' Het laatste opvallende aan hem was de houten paal voor in zijn broek die hij heen en weer bleef duwen, mogelijk voor het genot, maar waarschijnlijk alleen uit ongemak. De Zazò's waren hier kennelijk allang aan gewend, want ze zeiden zelden iets van zijn handelingen en mijn ma en papà deden hun uiterste best om dat broekgedoe van hem niet op te merken.

Luisa keek één keer naar hem en wilde er meteen vandoor. Ze probeerde het rijbewijs dat ze pas had gehaald te benutten, maar ma wierp haar die zijdelingse blik toe die betekende dat ze maar beter kon blijven zitten als ze geen narigheid wilde.

En zodoende was Luisa's aanwezigheid de andere aanleiding waardoor de zaak uit de hand liep.

Om te beginnen serveerde ma de mannen bier en de dames en mij limonade van Schweppes. De volwassenen hadden er ongeveer zeventien seconden voor nodig om te ontdekken dat ze niet alleen uit hetzelfde land en van hetzelfde eilandje kwamen, maar ook uit hetzelfde provincietje. Er vlogen namen in het rond als kogels uit een automatisch geweer, maar onze families wisten geen wederzijdse familieleden of vrienden te bedenken, wat merkwaardig leek. Het echte verschil was dat de Zazò's in de stad Catania hadden gewoond en mijn ma en papà waren opgegroeid in een dorpje van niks op het platteland. Dat betekende echter nog altijd dat we waarschijnlijk minder dan twintig kilometer bij elkaar vandaan hadden gewoond, dus naarmate iedereen begon te ontspannen en bier en limonade al snel werden vervangen door die donkere Cinzano en tonic – en iedereen oh en ah riep vanwege ma's cannoli – lieten ze het formele hoog-Italiaans dat vreemden onderling zo hooghartig bezigen achterwege en gingen over op het fijne ruwe dialect dat we allemaal zo goed kenden, Siciliaans. Ik ook. Mijn ouders dwongen Luisa en mij altijd om thuis de oude taal te spreken en dus spraken we dat bijna even vloeiend als Engels. Dat beviel de Zazò's zeer en Gabriella nog meer. Ze wierp me steeds zo'n vreemde blik toe die betekende dat we misschien stiekeme zoentjes hadden uitgewisseld en hadden zitten frunniken, maar dat onze eigen geheimtaal waardevoller was – en *vaffanculu* de rest van de Engelstalige wereld.

Toen de volwassenen na een poosje geanimeerd zaten te praten en Luisa verveeld veel Cinzano zat te drinken en Gabriella en ik de kriebels kregen, zei Gabriella: 'Salvatore, *posso vedere la tua stanza?*' Ze zei het op die toon van een actrice in een film vlak voordat ze haar bloes uittrekt om een zijden hemdje en een prachtig grote, stevige tweelingbobbel te onthullen.

Ma wierp me een blik toe. Dat toontje ontging haar niet, ondanks alle vrolijke en opgewonden gekwetter in de kamer. Maar ik deed wat Gabriella me vroeg en nam haar mee om mijn kamer te laten zien.

Ze bekeek de muren die volhingen met posters van vrouwelijke popsterren in vrouwelijke popsterposes en zei aarzelend, ditmaal in haar eigen Engels met zware tongval: 'En, ben jij al verlost van je maagdelijkheid?'

Gabriella ging op de rand van mijn bed zitten en frunnikte aan mijn Spidermandekbed. Ze droeg een spijkerbroek en een soort cowboyhemd met drukknoopjes en ze zag er zowel onschuldig als wellustig uit. Het leek alsof ze je met huid en haar zou kunnen verslinden en je daar nog van zou genieten ook. Ze was gewoon hartstikke sexy en ik had er die eerste paar weken na onze kennismaking met dat gezoen in het donker en die paar momenten samen in mijn slaapkamer voor nodig om te begrijpen dat het niet kwam door haar vlechten of haar kledingkeuze, zo was ze gewoon. Het gekke was, er brandde een soort vlammetje in haar en als ze dat doorgaf was je verloren en dankbaar tegelijkertijd, omdat je lichaam en geest gewoon oplaaiden.

In het Siciliaans, met zachte stem en van die keelklanken die ze voortbracht als ze ergens lang over had nagedacht, zei ze: 'Salvatore, je zou toch niet met iemand naar bed gaan als je niet verliefd was, of wel?'

Mijn voeten jeukten en de achterkant van mijn armen ook. Ik denk dat het kwam doordat ik besefte dat ze volledig anders was dan iedereen en alles die ik kende. Ze was geen verzinsel uit de brievenrubriek van de *Penthouse* en geen pin-up uit de *Playboy* en geen heupwiegende popster die haar lippen tuit naar de camera. Ze was een veertienjarig kind dat begon te blozen als je haar aanraakte en ze dacht na over het leven en was lief voor haar opa. En de rest intrigeerde me ook: een roodharig, groenogig meisje met een lichte huid uit een Siciliaans gezin; een kind met een zwaar Middellandse Zee-accent vol keelklanken dat er Iers uitzag en niet besefte wat voor hel de Australische scholen zouden vormen voor iemand als zij; een kind dat kusjes gaf in ruil voor snoep van nog geen twintig cent, maar met een sensualiteit waar je geen weet van zou hebben als ze besloot die niet met je te delen.

'Nou, je maagdelijkheid? Ik weet het nog steeds niet.'

Pochen is een kunst, de enige kunst die ik zou leren beheersen op het kwaadaardige schooltje van de Christelijke Broederschap dat ik bezocht.

'Geintje zeker?'

'Geintje zeker ja of geintje zeker nee?'

'Dat hele M-woord is oude koek. Dat was minstens twee jaar geleden.'

Normaal gesproken keek ze net zo dwars door het gepoch van jongens heen als door een etalageruit, maar ik was geroerd toen haar wenkbrauw toch iets van spanning vertoonde. Ik was geroerd toen ze toch een zweempje tiener-goedgelovigheid toonde.

'Nou,' zei ze, 'ik wil iets bewaren, iets wat niemand ooit van me zal krijgen.'

'Je ma zal blij zijn met zo'n braaf kind dat zich beheerst tot ze gaat trouwen.'

'Wie gaat er hier trouwen?'

'Jij, vroeg of laat. Ik niet.'

'Jij gaat niet trouwen? Dan ben je de eerste.' Om een of andere reden was ze boos geworden en schakelde ze over op snel vurend Siciliaans. 'Flikker op, ik ben degene die niet gaat trouwen, reken daar maar op.' Ze vervolgde rustig: 'Ik zal er echt niet aan beginnen.'

'Waarom niet?'

'Ik zou niet kunnen kiezen met welke sekse ik zou willen trouwen.'

'Je zoent met mannetjes.'

'Ik hou van aanraken. Ik vind het prettig. Lippen en huid en dat je samen gaat hijgen. Lekkere borst, je weet wel.' Ze glimlachte, maar dat paste niet bij hoe ze klonk. 'Ach, weet ik veel.' Gabriella begon haar vlechten los te maken en het leek of ze zich speciaal voor mij helemaal ging uitkleden. Ik werd bang. Ook al had ik met haar liggen frunniken en graaien en chocolaatjes en karamellen en citrusvruchten van haar tong gezoend op al die donkere plekjes die we als kinderen wisten te bedenken, nu was ik oprecht bang. Omdat dit iets anders was, iets nieuws. Ik kon het nieuwe woord dat door Gabriella Zazò op mijn pad kwam ternauwernood bevatten.

Dat woord: intimiteit.

En nog eentje: medeplichtigheid.

Voeg ze samen en wat kan er anders uitkomen dan liefde?

Ik ging op de rand van het bed zitten en legde mijn hand op een van de pijpen van Gabriella's spijkerbroek en zij zei: 'Doe dat nou niet. Ik wil echt een eerlijk antwoord en je hoeft niet zo bijdehand te doen. Ik wil dat je het zegt. Ben je maagd of niet?'

Vanaf nu waren leugens dingen die je tegenover anderen gebruikte en niet tegenover haar.

Dat speelse glimlachje op haar lippen werd echt. De twijfel verdampte. Ik was blij dat ik haar tevreden had gesteld. Ze zei, opnieuw in het Siciliaans: '*Sono contenta*' en ik wist niet of ze tevreden was door de informatie die ik verschafte of doordat ik me schikte. Ze zei: 'Ik geloof dat ik je nu veel leuker vind, Salvatore Capistrano,' en bracht haar verhitte roze gezicht naar het mijne en zoende me op de lippen.

Als ze zo dicht bij me was werd ik nog meer gefixeerd door die zeegroene ogen en hoe ze rook, dan door die lippen. Ze rook fris, als wind van zee die over de rollende en schuimende golven heen naar je toe komt waaien. Alles aan haar was domweg – anders.

Gabriella zuchtte diep. Ze zuchtte zwaarder dan ze was.

'Dat is voor het eerst dat ik je kus zonder dat je me iets geeft.'

Toen kwam ma binnen, nadat ze exact zeven minuten privacy voor ons had afgepast. Bij ons thuis bestond er niet zoiets als kloppen voor je binnenkwam en ma's instincten waren daar bovendien te verfijnd voor. Ze was zoals ze bij natuurdocumentaires op tv zeggen dat wolvinnen zijn, en volgens haar radar dartelde een van haar welpen te dicht bij de afgrond.

Maar geen enkele radar had haar kunnen vertellen dat het al te laat was.

'We krijgen *torta*,' zei ma liefjes. 'Komen jullie?'

Gabriella wierp haar benen in de lucht als de Pippi Langkous die ze niet was en zei: '*Torta, signora. Bellissima!*'

Uit een van de andere kamers klonk een kreet.

Er werd geschreeuwd – geen vrolijk geschreeuw van Siciliaanse camaraderie maar het ongelukkige geschreeuw van Siciliaanse moord.

Met een bepaald voorgevoel, alsof ze het had zien aankomen, riep Gabriella: 'Nonno!' en was nog voor mijn moeder en mij mijn slaapkamertje uit.

Wat mijn moeder en ik in de heksenketel aantroffen was het volgende: mijn papà die woest als een everzwijn de oude Enrico de woonkamer uit knokte; Raffaele die volslagen tevergeefs mijn vader bij zijn schouders uit de buurt van zijn schoonvader probeerde te rukken en daarom maar een flinke pluk haar greep; en Luisa die beduusd, verward, verbijsterd – weet ik het – op de bank zat.

Het ergste van dit alles vond ik hoe Gabriella erbij stond.

Het leek alsof iemand haar heel hard in haar gezicht had geslagen. Ze keek alsof er iemand met laarzen op haar tenen had gestampt. Ze bleef op één plek staan schreeuwen. In eerste instantie luisterde niemand. Ze had haar vuisten gebald, haar knokkels waren wit en haar gezicht was rood aangelopen en werd nog roder, haar lichaam was gespannen als een hoogspanningskabel. Ze schreeuwde dat iedereen haar nonno met rust moest laten, ze schreeuwde steeds harder en harder totdat alle glazen op tafel en alle ramen in het huis op breken moeten hebben gestaan. Daarna stortte ze zich als een menselijke torpedo op de drie worstelende mannen. Haar vuisten maaiden in het rond en het geluid dat uit haar keeltje opwelde was dat van een stervende natie.

In eerste instantie leek haar ma Agata alleen maar murw geslagen, daarna kwam ze bij zinnen, greep haar kind en probeerde haar hoofd diep in haar zware boezem te duwen; het was bedoeld als troost, maar het leek meer op verstikking.

Gabriella schopte en sloeg haar om los te komen.

Raffaele liet mijn papà los; mijn papà liet opa Enrico gaan; opa Enrico krabde wat afwezig aan de geopende voorkant van zijn broek.

Gabriella worstelde nog om niet te stikken in het rijke gemoed van haar moeder, en haar vader richtte woedend zijn geschreeuw tegen haar. Hij beschuldigde haar en ik neem aan dat hij haar tot zwijgen trachtte te krijgen.

'*Testa di fuoco!*' gilde Raffaele Zazò als een waanzinnige. '*Testa di fuoco!*'

Wat letterlijk Vuurtoren! Vuurtoren! betekent en toen besefte ik meteen dat deze man haar vader niet was, absoluut niet.

De rest doet er niet toe.

Veel later, in de nasleep, toen het gevloek van mijn papà afgelopen was en mijn moeder trillend de puinhoop van het mislukte feestje opruimde en we allemaal hadden geholpen met afwassen, afdrogen en de avond uitwissen alsof hij nooit had plaatsgevonden, sloop ik de kamer van mijn zus binnen. Het was twee uur 's nachts en Luisa lag in haar roze met witte bed naar het plafond te staren. Eindelijk zag ik kans haar te vragen wat er was gebeurd.

'Die stomme ouwe vent ging naar het toilet en toen hij terugkwam stond zijn broek nog open en stak dat ding eruit, het was net een salami en keihard en paars – paars! – en hij liep recht op me af – ik zat op de bank – en hij duwde dat ding in mijn gezicht en zei "*Mangia, signorina, mangia!* Eet, juffie, eet!"'

'Was je bang?'

Luisa tilde haar hoofd van haar kussen en staarde strak naar mijn silhouet.

'Bang? Wat viel er bang te zijn? Het was een salami. Ik was hooguit bang dat hij me ermee op mijn hoofd zou slaan.'

Vanaf toen was de familie Zazò bij mij thuis taboe.

Soms zonden Gabriella en ik elkaar 's avonds zaklampboodschappen van donkere slaapkamer naar donkere slaapkamer. Hé, hoe gaat het? Mis je me? Kom je straks naar me toe in het park, bij de rozenstruiken?

We hadden inderdaad een geheime taal, in licht en geluid, in rozenstruiken met late zonsondergangen en parken die roken naar avondregen en vers gemaaide gazonnen, en ook in zoenen uiteraard – zoete, onnozele kusjes die nergens toe leidden, voor altijd en eeuwig.

CURSUS MISDAAD EN STRAF 101

Tony Solero zei: 'Goed, ik weet wat het moet worden.'

'Ja? Wat?'

'Een zilveren aansteker.'

'Willen ze dat?'

'Dat is alles.'

Bedrog is een kwestie van eenvoudige woorden en nog eenvoudiger verlangens; en al hield ik van Gabriella's kusjes en strelingen, dat gold voor allerlei andere jongens uit de buurt ook. Soms had ik door haar incomplete genoegens na ons samenzijn dezelfde pijn te verduren als ik in mijn borst en benen voelde na een zware bosloop. Ik was haar vriendje niet, absoluut niet, maar soms ging mijn fantasie met me aan de haal en dacht ik dat ik, voordat ik net als haar nonno tachtig zou worden, op een dag met Gabriella zou trouwen – en alle stomme dingen zou vergeten die ik had gezegd over nooit in het huwelijksbootje stappen. Bij Gabriella zou er trouwens geen sprake van stappen zijn. Ik zou als Fred Astaire met haar dat bootje in walsen.

Maar de waarheid betreffende het hier en nu van ons hoekje van de hemel was dat zij was getrouwd met het idee dat ze maagd zou blijven en ik haar zo snel mogelijk van die waarheid probeerde te scheiden. Want ondanks al haar hitsige gekreun en gesteun en ondanks haar zoete lipjes en de geheimen die we deelden en waar we samen om lachten, wilde ze zo ver niet gaan. Dat was de stap die ze niet wilde zetten en ik was benieuwd wat haar ervan weerhield.

Dus overwoog ik heel serieus wat Tony me vertelde.

We dwaalden langs de achterkant van de warenhuizen van Fortitude Valley, precies de plekken die door school tot verboden terrein waren verklaard. Het was algemeen bekend dat de jeugd daar vocht, rookte en rondhing. Een keer vroeg in de middag verraste een potloodventer daar een groep meiden van Allerheiligen in sportrokjes, die in de buurt van de laadperrons van de K-mart sigaretjes stonden te roken. Hij liet zijn pik zien en daar gooiden ze eerst hun peuken naartoe en vervolgens doken ze in hun tasjes en bekogelden hem met zaken als roombroodjes en tampons. Hij zal zich de sulligste potloodventer aller tijden hebben gevoeld.

Tony en ik droegen de afschuwelijke grijze vilten petten van ons schooluniform van de Christelijke Broederschap, met dat lint erom waar de kastanjebruin met gouden schoolbadge op zat; hoge omgeslagen sokken in diezelfde kleuren; donkergroene, slonzige toon-die-knietjes-maar-korte-broeken en lichtblauwe katoenen overhemden met korte mouwen die te vaak gewassen en niet meer zo blauw waren. En je boordenknoopje moest gesloten zijn en de schooldas strak in een Windsorknoop of je zat minstens van vier tot zes bij die oude pater Reeves of de jonge pater Pierucci, de stille en godvrezende broer van Pietro Pierucci, onze plaatselijke beschermengel. Het leek wel of de schooloudsten wilden dat de jongens er zo stom en lelijk mogelijk bij liepen, alsof het iets vormends was; maar wij zaten op een pure jongensschool en de school ernaast was de pure meisjesschool Allerzielen en er was al sprake van clandestiene afspraakjes à deux. Als je amourette ontdekt werd, kreeg je zes stokslagen op je handpalmen en een maand nablijven. Wat voor straf de meiden van de nonnen kregen heb ik nooit geweten. Het zat me niet lekker dat Gabriella daar volgend jaar, als haar Australische schoolloopbaan begon, terecht zou komen. Vooralsnog zat ze hele dagen bij de familie thuis. Joost mag weten wat ze er deed, want vriendinnen had ze niet en de jongens die ze kende zaten allemaal op school. Ze zat waarschijnlijk dag in dag uit op die stomme papiertjes van haar te schrijven of wandelde met die ouwe baas, dromend van het jaar erop als ze net zo zou zijn als wij allemaal.

Nu was het woensdag, sportdag, de dag waarop je het gemakkelijkst onopgemerkt je snor kon drukken, en Tony en ik wisten er zo ongeveer om de vier weken vandoor te gaan. Zonder dat we het hadden afgesproken liepen we al aan de achterkant van de grote K-mart, de ontmoetingsplek voor onhandelbare leerlingen. We verstopten onze tassen. Tony had een paar Marlboro's en lucifers, dus rookten we en bespraken we de voor- en nadelen van zijn plan.

'Ik geloof niet dat dat gaat lukken,' zei ik ten slotte.

'Tuurlijk wel. Die komen wel.'

'Die meiden? Maar we hebben maar één aansteker. Dat drijft ze uit elkaar, snappie?'

Tony dacht erover na en knikte. 'Dus moeten we zorgen voor een tweede aansteker.'

'Zilveren en misschien een pakje Peter Stuyvesant.'

'Geen Virginia. Ze zeiden dat ze van menthol houden.'

'Wat is het verschil? Een pakje Alpine.'

'Roken op de plee,' zei Tony. 'Dat is het verschil.' Hij drukte zijn peuk uit. 'Hebbie geld?'

'Nuh.'

Hij tuitte zijn lippen en bracht het geluid voort van een natte pasta-met-favabonen-scheet. Hij had een vlot, knap gezicht en het soort sluik haar waar de meiden over een jaar of vijf dol op zouden zijn. Voorlopig was de enige vrouw die hij gek wist te krijgen echter zijn ma, die maar niet begreep waarom haar allerliefste Tony altijd de slechtste van de klas was. Het zag ernaar uit dat de jonge Tony Solero een schitterende toekomst in het handwerk stond te wachten, maar als iemand hem dat dreigende feit voorhield, glimlachte hij alleen maar alsof hij grotere plannen koesterde.

'Als we worden gepakt, Sam...' zei hij.

'Kan mij dat schelen.'

Tony snoof en spuugde een fluim uit. 'Incognito?'

Dus propten we onze schoolpetten, dassen en badges in onze tassen en verstopten die achter een vuilniscontainer. We rolden onze sokken op om de kleuren aan het zicht te onttrekken; Tony maakte mijn haar in de war en ik het zijne. Nu konden we van elke school afkomstig zijn, en – als je maar een glimp zag en niet goed oplette – zelfs van een openbare school, wat men het beste kon denken omdat men dacht dat alle misdadigers ter wereld van openbare scholen afkomstig waren en beslist niet van godvrezende. We gingen door de achterdeur de K-mart in en al snel stond Tony een verkoopster af te leiden terwijl ik met mijn handen op en onder de glazen toonbank zat en mezelf van twee fraaie zilveren gasaanstekers voorzag. Tony vertelde haar de waar gebeurde geschiedenis van zijn vader die door het roken kanker had gekregen en van zijn moeder die elke nacht lag te huilen, en vroeg haar hoe ze het voor zichzelf in vredesnaam kon goedpraten dat ze zulke vuiligheid verkocht; en de verkoopster luisterde, luisterde echt en vertelde vervolgens haar kant van het verhaal, dus deed ik ook nog een greep naar een pakje Alpine en twee flesjes aanstekervloeistof.

Begeerte was het ware kwaad, niet de edele kunst van het roken en dus deed ik er te lang over en draaide de verkoopster zich om en renden Tony en ik als wolven de winkel door en de middagzon in en bleven we door allerlei straatjes rennen tot een plek waar niemand ons kon vinden. Onze schooltassen bleven achter. Die zouden we laat in de middag wel ophalen, als de kust veilig was.

Als wij toen wolven waren, waren Andrea en Amelia Farmer de lammetjes.

Met een beetje bedrog kom je een heel eind en het speet me dat we met hen bij de rozenstruiken in New Farm Park hadden afgesproken. Dat was de plek waar ik anders met Gabriella afsprak, maar na één blik op hun plooirokjes van Sint Rita en hun lange blanke halzen en lange, lange benen vergat ik haar en alles wat we ooit hadden gehad onmiddellijk. Alle jongens noemden Sint Rita Sint Tieten en de zusjes Farmer kwamen hun belofte na; Andrea stak met haar nieuwe aansteker een Alpine op terwijl Amelia Tony meenam naar de inmiddels donkere oever van de rivier. Ze schonk hem verlossing en vervolgens nam Andrea mij mee naar diezelfde plek terwijl Amelia en Tony onder een flessenbaobab gingen zitten roken en niets tegen elkaar wisten te zeggen.

Andrea Farmers adem rook naar mentholsigaretten en de varkensworstjes met knoflook die haar moeder de avond ervoor in olie had gebraden, en toen ze op de rivieroever ging liggen en haar rokje opwipte en haar gele onderbroekje omlaag trok, functioneerde bij mij vanbinnen niets meer normaal.

Haar huid rook naar goedkope parfum en restjes trefbalzweet en ik moest voortdurend denken aan de keren dat ik met Gabriella op een bankje in het park zat en dat, als ik haar dan dicht tegen me aan trok en onder de juiste hoek keek, het dan net was of haar loshangende haar in brand stond. Andrea Farmer rukte en trok wat met haar handen aan me en zei toen: 'Ach, dat gebeurt wel eens. Ik zal het tegen niemand zeggen,' en trok haar onderbroek op en sloeg haar rokje weer omlaag. Ze stond op en klopte de grassprietjes van haar rug. Even keek ik naar de weerspiegeling van de nieuwe maan op het wateroppervlak en naar de manier waarop de rimpelingen en golfjes die door een voorbijglijdende pont werden veroorzaakt dat licht verstrooiden tot glinsterend zilver. Wie zong dat oude liedje 'Moon River' ook alweer oorspronkelijk en was dat niet het lievelingsnummer geweest van Bobby Kennedy? Gebruikten ze dat niet altijd als achtergrondmuziek bij documentaires over die moordaanslag op hem? Andrea liep voor me uit de wallenkant op en toen ze de flessenbaobab en het groepje andere dikke bomen bereikte, zei ze zonder een spoortje ironie 'missie volbracht'. Ze probeerde haar nieuwe aansteker op de volgende Alpine uit en in het licht van het vlammetje zag ik Tony's ontevreden gezicht en dat was voor ons het teken om ervandoor te gaan.

De grap was dat we geen van beiden veel praats hadden en geen van ons liep naar behoren te pochen. Liepen Tony en ik elkaar om het hardst te belazeren? Niemand die die vraag beantwoordde. Zou het niet wrang zijn als hij nog maagd was en ik ook en we het geen van beiden durfden toe te geven? En vervolgens waren we rond halfnegen 's avonds weer bij de achterkant van de K-mart en waren onze schooltassen niet meer waar we ze verwacht hadden en zelfs helemaal nergens, en alsof ze nog niet klein genoeg waren, krompen onze pikkies nu als tuinslakken die bij het minste beetje dreiging van buiten de neiging hebben zich te verbergen.

De volgende dag nam pater Pierucci van school ons apart en fluisterde ons vriendelijk in dat we er rekening mee moesten houden dat we zijn politiebroer snel zouden ontmoeten want die had onze tassen gevonden. Tony en ik hadden nog geluk dat Pietro Pierucci mijn moeder kende uit zijn jeugd in Sicilië; iedereen vermoedde dat hij tegenover haar nog steeds de aantrekkingskracht voelde van een jongeman voor een oudere vrouw. Op bruiloften nodigde agent Pierucci ma nog steeds voor minstens één dansje uit, op een heel hoffelijke, beleefde manier, maar nooit zonder een vriendelijke glimlach en een knikje en een paar woordjes naar mijn papà, die het uiteraard prima vond.

Het punt is, het Italiaanse Pietro betekent Peter, maar bovendien betekent pietro rots en dat was precies wat de jongeman in die tijd voor de Siciliaanse families was, de rots die wat hun betrof de stevige fundering vormde van de Australische wetshandhaving.

Dus hadden we geluk omdat Peter ons niet rapporteerde, zoals hij zou moeten doen; maar dat was dan ook alle geluk. De volgende avond bracht hij onze tassen bij ons thuis en legde heel zorgvuldig en omstandig aan twee stel lam geschrokken ouders uit dat hij de tuchtiging door twee Siciliaanse families meer dan voldoende straf achtte voor twee bijzonder domme jongens. Hij zei dat de schade moest worden vergoed en niet uit ma's huishoudportemonnee of papà's portefeuille, maar met zweet – ouderwets eerlijk puberzweet. Peter zei dat hij, zelfs al wist de K-mart waar het geld vandaan kwam of waarom, het wilde zien voor het werd overhandigd en hoe eerder hoe liever. Hij besloot zijn betoog met de opmerking aan beide ouderparen dat als hun jongens zilveren aanstekers stalen ze ongetwijfeld rookten en hij verwachtte dat de ouders ook aan die smerigheid een einde zouden maken. Dat viel bij mij thuis heel verkeerd, want roken was bijna nog erger dan stelen, maar ik besefte dat het bij de familie Solero, met die jarenlange strijd tegen kanker, veel, veel harder zou aankomen.

Bij zijn vertrek draaide Peter zich om en keek me strak aan. Het was half woede en half liefde en het viel me op dat moment meer dan ooit tevoren op dat het exact dezelfde manier was waarop hij ons stuk voor stuk aankeek in die dromerige tijden in New Farm.

Peter Pierucci wist wat hij deed; het was bijna middernacht toen ik eindelijk naar mijn kamer kon sluipen en de deur achter me kon sluiten. Noch mijn ma noch mijn papà had me geslagen, maar er waren even grote poelen tranen op mijn gezicht opgedroogd als op dat van mijn ma. Mijn handpalmen waren nog klam van het zweet en mijn oren gonsden nog en ik had bovendien het gevoel dat ik door het vuur en een muur van onweer en oorverdovend kabaal was gelopen, en mijn hele lijf trilde nog na. Na de berispingen die meteen volgden, kreeg ik te horen dat ik vanaf dan hele zaterdagen en halve zondagen met mijn vader mee uit werken moest en bovendien de hele aanstaande schoolvakantie, en ik besefte dat dat de zwaarste straf zou zijn. Iedereen zou in de heldere branding of op het strand liggen; iedereen zou zijn hete verkering verkoeling schenken met milkshakes en middernachtelijke autoritjes. Iedereen zou de tiener uithangen en ik zou me in de moordende Brisbanese zon afbeulen met mijn oude heer, die hard werken zo ongeveer het lekkerste vond dat er bestond.

Het licht ging uit en alleen in bed hoopte ik me snel aan het donker over te kunnen geven; ik hoopte dat ik van Gabriella zou dromen omdat ik me nu niet meer kon voorstellen dat ik voldoende tijd bij elkaar zou weten te sprokkelen om haar te kunnen omhelzen en zoenen en me in haar lichaam naar haar blanke ziel te kunnen boren, ook al was ik daartoe voorbestemd.

Maar door het gebons in mijn lijf kon ik niet slapen en ik schopte het dunne katoenen lakentje waar ik onder lag van me af alsof het een lijkwade was. Het was geen warme nacht, maar ik had het heet en er stonden wel honderd mensen in mijn kamer naar me te kijken en opeens hoorde ik gekrabbel buiten mijn raam alsof er een kat of een opossum uit ma's moestuintje naar de ijzeren dakgoot probeerde te klauteren en ik staarde recht het donker in, klaarwakker en angstig, en ik zag maar één silhouet en dat zat voor het raam en ik besefte dat zij het was.

Gabriella klom geluidloos als een professionele inbreker het raamkozijn binnen. Ik kwam overeind en zou uit bed stappen, maar zij kwam naar me toe en ging liggen en trok me tegen zich aan. Het was het gevaarlijkste wat we konden doen met mijn ouders in hun huidige staat twee kamers verderop en haar eigen ouders in het volgende huis. Maar we werden beschermd door een lange gang en een tussenliggende badkamer en de kamer van mijn zus bevond zich aan de andere kant van het huis. Als we stil genoeg waren was deze nachtwereld van ons.

'Wat kom je hier doen?'

Ik moest pal in haar oor praten. Het was net alsof ik Gabriella beademde, mijn gefluister ging haar lijfje binnen en drong regelrecht door tot haar ziel, die ik riep, tot leven bracht, opwekte en toen ze me antwoord wilde geven, draaide ze mijn hoofd met haar kleine handjes en ademde op haar beurt in mijn oor. Haar adem was warm, kwam diep vanbinnen, zwoel, en bracht warme geluidjes voort. Het was net een spelletje dat geen spelletje was omdat ik me erdoor gesterkt voelde en volwassener en opgewondener dan ik ooit in die ongemakkelijke en schimmelrijke plekken – waar we elkaar anders zoentjes gaven – had kunnen worden.

'Wat denk je? Ik kon je toch niet alleen laten na alles wat ik heb gehoord. Ik dacht dat ze je zouden vermoorden.'

'Ik ook.'

'Waar sloeg al dat geschreeuw op? Wat heb je misdaan? Wat heb je bij K-mart gestolen?'

Ik vertelde het en Gabriella trok aan mijn arm en fluisterde: 'Waarom? Waarom heb je zoiets stoms gedaan?' En toen vertelde ik haar ook over de zusjes Farmer.

Ze werd stil. We lagen in dat kleine bedje in elkaars armen, iets dat we nog nooit in wat voor bed dan ook hadden gedaan. Ik vond het stoer en bijdehand van haar om als Spidergirl bij mij naar binnen te klimmen. Daar had ze vast lang over nagedacht, over hoe je zoiets doet en of je het durft, tijdenlang.

Even leek het of ze afkerig van me zou worden om wat ik haar had verteld, maar opeens werd haar greep steviger. Ze duwde mijn schouders omhoog. Gabriella duwde haar lichaam iets onder het mijne en vervolgens deed ik wat ze van me verlangde en ging boven op haar liggen, en dat was nog iets dat we nog nooit hadden gedaan.

'Jij hebt geprobeerd je maagdelijkheid kwijt te raken aan Andrea Farmer? De zus van Amelia? Die hoer? Die met die lelijke kop en die paardenpoten? Je hebt haar willen kopen met een aansteker?'

Gabriella huilde zo dat je het niet kon horen, maar haar tranen brandden op mijn gezicht als olijfolie uit een braadpan.

In het Siciliaans zei ze: 'Waarom, Salvatore? Ik begrijp het niet. Waarom?' Maar ik vermoed dat ze het wel begreep.

Gabriella kuste de zijkanten van mijn gezicht en de zachte delen van mijn hals en voor het eerst begreep ik hoe sterk verdriet kan zijn. Als ik mijn Gabriella wilde neuken en haar haar bedenkingen tegen seks wilde laten vergeten, dan was dit de uitgelezen kans; en ze maakte alles los wat er aan haar kleren los viel te maken en voor het eerst proefde ik haar tepels, en vanwege dat verdriet van haar en vanwege die verdomde hete tranen zoende ik haar hard en zoog haar lippen naar binnen en haar tong, maar belemmerde haar om datgene uit te doen wat ze ook nog uit moest doen.

Ik ging op mijn zij liggen en zij legde haar warme hoofd tegen mijn schouder en zo bleven we liggen en drong ze door tot mijn dromen en ik misschien tot de hare, maar in de ochtendschemering klauterde Gabriella mijn raam weer uit en het laatste dat ik zag was de zon in haar rode haar en vanbinnen schreeuwde ik om haar, schreeuwde ik zo dat ik er bang van werd. Het leek iets als: Gabriella, blijf bij me, wat er ook gebeurt, zorg dat je bij me blijft, ik zweer je dat ik nooit meer van je zal verlangen dan dat.

ENRICO BELPASSO'S LANGE, LANGE WEG NAAR DE HEMEL

Tot het einde van dat schooljaar en zelfs nog iets langer, bleef ik op het rechte pad.

Ik haalde geen streken meer uit, rookte geen enkele sigaret meer, werkte met mijn papà in de bloedhete zon en klaagde niet als de vliegen als bloed over mijn gezicht liepen. Er kwam geen vloek over mijn lippen als mijn spieren op knappen stonden. Mijn enige doel was om zo snel mogelijk het geld voor K-mart terug te verdienen en het aan agent Pierucci te geven.

Dat deed ik, en Tony ook.

We trokken zoveel mogelijk samen op, hoewel ze bij ons beiden thuis de ander als slechte vriend zagen, en ik zag Gabriella ook nauwelijks. Het bleef bij een toevallige ontmoeting voor een zoen en een aaitje; ik hoorde van iemand dat er een iets oudere Poolse knul was met wie ze veel omging, maar ik wist toen nooit of ik dat wel moest geloven. Als ik haar ernaar vroeg, kreeg ik geen antwoord en soms ging ze apart zitten, haalde haar pennen en papiertjes tevoorschijn en begon te schrijven, waardoor ik weinig anders kon doen dan haar met rust laten.

De Zazò's en Capistrano's verachtten elkaar trouwens toch nog en gek genoeg dreef dat ons tweeën ook echt uiteen. Ze kwam zelden bij ons over de drempel en hoewel ik vaak naar haar huis ging, werd ik nooit meer hartelijk verwelkomd door mamma Zazò. Ik was zo graag haar domme schattie gebleven. Ik miste het echt.

Onze zaklampboodschappen, die van mij aan Gabriella en van Gabriella aan mij, werden soms niet beantwoord. Ik nam met een gevoel van naderend onheil deel aan de overgangsexamens en toen brak de zomervakantie aan. Ik stond elke doordeweekse dag trouw om vijf uur op en zat braaf om kwart voor zes 's morgens naast mijn oude heer in zijn truck op weg naar onze volgende klus in de hel. Hij had een onbuigzaam idee van straffen en hij verwachtte van mij dat ik het rechte pad waarop ik me nu bevond tot mijn honderdste zou doorlopen. Hij gaf me de zaterdagmiddagen en zondagen vrij om te herstellen van de kinderarbeid, maar het bleek altijd onvoldoende om de pijn uit mijn rug, nek en benen te verdrijven, of om mijn vrienden op te zoeken en een uitstapje te plannen naar de blauwe branding van de noord- of zuidkust. Ik kreeg verhalen te horen over drankfestijnen, van een wilde week waarin een tiental jonge cumpari zijn maagdelijkheid verloor in het zand van de winderige stranden nabij Surfers Paradise, en over nachtenlang gedans op de muziek van nieuwe rock-'n-rollbands. Ik stond overal buiten en na een poosje was ik zo moe dat het me niet meer kon schelen.

Als ik 's nachts krachteloos en terneergeslagen in bed lag, hoopte of droomde ik er soms van dat Gabriella weer door mijn raam naar binnen zou kruipen, maar dat gebeurde niet. We hadden geleerd hoe we elkaar het echte SOS-signaal konden sturen, wat ik soms deed en waar ik dan weer mee ophield omdat er niks terug werd geseind. In plaats daarvan hoorde ik soms diep in de nacht, als ik zo bespottelijk klaarwakker was als je van lichamelijke uitputting kunt raken, een eenzaam geloei bij de buren. Het klonk alsof er een olifant door de buurt dwaalde, maar ik wist wat het was: er lag een oude man te dromen.

Gabriella's nonno, ooit tot Cavaliere geslagen door de president van de Italiaanse Republiek voor zijn rol in de oorlog, werd er niet beter op, en ik was benieuwd wat zijn kleindochter daarvan vond.

Ik werd vijftien en Tony Solero wilde opnieuw een van de zusjes Farmer voor me kopen, ditmaal bij wijze van cadeautje. Hij scheen het te begrijpen toen ik hem zei dat ik geen belangstelling had en hij scheen het niet erg te vinden, maar op een of andere manier belandden we op de zaterdagavond van mijn verjaardag weer allemaal in New Farm Park en bovendien op precies dezelfde plek als bij die vorige consternatie. Ik kwam te weten dat Amelia Farmer Tony had laten weten dat ze dol was op het leger, vooral de luchtmacht, en dat ze ooit met een vliegenier zou trouwen en in een F-111 op huwelijksreis zou gaan. Voordat zijn belangstelling voor meisjes zijn paarse kop opstak, had Tony uren – en urenlang modelvliegtuigjes in elkaar geplakt en voor zijn mooiste schaalmodel van een F-111 was Amelia Farmer nogmaals bereid. Eerlijk gezegd was Tony van plan geweest haar voor mij te kopen, maar toen ik zijn cadeautje niet hoefde, trakteerde hij zichzelf en dat vond ik best.

De zusjes Farmer vormden een duo en daarom was ik er opnieuw bij; zo eenvoudig was het en dat vond Gabriella iets te eenvoudig.

Tony en Amelia bevonden zich aan de waterkant en ik zat met mijn mond vol tanden bij Andrea. De bomen om ons heen waren duistere gestalten, en opeens bewoog er eentje en kwam onze kant op. Gabriella doemde uit het duister van New Farm Park op met haar beer van een grootvader in haar kielzog. Andrea, die met haar benen over elkaar op het gras zo'n sigaret rookte die even eucalyptusfris ruiken als toiletreiniger, zei op een toon alsof ze bekend was met ellende en oplichters op aarde en dit tweetal de moeite van de opwinding niet waard was: 'Wie hebben we hier?'

Gabriella bescheen ons met haar zaklamp.

'Bang in het donker?' vroeg Andrea. 'Als je dat ding nog een keer op me richt, douw ik hem in je reet.'

Gabriella zei tegen mij: *'Buon compleanno,'* en vervolgde in het Siciliaans: 'Ik dacht dat je ouders een feestje voor je zouden organiseren?'

'Ik heb het verbruid. We hebben alleen taart gehad na het eten.'

Andrea zei: 'Wat lult die knoflookmuts nou?' en verveeld en geërgerd door een saaie, loze avond stond ze op en banjerde naar de waterkant onder het roepen van 'Ahmee-lia! Ahmee-lia!'

Ik kwam overeind en zag dat die hersendode opa dwars door me heen keek. Gabriella hield hem bij de hand en ik besefte dat ze een frisse avondwandeling hadden gemaakt. Zo was het in 1975 nog in New Farm Park, je kon door de boomrijke lanen dwalen en zelfs langs de glinsterende rivier wandelen om naar de veerponten te kijken, zonder dat je bang hoefde te zijn dat een of andere klojo een mes in je rug zou steken of je voor de gein een dreun kwam verkopen. Het rare was dat Enrico me maar bleef aanstaren; zijn mond stond een beetje open, je kon zijn drie tanden zien en zijn blik stond wazig en toch ook scherp, alsof hij ergens naar keek dat verder niemand kon zien. Ik hoopte dat ik nooit zo oud en lelijk zou worden dat een veertienjarige me als een hond zou moeten uitlaten en misschien zelfs mijn pik moest vasthouden als ik moest pissen.

Ik had Gabriella al weken niet meer gesproken en ik vond het fijn om haar weer te zien, al had ik meteen door wat ze dacht dat ik aan het doen was. En wat dan nog? Wat deed die Poolse gozer met haar? En hoe zat dat met die anderen over wie ik steeds hoorde?

We deden stug tegen elkaar en hielden het bij Siciliaans:

'Waarom staart hij me aan?'

'Ik heb hem verteld wat Tony en jij hier met die zusjes deden.'

'Ik niet. Tony wel.'

Gabriella zei: 'We gaan weg.'

Wat mij betrof was mijn verjaardag afgelopen en kon Tony wel voor zichzelf zorgen. Ik zei: 'Ik ga met je mee,' en langzaam liepen we weg, want die grote Siciliaanse beer kon niet zo hard. Het was meer klossen dan lopen, maar in de stille laantjes van het park en de milde avondlucht die de benauwdheid van de dag had verdreven was het best te verdragen. Gabriella's haar hing los en zodra we onder een lantaarnpaal door liepen of er een auto met zijn lichten aan langsreed, zag ik dat haar wangen roze waren. Dat betekende dat ze het leuk vond om me te zien, ook al was ze boos.

'Ik had een leuk verjaardagscadeautje voor je bedacht.'

'Ik wist niet eens dat je wist dat het vandaag was.'

'Natuurlijk weet ik dat. Ik ben bij je thuis geweest. Je ma zei dat je uit was.'

'Jij bent bij mij thuis geweest?'

'Ik dacht wel dat je in het park zou zijn. Ik heb nonno meegenomen om je te zoeken. Nu zul je nooit weten wat het cadeautje was.'

'Kom op. Wat?'

'Misschien een volgende keer.'

We liepen nog een eindje door en ik zag drie jongens die ik wel kende als een soort schim van een rugbyfront aan komen lopen, en ik groette hen en ze staarden ons aan alsof we orang-oetans of zoiets waren vanwege de taal die we spraken.

En toen ze ver genoeg waren, riep er eentje: 'Kloterige pizzavreters,' en een ander drensde: 'Flikker op naar knoflookland,' en Gabriella schreeuwde zomaar terug: 'Tuig,' en ik voelde iets op mijn schouders drukken dat ik nog nooit eerder had gevoeld. Gabriella en ik wisselden een blik uit en meer dan dat was er niet voor nodig om opnieuw samen het middelpunt van de wereld te vormen.

Je kon goed merken dat ze flink gekwetst raakte door de dagelijkse beledigingen van die jongens. Ons soort mensen zou het eigenlijk gewend moeten zijn, maar het ging je niet in je koude kleren zitten, vooral niet als het je het gevoel gaf dat iedereen een lekker warm plekkie had en jij zelf ook, maar als er ook maar dát fout ging, zou jij er als eerste uit vliegen. Geen wonder dat de zoontjes van immigranten met wie ik omging zich als volmaakte Australiërs opstelden. Als je er in die tijd, in 1975, niet in slaagde dat spaghettivretersimago van je af te schudden, stonk je uit je straatje, was je een slome en een papkindje en was je automatisch het slachtoffer van kloppartijen en werd je buitengesloten. Als je dat etiket zat was, deed je een moord om te mogen cricketen en knokte je voor een plek in het rugbyteam en was je zelfs bereid al je gelijken voor spaghettivreters of knoflooklullen uit te maken om maar te bewijzen dat je zelf niet bij die beroerde migrantenclub hoorde. Ik was er trots op dat Tony en ik dat spelletje niet meespeelden; we hoefden er geen woorden aan vuil te maken om te beseffen dat wij elkaar trouw zouden blijven ongeacht wat de rest deed.

Zo zat het voor ons, voor jongens; ik had er nooit zozeer bij stilgestaan hoe het op een meisje zou overkomen.

Gabriella liet het rusten. Ze bracht het gebeurde niet meer ter sprake en dus was het niet gebeurd. In plaats daarvan begon ze opnieuw over de zaken die ons en verder niemand betroffen, en zei: 'Verlaag je niet nogmaals met de zusjes Farmer, Salvatore.' Ze keek me strak aan. Haar nonno leek te knikken, alsof hij het ermee eens was, maar volgens mij verbeeldde ik me dat. Ze zei: 'Weet je, ik vind het vernederend.'

'Ik heb die stomme zusjes Farmer geen van beiden ooit aangeraakt. Hoe zit dat met die Robert Slome-leip-ski?'

'Slomilovski. Dacht je dat dat wat voorstelde? Ik wil je vasthouden, Salvatore, ik wil je je verjaardagscadeau geven, maar ik kan je amper aankijken. Die Farmertrutten zijn zo walgelijk.'

Ik keek naar de oude baas die stond uit te kijken over straat en zei toen zachtjes: 'Wat wilde je me geven?' en betoverend traag en behendig haalde Gabriella – zag je het Salvatore, of niet – de rug van haar hand tussen haar borsten door naar de v van haar korte broek en het leek net of een witte vogel haar met zijn vleugels had gestreeld.

'Salvatore, ik heb je zoveel te vertellen. Ik moet je zoveel laten zien. Je moet me leren kennen. Dat is het. Je moet alles van me weten, want anders is het het allemaal niet waard en zo zit het.'

Ik kwam dichterbij en nonno Enrico Belpasso, of hij nou malende was of niet, rochelde luidkeels en spuugde in de bosjes. Als dat geen waarschuwing was om bij zijn kleindochter uit de buurt te blijven, dan wist ik niet wat het wel was.

'Ik heb je al verteld dat ik niks heb met Andrea Farmer of die lelijke zus van haar.' Maar ik stak toch mijn handen in mijn zakken omdat ik die van haar zeker niet mocht vastpakken, niet zolang die oude kerel er als een wild beest bij stond te loeren.

Gabriella zei: 'Het is verjaardagentijd.'

'Ja, jij bent ook bijna jarig.' Dat klopte, het was bijna kerst en zij had me ooit verteld dat ze kort na kerst jarig was. Voor haar was nieuwjaar altijd echt een nieuw jaar.

'Nee, nonno's verjaardag komt eerst.'

'*Va bene.*' Alsof het mij wat kon schelen. 'Hoe oud wordt ie?'

Ze keek naar hem op. Gabriella was zo klein dat het leek of ze niet boven zijn uitstulpende buik uitkwam. 'Op de eerste december wordt hij eenentachtig.'

'*Gesù.* Eenentachtig.'

Gabriella wierp me een glimlach toe die de straat had kunnen verlichten en van de maan een lucifer had kunnen maken die je zo kon uitblazen.

‘Salvatore, hoe gaat het met sparen?’

‘Pfoe, prima. Ik werk zo hard dat ik bijna miljonair ben. Ik heb de K-mart terugbetaald en daardoor valt Pietro Pierucci me niet langer lastig. Nu is de rest voor mij.’ Voor de toekomst – het favoriete Engelse woord van mijn ma en papà. Toekomst. Ik werd al beroerd als ik het hoorde. Toekomst, toekomst, toekomst. Doe dus maar geen moeite om nu te leven, beul jezelf maar af.

‘Kun je eraan komen?’

‘Het geld? Het staat niet vast of zo.’

‘Kan ik er wat van krijgen?’

‘Ja.’

‘Wil je weten waarvoor?’

‘Nee.’

Gabriella glimlachte nu bepaald niet meer. Ze zei, in volle ernst: ‘Ik loop al een tijd ergens over na te denken. Vanavond ben ik weer wat verder gekomen. Ik heb het geld nodig voor het verjaardagscadeautje voor nonno.’

‘Koop maar wat je wilt. Hoezo ben je vanavond verder gekomen?’

‘Nou, door dat van jouw vriend Tony en de zusjes Farmer.’

Ik bleef stilstaan en begreep niet goed waar Gabriella naartoe wilde. Ik zei: ‘Tony en de zusjes Farmer?’

Gabriella slaakte een diepe zucht. Ze ging in het Siciliaans verder. Het scheen haar niet te deren dat de oude beer die ze bij zich had kon horen wat ze zei.

‘*Nonno è vecchio.* Nonno is oud. Hij is eenzaam. Hij is soms zo ontzettend eenzaam, Salvatore. Sinds de dood van zijn vrouw is hij nooit meer gelukkig geweest. Toen ik klein was, was hij anders. Nu wordt hij eenentachtig, kun je je dat voorstellen? Ik vind dat hij iets heel bijzonders heeft verdiend. Hij verdient iets waar hij echt naar verlangt.’

‘En dat is?’

‘*Una donna* – een vrouw.’

'Een vrouw.' Toen viel het muntje: 'Jij wilt een van de zusjes Farmer voor hem kopen?'

'Nee, ik zit te denken aan een beroeps. Iemand die weet wat ze doet en die ervaring heeft met oudere heren. Iemand die niet bang is om hem aan te raken. Maar ze moet ook aardig zijn. Ik heb van die advertenties voor escortservices gezien. Ik wil een professionele callgirl voor hem regelen.'

'Hoe weet jij waar hij naar verlangt?'

Gabriella wierp me een ironische blik toe. 'Hij is een man, en hij is niet dood.'

'Weet je het zeker? Kijk hem nou. Hij heeft geen idee waar je het over hebt.'

'We praten veel met elkaar. Het is geen ezel, moet je weten.'

'Hij is hartstikke seniel! Het zou wreed zijn. Waarom laat je hem niet met rust?'

'Hem met rust laten? Snap je dan niet dat dat nou juist het probleem is? De hele wereld laat hem al met rust. Waar of niet, nonno? Nonno!' Haar nonno staarde naar de lichtgroene blaadjes aan een paar laaghangende takken en haalde gierend adem. Gabriella zei: 'We hebben zijn soort oude mannen en vrouwen leren wegstoppen waar we niet voor ze hoeven te zorgen. Vind je dat een goed idee? Salvatore, hij is net een tv die op de verkeerde zender staat afgesteld. Hij ziet alleen maar sneeuw en ruis, maar als je bereid bent er een beetje tijd in te steken krijg je soms beeld. Dan praat hij en praat hij en praat hij maar door, en hij voelt ook van alles, en hij weet precies wat er aan de hand is. Begreep je het maar. Hij voelt echt van alles.'

Haar lippen trilden een beetje. Zij voelde ook van alles – misschien was dat wat er echt aan de hand was. Gabriella sprak zo heftig dat ik aan de grond stond genageld. Ik wilde mijn armen om haar heen slaan en haar redden en ik had geen idee waarvan. Haar ogen straalden en toen viel er een glinsterend traantje op haar wang en sloeg Gabriella die zo ongeveer plat, alsof haar emoties zelfs een vorm van verraad waren.

'Oké. Oké. Wat zegt hij dan?' Ik keek naar Enrico Belpasso. Wat kon een man met een hoofd vol zaagsel nou helemaal te melden hebben?

Gabriella veegde snel met één hand in één oog en over de zijkant van haar gezicht. Ze had zichzelf weer onder controle. Door die veeg in één oog en die hand langs haar wang leek ze wel twintig jaar ouder.

'Wat zeggen andere mensen van zijn leeftijd? We praten over vroeger. Hij vertelt graag over zijn vrouw, maar dan wordt hij heel emotioneel. Waar of niet, nonno? Hij weet zich ieder kleinigheidje te herinneren. De eerste oorlog ook. Weet je nog dat ik heb verteld dat hij een held is? Hij is in een heel belangrijke veldslag opgeblazen. En andere keren praten we gewoon over onschuldige dingen, bijvoorbeeld hoe je goeie groente kweekt en hoe je aardbeien en vijgen groter kunt laten worden. En soms praat hij graag over vrijen.'

'Dit sta je dus allemaal te verzinnen.'

'En dat wil ik hem dus geven.'

Nonno ging uit zichzelf aan de wandel en dus liepen we weer. Nu pakte Gabriella me bij de arm en reageerde de grote beer helemaal niet. Duidde dat erop dat hij begreep waar we het over hadden? Hield dat in dat hij buiten zichzelf verkeerde door een of andere half begrepen verwachting? Nu Gabriella's lichaam, hoe klein ook, zo dichtbij was, voelde ik wat een hitte eraf sloeg. Ze was nat onder haar oksels en toen we langs de bomen buiten het park door de frisse avondlucht liepen, meende ik ook de hitte tussen haar benen te voelen. Ik raakte erdoor in de war; ik was dol van begeerte en wilde waanzinnig graag weten waardoor ze zo overstuur was. Ondanks Gabriella's verhaal en haar uiterlijke kalmte kon ik zien hoe geforceerd deze dingen waren. Het was net of ze met louter wilskracht een grote op springen staande geiser van bloed in toom trachtte te houden. Maar waarom? Waar kwam het vandaan? Waarom vertelde ze me er niks over?

Gabriella rilde, kroop dicht tegen me aan; ik was er een tijd lang bijna van overtuigd dat haar leven een soort weggestopte chaotische nachtmerrie was.

'Gabriella,' zei ik, 'gaat het goed allemaal?'

'Ja.' Haar stem klonk absoluut niet overtuigend. 'Krijg ik dat geld echt van je?'

'Dat heb ik je toch al beloofd?'

'Maar doe je het ook echt?'

'Als jij geld wilt, dan kun je geld krijgen. Je kunt krijgen wat je hebben wilt. Zeg gewoon wat je wilt en je krijgt het van me. Ik meen het, ik meen het echt, geloof je me nu?'

Gabriella wendde haar gezicht af. Ze liep het vast helemaal te overdenken, of misschien voegde ze alleen kleinigheidjes aan haar plan toe.

'Ik heb zelf ook wel wat spaargeld, maar voor een echte goeie vrouw heb ik meer nodig. En je zult me moeten helpen. Dat ook nog, Salvatore. Ik wil het niet alleen doen.'

'Dan zal ik je helpen.'

'Ik weet dat je in de narigheid hebt gezeten. Als we worden gesnapt, wordt het voor jou nog beroerder.'

'Ik zal je helpen.'

Gabriella perste zich tegen me aan. Ze keek naar me op en ik staarde in dat lieve gezichtje. Glanzend groene ogen. Wat was ik toch een sukkel. Er was geen nachtmerrie in te bekennen, ze herbergden geen onverklaarbare treurigheid; het enige dat er van slag was, was ikzelf, met mijn verlangen om te denken dat ik de enige was die haar ooit gelukkig kon maken. De flarden rozengeur die uit de borders in het enorme park achter ons kwamen waaien, vulden deze laatste restjes van mijn vijftiende verjaardag. Mijn humeur was verbeterd. Als ik Gabriella aankeek, dacht ik soms dat ik een van die jonge godinnen uit de Griekse mythologie zag wier taak het is om in het voorjaar wilde bloemen en rozenblaadjes te strooien.

'Dus. Voor de laatste keer. Wil je me helpen?'

Ze liet me mijn hand uit mijn zak halen en hield hem in de hare. Haar mond was een strakke vastbesloten streep.

'Nou, Salvatore?'

'Jezus, Gabriella,' zei ik in het Engels. 'Jezus. Ja.'

Gabriella draaide mijn handpalm naar boven, streelde met haar zachte huid lieftallig over mijn eeltknobbels en de havelo-ze bloedblaren die telkens weer open waren gebarsten. Ze streelde ze alsof ze haar pijn deden in plaats van mij.

Daarna pakte ze haar nonno bij de arm, waarvoor ze omhoog moest reiken, en met haar als een kind tussen ons in liepen wij als beschermers aan weerszijden, liepen we door de schemerige straten naar die onduidelijkheid die volgens onze Vuurtoren een beetje op het verleden van haar grootvader zou lijken.

Lief Dagboek: Gabriella's boek van vuur

Het is 1 december 1912 en op deze koude, kenmerkend winterse dag op Sicilië, met een ijzige wind die vanaf de Ionische Zee over de Riviera dei Ciclopi de platte vlakten op waait, waar de familie van baron Giorgio de scepter zwaait over ruwweg honderdvijftig hectare wijngaarden en citrusplantages, viert Enrico Belpasso de ochtend van zijn achttiende verjaardag door zich onder een enorme bloeiende vijgenboom te bedienen van de wonderbaarlijke berg van de rijpste vruchten die hij van de boom heeft geplukt. Wat zijn de jaargetijden dit jaar vreemd verlopen, denkt hij. Het is allemaal vlees noch vis geweest. Neem nou bijvoorbeeld deze vijgenboom die volop in bloei staat nu hij zo kaal zou moeten zijn als de beenderen van een oud ezelskadaver. Moet je zien hoe de winterse kou vandaag eindelijk heeft besloten de wereld in te trekken, terwijl het gisteren bij daglicht nog zalvend zacht was en de avonduren zo aangenaam als in juli. Als de wereld op zijn eind loopt, vindt hij – zoals velen al bereid zijn te geloven – dan konden dit wel eens de voortekenen zijn. Zomer in de winter, herfst in het voorjaar, zwaardvis en tonijn die op het verkeerde moment kuitschieten; en had er vorige week niet iemand verteld dat een geit een tweekoppig monster had gebaard?

Ach, wat kan het hem schelen, nu hij hier van die heerlijke vijgen heeft op zijn verjaardag terwijl hij er normaal niet één heeft. Misschien moeten de mensen dit soort dingen niet zien als voortekenen van de ondergang maar van een ophanden zijnde overvloed. Misschien is het niet het einde van de wereld dat wordt aangekondigd, maar de komst van welvaart; God weet dat het eiland dat wel kan gebruiken. Misschien nemen de mensen alles veel te serieus, besluit de jonge Enrico; maar hoe het ook zit, Enrico Belpasso houdt enorm van vijgen en dit idioot vrijgevige jaargetijde zal zeker niet worden verspild.

Als het aan hem ligt tenminste niet.

Tussen de zware takken door ziet hij de zuidelijke flank van de vulkaan, waarvan de piek door de plotselinge omslag naar de normale situatie van de late herfst bedekt is met sneeuw – maar tegelijkertijd heerst daarboven razende activiteit. Tegen de achtergrond van het heilige wit barsten fonteinen van vuur uit, die hoge vonkentorens de hemel in slingeren en als spectaculaire rode regenbuien neerstorten.

Dit gebeurt vanzelfsprekend dagelijks.

Het Siciliaanse plaatsje Riposto, het nabijgelegen Giarre en de hele omliggende streek staan bekend om hun stranden en hun vissers en boten, en het groeiende aantal markten langs de kust waar al het zeebanket te koop is. Zwaardvis, tonijn, sardines, octopus en pijlinktvis, dat is nog maar een deel van wat de vissers dagelijks uit hun netten halen; deze zee is onuitputtelijk. De omliggende landerijen zijn ook rijk, rijk genoeg om een vrijwel onbeperkte variatie te kunnen leveren. Als dit eiland er niet was zouden die idioten op het vasteland helemaal niks hebben, die idioten die deze bevolking de negers van Italië noemen. Sicilië is per slot van rekening – op dit ogenblik althans, voordat de binnenlandse handelsovereenkomsten hun corrumperende werking krijgen – de etensruif van Italië. Druiven, citroenen, perziken, maïs: noem iets dat uit een zaadje groeit en het wordt hier twee keer zo groot. Deze grond is woest, vruchtbaar, welig. Het eiland dankt haar aantrekkelijkheid evenzeer aan het heerlijke gematigde klimaat dat het heeft als aan de torenhoge Etna die het land bevloeit met lava en as – die eerst gruwelijke verwoestingen teweegbrengen, maar als ze afkoelen de aarde verrijken.

Geen wonder dat de klassieke Arabische benaming van Enrico's eiland Paradijs betekent.

Enrico weet echter heel weinig van natuurlijke landschappen of de klassieken. Als je hem zou vragen welke provincies grenzen aan zijn eigen Provincia di Catania, zou hij het je niet kunnen vertellen. Als je van hem wilde weten welke plaatsen er op de noordelijke flank van de vulkaan liggen, nog geen twintig of dertig kilometer verderop, zou hij er enkele noemen en dan stilvallen, hooguit nog iets mopperen over hoe vreemd die mensen 'daar boven' zijn. Als je deze achttienjarige jongen vroeg waarvan de Sicilianen afstamden, zou hij zijn schouders ophalen en de Sikels en Carthagers niet weten te noemen, misschien met moeite de Grieken en Turken. Hij zou de verschillende Siciliaanse periodes niet kunnen noemen: de Byzantijnse periode, de tijd van de bezetting door de Noormannen, de inlijving door de Hohenstaufens en het einde van hun overheersing, of de tijd van de Spaanse Habsburgers om er eens een paar te noemen. Hij zou natuurlijk wel weten dat grofweg dertig jaar voor zijn geboorte Italië inclusief zijn eiland een eenheidsstaat was geworden, en hij zou zelfs iets kunnen weten over Garibaldi en zijn beroemde 'duizend' volgelingen, maar veel verder dan dat zou zijn historische kennis niet reiken. Want wat heeft hij aan geschiedenis? Hij is achttien, achttien jaren van leven en werken op het land van Baron Giorgio en nu zou Enrico liever de volgende achttien jaar overdenken, waar zullen die hem brengen – en hij zou deze wondervijgen willen eten en ook van zijn privacy genieten.

Want hij is een erg, erg, erg luie jongeman.

Zonder kennis van het verleden heeft Enrico Belpasso ook geen benul van de toekomst, van de oorlog die de wereld bedreigt, en waarin het verenigd Italië zich zal mengen in een poging om zich eindelijk van zijn resterende onderdrukkers te bevrijden. Wat alle andere landen de Eerste Wereldoorlog zullen gaan noemen, noemen de Italianen liever de Italo-Oostenrijkse oorlog, de laatste fase van de vrijheidsstrijd tegen de Oostenrijkse nationalisten die in het noorden en noordoosten nog steeds delen van het vasteland bezetten. Enrico geniet op zijn achttiende verjaardag van de vijgen zonder te vermoeden dat hij op zijn eenentwintigste verjaardag plat met zijn gezicht in de blubber zal liggen, worstelend om zijn ogen, neus en mond met zijn masker te bedekken, terwijl mosterdgas en zware rook van de ontplofte mortier, die zojuist twee van zijn naaste kameraden het leven heeft gekost, als een deken op hem neerdalen. Hij zal zijn geblakerde huid en de granaatscherf die suizend zijn achillespees doorsnijdt nauwelijks voelen, maar blijft wel hulpeloos achter als een marionet met doorgesneden beentouwtjes van wie de poppenspeler in slaap is gevallen. Nee, dat ligt allemaal nog in het verschiet en dat verwacht deze jongeman uiteraard helemaal nog niet. Het heden van zijn leven bestaat uit zijn eenzame verjaardag en de verse smaak van vijgen, een smaak waar hij van zal dromen als hij woelend en gillend, verscheurd door koortsen en namen krijsend als vloekwoorden, naar een kampziekenhuis in Bologna wordt gezonden om te herstellen na de mislukte Vierde Slag bij de Isonzo waar hij tot zijn ongeluk als infanterist bij zal zijn. Aan het Isonzofront ontstaat een loopgravenoorlog en die zal het aantal Italiaanse soldaten dat sterft door toedoen van de numeriek zwakkere maar strategisch superieure Oostenrijkers op 280 000 brengen. Op de eerste decemberdag van 1915 zal Enrico eenentwintig worden en opgeblazen worden en half doodgaan door het gas; op de tweede decemberdag zal de hele zaak worden afgeblazen. Generaal Luigi Cardona zal de bevelhebber zijn van het Italiaanse leger en alle rekruten uit het zuiden zullen de ongelukkige achternaam van deze man berouwen; het Siciliaanse woord dat te veel op de achternaam van de generaal lijkt is *carduni*, wat in hun zuidelijk dialect natuurlijk imbeciel betekent. Dat wekt geen vertrouwen.

Allemaal toekomst.

*

En terwijl Enrico een van die lekkere sappige vijgen opeet waar de vliegende honden nog niet aan zijn geweest, komt Fortunata, dan al tweeëntwintig, hoewel ze nooit erkent ouder dan twintig te zijn, tussen een rij bomen door en wringt zich door de lage struikjes – mussen en spreeuwen en houtduiven klapwieken naar de grijze lucht – op zoek naar hem. Ze blijft midden tussen de donkergroene bladeren staan. Ze is vijf jaar ouder dan Enrico, maar ligt qua ervaring, volwassenheid en, botweg gesteld, doelgerichtheid minstens twintig jaar op hem voor. Ze is geen klein vrouwtje en ook niet elegant aantrekkelijk, maar ze is knap naar de maatstaven van die tijd en bovendien zwaar op de gewenste plekken en dat is Enrico langgeleden al opgevallen. Het is heel wat jongemannen van de omliggende landgoederen en plaatsjes opgevallen; zoveel zelfs dat het voor iedereen een raadsel is, en vooral voor Fortunata, waarom zo'n lekker ding als zij nog geen geschikte echtgenoot heeft.

Fortunata weet waar ze Enrico kan vinden doordat ze hem op zijn minst al een maand nauwlettend in de gaten houdt en zodoende goed van zijn geheimen op de hoogte is geraakt: die werkschuwe jongen verdwijnt op stille ogenblikken als ochtendmist uit de groep arbeiders waar hij bij hoort. Hij verdwijnt naar deze schaduwrijke plek vol vijgenbomen waar niemand hem stoort en het verrassende is dat hij veiliger is naarmate hij zich dichter bij de hoofdgebouwen verstopt. De arbeiders hebben zich als sprinkhanen over de volle honderdvijftig hectare van de baron verspreid, maar hier is het veel rustiger en is hij betrekkelijk veilig. Veilig voor hen ja, maar niet veilig voor deze ene bijzonderheid.

Fortunata's blikveld.

Haar gedachten, scherp gericht op huwelijk en stevige, gezonde *bambini*, gaan uit naar Enrico en nauwelijks iets anders. Ze weet dat geen van die 'vrije' ogenblikken hem toebehoort. Hij zou net als alle anderen op de velden moeten werken, want in Giorgio's rijk wordt er alleen 's nachts en zondagsmiddags gerust. Op deze specifieke ochtend vol ongepaste nieuwe koude zou Fortunata ook aan het werk moeten zijn, maar ze komt onder de takken door gekropen, de mouwen en zomen van haar zwart-witte werkstersuniform blijven achter stekels en scheuten hangen. In de diepe zak op haar schort tekent zich de kleine vierkante bobbel af van het cadeau dat ze voor hem heeft meegenomen, voor de jongen die al bekendstaat als de luiste van de provincie.

Ze hebben elkaar wel eerder gesproken, maar niet vaak en nooit meer dan puur plichtmatig. Ze werkt in het voornaamste *palazzu*, waar ze kamers schoonmaakt en de kleinere maaltijden toebereidt. Ze houdt de bedden zo zacht als de wolken waarop de engelen slapen en de vloeren zo schoon als de hemelse vlakten waar de heiligen ronddolen. Als ze ooit onder die norm zou belanden, zou ze een stevige reprimande krijgen; bij twee keer zou baron Giorgio, een heetgebakerde man die leeft volgens zelfbedachte wetten, haar schouders en billen met een mattenklopper afranselen; bij de derde keer zou ze, net als bij het Amerikaanse spel honkbal waarover haar naar de VS geëmigreerde vriendinnen haar schrijven, worden weggestuurd. Reken maar dat Fortunata nog nooit onder Giorgio's norm heeft gescoord.

Enrico is een van de veldarbeiders. Net als zijn vader en vaders vader, behalve dan dat geen van zijn voorouders ooit zo'n afkeer van lichamelijke arbeid heeft gehad als hij dagelijks voelt. Enrico Belpasso verbeuzelt veel tijd met dromen onder bomen en op zijn rug liggen in golvende weilanden en hij kan nauwelijks bevatten wat er allemaal door zijn hoofd speelt. Op zo'n uitgestrekt bezit als dat van baron Giorgio is afgezien van zijn eigen ploeg medearbeiders niemand daarvan op de hoogte, en het kan ze ook niet schelen. Maar nu heeft een maanzieke werkster genaamd Fortunata zijn geheim ook ontdekt.

Niettemin moet ieder ander op dit landgoed zijn steentje bijdragen. Achtentwintig complete gezinnen leven op Giorgio's terrein en dat is naar de semi-feodale standaard van begin twintigste eeuw groot noch klein. Een kleine gemeenschap binnen de gemeenschap gonst hier van het leven. Werkende mannen en vrouwen, pubers, kinderen, baby's en dreumesen, nog altijd werkende grootouders en zwakken die veel hulp behoeven al was het maar om van bed naar stoel en weer in bed te komen. Dan zijn er bovendien talloze kippen en hanen, eenden en woerden, egels, konijnen en hazen, honden, varkens, katten, glibberige beesten uit de vette donkere aarde als groene hagedissen, luipaardslangen, Esculaapslangen en adders. Er komen talloze vogelsoorten voor: buizerds, sperwers, kerkuilen, ooruilen, bosuilen, dwergooruilen en kwartels. Er zijn vossen en wezels en reken maar dat er ginder in de heuvels boskatten voorkomen. Zowel keuterboertjes als edellieden jagen er met geweer en *lupara* op en nemen hun pelzen en koppen als trofeeën mee naar huis.

Overdag heeft Fortunata het in het grote huis druk genoeg voor twee en 's avonds laten haar vader en moeder haar amper twee stappen buiten het tweekamerhutje komen, waar ze met hun twee en haar twee zussen woont; hun hutje staat nauwelijks twee meter van de washokjes van het voornaamste palazzu. Elke belemmering in haar leven lijkt aan dit getal gekoppeld te zijn, en dus heeft ze zichzelf beloofd dat als ze kindjes gaat maken dat er uiteindelijk aanzienlijk meer dan twee zullen moeten worden. Maar voorlopig draait alles in Fortunata's leven om familie, verantwoordelijkheid, werk en Giorgio. Hoe had ze anders zonder man deze leeftijd kunnen bereiken met zulke flinke brede, ronde heupen en borsten die zo gevuld zijn als gevlochten manden met een dagoogst avocado's? Maar het komt zo: die twee stappen vrijheid die haar ouders haar naïef hebben toegestaan, blijken eindelijk afdoende, want haar blik is gevallen op een overbezwete, lange, sterke, jonge arbeider wiens huid niet door honger of ziekte is aangetast en wiens haar zwart is als de lava op de Siciliaanse bodem.

En zodra ze beet heeft, laat Fortunata niet meer los.

Eerst hoort Enrico haar aankomen, dan ziet hij haar pas. Zijn humeur keldert pardoes. Dit is zijn toevluchtsoord, en erger nog dan dat zijn luiheid bestraft zal worden is de gedachte dat zijn verstopplek zal worden verraden en hij er niet meer heen zal kunnen. Fortunata verschijnt zo snel uit de vochtige struikjes dat hij noch de tijd noch de tegenwoordigheid van geest heeft om de halve vijg die zijn tong streelt uit zijn mond te halen. Die zit vastgeklemd en zo treft Fortunata haar net achttien geworden mogelijke verloofde aan, met zijn mond vol met die paarse vrucht, het sap langs zijn kin lopend en gekleed in zijn nu al smerige, altijd gescheurde, eeuwig slonzige werkkleren en laarzen, zijn rug tegen de boomstam geleund en één been gestrekt en het andere gebogen, alsof hij geen zorgen kent en niks meer te doen heeft. Hij laat zijn hand zakken, maar zijn mond blijft vol vijgen en naast hem liggen de velletjes van alles wat hij al heeft verslonden zielig in het rond, ogend als de huiden van bisamratten.

Die stevige, door zijn tocht over de Ionische Zee afgekoelde wind bestrijkt alle welvarende hectares land van de baron, maar hier zit Enrico beschut tegen de kou. Hij zit volstrekt op zijn gemak, als is hij melancholiek; en hij zou in zijn kleine verstilde wereldje zijn gebleven als die indringer er niet was geweest.

'Hartelijk gefeliciteerd, Enrico Belpasso,' zegt Fortunata onmiddellijk zodra ze rechtop staat in haar zwart-witte werkstersuniform, dat een beetje op een verpleegstersuniform lijkt maar het niet is. Haar huid is donker, haar gezicht ovaal; haar ogen zijn groot en bruin en drinken hem in. Alles aan deze jonge vrouw is groot. Haar lippen en mond zijn welhaast wellustig doordat ze haar trekken zo overheersen; haar armen zijn dik, haar handen breed.

Haar aanblik op deze schaduwplek slaat hem met stomheid, maar de volstrekte onmogelijkheid van de vier woorden die ze spreekt overtreft dat. Ze kent zijn naam en ze kent het belang van deze dag. Is ze hem hier echt komen opzoeken en heeft ze hem niet toevallig ontmoet, zoals hij denkt dat er is gebeurd? Nu weet Enrico werkelijk niets uit te brengen en hij slikt de massa van fijngekauwde, vermalen vijg door in afwachting van de woorden die hij het meeste vreest, dat ze hem vervolgens aan de *massaru* zal rapporteren, of nog erger, aan de hoogste man van het landgoed, de man die meteen onder de baron staat, de *fattore*.

'Mag ik een vijg?' vraagt Fortunata met een koket fronsje.

Enrico moet met zijn achterste over het bedauwde gras en de blootliggende wortel schuiven omdat ze naast hem wil komen zitten. Zijn gedachten slaan op hol door haar gewaagde gedrag, haar ongelooflijke vrijpostigheid. Iets dergelijks is Enrico domweg nog nooit overkomen: hij heeft nog nooit naast een vrouw gezeten die niet zijn zus, zijn moeder, of zijn grootmoeder was of op zijn minst een of ander familielid. Fortunata ruikt naar wat hij zich voorstelt bij badwater met lelie-extract en iets als pruimen, en ze vult haar schort zoals een schort gevuld hoort te worden, en als ze naast hem plaatsneemt (haar schouder tegen de zijne duwt alsof er geen plek is en het toevallig gebeurt, even onschuldig naar hem glimlacht als een baby naar zijn moeder loddert) zoekt ze een vijg van Enrico's klaarliggende piramide en onderzoekt die aandachtig. Dan pelt ze hem met haar tanden en steekt het puntje van haar tong in het roze en paarse vruchtvlees en Enrico, die het even nauwkeurig in zich opneemt als veel trucs van rondreizende goochelaars op het marktplein van Riposto, voelt zich wazig worden en valt zonder waarschuwing flauw.

Als hij even later weer bij is en Fortunata nog aan zijn schouder staat te trekken en haar bezorgde gezicht zo bleek en groot als de maan voor zijn ogen hangt, voelt hij overal kriebels en steken en hij beseft wat dat betekent – pure, volkomen begeerte.

ZIJ HAD OOK VLEUGELS

Gabriella had telefonisch een afspraak gemaakt op de middag voorafgaand aan het grote Siciliaanse diner dat haar ma op de avond van de verjaardag van de oude heer zou geven.

Het rustieke houten huis in Spring Hill, waar we nonno Enrico Belpasso mee naartoe namen, was zo op het oog ooit van een paleisachtige, koloniale pracht geweest, ook al was de buurt waarin het zich bevond hooguit half fatsoenlijk. Het was zo'n huis in Queensland, duidelijk van rond de eeuwwisseling, gebouwd door een familie die flink in de slappe was zat en wat dienstmeiden of bedienden had op de koop toe. Het was immens en aan de buitenkant kon je alleen aan de vele lagen en verdiepingen tinnen daken al zien dat het veel kamers en verdiepingen en wenteltrappen telde. Het enige was dat de hoogtijdagen van dit huis voorbij waren: elke verflaag bladderde eraf waardoor het kale, bruine, splinterende hout eronder bloot kwam te liggen en de dakgoten schenen doorgeroest van pure verwaarlozing. Er zaten barsten in de ramen, die uit het lood hingen en sommige ook uit hun scharnieren. Rond het huis bevonden zich enorme onkruidplantages op de plek waar ooit fraaie tuinen moesten hebben gelegen. Alleen de planten die sterk waren of veel geluk hadden groeiden nog tussen al die troep die het moois verstikte. Her en der was het hekwerk idioot verbogen en krom, alsof tollende dronkaards of wegrennende klanten er met hun volle gewicht tegenaan waren gevallen, en het ijzeren poortje dat voor de bezoekers de voornaamste toegangsmogelijkheid vormde, was rood verweerd van de roest. Bovendien grensde het erf aan drie straten en lag het tegenover een bijzonder drukke kruising waarvoor de gemeenteraad het plaatsen van verkeerslichten nog niet opportuun achtte. Het getetter van claxons, de manier waarop je bijna van de stoep werd geveegd, de voetgangers die tussen de rijen auto's door moesten dansen – nou ja, het was generaties geleden dat dit Queenslandpaleis chic was geweest.

Gabriella had niet op advertenties uit de krant hoeven reageren; ik had naam en nummer gekregen van Tony Solero, die niet echt prijs wilde geven hoe hij aan die informatie was gekomen, maar hij noemde wel de naam van zijn oudere broer Lino – die voluit Pasqualino heette omdat hij op Goede Vrijdag was geboren – en diens slechte vrienden die op zaterdagavond uitgingen in de illegale casino's en bordelen van Fortitude Valley en Spring Hill. Dat waren die tenten waar iedereen over had gehoord en die iedereen zonder stadsplattegrond wist te vinden. En waar elke taxichauffeur je heen kon brengen. De grap deed uiteraard de ronde dat de politie het enige fatsoenlijke deel van de bevolking was dat beweerde van dergelijke etablissementen volstrekt niet op de hoogte te zijn; niemand twijfelde eraan dat dit te maken had met de ouderwetse-bruine-zak-vol-contanten en een beroerde-regering-die-te-lang-aan-de-macht-is-syndroom. Dat was de teneur in die tijd. Brisbanes illegale activiteiten bloeiden en genoten politiebescherming; oude, eerbiedwaardige gebouwen die op de monumentenlijst hoorden werden in het holst van de nacht gesloopt, om plaats te maken voor belachelijke kantoortorens van staal en glas waar niemand behoefte aan had; ontwikkelaars en criminelen ging het voor de wind en datzelfde gold voor de landsbestuurders wier mogelijke bezwaren werden weggenomen met smeergeld, vakanties naar exotische plekken en dames van plezier. Dat waren de geruchten die als een onophoudelijke plaag door de stad waarden. Het zou nog meer dan tien jaar duren voor de hele troep instortte en toen het instortte, raakten sommigen eronder bedolven en werden anderen erdoor op de merkwaardigste reizen gestuurd – inclusief ondergetekende.

Maar in 1975 lagen de zaken nog heel anders.

Gabriella had mij het telefoontje niet laten plegen. Ik mocht niet eens bij haar in de kamer blijven toen ze sprak met degene die Nocturne bestierde, maar ze was kennelijk heel helder en overtuigend want toen we er op de middag van die eerste december aankwamen, stond een vriendelijke vrouw in een oorverdovende bloemetjesjurk ons op te wachten. Ik zag haar schreeuwerige gewaad en haar bleke, vlekkerige, dooraderde schenen tussen de latjes van de balustrade van de veranda door. Ik zag het omslag van *Women's Weekly* waarin ze las. Op het omslag stond een foto van de gelaatstrekken van de ijsgodin die het beangstigend volmaakte gezicht vormden van Grace Kelly. We liepen de roestige poort door, over het gebarsten betonnen pad, tussen het onkruid door en Gabriella klopte vol vertrouwen tweemaal op de voordeur. Tussen de latjes door zag ik het tijdschrift dalen en die lelijke schenen van hun plek komen. Daarna ging de deur open.

Degene die opendeed keek meteen naar nonno Belpasso, keek nonno Belpasso aan en huiverde. Een meer van rimpels had haar gezicht in perkament veranderd.

Haar eerste woorden waren: 'Ach, nu begrijp ik het.'

Ze was zo uitgekauwd als een oude schenkel (ze had best de zwaar opgemaakte zus kunnen zijn van Hondenbeen, de pianojuf), ze had een knalrode veeg op haar verweerde lippen, die meedogenloos overkwam in haar gepoederde pancakegezicht, en haar ogen waren rondom blauw geverfd. Als druppels hingen er smaragden en tijgerogen aan haar lange, uitgezakte oorlellen die volgens mij weinig smaragd of andere waardevolle edelstenen bevatten. Wat haar ondanks de afzichtelijke kleuren en kleding zo vriendelijk deed lijken waren al die duizenden rimpeltjes. Haar glimlach was niet zo bestudeerd als wat zo iemand tegenover vaste en toevallige klanten gebruikt; het scheen daadwerkelijk de onbewust geboeide gelaatsuitdrukking die iemand zou hebben als hij twee straalonnozele tieners zag die troost wilden kopen voor een hulpbehoevende tachtiger. Eerst dacht ik dat zij het verzetje was dat klaarstond voor Enrico Belpasso en wist ik niet met wie van beiden ik meer medelijden moest hebben.

Aan de overkant van het overvolle kruispunt van Boundary Street en St. Paul's Terrace gingen twee honden tekeer tegen de middagwarmte.

'Nou,' ging ze verder nadat ze zich had hersteld van de eerste aanblik van Enrico Belpasso. 'Jij bent zeker Gabriella.'

'Ja, we hebben elkaar aan de telefoon gehad. Dit hier is –'

'Jezus Mina, wat ben jij een kriel! En ik wou nog tegen je zeggen toen we elkaar aan de lijn hadden dat ik je tongval zo prachtig vind! De Italianen hebben het helemaal vergeleken met de andere landen van de wereld.' Ze nam Gabriella voor zich in, gaf haar alle aandacht, en gaf een heel scala aan kneepjes en klopjes en rukjes ten beste waaruit bleek dat ze de aanblik van Gabriella beschouwde als de zegening van een glas koud water op deze smoorhete dag. 'Je spreekt onze taal echt prachtig. *Quando parle mi fai saltare il cuore!* En weet je, schat, je zou mijn meisjes best les kunnen geven in articuleren. Want sommigen, nou nou.' Deze vrouw – van vijfenzestig? – legde haar bleke, dooraderde handen tegen de zijkanten van haar hoofd en drukte haar oorbellen plat om te tonen hoe veel gevoelige oren te lijden hadden onder het Australische Engels van haar meisjes. 'Woon je al lang in dit land?'

'Nu een maand of zes.'

'Niet langer? Tjonge.' Ze wierp een blik op de man-beer en toen een op mij. 'Het is aan de warme kant buiten. Kom binnen, kom binnen.'

Ondanks haar hartelijke verwelkoming begaven we ons schoorvoetend uit de zon Nocturne in. Een welgekozen naam, want binnen was het donker als de nacht. We wachtten in een koele, donkere, lange gang waarvan je het einde niet kon zien doordat de verlichting zo schamel was en onze ogen nog verblind waren. Vleugen wierook, aardbeien en sandelhout, en een ruisende televisie in een andere kamer – zo was het daarbinnen, met geel lamplicht in de verte. Vervolgens hoorde ik zacht lachen, als gesmoord belgerinkel. Er was geen hoer te zien, maar er kriebelde toch iets in mijn bloed. Het was de welkome koelte, het milde donker, het zacht tinkelende gelach van vrouwen om een of ander stom televisiespelletje. Alles was hier beloftevol; een zoetere belofte dan die van Gabriella's zoenen en ook een oprechtere belofte dan Andrea Farmers gebraden-varkensvlees-met-knoflook-en-mentholsigarettenmond. Geheel tegen mijn verwachting in voelde ik me daar helemaal niet vervelend.

De hoofdpersoon van ons bezoek, de oude baas, moest met een stevige hand tegen de brede onderkant van zijn ruggengraat verder de gang in worden geduwd. Ik herinnerde me dat

Gabriella had gezegd dat hij geen ezel was; nu ze hem zo moest duwen, besefte ik dat hij dat wel was. Nonno Belpasso schuifelde naar binnen en wachtte ongelukkig, als een beest dat op een heuvel staat te trillen als hij onweer voelt aankomen.

'Doen ze dit vaker – in jouw land, *tesora*? Ik heb jaren op het vasteland doorgebracht en veel spannends beleefd in, eh, Positano, Perugia, Firenze, zo geweldig mooi, maar ik geloof niet dat ik dit gebruik kende. Hier is het veel gebruikelijker dat een vader zijn zoon meeneemt, of dat een oudere jongen een jong onervaren broertje meeneemt. Knapentijd noemen we dat hier. De ene helft van de dames vindt dat we korting moeten geven vanwege het gebrek aan ervaring en de andere helft vindt om diezelfde reden dat we dubbel moeten rekenen. Maar zoiets als dit heb ik nog nooit meegemaakt.'

'Er komen hier toch wel meer bejaarden?'

'Zeker, *carissima*. Daar leven we van, maar meestal kunnen ze hier nog op eigen kracht komen. Eerlijk gezegd moet je er anders toch wel van uitgaan dat het onbegonnen werk is. Zo, en wie is die jongeman? Je broer? Hij ziet er goed uit.'

'Dit is mijn vriend, Salvatore.'

'Salvatore-Salvatore,' zei ze en sprak daarbij netjes alle acht de lettergrepen uit. 'Hoe oud zijn jullie tweetjes eigenlijk?'

'Achttien,' zei ik.

'Jij niet, schatje. En jij, tesora?' vroeg ze terwijl ze haar broodmagere gestalte weer boven Gabriella liet uittorenen, 'jij bent vijftien.' Ze trok een potloodstreepje op dat als wenkbrauw diende. 'Zeg eens dat het niet waar is, liefje.'

Gabriella zei: 'Ik ben veertien.'

We wachtten af.

'Lef,' zei de vrouw. 'Ik bedoel de oude betekenis van het woord. Dat bewonder ik, en jullie komen hier niet voor jezelf. Wat maakt het ook uit hoe oud jullie zijn? Alsof ik een vergunning te verliezen heb.' Ze kwam wat dichterbij. 'Maar als jullie het ooit doorvertellen –'

‘Doen we niet,’ zei Gabriella. ‘Dat doen we nooit.’

‘En je oom –’

‘Het is mijn opa.’

‘Nou, je *opa* lijkt me wel volwassen. Ik vermoed dat dat het enige is dat ertoe doet.’

Ze nam Enrico Belpasso bij de hand en hij trok hem weg, mogelijk de eerste eigengereide daad die ik hem zag verrichten. Wie me toen had verteld dat ik hem op een dag nog honderden van dat soort handelingen zou zien verrichten, die had ik hartelijk uitgelachen en voor idioot uitgescholden.

De kleurrijke oude dame zei: ‘Jeetje, tja, als meneer er geen zin in heeft.’

‘Hij heeft wel zin. Signora…?’

‘Ik heet mevrouw Veronica en zoals je begrijpt is Nocturne mijn huis van plezier. Jullie zijn meer dan welkom. Gaat…’

‘Enrico Belpasso.’

‘Gaat meneer Belpasso met mij mee, tesora?’

‘Zo meteen,’ zei Gabriella. ‘Ik wil eerst de vrouw zien. De vrouw die u voor hem hebt uitgezocht.’

‘Liefje, neem maar van mij aan dat je opa meer dan één charmante dame nodig heeft. Als de geest gewillig is en het vlees zwak, is het al een hele opgave, maar als de geest zo *distratto* is, als jullie het noemen – tja. Bovendien moet je eens kijken wat een omvang de goede man heeft. Ik heb de neiging drie meisjes voor hem te reserveren.’

‘Dat kunnen we niet betalen.’

‘*Piccola figlia,* zoals ik je telefonisch al heb laten weten kosten twee lome middaguren al honderdtwintig dollar –’

‘*Si, lo so.*’

‘– per dame. En hij heeft er twee nodig. Twee. Ik kan hem niet met een van mijn meisjes alleen laten. Hij is veel te zwaar en ik vertrouw die blik in zijn ogen niet.’

‘Welke blik in zijn ogen?’

‘Die blik waaraan je kunt zien dat hij zo afwezig is als een oude, rottende meerval in de Brisbanerivier.'

Gabriella beet op haar lip maar bleef rustig en liet mevrouw Veronica niet aan haar heldere blik ontsnappen – die vleiende crimineel die ons als een volleerde verkoper van tweedehands auto's de centen uit de zak klopte.

Gabriella zei: 'Ze zullen toch wel voorzichtig met hem zijn?'

'Schatje, ik maak me zorgen over hén. Ze zullen hem geen pijn doen tenzij hij daarom vraagt, en zelfs dan hebben mijn meisjes geleerd enthousiast maar gepast cosmetisch te handelen.'

Ik boog me naar Gabriella's oor en zei in het Siciliaans: 'Ik heb wel meer geld bij me, maar ik vind dat we moeten kappen.'

Gabriella zei tegen de vrouw: 'Ik wil hen zien.'

Mevrouw Veronica bracht ons door de gang naar een woonkamer die boordevol stond met comfortabele meubels. Er stonden een bank en fauteuils, grote kussens met zijden en fluwelen overtrekken, zware mauve gordijnen met veel franje, en alle kleuren in de kamer waren gedrenkt in bloedrood en paars. Het verpestte de gezellige sfeer, maar ik moest me blijven voorhouden dat dit geen gezinswoning was waar iemand je thee met koekjes kwam brengen en een vriendelijk gesprek met je begon. Hier draaide het om vriendelijke *atto sessuales* – seksuele handelingen – in ruil voor geld. De biljetten brandden in mijn broekzak. Mevrouw Veronica vroeg ons te gaan zitten. Op een tweepersoonsbank werd de oude Belpasso tussen Gabriella en mij in gepropt, en zaten we ongemakkelijk met onze schouders en knieën tegen elkaar aan. De madam van dit huis van plezier liep naar een kleine, maar rijk voorziene bar en vroeg ons wat we wilden drinken. Ik kreeg de indruk dat er geen andere klanten waren, er bevond zich althans niemand in de wachtkamer. Maar in die gang had ik dichte deuren bij de vleet gezien en ik had geen idee wat er boven allemaal omging. Er was nog steeds niets anders te horen dan het zachte geluid van die televisie en dromerig lachen. Mevrouw Veronica gaf me een glas Fourex-bier en ik voelde me meteen een man van de wereld; Gabriella en haar opa namen allebei een glas limonade. De oude baas dronk niet. Hij staarde naar de vloer, of naar een plek ergens tussen hem en de vloer in – wie zou het zeggen? Hij kon of wilde zijn glas niet optillen en zijn ademhaling klonk ongewoon krakerig, zijn mond stond half open en zijn drie rotte tanden waren duidelijk zichtbaar. Dankzij een ongelukkig gerichte lamp leek de deuk in zijn hoofd wel een kloof, en de dikke, kronkelige, beschadigde zenuw vormde een soort elektrische schakeling waardoor dit monster van Frankenstein zijn abnormale leven kon leiden.

'Mijn dames zijn net verpleegsters. Vooral met oudere cliëntèle. Resoluut, dat is voor hem eigenlijk het beste. Spreekt hij een beetje Engels?'

'Hij begrijpt wel wat.'

Mevrouw Veronica liep naar de bank en pakte hem nogmaals bij de hand en ditmaal trok hij die niet terug. Hij staarde naar haar rimpelige glimlach en of hij wat zag was een raadsel. Vervolgens grijnsde hij, iets waartoe ik hem niet in staat had geacht.

'Lieve man,' zei mevrouw Veronica. 'Ja, die heeft hulp nodig om de *uomo* in hem richting te geven.'

Enrico Belpasso scheen uit zijn coma te ontwaken. Ik zei heel duidelijk, zodat iedereen het kon horen en bovendien niet in het geheime Siciliaanse dialect van Gabriella en mij: 'We zouden nu kunnen vertrekken,' en de oude man verdraaide zijn grote hoofd en staarde naar mij. Naar mij, niet voor of achter me langs. Naar mij. Dat, vond ik, was een wonder, en ik begon alles te geloven wat Gabriella me over hun gesprekken had verteld.

Gabriella glimlachte haar grootvader bemoedigend toe, maar ik merkte dat de gang van zaken een aanslag was op haar besluitvaardigheid. Ze werd moe en zag er hopeloos jong uit. Mijn hart brak.

Mevrouw Veronica zei: 'Op dit soort dagen blijft het tot een uur of zes rustig, al komt er 's middags wel eens een jogger langs of iemand die ploegendienst draait. Soms komt er een gast in een impuls binnensjokken, en is dan net zo verrast als wij. Maar je hoeft je geen zorgen te maken, schatje. Discretie is *assolutamente* verzekerd. Ik denk dat het het gemakkelijkst is als ik de dames even hier binnenhaal zodat jij, *piccolina*, voor je grootvader kunt kiezen.'

'Kunt u dan...'

'Ja?'

'Kunt u dan vragen of een van hen zich Fortunata wil noemen.'

'Wat voor naam je maar wilt, *cara*.'

Gabriella's wangen kregen een felle kleur. '*Grazie*,' zei ze. '*Molto grazie, signora*.'

Mevrouw Veronica: '*Prego, cara*. Wat een taal!'

Er was maar één reden waarom Gabriella had gewild dat ik meeging en dat was om haar hand vast te houden terwijl ze op haar nonno zat te wachten. Ze was zenuwachtig en vervolgens een beetje huilerig en ik hield haar hand vast; we waren twee jonge terroristen, doodsbenauwd tijdens ons misdaaddebuut. We gingen in de kamer met de televisie zitten, en daar rook het naar goedkope lelieparfum van de prostituees die er hadden gezeten en naar iets zoeters dat ik herkende als de geur van marihuanastickies. We zaten de twee langste uren van de schepping te wachten en ik vroeg me af: Wat zouden ze allemaal met hem doen in die twee uur waarvoor we hebben betaald? Lezen ze hem erotische Arabische verhalen voor en baden ze hem in melk en honing? Branden ze wierook om zijn fantasie op gang te brengen en smeren ze zijn grote walvislijf in met olie en mirre? Ik bleef maar op mijn horloge kijken en Gabriella bleef mijn pols verdraaien om het zelf ook te kunnen zien. Het leek doodzonde, dit overdreven langdurige verzetje. Ik wist heel goed en de prostituees wisten heel goed en misschien wist alleen Gabriella niet zo heel goed dat drie minuten en geen tel langer lang genoeg was voor het hele karwei.

Toch bleef ik me voorstellen hoe die oude Belpasso als een koning uit de oudheid werd verzorgd en vervolgens werd aangespoord om zich weg te laten zinken in een gastvrije droom van vrouwenvlees. Misschien was het toch niet zo stom om dit te doen. Misschien had Gabriella wel gelijk gehad met deze dubieuze gastvrijheid, maar ik bleef me afvragen of er niet een wrede kant aan zat die haar was ontgaan. Want mijn inschatting was dat haar grootvader zozeer de weg kwijt was, dat hij waarschijnlijk in de war raakte van wat er in zijn kamertje gebeurde en daardoor lichamelijk niet in staat om deel te nemen aan zijn eigen onderhoudsbeurt. En wat voor invloed zou dat hebben op zijn verwarde geest?

Na een lange stilte wendde Gabriella zich tot mij.

'Heb ik hier wel goed aan gedaan?' vroeg ze in onze geheimtaal.

'Ja, hij is gelukkig. Hij moet wel gelukkig zijn. Maar ik wil iets weten. Waarom wilde je dit doen?'

'Heb ik je verteld.'

Ze bleef het uit de weg gaan. Ze had het me niet verteld. Ze had me nog niet de helft verteld.

'Waarom wilde je dat een van die meisjes zich net zo zou noemen als zijn overleden vrouw?'

'Weet je...' Gabriella zat niet op haar gemak. 'Het gaat erom – ik weet niet hoe ik het moet uitleggen. Hij verlangt vooral naar haar. Ik bedoel verlangen, begeren, alles.'

'Wellust.'

'Ja, maar meer nog.'

'Liefde.'

'Ja, maar nog meer.'

De hoer die was overgebleven van het drietal van mevrouw Veronica kwam de kamer binnen en nam plaats in een fauteuil. Ze zette de televisie niet harder maar begon een dikke joint te draaien. Ze had bedreven vingers en toen ze hem opstak en een paar flinke halen had genomen, gaf ze de joint door. Ik wilde het wel eens proberen en Gabriella ook en we namen een stevig trekje en kregen er waterige ogen van, maar daarna kregen we de smaak te pakken en de vrouw zette een grote vierkante asbak op haar witte aardappelknieën en rolde er nog een. De ramen zaten dicht en de kamer was rommelig, maar dat kon me niet schelen. Ik keek hoe ze het deed en ze glimlachte naar me en het viel me op dat er brandplekken op haar misvormde knieën zaten, hetzelfde soort brandplekken dat ik kreeg als ik thuis te snel over de vloerbedekking rondkroop als er familie met baby's of kleine kinderen bij ons op bezoek was. Bovendien had ze dezelfde trekken als de madam van het huis, je kon nu al zien hoe die paardenkop op een dag een litanie van vouwen en plooien zou worden.

Gabriella had twee van de drie vrouwen uitgekozen die mevrouw Veronica ons had getoond. Ze waren de wachtkamer in komen lopen, Muriel en Melinda en Dorothy en hadden wat verveeld kijkend voor ons gestaan, niet in sexy lingerie of babydolls zoals ik had verwacht, maar in kamerjassen waar je ma boodschappen in doet. Sterker nog, die vrouwen zagen er niet eens zoveel anders uit dan onze moeders. Volgens mij waren ze allemaal over de veertig en in mijn ogen dus onwaarschijnlijk oud. Ik vond ze enigszins vergelijkbaar met oude villa's waarin je de weg weet te vinden doordat je simpelweg de meest uitgesleten plekken in de vloerbedekking volgt. Eerst leken ze allemaal op elkaar en hadden ze weinig uitgesproken trekken, maar dat kwam doordat ik zo gespannen was. Wat me wel duidelijk werd was dat er geen spoortje *Playboy*glamour bij kwam kijken en ik besefte dat ik een uil was omdat ik dat wél had verwacht.

Gabriella had, eindelijk gegeneerd, een soort van knikje gegeven dat de eerste twee prima waren en ze maakte niet duidelijk welk van de twee de Siciliaanse naam moest aannemen. Ik had de derde bekeken en het laatste restje begeerte voelen verdampen. Ze heette Dorothy, haar haar was pikzwart geverfd en ze leek op mevrouw Veronica. Ondertussen was Enrico Belpasso aan de trage klauterpartij naar de echte wereld begonnen. Voordat ze hem meenamen toonde hij, soms enkele ogenblikken aaneen, belangstelling voor wat er gaande was. Op zeker moment had hij zijn zware handen eventjes uitgestoken alsof hij de grote borsten van de voorste vrouw stevig en wanhopig wilde omklemmen; Gabriella had haar hoofd afgewend.

En Enrico Belpasso had iets gezegd.

Hij knerpte maar één woord, 'figo', wat vijg betekent.

We raakten beneveld door de zoete rook; ik werd zwaar en zag Gabriella's gezicht dromerig worden, hoe triest en jong ze eigenlijk was. Ze had vergrote pupillen. Ze waren groot en vlekkerig grijs. Ze scheen zelf een en al begeerte en liefde en eigenlijk was dat precies hoe ik haar wilde zien. Dorothy zuchtte na de laatste trekjes, stond op, leunde tegen de muur en verliet de kamer.

Gabriella kwam op de bank dichter tegen me aan zitten en terwijl de dwaze televisiebeelden geluidloos voorbij knipperden, zei ze: '*Mi voi bene, Salvatore?* Hou je van me?' en ik zei met bonzend hart: '*Si, ti voglio bene.* Ja ik hou van je.'

Gabriella betastte mijn hals en drukte haar lippen erop. 'Na de kerstvakantie, na mijn verjaardag, zal ik misschien je vriendin zijn. Echt de jouwe, bedoel ik. Misschien kan ik jou en niemand anders toebehoren. Dan ga ik naar All Saints en kunnen we elke dag samen naar school wandelen.'

'Waarom zouden we wachten? Waarom kunnen we niet nu iets met elkaar beginnen? Waarom zouden we niet naar een hotel gaan of zomaar naar ergens waar het fijn is?'

'Misschien later – na afloop.' Ze zoende me alsof we slaapwandelaars waren. 'Ik wil eerst oud genoeg zijn en dan de jouwe worden.'

'Ik ook, Gabriella, ik ook.'

'Zal ik je eens wat vertellen?'

'Nou?'

'Het is geheim.'

'Vertel eens.'

'Mijn papà is mijn papà niet.'

'Dat wist ik geloof ik al.'

'Ja, iedereen ziet het. Mijn ma heeft een affaire gehad met een man die ergens anders vandaan kwam. Raar dat ouders zulke hartstochten kennen. Het was een slager uit Dublin die op Sicilië vakantie vierde. Mijn ma leerde hem kennen en werd verliefd op hem en ging met hem mee naar Dublin. En na bijna een jaar kwam ze terug omdat het niks werd en toen droeg ze mij inmiddels in haar buik. Kun je je voorstellen wat ze daar in de smalle straatjes van Catania van vonden? Kun je je voorstellen hoe dat voor mijn papà moet zijn geweest? En voor haar? Ze hebben die schande jarenlang verdragen. Ik groeide overladen met schaamte op. Niemand stond toe dat ik Siciliaans was. Ik was anders. Een vreemdeling die niet vreemd was. Iedereen wist het, het is nooit geheimgehouden, ook niet voor mij. Ons gezin is nooit normaal geweest. We zijn geen van allen normaal. Ik begon mezelf Engels te leren, al toen ik nog maar in de eerste klas zat. Ik verwachtte dat ik op een dag zou worden opgehaald door een Ierse slager die me naar zijn paradijs zou brengen.'

'Vond je dat niet eng?'

Gabriella sloot haar ogen, haalde dromerig haar schouders op: 'Ik wilde gewoon voorbereid zijn.'

'Waarom?'

'Omdat ik een thuis wilde vinden.'

'Dat is hier –'

Gabriella schudde haar hoofd. 'Dat had ik verwacht. Ik had verwacht dat het dat zou worden. Waar je thuis bent, dat laat zich niet afdwingen.'

'Nee. Het is hier. Luister. Omdat ik hier ben. Waar ik ben, is jouw thuis. Verder hoef je je nergens druk om te maken. Verder hoef je niks te weten.'

'Ik was goed in Engels. Dat was mijn passie. En nog. Ik schrijf zelfs in het Engels. Ik probeer net zo te schrijven als de mensen die de boeken schrijven die ik lees.'

'Maar toch, die man, die is nooit komen opdagen.'

'Nee, nooit. Maar ik geloof dat zelfs de man met wie mijn moeder is getrouwd...'

'Je vader.'

'Mijn papà, ik geloof dat hij zelfs verwachtte dat de Ier op een dag terug zou komen. Stel je eens voor wat een schande dat zou zijn. Ik geloof dat dat zijn nachtmerrie was. Mijn papà. We hadden één ding gemeen. Hij wilde altijd dolgraag weg van Sicilië, net als ik.'

'Hij heeft lang gewacht.'

'Het valt niet mee om in een nieuw land opnieuw te beginnen. Toen het dichterbij begon te komen heb ik zelfs veel gehuild. Beesten die hun leven lang in vreselijke hokken hebben doorgebracht komen er niet graag uit als de deur ten slotte opengaat. Zo verging het mij ook. Heb je er ooit over gedacht om weg te lopen?'

'Nee. Waarom zou ik? Waarom?'

'Ik weet het niet,' zei Gabriella. 'Ik weet het niet.' En vervolgens: 'Hou je nou minder van me?'

'Nooit.'

'Ik ben half Iers.'

'Dat verbaast me niks.'

'Hou je echt van me?'

'Ja.' Ik drukte haar tegen me aan en legde mijn hand op het kleine warme bultje van haar rechterborst. De tepel was zacht, een knop die niet bloeide. 'Vertel nou eens wat je altijd op die kleine papiertjes schrijft?'

'O, niks. Gewoon tijdverdrijf. Onnozele dingetjes, dromen en zo.' Gabriella drukte zich tegen me aan. 'Hij heette iets als

Brian O'Toole of Brian O'Connor of Barry O'Neill of zo.'

'Je weet best hoe hij heet.'

'Ja, natuurlijk weet ik het.'

'Hoe dan?'

'Nee, dat wil ik niet zeggen. Als ik dat zeg, lijkt hij altijd echt en als hij echt is wil ik hem opzoeken. Ik moet mezelf voor de gek houden om hem niet te willen opzoeken.'

'Op een dag zullen we genoeg hebben gespaard en gaan we hem samen zoeken. Ik ga met je mee. We gaan naar Ierland en daarna laat jij me Sicilië zien.'

Gabriella mompelde iets dat niet instemmend klonk. Ze schudde haar hoofd. Misschien bedoelde ze dat je sommige dingen zelf moet doen, zonder hulp. Ze fluisterde van heel dichtbij: 'Jij wilt me nooit in de steek laten.'

'Dat klopt.'

We spraken Siciliaans en gaven elkaar een tongzoen en haar handje kroop langzamerhand ver omlaag en kneep zachtjes en hard in me; zij was mijn Vuurtoren en mijn hart bonsde omdat ik door de muur van mijn borstkas wilde breken en tussen de sterren wilde uitbarsten.

'Zal ik je iets geks vertellen, Salvatore? Zodra het verhaal me te binnen schiet hoe mijn grootvader mijn grootmoeder heeft leren kennen, dan droom ik daarvan. Dromen die heel... rijk zijn. Toen ik je laatst over hen vertelde was ik heet, hierbeneden.' Gabriella liet haar hand langs haar lange hals glijden, over haar borstkas, over mijn hand die nog steeds op haar borst lag en naar haar buik. 'Ik droomde die nacht, weet je.'

'Vertel. Vertel wat je hebt gedroomd.'

In haar droom had Gabriella overal jeuk. Het was net of er in haar binnenste bubbeltjes werden aangemaakt, met miljoenen tegelijk, miljarden, bubbeltjes die sissend in haar huid terechtkwamen en dan knapten, waardoor ze het gevoel kreeg dat ze niet zomaar leefde, maar dat ze met elke porie van haar lichaam zong. En toen kreeg ze een nog gekker gevoel, in haar rug en schouders, en ze schreeuwde het uit van de pijn, en wat er gebeurde was dit: er sproten enorme vleugels uit haar lijf. Met een geweldige spanwijdte, crèmekleurig, met lange, volmaakte veren, schuddend, trekkend, verlangend om op te stijgen en op de warme luchtstromen boven onze slapende stad Brisbane te deinen. En er barstte een grote bubbel in haar buik en die bubbel in haar buik was een baby, en ze vloog met haar baby in de armen voor de bleke volle maan langs. Zijn huidje was zacht en romig en niet sproeterig en roze als de hare, en de huid van de baby was het romigst op zijn schouders en schouderbladen, waarin helemaal geen bot leek te zitten, want het waren zachte bultjes romig vlees, en er zaten geen vleugels en niets wees erop dat die er ooit zouden komen.

Gabriella nam me in haar armen en haar ogen waren groot en vochtig. Toen ze me steeds weer zoende waren haar lippen zacht en vol, en die zoenen – zacht, zachter dan ooit. Haar omarmend voelde ik haar hartslag en haar ademhaling. Haar zuchten waren warm als voorjaarsbriesjes en geurden zoet naar karamellen en mandarijntjes, naar tuttifrutti, een flinke zak vol voor tien cent.

Ze zei: 'Ik ben benieuwd hoe het met hem is. Ik ben benieuwd –'

'Wil je gaan kijken?'

'Denk je dat dat kan? Ja. Kijk jij even. Kijk even of het goed gaat met mijn nonno.'

Toen ik opstond liet zij zich weer onderuitzakken op de bank. Onvast liep ik naar de deur en toen ik omkeek glimlachte Gabriella vanuit haar half wakende, half slapende droom. Ik voelde me precies zo.

'Op een dag,' steunde ze. 'Op een dag vertel ik je alles over heel mijn leven. Weet je dat ik soms naar het binnenste van een ster kan vliegen? Zomaar naar binnen.'

'Gabriella?'

'Kun jij je voorstellen hoe groot het daar is? Weet je dat ik soms zie hoe God regelrecht mijn hart in kijkt?'

'Gabriella,' zei ik half hijgend en half lachend, 'waar heb je het over?'

'O, ik hou zoveel van je Salvatore Capistrano, echt waar.'

'Echt? Echt waar?'

Haar blik was nu niet meer op mij gericht maar op een plek ergens tussen ons in, alsof er zich een soort onzichtbare opening bevond van een tunnel die naar prachtige oorden leidde, en ze zei: 'En als ik zeg dat ik van je hou, hou ik ook van mezelf en dan voel ik me zo mooi.'

*

Dat dreef me voort op mijn tocht door het Nocturne van mevrouw Veronica. Ze zei dat ze boven bezig was geweest met het verwelkomen van enkele namiddaggasten.

'D'r zijn weer jongens,' glimlachte ze. 'Heerlijke grote jongens zoals jij op een dag ook zult zijn. En er zit een heel verlegen heer buiten in zijn auto te wachten, moed te verzamelen, zou ik zeggen, door naar de gevel te staren.'

Hoewel ze humoristisch klonk beangstigde die gedachte me. Ik kreeg er de rillingen van. 'Politie? Misschien is het politie die ons in de gaten houdt?'

'*Assolutamente no, caro mio*,' lachte ze en sloeg zich van plezier in de handen om mijn kinderachtige reactie. Ze keek me aan. 'O, wat laat jij je fantasie lekker gaan.' Daar moest ze ook om lachen en ik besefte dat ze vooral pret beleefde aan het verloren kompas van mijn verwarde brein. 'Alles is dik in orde, begrijp je dat? Luister goed. Begrijp je wel dat de goede mannen van onze politiemacht tot mijn beste klanten behoren? Ja, zo gaat dat. Lagere rangen door de week, hoge rangen op vrijdagen zaterdagavond. Zo steekt de wereld in elkaar, *figlio mio*, en zodoende is het hier een toevluchtsoord voor al die keurige heren. We zitten hier veilig, schatje, veiliger dan in een kerk.'

Ik glimlachte nogmaals. Ik was gerustgesteld. Dat was wat ik wenste, veiligheid voor Gabriella en mij, als in een kerk, tot in de eeuwigheid. Daarom vertelde ik de oude vrouw waarom ik door het huis liep te dwalen. Mevrouw Veronica glimlachte.

'Ja, dat begrijp ik. Goed. Ik heb zo nu en dan zelf een blik naar binnen geworpen om te zien of het allemaal wel goed ging. Hij mag dan oud zijn, met de juiste soort prikkels lijkt hij zeer competent te worden. Heel fascinerend, vind je niet?'

Ze nam me mee naar een kamertje dat niet het kamertje bleek waar de oude Belpasso zijn verjaardagscadeautjes uitpakte. Van al dat gewandel, de bewegingen, het gepraat, het idee dat je zo gefascineerd kon raken door de krachten van een bejaarde, werd ik draaierig. Toen ik mijn hand uitstak om tegen de muur te leunen, was er geen muur.

Mevrouw Veronica legde een hand op mijn schouder. Op ooghoogte zat er een klein schuifje in de muur, naast een buste van een nimf met reusachtige witte hardmarmeren borsten. Er was een kijkgaatje. 'Toe maar, jongeman, kijk maar zoveel je kunt, het kost niks extra's.' Mevrouw Veronica sprak door een zware mistbank en ze moest me voorzichtig naar voren duwen.

Ik duwde mijn oog tegen het kijkgaatje en wat ik daar zag was de wereld een miljoen jaar geleden.

Lief Dagboek: Gabriella's boek van vuur

Hij kan zijn benen net zomin bewegen als wanneer ze door hamers murw zouden zijn geslagen. Hij is aan de grond genageld door het vijgensap op haar kin, dat ze met de rug van haar hand wegveegt. Met een steelse glimlach steekt Fortunata een hand diep in haar schort. 'Hier,' zegt ze en geeft hem een cadeautje dat zorgvuldig in een kleurrijke zijden sjaal met een mooie roze strik zit verpakt. Enrico is even wereldvreemd als de vele egels die hun holen diep in Giorgio's aarde graven, maar zelfs hij ziet hoe haar hand haar verraadt; ze geeft hem trillend het cadeautje aan.

Toch blijft ze zichzelf de baas en ze moet 'Vooruit, pak maar uit, het is voor jou' zeggen, want Enrico staat naar het cadeautje in zijn handen te staren en ziet er zo dom uit, zo onnozel dat Fortunata zich afvraagt of ze misschien een soort inschattingsfout heeft gemaakt en van een idioot is gaan houden.

'Wat is het?'

'Dat zie je toch wel als je het openmaakt?'

Dus maakt Enrico het open en wat hij erin aantreft is een fluwelen doosje, en wat hij aantreft in het fluwelen doosje is een gouden ketting met een gouden medaillon en op die medaillon staat het portret van niemand minder dan Nostro Signore, onze lieve Jezus Christus. Dit cadeau, deze glanzende ketting, is niet alleen het mooiste ding dat Enrico ooit in zijn harde, knobbelige handen heeft gehouden, maar het is ook het enige vergelijkbare ding dat ooit voor hem was bedoeld.

'Ik hoop,' zegt Fortunata, nu met enig vertoon van maagdelijke verlegenheid, zij het niet te veel omdat ze weet dat die slecht past bij haar zware wenkbrauwen en brede kin: 'Ik hoop dat je die altijd zult dragen.'

'Maar waarom zou ik die dragen?'

'Omdat het een cadeau is – van mijn hart aan het jouwe.'

Hij laat die zin even bezinken, de immense omvang ervan, en hij beseft niet dat Fortunata die heeft bedacht en eraan heeft gesleuteld en zich er vele slapeloze nachten lang zorgen om heeft gemaakt, ook tijdens het afhalen en opmaken van de bedden, ook tijdens het vegen en dweilen en boenen van de houten en marmeren vloeren: omdat het een cadeau is – van mijn hart aan het jouwe. En zorg dat de pauze halverwege valt, precies halverwege, en dat je ademhaling niet hapert.

Hij zegt: 'Moet ik hem ook tijdens mijn werk om?'

'Ja.'

Enrico raakt helaas volslagen in de war. Waar zou zij zoiets moois gevonden kunnen hebben? Hij kan er geen weet van hebben dat het een erfstuk is van een overleden oudoom die ooit naar Rome was geweest en op de terugweg zijn hele koffer vol had met dit soort sieraden. Wie is deze Fortunata, blijft Enrico zich afvragen, die hij alleen kent als een van de meisjes uit het palazzu, een van de werksters, iemand die hij uit de verte wel eens heeft begluurd en tegen wie hij nooit meer dan één of twee woorden heeft durven spreken. Wie is zij om hem op zijn geheime plek te vinden, nota bene op deze ochtend, en hem zoiets te geven? Hoe weet ze trouwens dat hij jarig is? Die vragen en twijfels houden hem bezig terwijl Fortunata aan zijn zij, onder de sterke, dikke boom die hen beschermt tegen de ijskoude zeewind, zit te wiebelen als een kind door de vooralsnog onbeantwoorde wellust die in haar brandt. 's Nachts in het bed dat ze met haar zussen deelt, weet ze die gevoelens wel te sussen als haar twee jongere zusjes zwaar liggen te ademen, liggen te snurken, maar in het bijzijn van deze man is Fortunata hulpeloos.

De achttienjarige lijkt op het persoonlijke vlak geen stappen te ondernemen, dus besluit ze hem op weg te helpen met de volgende woorden:

'Ik hou je al een hele tijd in de gaten, Enrico Belpasso.'

'Huh?'

'Ik hou je al een hele tijd in de gaten,' en ze wacht af of deze volstrekt botte verklaring hem enigszins tot leven weet te wekken.

De enige gedachte die daarop bij Enrico Belpasso bovenkomt is dat als zijn bloed niet door zijn aderen zong hij misschien in staat zou zijn om te – denken; als hij kon denken, kon hij zich afvragen wat hij aan het koude zweet op zijn voorhoofd en de brand in zijn broek moest doen; als hij de brand in zijn broek kon vergeten, zou hij misschien weg kunnen rennen. Naar een plek waar hij zou kunnen – denken. Het is dus allemaal een verwarrende spiraal. Of cirkel. Zijn tong is een zware boomstronk en ten slotte stelt hij de enige vraag die in hem omgaat.

'Maar waarom?'

Fortunata besluit dat woorden zinloos zijn en daden essentieel. Als ze nu de maagd uithangt blijft ze gegarandeerd maagd. Bevallig spuwt ze de paar vijgenschilletjes uit waarop ze nonchalant kauwde, gaat ze op haar knieën zitten en neemt het gestrekte, daarnet nog ontspannen lichaam van deze lange, gespierde jongen in ogenschouw. Dat dik makende huisuniform wordt vies, maar daar maakt ze zich geen zorgen om. Laat baron Giorgio maar achter haar aanjagen met de mattenklopper. Sommige zaken zijn belangrijker dan het vermijden van lichamelijk ongemak. Geen klap van baron Giorgio kan erger zijn dan de smart van een levenslang vrijgezellenbestaan. Fortunata heeft ook zo haar vragen. Deze bijvoorbeeld: waarom in hemelsnaam grijpt die jongen zijn kans niet en neemt hij me hier ter plaatse? En het broertje van die vraag: waarom werpt hij me niet op de grond om me te bestijgen? En het zusje van die vraag: waarom perst hij zijn mond niet op de mijne en steekt hij zijn hand niet in mijn rokje om het rijpe fruit te plukken dat ik daar speciaal voor hem bewaar?

Dus pakt Fortunata het fluwelen doosje uit Enrico's handpalm en begint het gouden kettinkje om zijn nek te draperen. Enrico moet daartoe vooroverbuigen en hij voelt dat zijn gezicht dicht bij de zware, beangstigende, prikkelende plaag van haar zware, beangstigende, prikkelende, schrikbarende borsten komt. Ze klikt de sluiting dicht en hij leunt weer tegen de boomstam terwijl hij zachtjes het metaal op zijn borst streelt. Zijn ademhaling raspt als een kitten dat te lang met een bolletje wol heeft gespeeld en nu uitgeput is. Van dichtbij horen ze een groepje mannen uit de citroenvelden komen. Ze roepen elkaar van alles toe, fluiten, vloeken om niets en praten luid.

Fortunata's wangen hebben een fraaie roze tint die ze daarnet nog niet hadden. Haar lippen die hij vóór vandaag nog niet had kunnen bestuderen, zijn bloedrood alsof ze erop heeft gebeten. Haar haar is dik en zwart als het verenpak van een raaf. Enrico had niet verwacht voor zijn huwelijksnacht zo dicht bij een vrouw te zullen komen; hij beseft niet hoe dichtbij die huwelijksnacht is.

'Je vraagt me waarom ik je dit geef, Enrico Belpasso. Je blijft je afvragen waarom, waarom, waarom? Maar waarom zou je je dat afvragen? Heb je geen ogen? Moet ik je tonen wat pal voor je staat?'

Als Enrico eindelijk haar verleidingskunst doorheeft, als eindelijk het muntje in zijn domme kop is gevallen, knikt hij traag. Hij wil inderdaad dat ze hem toont wat zich pal voor hem bevindt. En dus pakt Fortunata langzaam de knoopjes van haar bloes beet. Terwijl hij haar ziet bewegen, de bovenste knoop ziet openen, de tweede, de derde en hem de zachte, rijpe, olijfkleurige huid toont die geen man nog heeft gezien, barst Enrico in onsamenhangende handelingen uit. Hij slingert zijn handen naar Fortunata's borsten en grijpt ze alsof hij zonder deze houvast van de rand van de wereld zou vallen.

Fortunata, die door zijn ontwaken eerder opgelucht is dan opgewonden, kijkt hem brutaal in de ogen en wendt haar blik niet af terwijl ze met een hand een grote dikke vijg van zijn stapel pakt. Ze breekt hem in tweeën en vervolgens in vieren en brengt een van die stukjes met haar vingers naar zijn lippen. Ze houdt het liefkozend tegen zijn lippen en hij opent zijn mond ietsje en laat haar het partje erin stoppen, met schil en al. Zijn tong betast het weke vruchtvlees en zijn kiezen malen; zijn verhemelte reageert op de sterke, verleidelijke, ontijdige vijgensmaak. Die smaak stookt de brand in zijn broek eigenlijk nog meer op dan Fortunata's borsten. Hij begrijpt nu volledig dat dit de tijd is waarin wonderen plaatsvinden. Ze voert hem de rest van de vijg en het fruit is rijker van smaak en textuur dan ooit tevoren. Het bestaat uit wijn en bloed en warme vrouwenvingers. Voordat hij kan slikken, pakt Fortunata zijn gezicht vast en gaat op hem zitten, kust hem zo heftig en begerig dat het secondelang duurt voordat hij met een soort schrik beseft dat ze, mijn God, een vijg uit mijn mond eet!

Maar hoe het ook zij, Enrico's jonge geest is slechts voor een klein en onbelangrijk deel in staat tot rationeel denken en dus stoort het hem niet.

*

Die nacht hoeft Fortunata haar gevoelens niet in het bed te temmen waar haar zusters liggen te dromen. In plaats daarvan wacht Enrico Belpasso haar in het pikdonkere, ijskoude duister op onder diezelfde boom. Ze storten zich in elkaars armen; ze kussen en graaien en kneden en tussen de lage takken door zien ze hoe hun vulkaan vuur over de sneeuw uitstort. In het donker van hun nestje eten ze roofzuchtig nog meer vijgen, en vervolgens elkaar, even roofzuchtig en ongeremd – hij haar tong en haar buik en haar borsten, en zij zijn mond en zijn tepels en zijn stijve penis, die, zo ontdekt ze, ook een mondje heeft en een vreemd soort honing op haar tong huilt. En ze had nooit bedacht of verwacht dat geluk zo vleselijk kon zijn of zo prikkelend op je verhemelte.

Binnen een week hebben ze een datum afgesproken en na een maand is het al zover en daarna wordt de jongen die ooit de luiste van de provincie was de gelukkigste genoemd, want het is gedaan met zijn eenzaamheid en zijn dromerigheid en daardoor kan hij niet ophouden met glimlachen, en hij laaft Fortunata evenzeer als zij hem. Samen zwellen ze op van de suiker en het vlees van de liefde, en hij laat zijn zaad zo vaak mogelijk in haar stromen en zij heft haar heupen elke keer en houdt ze lang hoog, minutenlang nog, zodat het zaad zal aanslaan en tieren; en als dat langverwachte fruit dat eindelijk doet, zwelt Fortunata nog verder en Enrico op een of andere manier ook en ze worden zo vet als Siciliaanse zwijnen en twee keer zo gelukkig, en het leven wordt voor deze twee zoals het hoort te zijn – prachtig en kwellend en vreugdevol – totdat hun wereld in oorlog geraakt.

GABRIELLA'S VERDWIJNING NAAR ELDERS

Ze begonnen te roepen en ik kon alleen maar staren, één oog nietsziend naar de blinde muur, maar het andere wijdopen starend naar een ring van de hel.

'Is het zijn hart? Heeft zijn hart het begeven?'

Mevrouw Veronica hoorde het even goed als ik, maar terwijl ik doodsbenauwd was, was zij niet verbaasd, of sterker nog – zo heb ik iedereen later keer op keer verteld – geen greintje verrast. Ze duwde me weinig subtiel van mijn plek voor het kijkgaatje. Ze was niet – zoals ik – onder invloed van drugs en keek nog eens naar de twee vrouwenlichamen die het aangespoelde walvissenlijf van Enrico Belpasso bewerkten. Ze had me gezegd dat ze de naakte lijven van haar hoeren al een paar keer had bekeken terwijl ze die lelijke vleesberg van een klant aftuigden, en nu waren ze nog steeds bezig, maar op een heel andere manier. Mevrouw Veronica haastte me voorbij en nam de aangrenzende deur om in de robijnrode slaapkamer te komen. Haar aangeleerde vernislaagje was verdwenen toen ze de zaak ter hand nam en in het Strine begon te blaffen:

'Noem ie dat een hartmassage? En jij, kijk eerst offie z'n tong heeft ingeslikt voordat je hem beademt! Bejje nou helemaal besodemieterd?'

Ik liep haar achterna die ruimte in vol zware fluwelen gordijnen en rode lakens en zware kussens op een enorm bed. Het was even goedkoop en nep als een etalage in een warenhuis. In een blind raam stond een airconditioning te zoemen en er hingen kleine gastendoekjes zoals ze die in een hotel hebben en een fonteintje voor warm en koud water. Buiten die kamer, in de rest van Nocturne, hingen flarden leliegeur en sandelhout en aardbeienwierook, maar hier stonk de onnatuurlijk koude lucht naar afscheiding en leek ze te trillen door het elektrische gezoem.

'Hij loopt blauw aan.'

'Da komp d'rdat je maar waddoet.'

Van de eerstehulpcursus op school wist ik nog wel dat hartmassage niet begon met dubbelhandig op iemands borstkas beuken alsof je een stenen muur moest neerhalen, maar dat was wel wat de naakte Muriel – of was dat Melinda – zat te doen. Ik was niet in staat tot iets beters. Mijn hoofd was koud geworden en mijn armen en benen ook. Er staken naalden in mijn schedel en ik was bang dat ik flauw ging vallen. Ik was als versteend in deze noodsituatie. Bij elke dreun die Muriel/Melinda uitdeelde, stond ik te schudden door de klabbam die als een stemvork door Enrico Belpasso's volvette klankkast weergalmde en zijn wit-blauwe voeten als tot leven gewekte speeltjes liet opspringen onder de rode lakens die hem uitsluitend van knieën tot enkels bedekten. De andere vrouw klemde zich op zijn mond vast, gaf hem mond-op-mondbeademing en probeerde een teken te ontdekken waaruit bleek dat hij zelfstandig ademde.

Dat kwam niet.

Het gezicht van mevrouw Veronica vertoonde vastberadenheid en woede. Ze duwde me behendig de kamer uit en zei: 'Gelukkig zit de ambulancecentrale van Spring Hill drie straten verderop. Ze weten de weg maar al te goed.' Ze sloeg me bemoedigend op de schouder en stuurde me naar een andere kamer die een kantoortje bleek te herbergen. Daar deed zij haar werk terwijl haar dames het hunne deden. Ik wilde naar Gabriella maar mevrouw Veronica wilde dat ik hier bleef. Terwijl ze de hoorn van de zwarte wandtelefoon pakte en het nummer begon te draaien, zei ze, haar vernislaagje min of meer hersteld, tegen mij: 'Ik wil dat je dit opschrijft. Ik wil je naam voluit en die van Gabriella en die oude kerel en jullie adressen. Denk eraan dat je uit eigen vrije wil hierheen bent gekomen. Denk erom dat Enrico Hoeheettieookweer hier persoonlijk om zijn verzetje vroeg en dat jullie in de wachtkamer hebben gewacht en dat ik jullie limonade heb gegeven.'

Ik schreef op wat ze van me vroeg maar mijn vingers waren opgezwollen en mijn hand traag. Ik stond te tollen in die kamer terwijl mevrouw Veronica iets in de hoorn zei. Er spookten zoveel gedachten door mijn hoofd dat ik er niet eentje wist vast te houden. De oude baas ging dood en Gabriella en ik gingen naar de hel, maar eerst zou de hele wereld over ons heen tuimelen en dat kwam allemaal doordat ik nog nooit had gehoord dat twee pubers zo diep in de ellende waren beland als wij.

Een nieuwe vrouw die ik voor het eerst zag, haastte zich het kantoortje in. Ze was bleek en knap. Mevrouw Veronica dekte de hoorn af en zei zachtjes: 'Ontruim de kamers boven. Maak je niet druk om het geld, zorg alleen dat iedereen onmiddellijk vertrekt.'

De jonge vrouw zei: ''t Is in orde. Het is al gebeurd. Ze hebben zo'n herrie gemaakt dat de jongens al zijn vertrokken.'

Mevrouw Veronica scheen geluidloos te zuchten, en herhaalde vervolgens de naam Nocturne in de hoorn.

Ik moest naar Gabriella.

Omdat ik verwachtte dat ze inmiddels in de kamer bij de hoeren en haar nonno zou zijn, ging ik daar eerst heen. Het was onmogelijk dat ze het geschreeuw en het geren over de plankenvloer van de gang niet zou hebben gehoord. Zelfs de mensen boven hadden de heibel bemerkt en waren ervandoor gegaan. Maar Gabriella was er niet. Eén van de vrouwen zei uitgeput tegen mij: 'Beadem jij hem in godsnaam, ik kan niet meer.'

Ik deinsde terug en glipte de deur uit.

Dan moest Gabriella dus op de bank liggen te slapen bij de flikkerende, geluidloze beelden van de middagtelevisie. De marihuana had haar kennelijk verdoofd. Nee. Ze was niet op de plek waar ik haar voor het laatst had gezien. Dorothy wel, die rookte een gewone sigaret en morste van opwinding as op haar jurk. Haar houding straalde uit dat er nog meer narigheid zou volgen en ik vroeg me af waarom ze niet was vertrokken.

'Waar is Gabriella?'

'Die meid? Niet gezien. Waar is mijn moeder?'

'Je moeder?'

'Mevrouw Veronica.'

'Die is...'

Maar ik liep de kamer uit zonder die zin af te maken. Wat betekende dat: 'niet gezien'? Het maakte me in de war. Die woorden zeiden me niets. Als Gabriella nu nog niet bij haar nonno was en niet in die wachtkamer, waar kon ze dan uithangen? Ik wilde het aan mevrouw Veronica gaan vragen, maar die kon het nog minder weten dan ik. Dus liep ik terug en doorzocht alle kamers die ik kon vinden en ondertussen ging alles wat ze met nonno Enrico Belpasso uitspookten gewoon door. De tijd verstreek; ik wist niet eens of hij dood was of nog leefde. Ik doorzocht dat hele enorme, afgetakelde koloniale landhuis: keuken, magazijn, slaapkamers, badkamers (drie stuks, waarvan twee boven en één beneden), toiletten (drie stuks, waarvan één boven en twee beneden). Ik zocht in de achtertuin en doorzocht het hele huis nogmaals en schreeuwde op het laatst: 'Gabriella! Gabriella!' in een soort paniek die ik nooit bij mezelf had verwacht. Het was pure doodsangst om haar en pure doodsangst om mezelf. Hoe moest ik alles aanpakken wat er nu zou volgen? Wat moest ik zeggen? Hoe kon ik dit allemaal in mijn eentje uitleggen?

Want inmiddels begreep ik dat het kleine kreng me in de steek had gelaten. Een andere verklaring was er niet.

Mevrouw Veronica perste haar lippen op elkaar waardoor ze veranderden in duizend droge barsten in een woestijn van uitgedroogde aarde. Het onafgebroken gejoel van de sirene scheen haar te ergeren.

Enrico Belpasso, wiens lippen de kleur van donkere vijgen hadden aangenomen, strekte een arm uit en greep me bij mijn pols. Het was net of ik door een lijk werd aangeklampt. Hij versterkte die monsterlijk koude greep op mijn pols zodat ik niet weg kon lopen. Ik wilde achter Gabriella aan, welke kant ook maar op, maar waarheen? Het was alsof ze in rook was opgegaan. Ik wilde haar bij me hebben en ik wilde haar omhelzen opdat alles goed zou komen. Haar grootvader was het hoekie om, maar tot mijn verrassing was hij terug. Hij was terug. En waarom Gabriella dan niet? Thuis zouden ze erachter komen wat we in Nocturne hadden gedaan en we zouden in het type zwaar weer belanden dat alleen grote zondaars krijgen te verduren – maar waren we samen geweest, dan zou alles goed zijn gekomen.

Samen, kreng van een Gabriella, we zouden dit samen opknappen.

Ik huilde al als een idioot.

Enrico Belpasso behandelde me ruw. Hij schudde aan mijn arm alsof hij me iets duidelijk probeerde te maken, en ik staarde omlaag naar zijn lelijke, geteisterde gezicht en zijn vertrokken mond. Hij trachtte iets te zeggen, maar ik deed geen moeite om te luisteren of het te begrijpen. Er stroomden woorden over zijn lippen alsof het water was, maar ik voelde uitsluitend schrik en walging en angst, voor hem, voor mezelf, voor de afwezige Gabriella Zazò.

De hoeren hadden zich aangekleed en waren vertrokken.

Dorothy zat nu naast het bed. Mevrouw Veronica was veelkleurig en theatraal weer een en al kalmerende kruipolie. Ze streelde de oude baas over zijn wang en zei: 'Beste man, *tutto è a posto. Tutto va bene, non preoccuparvi.* Alles is in orde, maak je geen zorgen.'

Dorothy zei: 'Mam, hij ziet er nog steeds niet zo best uit.'

'Goed genoeg. Of niet dan, beste man?'

Hij braakte nog meer zeeën van woorden uit en trappelde woedend met zijn voeten.

Dat was het moment waarop ik me uit nonno Belpasso's greep wist los te wrikken.

Ik liep Nocturne helemaal door, die lange, donkere gang door en toen ik de voordeur openduwde en in het stralende daglicht belandde, raakten mijn ogen meteen verblind. De hitte sloeg over me heen als een grote brandinggolf op een schitterende kustlijn en ik zag dat er een raar soort waas boven de straat hing. Ik knipperde met mijn ogen, wreef erin, hield mijn hand erboven en voor de deuren van Nocturne verzamelden de nieuwsgierigen zich rond de ambulance om te zien wat er aan de hand was en wie er in de problemen zat.

Twee ziekenbroeders in kraakheldere korte broeken, overhemden en lange kniekousen ratelden efficiënt instrumenten uit de achterkant van de wagen te voorschijn. Erachter kwam een politieauto met zwijgende sirene tot stilstand en toen het chauffeursportier openging verrees de lange gestalte van agent Pietro Pierucci in de zonneschijn. Hij zette zijn zonnebril af en wierp een blik in mijn richting. Je kon niet zeggen dat hij het type was dat vaak blij keek, maar op dit moment leek het of hij een rotsblok op zijn schedel kreeg.

Hij riep: 'Sam!'

Het trappetje van Nocturne telde slechts enkele oude, wiebelige houten treden. Ik liep ze af en volgde het met onkruid overwoekerde pad naar het gammele poortje. En daar zocht ik steun, keek heen en weer, heen en weer in de hoop dat Gabriella zich in mijn blikveld zou vertonen. Ik voelde me beroerd. Ik moest de inhoud van mijn maag prijsgeven. Ondanks de ambulance en de politieauto en agent Pietro Pierucci die schreeuwend op me afkwam, was de wereld volstrekt normaal. Toch bevond Gabriella zich niet tussen de mensen die rond de ambulance stonden; ze verscheen niet plotseling; ze stond niet bevreesd om terug te keren in de verte op een stoep te wachten.

Ik kon het stomweg niet bevatten en zo zou het altijd blijven.

Gabriella Zazò was gewoonweg nergens, verdwenen.

BLOED: 1985

ALLEGRIA

Tony Solero gaf een feest tot in de vroege uurtjes. Het was de vertrouwde zaterdagse uitgaanssfeer, maar dan beter. Hij was er, en zijn oudere broer Lino en de twee stille vennoten die samen met ons La Notte runden, een tent die ooit, heel lang geleden, een oud houten Queenslandpaleis was geweest dat Nocturne heette. De vlot gebekte harpij met foute kleuren die die roemruchte Brisbanese ontmoetingsplek bestierde, had ook het eeuwige leven niet gehad en toen zij het hoekie om ging en haar dochter van de zaak af wilde, namen Antonio en Pasqualino Solero het over en vergaten niet enkele van hun betrouwbaarste vrienden erbij te betrekken. En dat was ik natuurlijk. Ons aangename etablissement verschilde huizenhoog van die vroegere bouwval doordat we zonder een greintje sentimenteel te doen over de snel verdwijnende koloniale architectuur van Brisbanes verleden het huis en de bomen eromheen sloopten en de slordige stukken bloemen- en moestuin omploegden, die grotendeels vol hadden gestaan met schijfcactussen en woekeringen van zoete aardappel en onkruid, en dat alles vervingen door een nachtclub van zwart staal en rookglas. Onze club was een gezonde onderneming die op dat moment nog in de rode cijfers zat – over een jaar zouden we quitte spelen en heel wat meer dan dat. Een deel van de start- en lopende kosten werd gevormd door onze salarissen die gewoon doorliepen, en Tony

Solero, feitelijk het kloppende hart van La Notte, zorgde ervoor dat iedereen zeer goed betaald werd. Anders, zo verkondigde hij met liefde, anders was het immers nergens goed voor.

Als kind was hij al vrijgevig en als volwassene was hij geen steek veranderd. Ik was degene die was veranderd.

Deze zaterdagavond, had Tony tegen zijn broer gezegd, wilde hij eens iets anders uitproberen en dat iets was een Latinband die hij in een of ander amusementsprogramma op tv had gezien. Dus hadden we die geboekt en The Cuban Eight kwamen opdagen en speelden de sterren van de hemel en maakten dit bijzondere Tony-feestje in La Notte tot iets nog bijzonderders. Het punt was dat goedgeïnformeerde nachtbrakers onder de dertig à vijfendertig altijd naar zo'n zaak als die van ons wilden, dus was elke verbetering absoluut overbodig. We vonden dat wij het 'coole' stadspubliek trokken. Brisbane medio jaren tachtig: een uit zijn kracht gegroeid provinciestadje, laaiend als een viermans kroegband en zo bronstig als een goed stuk van Tennessee Williams, nauwelijks de pubersandalen en korte broeken ontgroeid, stinkend naar ongelikte bierberen die balsporten verkozen boven eros en kunst, de hoofdstad van een staat die werd bestuurd door boeren en rechtse types die vonden dat je studentendemonstraties beëindigt met flinke inzet van wapenstokken en die bovendien geloofden dat je nergens anders respect voor moest opbrengen dan voor geld en economische ontwikkeling, al verrichtten ze natuurlijk ook veel nattelippendienst aan God en fundamentalistische godsdienstige ideeën; dat schandaal van een regering dat met ijzeren vastberadenheid en een fascistische instelling regeerde – nou ja, op zo'n plek was 'cool' allerminst de juiste term, maar we hielden onszelf voor dat wij haar trokken, deze groeiende stijlelite van de stad. Al met al betekende het alleen maar dat mensen beseften dat ze zich beter fraai konden aankleden en hun goede manieren tonen in La Notte, anders kwamen ze er niet in. Dus deden ze dat en kleedden zich ook mooi; en als onze nachtclub vol was, hadden Tony en ik, allebei pas halverwege de twintig, het gevoel dat we de hele wereld aankonden.

De rest was niet meer dan een façade. Het licht, de mooie meiden, de gratis drank. Het was een façade die beweerde dat de wereld een mooie, romantische plek is en met die leugen viel prima te leven als je niet in iets hogers geloofde.

Zodoende konden de meiden die er kwamen wild zijn en de kerels stoere binnenstadstypes met sportauto's die wellicht de moeite waard waren; en de muziek en explosieve cocktails die de barman maakte, lieten je vel van je lijf krullen. Die zaterdagavond klommen we een treetje hoger op de ladder van voortreffelijkheid en versterkten onze reputatie: onze Latin-band, die de gebruikelijke discohits en geile platen van de week verving, kookte iedereen gaar.

Het werd een feestelijke aangelegenheid, een en al zweet en lachen en leven en hoewel ik bij de deur had moeten blijven staan, had ik in die tijd voldoende kloten en stapzin op woensdag, donderdag, vrijdag, zaterdag en zondag om, als ik de sfeer te pakken kreeg, mijn post te verlaten en me in het gedrang te storten. Ik danste graag mijn benen uit mijn lijf op de dansvloer. Soms probeerde Tony Solero 's avonds mijn aandacht te trekken en keek me dan met een bittere glimlach aan. Soms zag ik hoe zijn lippen me vervloekten, maar hij probeerde zelden iets aan mijn eigenzinnige gedrag te veranderen. Vanavond nog minder dan anders. Tony verkeerde niet in de veronderstelling dat ik ooit een van de meest toegewijde partners van de Solero's zou worden. Ze hadden me feitelijk alleen vanwege een oude vriendschap opgenomen, uit nostalgie, omwille van een band die je niet verbreekt voordat je bereid bent die te verscheuren. Zover was het nog niet. Iedereen wist dat drinken en zwelgen bij mij eindeloos voorrang genoten boven in onze hoefijzervormige entree te waken voor nachtclubnachtmerries als spijkerbroeken en sportschoenen, steekwapens, boerenpummels en heikneuters uit de voorsteden. Wat we niet wensten, weerden we. Overhemden van de K-mart met smalle nylon en polyester stropdassen en rokjes van Woolworth opgesmukt met glazen diamanten en namaakparels, al dat soort beledigingen kon zo terug naar de kroegen en biertenten.

Mijn financiële bijdrage aan het startkapitaal van La Notte had me dit baantje opgeleverd, dat inhield dat ik alle gezichten bekeek die zich voor de deur verdrongen om te beslissen wie er te dronken was om binnen te laten en wie er gewoon niet uitzag. En er was nog iets, die beoordeling van hoe mensen vanbinnen zijn, of het ruziezoekers en herriemakers en vechtersbazen zijn. De eeuwige discovraag van schuld en onschuld, of na middernacht: goed en kwaad. We namen het allemaal zo serieus. Het probleem voor mij was dat iedereen op sommige avonden een zwarte, slechte inborst had en dat ik op andere avonden naar die geparfumeerde, geaftershavede, begerige en hoopvolle blikken staarde en niets anders in ze zag dan engelen die verwachtten in La Notte vleugels te zullen krijgen. Als ik er zo aan toe was, was iedereen mijn vriend. Als iedereen mijn vriend was, scheidde ik genoeg feromoonparfum af om de aantrekkelijkste feestende meiden mee naar huis te krijgen. Ik leek in niets op de zakenmannen die La Notte bestierden. Geen wonder dat Tony Solero altijd zei dat ik in het armenhuis zou eindigen.

Kijk, op die avond van de Latin-band waren er uitsluitend engelen. De hele club was vol van dronken hemellichamen. Iedereen liep te zingen en te brullen, toonde het goede humeur dat tegen de ochtend ofwel in een diepe benevelde slaap zou omslaan of in lijzige liefdesbeloften of in ouderwets degelijk gerampetamp in auto's, huizen en donkere hoekjes.

Uit respect voor het feit dat ik officieel aan het werk was, dronk ik niets anders dan grote glazen limonade of bronwater; maar ik begreep dat je dankzij die muziek ladingen flessen schuimend bier achterover wilde slaan, of het ene glas zoutige margarita na het andere of dropachtige rum-cola of citroenige caipirinha's. Of je nou man was of vrouw, je zou handenvol eten van de gratis zoute, warme cashewnoten en donker geroosterde maïschips met pikante salsasaus en zure room, die voortdurend rond werden gedeeld, en je zou een of andere schoonheid proberen te versieren, of, als je een meid of homo was knipogen naar de bink die je het beste beviel. De een kreeg het gedaan en de ander niet en sommigen hadden er genoeg aan om aanwezig te zijn. Tony Solero wist, ook als hij bonnetjes telde en uitgaven bekeek en de rode kloof tussen die twee overdacht, dat La Notte de mensen genot bracht. De Latino dansavond stemde ons allemaal vrolijker dan ooit.

Het ging zo:

Het snelle geratel van de conga's en timbalen, de staccatoritmes een-twee-drie/een-twee, de harmoniërende gitaren en bonkende plukbas, de tweemans blazerssectie die als je even niet oplette overschakelde op violen of dwarsfluiten, die op de gekste ogenblikken invielen en soms van een melancholiek mineurakkoord overgingen naar een majeurakkoord dat je helemaal vrolijk stemde, die maakten dat je alle spieren in je lijf wilde gebruiken en niet stil kon zitten. Niemand kende die oude liedjes maar het was kinderlijk eenvoudig zodra je lijf het ritme te pakken had. De zanger, de vent die Ernesto of Ronaldo heette, en het meisje dat op de achtergrond zong (en soms van die zongebruinde paraderende lul met zijn kamgaren witte pak en hemelsblauwe overhemd met revers van hier tot Tokio solo's mocht zingen), nou, dat paar gaf je echt het gevoel dat je wilde zingen – met je hele vervloekte ziel en zaligheid.

De achtergrondzangeres heette Irina en zij was een echte koffiekleurige schoonheid uit Cuba – dat dacht ik toen tenminste. Tony, met zijn kenmerkende sluike haar en de daarmee strijdige ondeugend-brave grijns, had ons aan het begin van de avond voorafgaand aan hun eerste set aan elkaar voorgesteld. Ondertussen dronk zij sloten bronwater, maakte haar stembanden los en sloeg geen acht op mij. Nu, uren later, geilde ze met haar lange, slanke, harde benen en mooie hoge tietjes onder een opgebonden hemdje en een naakte taille waar je als man duizelig van werd, alle aanwezigen op. Dankzij de transpiratie glansde haar satijnen huid in het licht. Ze spande en ontspande haar dijspieren en er was nog iets dat ze tijdens de opzwepender nummers deed. Ze begon boomlang en schokte dan stukje bij beetje ineen tot een soort hurkzit, waarbij haar bekken het steeds snellere en snellere ritme volgde. Die Irina hield haar bovenlijf strak, maar haar borsten trilden en golfden en haar armen kronkelden als slangen boven haar hoofd. Het zweet spetterde van haar gezicht en haar brede mond vertoonde de puurste, eeuwigste glimlach, maar in haar blik zag je dat niet terug. Haar ogen stonden juist wijd open en wild en half bezeten als een poema die op het punt staat onschuldig vlees te bespringen. Ze gloeiden midden in haar koffiekleurige gezicht. Alsof dat nog niet genoeg was, kon je soms zien hoe haar tepels hard werden van de hartstocht of opwinding van de Spaanse *canción*, die kleine knopjes die door de half doorzichtige stof heen staken en helemaal geen knopjes leken, maar eerder lokkende vingers. Terwijl zij zo danste, zo'n rauwe, primaire woestheid uitstraalde vanaf dat kleine podium, kon je je fantasieën over haar de vrije loop laten. Ik wilde van alles over haar fantaseren; het was nog vroeg op de avond, maar ik wist nu al dat ik haar wilde zoals ik rode wijn bij mijn pastagerechten wil. En het volgende waarover ik moest nadenken was dat Irina er niet alleen verbijsterend uitzag, een honingzoete stem bezat en sexy achter de microfoonstandaard danste, maar dat ze bovendien enkele zinnen tot mij zong. Dat verbeeldde ik me niet. Ik zag het wolfachtige gegrijns van andere jonge kerels. Bij sommigen was het onverholen jaloezie en bij anderen oprechte allegria – geluk. Maar haar gezicht toonde dat haar dierlijkheid in de muziek lag en de muziek in haar dierlijkheid, en ik, tja, ik was volledig in de ban van haar betovering.

Tot ergens in de kleine uurtjes.

DE NIEUWE PIETRO PIERUCCI

Ik hoorde van iemand dat Tony Solero me wilde spreken, dus zocht ik hem op en zelfs op twintig passen afstand wisten we boven het kabaal en de narcose van de nachtclub uit elkaar snel iets uit te duiden.

Zo snel mogelijk wurmde ik door de menigte naar de voordeur. Tony maakte zich zorgen over een tweetal dat binnen wilde dringen. Het waren oude bekenden van ons: voetballers of amateur-boksers of zoiets, slecht volk met een beroerde reputatie. Ze stonden op mijn klootzakkenlijst omdat ze zich die paar keer dat we ze hadden toegelaten hadden gedragen als grommende stieren die onwillige koeien lastigvallen. Als ze door alle meiden waren afgewezen, werden ze ruw. Ze deden alsof ze twee vermetele kinderen van Moeder Natuur waren die pret wilden maken, maar hun soort pret was jou zeer doen. Pijn bezorgen. Dus pogoden ze als bij een optreden van een punkband in 1977. Ze bonkten met hun schouders tegen je aan en stootten je van je plek op de dansvloer. Ze knalden hard tegen je hoofd aan terwijl ze woest op de muziek tekeergingen. Vervolgens grijnsden ze je aan en lieten hun biertje vallen alsof het jouw schuld was en eisten dat je een nieuwe voor ze haalde. In de menigte knepen ze hard in het koele vel van een blote meisjesarm. Ze drukten een elleboog tegen je borstbeen of vermorzelden je tenen onder hun laarzen, als jij met je vrienden stond te praten en te lachen. Daagde je hen uit, dan keken ze de andere kant op, alsof ze doof waren voor allesbehalve de mooie muziek om hen heen en als ze je naïef genoeg vonden, staarden ze je door een bierwaas aan en kreeg je voor hetzelfde geld een vuist in je maag; en in de warboel van muziek en drinken en seksuele spelletjes die bezig waren, zou niemand precies kunnen zeggen wat er nou was gebeurd. Jij, de onnozelaar, het doelwit van het ogenblik, zou de klap niet eens zien aankomen. Elke nachtclub in elke neonverlichte stad ter wereld kent de namen en gezichten van dit soort jongens. Deze twee heetten George en Eric. De enige verzachtende eigenschap die ze bezaten, was dat ze stom waren, en daardoor waren ze gevoelig voor gladde praatjes, en dat achtte men mijn sterke punt.

Carlo, onze eerste uitsmijter, deed zijn uiterste best om ze onder controle te houden, maar dat was onvoldoende. Hij was zo'n uitsmijter die als het moest een afgrijselijke armklem kon uitvoeren of zelfs een verstikkende verwurging, maar hij zou net zomin iemand slaan als ik; hij viel op door zijn kleerkastpostuur. De meeste potentiële herriemakers werden zodra ze hem zagen eenvoudigweg door een bescheiden stilzwijgen overvallen – maar nu hadden George en Eric hem opzij geduwd; zijn overhemd hing over de band van zijn zwarte broek.

Ze waren stomdronken. Die waren vast al de hele avond aan een kroegentocht bezig. Ik gaf Carlo een bemoedigend knikje, maar hij was kwaad dat hij ze zelf niet naar buiten had weten te werken. Op dit uur stond er geen rij voor de deur, er stond buiten niemand te wachten, maar er reed nog veel verkeer richting Boundary Street en door Leichardt Street naar St. Paul's Terrace. Ik verwachtte niet dat het uit de hand zou lopen, maar als het zo druk was, bleven er altijd mensen staan kijken en daardoor voelde ik me niet op mijn gemak.

Tony Solero had vroeger bij de Police Boys' Club gebokst en vond dat ik een laffe veeg, niet eens een klap, over me had waardoor ik nog eens in het ziekenhuis zou belanden. Hij vond dat ik een gevecht meteen naar mijn hand moest zetten. Hij vond dat ik paraat moest zijn en moest toeslaan. Meteen slaan, niet pas over vijf minuten. Hij vond praten iets voor rukkers die een knal verdienden. Opdrijven was voor sukkels die sterretjes zouden zien en in elkaar gebeukt zouden worden. Uitdagen noemde hij iets voor lafaards die wilden dat de ander als eerste sloeg, en zijn geleerde opinie luidde dat je net zo goed je kin kon uitsteken om je buiten westen te laten slaan. Daarna was hij tot de zakelijke conclusie gekomen dat al die vechterseigenschappen aan de deur van een nachtclub alleen tot nog veel meer geknok zouden leiden en inmiddels gaf hij de voorkeur aan iemand als ik, die sinds zijn schooltijd niet gewelddadig was en in plaats daarvan vrijwel iedereen ondersteboven had leren praten.

'Hé, mannen, hoe gaat ie?'

'Deze smerige pizzavreter zegt dat we niet –'

'– naar binnen mogen. Klootzak. Ram hem op zijn bek.'

'Natuurlijk kunnen jullie binnenkomen, maar waarom zou je? We hebben Latin-night. Gedoe uit Zuid-Amerika. Jullie weten misschien niet wat salsa en mambo is, maar oude mensen zijn er dol op. Het lijkt trouwens wel of de tent vanavond door een vijftig-plusclub is afgehuurd. Het is stampvol met mannen en vrouwen van middelbare leeftijd.'

'Godver man, waar hebbie het over –'

'Jullie vinden er misschien niks aan, maar het punt is, die band is hartstikke duur dus moeten we twintig pop entree de man rekenen. Wou je allebei twintig dollar voor die troep neerleggen?'

'Het is geen twintig.'

'Jullie weten dat ik jullie graag voor nop binnen zou laten, maar vanavond kost het twintig. Klote. Weet je dat ze lingerieavond hebben in The Beat?'

'Gelul.' Ze duikelden hun portemonnees op en trokken geld te voorschijn.

'Nou, ik moet er wel bij zeggen dat jullie niet naar binnen mogen als je al zoveel hebt gedronken.'

'Hebben we niet.'

'Kom volgende week maar terug, da's veel beter.'

George en Eric keken elkaar aan. Ze zagen eruit als stieren in hun weekendplunje: goedkope overhemden en broeken.

Ik bleef glimlachen. 'Vertel eens, waar zijn jullie vanavond zoal geweest?'

Gedaan met het gevlei. George duwde me met twee handen

naar achteren waardoor ik drie passen achterwaarts struikelde en met mijn schouderbladen en hersenpan tegen de gevel van La Notte bonkte. In mijn hoofd dreunde het alsof er een grote kerkklok scheurde. Ik rook een smerige lichaamswalm en bier en Brut aftershave en was op slag zo hulpeloos als een lam.

Carlo brulde: 'Hé!' en probeerde George in een hoofdklem te grijpen.

Opeens stond Tony Solero achter hen en George, niet de grootste maar wel de sterkste, kreeg een dreun op zijn nieren die hem als het tegenzat op de eerste hulp zou doen belanden. De nier is een heel teer orgaan, maar dat hoort bij het bestaan van een weekenddebiel. George kromp ineen, kermde verontwaardigd en greep naar zijn zij. Carlo maakte nog een beweging en greep Eric van achteren en omklemde zijn armen, waarna Tony hem twee oplawaaien verkocht die van zijn zweterige kop leken af te ketsen en hem niet van zijn stuk schenen te brengen. Tony had allang niet meer gebokst. De kracht was uit zijn slagen verdwenen. Hij was zwaarder geworden, maar niet op de goeie plekken. Toch wist hij Eric nog een ram in zijn maag te geven en dat was voldoende om hem onderuit te halen. Ik stond erbij en ik keek ernaar. Ik voelde aan mijn achterhoofd.

Tony Solero stond klaar om toe te slaan, maar ik greep hem bij zijn arm.

'Hij heeft genoeg gehad.'

'Kijk nou wat er gebeurt!' Tony was nog steeds in alle staten. 'Fijne vent! Wat heb ik aan jou, jongen? Nou? En jij – Carlo. Wat loop jij hier eigenlijk te doen?'

Ik zag Eric op de grond liggen rochelen en een stinkend mengsel uitbraken van de drankjes die hij door elkaar had gedronken, en de onopvallende politieauto die in die tijd vaak bij La Notte langskwam, besloot op dat ogenblik zijn bezoekje af te leggen. Dus hadden we meteen een ooggetuige. Tony Solero vermande zich onmiddellijk en probeerde zijn stem in bedwang te houden toen hij de broodmagere agent aansprak die uit de wagen opdook, rechercheur Pietro Pierucci.

'Kameraad, hoe staat het leven?'

'Wie zijn dat?'

'Twee stomme zatlappen. Ze hebben ons de laatste paar maanden wat problemen bezorgd. Vanavond hebben ze ruziegemaakt met Carlo en Sam.'

Ik stond nog steeds aan mijn achterhoofd te voelen of ik bloedde.

Pierucci knikte. Hij zei: 'Ben je gewond geraakt?'

'Neu.'

Carlo zei met de beste bedoelingen: 'Sam kreeg een knal op zijn kop. Een van die twee slingerde hem tegen de muur.'

'Welke?'

'Die daar.'

Pierucci bekeek ze. Hij kende ze. Hij noemde hun namen. Hij verdween met zijn bovenlijf in de politieauto en vroeg via de radio om een boevenwagen. Hij had een bruin pak aan en ik bedacht dat hij er vroeger in uniform knapper uit had gezien. Hoewel hij pas midden veertig was, was zijn destijds gitzwarte haar helemaal grijs geworden en was zijn huid asgrauw. Ik had met hem te doen, want zijn hele loopbaan als buurtheld had hem op een of andere manier te gronde gericht.

Eric stond weer rechtop en strompelde wat rond en probeerde vervolgens zijn neergeslagen vriend aan zijn kraag mee te trekken. Rechercheur Pierucci liep naar hem toe en schopte hem in zijn knieholte zodat Eric opnieuw viel. Terwijl hij lag te kronkelen schopte hij hem tegen zijn hoofd en het kraakte even luid als wanneer er een tak brak.

Carlo zei: 'Nee, het was die andere.'

Pierucci keek op, knikte dat hij zich had vergist en gaf vervolgens George zo'n enorme trap in zijn zij dat hij op zijn buik rolde.

'Hé, Peter –'

'Hou je bek, Tony.'

We wisten allemaal dat Pietro Pierucci heel zacht ging praten als hij een kwaaie bui had en hij was nu amper te horen. Hij liep terug naar Eric, zette zijn schoen op diens gezicht en hield hem daar. De rechercheur vond het niet nodig om te dreigen of een waarschuwing af te geven. In plaats daarvan duwde hij zijn voet hard omlaag, er was een kreetje te horen en vervolgens het geluid van Erics brekende neus. Al snel sijpelde er bloed onder de schoenzool van rechercheur Pierucci vandaan.

'Ga in de goot zitten en hou je kop,' zei hij tegen Eric, en hij haalde zijn voet weg en schraapte zijn schoen tweemaal over de grond. Met een gezicht vol bloed kroop Eric naar de goot. Hij had zijn hoofd in zijn handen, maar vervloekte de duvel en zijn ouwe moer. Pierucci fluisterde: 'Ik zei dat je je kop moest houden.'

Eric sidderde alsof hem nog meer te wachten stond en hield dus op met vloeken. Hij wiegde in de goot heen en weer en was daarna zo verstandig om zijn klep te houden.

Rechercheur Pierucci kwam naar ons toe en keek me aan. 'Hoe kun je nou overstag gaan voor zulk volk?'

Tony kwam tussenbeide. Hij gaf hem de envelop waarvoor hij was gekomen. 'Kom even wat drinken, Peter.'

'Vanavond niet.'

Rechercheur Pierucci kwam op geen enkele avond binnen, niet sinds La Notte anderhalf jaar geleden haar deuren had geopend. Zijn partner zat in de politieauto op hem te wachten, een nieuwe vent, een jonge rechercheur nog, en die wist best wat er gaande was, maar schaamde zich nog voldoende om zich niet te vertonen. Over een maand of twee zou hij ook zijn hand ophouden en moesten wij die eveneens voeden. Op die manier wisten we dat de politie ons te hulp zou schieten indien nodig; zo verzekerden we onszelf ervan dat we ze meestentijds niet nodig hadden. Tony aanvaardde het als een van die dingen die erbij hoorde en als de zaken zo verliepen dan verliepen ze zo; ik vond het ook niet zo'n punt. Het was gewoon een goeie verzekeringspolis. We vroegen ons regelmatig af hoeveel zaken Pierucci nog meer bezocht om vergelijkbare bedragen op te halen en hoeveel hij voor zichzelf hield en onder wie hij de rest verdeelde. Wat me verbaasde en waar ik als ik de kans kreeg behoorlijk mee kon zitten was dat die onbenullige bedragjes die we hem toestopten, dat drinkgeldje – zoals hij het spottend noemde – Pietro Pierucci's eigen leven geen greintje allegria scheen te bezorgen. In ons geval probeerde hij althans een bedrijf te beschermen dat niets anders dan een allegria wilde zijn, maar hij was er het absolute tegendeel van, een man zonder een piezeltje geluk in zijn lijf.

'Nog verboden middelen in de tent?'

Tony spreidde zijn armen en zijn double-breasted colbert viel open om zijn witzijden overhemd en donkere, bewerkte zijden das te tonen. Ik hield hem altijd voor dat je double-breasted colberts niet met de knoopjes los moest dragen, dan vielen ze slecht, maar Tony's gebrek aan stijl had hem nooit ergens van afgehouden. Hij lachte. Hij glimlachte zijn glimlach. Dat deden we allemaal. We wisten dat Pietro Pierucci die vraag niet meende.

De rechercheur stak de envelop in zijn zak en wierp Eric een blik toe die zoveel wilde zeggen als: één beweging en ik – en vervolgens keek hij mij met precies zo'n blik aan. Ik bedoel met evenveel verachting.

Ik was niet langer onnozel. Ik glimlachte niet langer. Dit was geen grapje en dit was geen vriend.

Het punt was, Pietro Pierucci was beter van mijn situatie op de hoogte dan iedereen en schaamde zich voor me als een vader voor zijn ontaarde zoon. Toen ik op mijn achttiende sjeesde voor mijn rechtenstudie zocht hij me op en vloekte me uit, waarbij zijn speeksel in mijn gezicht belandde, alsof ik een ezel was die slaag verdiende. Zelfs mijn eigen vader was niet zo overstuur geweest. In grommend zwaar Siciliaans had Pierucci me een *cafuni* genoemd – de ergste soort idioot, het soort dat zelfs niet weet wat hij bezit en het daarom met beide handen weggooit. Toen ik jaren later met Tony en Lino en de zwijgende vennoten aan La Notte begon, zei hij er niks over, maar ik zag dat die half-kwaaie, half-liefdevolle blik van hem was versteend tot iets vrijwel totaal kwaadaardigs. De dromerige New Farm-periode met ons migrantenfamilies en een jonge Siciliaans-Australische politieagent die over ons waakte was voorbij. Er was voldoende tijd verstreken om elke zoete weemoed te verbergen die Pietro Pierucci zou hebben kunnen voelen. Maar het punt was dat ik wel nostalgisch was. Ik zag hem graag als één van de goeien, als onze jonge buurtheld die mijn ma op Italiaanse bals en bruiloften het hof maakte en haar altijd zag vertrekken met mij en mijn papà. Ik zag hem nog steeds liefst als de stoere joviale jonge kerel die toezicht hield op ons allemaal. Tegenwoordig was hij een gescheiden man met een kind die papa zei tegen een andere man en hij haalde drinkgeldjes op bij de jochies die hij vroeger op het rechte pad had trachten te houden. De verachting die hij voelde voor wat er van mij terecht was gekomen was misschien net zo groot als zijn verachting voor zichzelf – wie zou het zeggen bij die corrupte man? –, maar ik kon stomweg geen hekel aan hém hebben, dat stonden mijn herinneringen in de weg.

Uiteraard wist ik wel waar onze problemen waren ontstaan, al spraken we er nooit over. Dat was niet geheimzinnig. Er waren zat mensen die zo over me dachten. Omdat ik degene was die de kleine Gabriella Zazò was kwijtgeraakt. Dat was de molensteen rond mijn nek. Pietro Pierucci gaf mij de schuld van wat er was gebeurd en van alle jaren dat hij tevergeefs naar haar had gezocht. Misschien was hij wel grijs en kwaaiig omdat hij haar nooit had weten te vinden. Misschien kon ik geen hekel aan hem krijgen omdat hij zo zijn best had gedaan. En misschien deugde ik niet en maakte ik uitsluitend pret om precies diezelfde reden.

Hij kroop weer in de auto en wij zagen hem wegrijden.

Tony Solero zuchtte en schudde zijn hoofd. Tony en Pietro aanbaden elkaar op een of andere manier, maar hun relatie kende ook scherpe kantjes. De man kreeg betaald om zich aan onze kant te scharen; hij was kwaadaardig, maar erger nog, hij was ook onvoorspelbaar. Aan de ene kant kon hij op de neus van een vent als Eric gaan staan en die breken, en aan de andere kant hadden we afgelopen winter gezien hoe hij zich op de begrafenis van zijn broer op de kist had gestort en zijn nagels had stuk gekrabd op het mahoniehouten deksel. En er was nog meer. Toen zijn vader overleed, had hij een soort zenuwinzinking gehad waarover niemand ooit sprak, al hadden we wel iets gehoord over een kliniek waar ze hem heen hadden gestuurd en dat ze hem hadden volgepropt met medicijnen; en toen zijn vrouw hem ten slotte verliet en het aanlegde met een vent uit een subcultuur met een winkeltje in ambachtelijke meubelen aan de kust, vertrok hij met de noorderzon en dook pas drie maanden later weer op.

Tony moest dat alles ook hebben overdacht, want hij zuchtte en schudde zijn hoofd nogmaals en toen ik naar Eric liep en hem mijn zakdoek aanbood, bracht Tony er niets tegen in. Ik zei tegen Eric en tegen George, die inmiddels was gaan zitten, dat ze maar beter konden maken dat ze wegkwamen en wegbleven.

We keken toe hoe ze de straat uit wankelden.

De boevenwagen, of de overvalwagen, of de drankbus, hoe je hem maar wilt noemen, verscheen enkele minuten later; net als Nocturne vroeger was La Notte volstrekt afhankelijk van zijn centrale ligging. Tony kende de jonge agentjes in het busje en kletste amicaal met ze terwijl ze heen en weer liepen op het trottoir, zich afvragend wat ze hier eigenlijk kwamen doen. Erics bloed kleefde aan het asfalt. Iedereen bekeek het. Ik werd er zelfs door aangetrokken, hoewel ik liever terugging de club in, terug naar de wereld van allegria waar ik die prachtige Irina kon zien zingen en sexy zien dansen, maar toen ik de hoefijzervormige entree binnenkwam, moest ik even tegen een muur leunen om dat onuitwisbare rood uit mijn gedachten te bannen.

ARROZ NEGRO

Achter de zaak, buiten bereik van de barmannen en het publiek, stonden wat koelkasten waarin we Franse champagne bewaarden voor bijzondere gelegenheden. Tony liet me een paar flessen opentrekken toen de band aan het afbreken was. Een paar uur voor zonsopkomst stonden we uit kartonnen bekertjes te drinken. In de club bevonden we ons in een soort besloten wereld die ik prettig vond omdat het er niet uitmaakte hoe laat het was. De airconditioning zoog de verschaalde lucht van sigarettenrook, zweterige lijven en gemorste drank af, en de muzikanten liepen onder het afbreken te lachen, lol te trappen en joints te draaien. Tony stond achter de grote bar samen met de jongens de omzet uit te rekenen. Lino Solero was allang naar huis gegaan, naar zijn vrouw. Zo had hij het graag: hij bleef een paar uur, verzekerde zich ervan dat alles lekker liep en liet het dan aan zijn jongere broer over. Tony had eveneens een vrouw en twee kinderen van nog geen drie, die hij zo toegewijd was als maar kon voor iemand met een nachtelijk beroep.

De zanger, Ernesto of Ronaldo of zoiets, depte zijn gezicht en hals droog terwijl hij op me af kwam lopen. Zijn witte pak was doorweekt en met zijn geveeg had hij zijn oogpotlood deels uitgesmeerd. Uit het open boordje van zijn hemelsblauwe hemd puilde een bos donker haar, doorschoten met krullende witte sprietjes. Hij was ouder dan ik gedacht had, maar verspreidde een geur van eau de cologne en vlees waaruit mij duidelijk werd dat hij drie keer zo potent was dan een normale kerel.

'Hé, hoe heet jij?'

'Sam.'

'Zeg, heb je hier iets te eten?'

'Wat je maar wilt.'

Hij keek naar zijn muzikanten en Irina, die met een washandje haar benen tot aan het kleine strookje leer aan de onderkant van haar podiumoutfit schoonveegde. 'Paella lijkt me wel lekker,' zei hij en lachte vervolgens luidkeels, sloeg me op mijn schouder en sloeg nog wat champagne achterover. Met een zilveren aansteker stak hij een sigaret op, staarde me door de blauwgrijze rookpluim aan en zei inschikkelijk: 'Nee, serieus, dank voor de drankjes, maar we barsten van de honger. Hoe laat is het?'

'Na vieren.'

'Dat is etenstijd voor ons. Wat heb je?'

'Nou, we hebben hier van alles,' zei ik en taxeerde hem, 'maar als je paella wilt, kun je paella krijgen. *Fruits de mer* en kip en ik schat dat ik voldoende *arroz negro* heb voor iedereen.'

'Zwarte rijst? Wat ben jij d'r voor eentje. Ben je Spaans?'

'Nee. Maar desondanks wil ik het best maken voor jou en je vrienden.'

Hij keek eens naar zijn makkers en lachte nogmaals. Ze keken op, benieuwd naar wat er viel te eten. De zanger zei: 'Je neemt ons in de maling, zeker?'

'Nou, we moeten wel wat taxi's met elkaar delen om bij mij thuis te komen. Ik ken een goed recept van mijn zwagers opa. Dat is een Spaanse familie, uit Galicië, en ik heb thuis toevallig alles klaarliggen. Er staat kip klaar in een ovenschaal, heb ik gisteren klaargemaakt. En ik heb toch geen zin om naar bed te gaan. Jullie hebben ons een fantastische avond bezorgd.'

Hij glimlachte breed, maar het was net of hij nog steeds niet wist of ik hem ertussen nam.

Tony riep: 'Hij belazert de boel niet. Hij kan goed koken. Ik ga wel mee. En wie er verder zin heeft is welkom.'

'We willen niet lastig zijn, vriend.'

'Lastig? Waarom zou het feest nu afgelopen moeten zijn?'

Hij stak me zijn hand toe. 'Julián Luna,' zei hij, en ik vroeg me meteen af hoe ik aan Ernesto of Ronaldo was gekomen. Ik vroeg me ook af of hij had gezien dat ik een blik over zijn schouder had geworpen in de richting van Irina. Ze knoopte haar rok om haar middel vast en bedekte zodoende die lange, donkere, gespierde benen.

Ze zei: 'Julián, die komt uit de diepvries.'

'Wat?'

'Die kip.'

'Nou,' zei de oudere man, terwijl hij me aankeek, 'je hoort wat mijn vrouw zegt.'

Ik lachte, maar voelde me ook vreemd beledigd. Ik wilde dat deze vrouw een veel positiever beeld van me had.

'Ik verzeker je dat mijn kip heeft gescharreld, altijd maïs heeft gevreten en zo groot was als een kalkoen. Ik heb hem op traditionele wijze langzaam gesmoord.' Tony Solero keek meesmuilend op van zijn kasboek. Hij wist waar ik mee bezig was en vond het zo doorzichtig dat Julián Luna het ook wel in de gaten zou hebben. 'Ik woon aan de rivier,' zei ik. 'We nemen een drankje en tegen de tijd dat we kunnen eten zien we de zon opkomen. Graag of niet?'

'*Hombre*!' lachte Julián Luna. 'Waarom niet?'

CHAMPAGNE BIJ HET ONTBIJT

Zo ging het er in die tijd aan toe. Niemand stond voor de middag op en de avonden liepen door tot in de ochtend. Soms sleurde je een groepje bekenden of onbekenden die je dacht te willen kennen mee naar huis, om in de keuken een soort ochtenddiner te bereiden terwijl zij zich meester maakten van je flessen whisky, gin en je collectie likeurtjes. De stereo-installatie begon de nieuwste muziek te bonken en de buren maakte het niet uit want die had je niet. Er woonden alleen mensen boven en beneden en je appartement besloeg de hele twaalfde verdieping – met dubbele slaapkamers (beide en suite), een eenpersoons slaapkamer, woonkamer, salon, leefkuil en een gepolijste roestvrijstalen keuken. Het was ruim en licht en ontzettend overdadig. Het was duur. La Notte, of misschien moet je zeggen Tony Solero, was zo goed om de huur in de officiële boeken te verwerken. Goed dat zo'n woning op een of andere manier onder bedrijfskosten viel, ook al begreep je zelf niet hoe dat zat. Als je in weelde naar bed ging, zat iedereen in de bus of de trein of in zijn auto opgesloten in de file naar het werk. Als je eindelijk opstond was het al laat in de middag en ging je op je terras twaalfhoog, onder de streepjesbaldakijn, omgeven door potplanten en duur Zweeds tuinmeubilair, koffiedrinken met geroosterd zwaar Duits brood waar de honing vanaf droop, of overladen met abrikozenjam, en keek je ondertussen naar de ouderwetse houten veerboten die stomend de modderige kronkelingen van de Brisbanerivier op ploeterden. Je zag hoe studenten met wijde broeken en kleurrijke shirts naar de afmeerplaats van de St. Lucia Universiteit werden gebracht en vroeg je af of ze daar iets belangrijks opstaken over leven en liefde waarvoor je nooit open had gestaan. Vervolgens vergat je het weer en leunde over de reling, keek naar het glinsterend groene zwembad twaalf verdiepingen onder je en vroeg je dan weer af of die bevallige blondine in die gele bikini een vriend had, of die brunette in dat zwarte tussen haar borsten opengewerkte badpak, die zich vanaf haar luie stoel dromerig afvroeg wie je was en of ze kennis met je zou kunnen maken. Misschien deed ze met haar gestrekte, licht gebogen bruine benen alleen een dutje in de hitte en zag je haar onbewogen hoofd ten onrechte aan voor de starende blik van voorbijgaande interesse. Laat maar zitten. Het waren per slot van rekening de jaren tachtig, de tijd waarin je als jongeman handenvol geld en liefde kon krijgen als je maar snugger genoeg was om ze uit te steken en af te wachten. Je was niet snugger, maar afwachten kon je. En dus wendde je je ogen af, als de treurwilgen op de wallenkant door de warme wind hun lange treurige haren als verzopen geesten door het water veegden. De namiddagzon bezorgde alles een glans die zeer deed aan je ogen, die de wereld bikkelhard maakte; en vanwege de gebruikelijke hoofdpijn achter je rechteroog die je aan de afgelopen lange nacht had overgehouden, zocht je naar je zonnebril en vloekte als je die niet kon vinden en gaf het op, ging weer naar binnen en sloot de gordijnen achter je. De zon die door de stof van die gele en abrikooskleurige gordijnen binnenviel, zette je appartement in een soort kerkachtige gloed, en dan zat je nog in je boxershort en je luchtige katoenen kamerjas waarvan je de ceintuur nooit kon vinden. Je verlangde naar een koel drankje maar was domweg te lui om ervoor op te staan, een Perrier met ijs en een schijfje citroen bijvoorbeeld, of een fruitcocktail van mango met sinaasappel. Al snel zou je je weer met een vermoeide geeuw uitrekken en je als een indolente prins op je pluchen bank uitstrekken, met een gevoel van rust en tevredenheid vanbinnen, maar soms doortrokken van een vaag gevoel van verlies, dat je weliswaar herkende, maar waar je nooit precies een vinger achter kon krijgen. Je was pas halverwege de twintig en had geen doel in het leven. Met de afstandsbediening in je eeltloze hand zapte je een uur of twee uur langs de televisiezenders en probeerde je je te herinneren of je je mooiste linnen of zijden overhemden had gewassen omdat je wilde kiezen welke je vanavond aan zou doen – welke er uit die hele serie nou echt de goeie kleur had en van de juiste samenstelling was om je uit je slome bui te halen en je door de volgende dromerige, rokerige, verloren nacht en ochtend in La Notte te helpen.

Maar er waren toch ook zoetere manieren van wakker worden, als een lief en bijzonder iemand je in bed dromerig en hongerig vast lag te houden, twee met elkaar en in de lakens vervlochten koele lijven halverwege de middag, en zij al zo ondeugend en speels als een jong poesje. Hoe heette die ene uit die hele serie ook alweer, die ene die echt wat bijzonders was en die je echt leuk vond als je jezelf dan geen liefde toestond? Kom op, die ben je niet vergeten. Je bent dat eenentwintigjarige schatje niet vergeten dat even Rubensiaans was als je Vuurtoren slank, wier haar even gitzwart was als dat van jouw Gabriella wortelkleurig, wier huid even olijfkleurig was als die van de kleinste Zazò sproetig en bleek en roze. Ja, ze heette Rebecca en je noemde haar nooit anders als je in die zwarte ogen keek. Je gaf haar nooit een koosnaampje als Bec of Becky of iets anders, omdat je van die lettergrepen hield, de scherpe staccatoklank die zo contrasteerde met de zachte warme rondingen van haar lichaam, de warme geur van haar huid, de zijden overdaad van haar steile, zwarte schouderlange haar. Van dat samen 's middags ontwaken kreeg je nooit genoeg, niet sinds die eerste middag nadat ze aan de deur van La Notte een praatje met je had gemaakt, een tikje dronken van één wodkajus te veel, de traditionele wodkajus die de barmannen een tikje te sterk maakten maar meestal zoetten met scheutjes suikerwater, zoals Tony Solero hun had geleerd. Zijn wet: als de drankjes sterk zijn, zijn de nachten nog sterker. Weet je nog hoe onaangenaam warm je het op die zwoelste zomernacht buiten had, hoe stomverveeld je raakte van het staren naar de rijen die naar binnen wilden, dat je wenkbrauwen vol zweetdruppeltjes zaten terwijl je nep stond te glimlachen en je helemaal slap werd in je fraaie Italiaanse kostuum. En dat zij je aansprak en dat je op gebruikelijke wijze even aardig terugdeed; maar er was iets aan de manier waarop haar tanden wit waren als ze glimlachte. Zoiets eenvoudigs. Vervolgens was ze bij je thuis en doken jullie meteen jouw kingsize bed in, naakt maar zonder te vrijen, elkaar omarmend maar zonder te zoenen, je handen op haar sterke vlezige dijen, jawel, en haar handen teder je borstelige borsthaar strelend, maar geen van beiden maakte die slome eerste beweging op weg naar iets sterkers. In plaats daarvan sliepen jullie samen, snurkten zachtjes samen, en op een of andere manier smeedde die intimiteit een band, soldeerde die jullie aan elkaar. 's Middags om een uur of twee, drie, weet je nog, ontwaakte je en volgde zij je naar de oppervlakte van je dromen en hoewel jullie allebei naar zweet roken en ook uit je mond geurden, stonken naar drank en sigaretten en discosnacks, wilde ze zoenen, tongzoenen. Grappig dat ze wilde zoenen nadat jullie afzonderlijk hadden geslapen. Het was ook fijn en lekker, haar tong die langzaam en zachtjes je mondhoeken likte – en zoet, echt zoet, als karamel. Weet je nog? Ze proefde je aarzeling, voelde een stemming die niet zo sterk en gezond en gelukkig was als ze verwacht had en daarom leidde ze jouw handen over heel haar lijf, over haar sterke heupen, over de gladde spleet tussen haar ronde billen, en dieper zodat ze bij je oor begon te zuchten en hijgen met zoveel hartstocht en zoveel overgave dat je vond dat je moest schreeuwen van geluk dat je haar had.

Rebecca.

En later, dagen en weken later toen jullie elkaar beter hadden leren kennen, was dat lieve meisje met de krachtige bijbelnaam een vaste bezoeker. Als je ontwaakte rolde ze onder je laken zodat ze met haar onderarmen op je borstkas steunde en je aankeek als je je ogen opende. Ze aarzelde niet om schrijlings op je te gaan zitten en haar borsten te omvatten alsof ze je rijp fruit aanbood en je dan vroeg haar linkertepel in de mond te nemen: 'Alsjeblieft, Sam, meer niet,' en als ze dan opgewonden en buiten adem was, zei ze: 'Schatje, neem nou deze eens,' en dan drong je diep in haar binnen en dankte God en alle heiligen voor je vleselijke omhulsel, voor je jeugdige enthousiasme, voor deze schitterende engel die je vanuit het niets licht was komen brengen. Zo in vervoering dat je later in de keuken alles wilde bereiden wat ze verlangde. Alles. Lamskoteletten, pasta carbonara, mie met Chinese groenten gebakken in arachideolie. Ze had een gezonde eetlust en een eclectische smaak die zich er niet voor schaamde je aan het werk te zetten. Alsof je er bezwaar tegen had. Je ging je lekker voelen als je voor Rebecca kookte, Rebecca zag eten, haar enthousiast zag vanwege de maaltijd, haar glimmende vork regelmatig in die nu eens gelukkige, dan weer ingetogen mond zag verdwijnen. Ontbijt om drie uur 's middags was ook ontbijt. Gebakken eieren, roereieren met een beetje peterselie, gepocheerd met een beetje zout en peper, vers geperst sinaasappelsap, koffie uit de percolator en om de geur van seks een beetje van je handen te verdrijven, bacon spetterend in de koekenpan uitgebakken, met blokjes tomaat, ui en worcestersaus. Brood in de broodrooster, boter paraat.

'Heb je honger, Rebecca?'

'Nou en of, schatje.'

En als ze het appartement verliet knepen jullie elkaar nog even fijn, streelde je haar uit dat uitgeleende witte shirt puilende borsten nog eenmaal begerig, betastte je nog eenmaal die licht bollende buik die je van warme vulling had voorzien en raakten jullie lippen elkaar en jullie tongen ook, en als de deur dicht was en je je prettig ingerichte kamer alleen overzag, en de restjes van alles wat jullie hadden gedaan, voelde het een uur lang aan alsof het leven weer zo geweldig zou worden, weer zo geweldig kon zijn; die middagen met zachthuidige schatjes als Rebecca konden je weer doen dromen, maar dat uur ging voorbij en het gevoel raakte je kwijt en uit de liefdevol ingelijste foto's aan de muur staarden Gabriella Zazò's jonge ogen en kindergezicht je nog altijd aan, en dat voelde je in je hart, besefte je beter dan ooit dat zolang zij jou aanstaarde, jij op haar wachtte.

Wachtte tot je Vuurtoren terugkwam.

'Wie is dat die op al die foto's staat? Ik wou zeggen je zus –'

'Maar ze heeft rood haar?'

'Ja.'

Mevrouw Irina Luna, die er allesbehalve mevrouwachtig uitzag, keerde terug in de keuken waar ik de uitjes en knoflook fijn had gesneden, de fruits de mer klaar had gelegd – plakjes calamari, onthoofde baby-octopusjes, voorgewassen groene garnalen, groene mossels in witte wijn – en een flinke dosis olijfolie *extra vergine* in een zware pan boven de gaspit van het fornuis stond te verhitten. De pan met kip stond naast me en de grote kom met zwarte rijst ook. De gekookte tomaten waren van zaadlijsten ontdaan en licht geprakt en het sap was eruit geperst zodat ik dat, gekruid met saffraan en zwarte peper, kon gebruiken. Irina dronk een glas van mijn champagne, geen Franse, maar goed genoeg, en ze verveelde zich bij de mannen die verspreid zaten over mijn kamer en mijn riante balkon. Ze keek naar de snijplank met voorgekookte stukken kip, poten, vleugels, stevige hompen met veel bot waar het vlees zo vanaf viel als je het met je handen at.

'Toe maar, pak maar.'

Ze was uitgehongerd en wat kon je daarvan zeggen? Irina at een koude kippenpoot uit de hand en toen ik haar een blik toewierp zag ik dat haar lippen glommen van de olie en dat het kippenvlees al weg was.

'Neem er nog één, er is genoeg.'

Dat deed Irina. 'Hoe krijg je het zo pittig?' vroeg ze terwijl ze met de rug van haar hand haar mond afveegde.

'Rode peper.'

'En waarom ben je zo welvoorzien?'

'Ik heb altijd iets klaarstaan. Ik hou van koken. Ik was iets van plan, maar dit is beter.'

Ik hield van koken, maar Irina hield ervan om te leunen en

ze hield van kletsen. Ze was langer dan ik en ook zonder de betoverende werking die ze op het podium had was ze verrukkelijk. Haar omslagdoek bezat allerlei patronen en kleuren, met grote wijdvleugelige, groengele papegaaien en parkieten en *makaaien* die druk door de jungle vlogen. Daarboven droeg ze een zwartkatoenen hemdje. Haar sterke slanke taille had de kleur van mahoniehout en haar goudbruine haar viel in een vlecht op haar rug.

'Ik heb nog nooit zoveel sinaasappels en citroenen en grapefruits in één keuken gezien.'

Ze lagen op schalen van geslepen glas, citrusbergen die ik altijd bij de hand hield.

'We boffen zo in Queensland dat ik het overdrijf. Moet je deze grapefruit zien.' Ik pakte er eentje, woog hem op mijn hand en gaf hem aan haar. Hij had de omvang van een suikermeloen en was bijna net zo zwaar. Irina pakte hem beet en rolde hem tussen haar handen. 'Ik draai de dingen om. Ik hou van champagne in de ochtend en vers sap 's nachts. Meestal twee sinaasappels en een grapefruit voor het slapengaan. En als ik opsta pers ik een paar citroenen in ongeveer een liter water om ervoor te zorgen dat ik overdag voldoende vocht tot me neem. Goed als je te veel alcohol drinkt. Of gewoon tegen de stress.'

Ze glimlachte alsof iemand als ik dat begrip niet zou kennen. 'Die moet ik onthouden.' Nieuwsgierig als een kind keek ze de keuken rond en deed de deur van de koelkast open. 'Je houdt van goeie spullen.'

'Het is gewoon een hobby.'

'Julián wil altijd dat ik cajun kook. Hij maakt behoorlijk lekkere bouillabaisse.' Haar stem, die onder het zingen zo honingzoet was, klonk hees als ze praatte. Het leek alsof hij weinig kon hebben. Ze had een heel, heel licht, bijna onhoorbaar accent, en haar Engels was vergelijkbaar met het mijne. Alleen als ze van die Afro-Caribbean of Spaans getinte nummers zong, kon je horen dat ze een vreemde tongval had. 'Nou moet je het me toch eens vertellen. Je hebt me nu lang genoeg afgeleid.'

'Echt waar?'

'Ja nou en of. Wie is dat kind op die foto's? Je bent te jong om een dochter te hebben. Van die leeftijd althans.'

'Ik heb helemaal geen dochters. En mijn zus is het evenmin. Die is getrouwd met een Spanjaard en woont op een kleine fruitkwekerij in de buurt van Stanthorpe. Ze verbouwen perziken en abrikozen en pruimen en ze is inmiddels zwanger van de derde. Het meisje op de foto's is een vriendinnetje van me van heel vroeger. In onze jeugd waren we dik bevriend.'

'Zoveel foto's. Hoe heette ze?'

'Gabriella.'

'Dus zij was je eerste liefde?'

'Misschien,' antwoordde ik en kneusde een handje knoflooktenen hoewel we er daar al genoeg van hadden. 'Eerste liefde.' Ik gooide de tere, plakkerige witte velletjes weg. De olie in de pan begon net te walmen, dus begon ik met koken. Het gesputter vulde de keuken met geuren. 'Wat is de rest aan het doen?'

'Zij daar?'

Irina's echtgenoot en Tony Solero en zelfs Carlo hadden er met de muzikanten samen hun gemak van genomen en schonken voortdurend glazen vol whiskysoda, rum-cola en lachten, haalden onderwijl een pak kaarten tevoorschijn en probeerden op mijn eetkamertafel een spelletje poker aan de gang te krijgen. Er was maar één vrouw om ons morgenstonddiner op te luisteren te midden van een stuk of twaalf mannen. Ronnie Hughes was één van de oudere barmannen, meegekomen om te eten en drinken en omdat Carlo en hij onafscheidelijk waren zodra ze bij hun eigen vrouwen en kinderen uit de buurt waren. Juliáns bandleden droegen voornamen als Oscar en Alberto en Miguel en achternamen als Montoya en La Fuente en Galvan. En enkele andere, maar ik had ze allemaal niet zo goed onthouden dat ik een voor- en achternaam wist te combineren, behalve die van hun leider en zanger: Julián Luna.

'Heb je een muziekje uitgezocht?'

Het was een plaat van Billie Holiday die goed bij de stemming paste. Een goeie keuze van Irina. De jazzy swing van 'What A Little Moonlight Can Do', opgenomen in 1954, zweefde boven de luide mannenstemmen.

'Hoor haar eens zingen,' zei Irina.

'Ja.'

'Weet je dat Billie als tiener in een hoerenkast ging werken om de platen van de madam te kunnen horen?'

'En vervolgens ging ze ook de hoer spelen.'

'Nou, heel jong al. Later zei ze: "Als je alleen ellende verwacht, kan het nog weleens meevallen. Maar reken nooit op een fijne tijd."'

'Geloof je dat?'

'Ach, de tijden zijn veranderd.' Irina kwam dichterbij en snoof een flinke neus vol kooklucht. Ik genoot van haar nabijheid. Vervolgens keek ze uit het raam naar het aanstaande ochtendgloren en leunde met haar heup tegen een kast. 'Deze plaat werd ongeveer vijf jaar voor haar dood opgenomen. Ze was eenzaam en platzak. Haar stem was ook niet meer zo best. Al die jaren dat ze hem had misbruikt eisten hun tol. Het bereik is weg en hoor je dat ze te veel vibrato gebruikt? Zelfs haar dictie is slordig. Maar je hoort haar er wel in, vind je niet? Daardoor is alles wat Billie zingt zo bijzonder. Je hoort haar hele leven erin doorklinken.'

De knoflook en uitjes lagen te sputteren en ik roerde ze goed rond, liet ze glazig worden, maar niet verbranden.

'Mijn moeder zei altijd dat je verliefd begint te worden zodra je iets van iemands privé-leven weet, snapt hoe dat aanvoelt.'

'Misschien houden ze daarom zo van Billie.'

Ik wou eraan toevoegen dat mijn ma vroeger hetzelfde zei over eten, dat je aan het beste eten kon proeven dat de kok er zijn ziel en zaligheid in had gelegd, maar ik schaamde me ervoor om zoiets Siciliaans-romantisch te zeggen; in plaats daarvan bleef ik die uien en knoflook maar roeren.

Irina was niet van plan de keuken te verlaten. Ze zei: 'Wat heb je een boel platen.'

'Drie-, vierhonderd, schat ik. Ik had er meer, maar ik heb veel ouwetjes weggedaan. Dingen uit mijn tienertijd.'

'Had je er genoeg van?'

'Ja, zoiets. Nee, misschien vond ik het gewoon tijd voor een fikse opruiming. Je weet wel, zo'n moment waarop je besluit al je kinderdingen weg te doen. Het was waarschijnlijk een van de stomste dingen die ik ooit heb gedaan. Honderden platen. Al die herinneringen waarvoor ik misschien twee of drie kwartjes per stuk kreeg. Ik heb het hele bedrag waarschijnlijk met één avondje stappen verbrast. Het gekke was dat ik die platen meteen weer wilde draaien toen ik ze kwijt was. Stuk voor stuk. Nu loop ik de tweedehandswinkels af om ze terug te kopen. Ik zal ze nooit allemaal terugvinden, maar het is een genot om die muziek van vroeger weer te horen.'

'Waarom?'

'Geen idee. Het doet me wat.'

Irina schudde glimlachend haar hoofd en ik moest wel blijven kijken naar zo'n glimlach.

'Wat is er?' zei ik.

'God, wat ben jij romantisch.'

Het was maar goed dat Irina Luna liever bij mij in de keuken was dan bij die mannen verderop. Terwijl ik kookte en de ruimte vulde met geuren waarvan kinderen en ook volwassenen het water in de mond kon lopen, walmde er ook sigarettenrook. Ik hield van het gebulder van mannenstemmen in de andere kamers, het klinken met glazen en de klappen waarmee er flessen werden neergezet door handen die begerig dat glas hadden volgeschonken, het schielijk leegdronken en verder wilden kaarten. Billie Holiday met haar bedorven stem en haar enorm bedorven verleden dat haar gek genoeg niet had bedorven, kwam overal bovenuit en was de treurende geest in de rivier. Echt waar. Maar haar stem toonde dat haar tranen zowel door kracht als door treurigheid werden voortgebracht, door moed, door prachtige herinneringen die de vreselijke herinneringen bestreden. Al met al door een leven dat geleefd was. En dus was het een goede morgen. Dankzij dit alles voelde mijn huis niet aan als een hol van een verwend jong dat door middel van vals boekhouden werd bekostigd, maar als een thuis waar je stevig kon vrijen en waar mensen elkaar konden ontmoeten en samen drinken en lachen. Waar je echt kon leven. Mijn authentieke Spaanse paella zou een twaalftal dankbare buiken verwarmen. De morgenstond zou boven de rivier beginnen. Ik ging een prachtige vrouw zoenen die Irina heette.

Ze keek toe terwijl ik kookte, haar ogen even gefixeerd op mijn handen als de mijne toen ik de Galicische *abuelo* van mijn zwager had bekeken toen hij me zijn vaders bereiding van dit gerecht had geleerd.

De groenten waren snel klaar en het vermengen was zo gedaan. Het was overdadig qua kleuren en zeer gevarieerd. Nadat ik de stukken kip erdoor had gemengd, goot ik de fond erbij, de vloeibare basis waardoor de paella diep goudkleurig werd. Toen dat borrelde, goot ik de rijst erbij en drukte met mijn vingers de fruits de mer erin. Er was meer dan genoeg voor ons allemaal en zelfs nog wat over voor degene voor wie het bestemd was geweest. Ik dekte de pan af, draaide de pit uit en zou niets meer aanraken tot het gerecht klaar was. Alles kwam aan op timing, en voldoende vertrouwen om de zaak te laten rusten.

'Juist,' zei Irina. 'En nu?'

'Twintig minuten.' Ik keek naar de klok aan de muur en pakte een klein hardplastic potje met een glazen deksel.

'Wat doe je daarmee?'

'Ik bewaar een beetje voor een vriend van me.'

'Woont hier nog iemand?'

'Nee.'

'Dus – twintig minuten?'

'Ik ruik wel wanneer het klaar is. De paella geeft zelf aan dat hij gaar is. Vertrouw maar op mij. En ik verwacht ook dat de zon over twintig minuten zal opkomen. Het wordt weer heet vandaag. Wat is het – zondag? Zondagavond nog werken, dan ben ik maandag- en dinsdagavond vrij. Waar is mijn glas?'

Ze schonk een glas champagne voor me in, uit een fles die in het vriesvak lekker koud was geworden. Irina leek veel langer dan ik, zo slank en zo donker, bijna Afrikaans. Maar ze zei dat ze niet uit Cuba kwam, zoals ik dacht, maar uit Catalonië. Ze kwam uit een arm dorp in de buurt van Barcelona. Haar ouders waren op haar negende naar Australië verhuisd en ze was in de omgeving van Adelaide opgevoed, in de wijnstreek waar haar vader werk had gevonden. Op haar zeventiende was ze met de vijfentwintig jaar oudere zanger Julián Luna getrouwd en sindsdien hadden ze een reizend leven geleid. Ze waren steeds kleine bandjes en orkestjes begonnen waarmee ze op tournee waren gegaan, traden op in clubs, her en der in variététheaters, namen soms danseressen in dienst en ontsloegen ze weer als het niks opleverde. Dan ontbonden ze de band en richtten een nieuwe op. Julián en Irina Luna hadden geen thuis. Ze vertelde dat ze wel een flatje hadden in Adelaide, maar ze waren nu al een halfjaar in Brisbane en dachten erover om nog te blijven, misschien ergens bij het strand, aan de Sunshine Coast. Misschien namen ze nog een halfjaar vrijaf als een soort sabattical voordat ze verder zouden reizen en een nieuwe groep muzikanten zouden samenstellen. En misschien klapte Julián morgen wel in zijn handen en zei dan: 'Kom op! We moeten naar Sydney. Daar zijn ze dol op salsa!' Ze vertelde dat hij alle genres kon zingen en spelen: salsa, Afro-folk, mambo, son, de eigen songobeat van de muzikant Los Van Van – wat volgens Irina een mix was van jazz en rock – en soms vond hij het zelfs leuk om pure koperblazersjazz te spelen. Irina was eenendertig en had het idee dat haar stem achteruitging. Ze vond hem niet zo krachtig. Nee – ze had verstand van die dingen en drie achtereenvolgende specialisten hadden het bevestigd. Door de lange nachten en de drank en sigaretten werden haar stembanden krasserig en waren er beginnende poliepen zichtbaar. Ze zou er al snel voor het eerst aan moeten worden geopereerd. En daarna zou er minstens nog een operatie nodig zijn. Dat vertelde ze me over haar leven.

De rest verzon ik erbij.

Bijvoorbeeld:

Ze vond Julián Luna een aansteller met een ego dat naarmate hij ouder werd steeds meer aandacht verlangde. Ze vond dat zijn prieelvogelbenadering van muziek haar kans op een mooie platencarrière had verpest. Zij begon zich steeds meer voor hem te schamen, vond hem meer en meer op een pronkerige pauw lijken, hoe meer grijze haren hij pikzwart verfde hoe erger. Ze wou dat hij zich begon te gedragen als een man van in de vijftig en dat hij dat oude macho-imago uit die oude machowereld waar niemand meer belang in stelde eens liet varen. Ze had er genoeg van om sexy te moeten dansen voor een kwijlende menigte kerels en zingen wilde ze al helemaal niet meer. Op haar eenendertigste besefte ze dat een tweede stem onvoldoende was voor een solocarrière, en dat ze het met haar stem nooit zou redden. Julián Luna zorgde ervoor dat ze het besefte opdat ze zich naar hem zou blijven schikken; hij vernederde haar als hij naar het gracieuze, lenige lijf van een van de danseressen keek en ze had de pest in dat hij het waarschijnlijk met één of twee van die meiden deed als hij de kans kreeg en daarover loog.

Uiteraard vertelde Irina me dit niet; dit was mijn waarheid.

Ik zette vier eieren op. Die zou ik onder de kraan laten schrikken als ze hardgekookt waren en vervolgens in plakjes snijden. Ik zou ze samen met de asperges als garnering boven op de paella leggen. Ik zou een mooi kitscherig patroontje van asperges en ei op het vrolijke, kleurrijke gerecht maken, om het oog wat te gunnen en mezelf te vermaken.

Irina wilde niet dat ik mijn handen om haar smalle leest zou slaan, mijn hals zou uitrekken en haar donkere, bijzonder volle lippen zou kussen. Dat besefte ik ook. Ze wilde het niet omdat ze me dan niet meer zou laten ophouden.

Irina Luna, te jong en al te lang getrouwd, klaar om eruit te stappen als ze wist hoe.

'Je had er pepertjes door moeten doen,' zei ze. 'Voor kracht.'

'In Sicilië zijn ze voor moed.'

'Volgens mij is dat hetzelfde.'

'Drie pepers. Het zal redelijk pittig zijn. Misschien gaan we er een tikje van zweten.'

Ze hief haar glas om met me te toasten.

'Op moed.'

'Op kracht.'

Waarom ik? wilde ik zeggen toen ze me haar liet zoenen. Ik proefde de champagne op haar lippen en ze stak een hand in mijn haar en deinsde toen terug, maar ze kon geen kant op. Ik kuste haar tegen de koelkastdeur. Ik kuste haar met haar heupen tegen het aanrecht geperst. Ik kuste haar met haar lange donkere lijf half binnen en half buiten de inloopkeuken. Ze had er trek in. Ik had haar opgejaagd, maar zij had me uitgedaagd. Ja, ja, ja. Ik wilde haar zoals ik rode wijn bij de pasta wilde en nu champagne bij de paella. Het was een gekke gedachte en daarom glimlachte ik. Waar heb ik deze eer aan te danken? wilde ik haar vragen. Hoe heb je mijn wens gehoord en besloten erop in te gaan?

Irina leunde met haar ellebogen tegen mijn schouders, haar borsten tegen me aan geperst waardoor ik haar hart voelde slaan, even hard als het mijne. Ze haalde zo stilletjes adem dat ik het nauwelijks hoorde. Ze was eenendertig en klaar om uit haar leven te stappen.

'Wanneer?' Ik hield haar taille vast en maakte me er niet

druk om dat die geverfde oude hond van een man van haar binnen kon komen. Ik kuste haar gezicht en glimlachte naar haar en toen kuste ze mijn gezicht en glimlachte terug. Met onze ogen allebei wijdopen, opgewonden en al bezig haar vlucht te plannen. 'Wanneer wil je, Irina?'

In de andere kamer schreeuwde een man.

Julián Luna, die zijn slag sloeg: 'Kijk eens! Kijk eens wat ik heb!' Hard lachend en schreeuwend om te tonen wat een beetje kracht en moed – en niet Billie Holidays maanlicht – teweeg kunnen brengen.

ENRICO BELPASSO'S 'LA NOTTE'

Enrico Belpasso verwachtte me al, want hij wist dat ik graag op zondagmiddag langskwam en dan iets te eten voor hem meenam. Hij zwaaide naar me vanaf de benedenverdieping van de vijf jaar oude villa van de Zazò's en zou me mogelijk bij de bushalte hebben opgewacht als hij had geweten met welke bus ik kwam. Mamma en papà Zazò begroetten me nooit. Ze gunden me vrijwel geen woord. Foute boel is foute boel en wat er tien jaar geleden tussen ons had plaatsgevonden kon niet worden uitgewist. De opleving van hun vader woog niet op tegen het verlies van hun dochter. Ik zou er iets van genoegdoening in hebben gezien. Zij niet. Maar het was mijn plicht om Enrico Belpasso te bezoeken. Ik zocht hem op omdat hij mijn link met Gabriella vormde en dat gold nu sterker dan ooit, want mevrouw Irina Luna had me naar die foto's in mijn appartement gevraagd en ik had geen antwoord weten te geven.

De paella die ik in mijn keuken had voorbereid, was voor de oude man bestemd. Ik was van plan geweest een berg van dat goudkleurige gerecht voor Enrico Belpasso te koken, opdat hij dat in zijn tafelmodel koelkast zou kunnen bewaren om er dagenlang van te eten. Dat soort dingen deed ik zo nu en dan voor hem. Dat stemde me tevreden. De ene zondagmiddag bracht ik hem lasagne, een andere keer *fettuccine* met een pittige vleessaus en vaak een gerecht waarvan het water hem in de mond liep: runder*cotoletti*, langzaam in de oven gebakken met olijfolie extra vergine en rozemarijn, met gezonde meegebakken groenten, zoals een hele ui, plakken aardappel, bataat en wortel. Tijdens de voorbereiding doopte ik de dunne plakjes fijn rundvlees (bijvoorbeeld riblap of haas, geen taai vlees) in eierdooier, strooide er bloem over, bedekte het met zelfgemaakt paneermeel en zeer pittige, geraspte *pecorino pepato* vermengd met zwarte peperkorrels en een beetje peterselie en knoflook. Bak dat langzaam in je oven, twee uur lang en probeer twee uur lang de geur te weerstaan die je keuken, je hele huis en dat van je buren vult. Toen ik dat gerecht in de oven had staan, belden er mensen uit mijn flat bij me aan en vroegen over de intercom of ze mijn vrienden konden worden. Zwemmers twaalf verdiepingen onder me stapten het zwembad uit, droogden zich af en stonden met open mond naar boven te kijken. Er braken harten, want je kunt niet door dergelijke genoegens worden verleid en er toch zo ver van verwijderd blijven zonder diep, diep, diep teleurgesteld te raken. Enrico Belpasso hield van cotoletti – volgens recept van mijn moeder – en hij at ze met een waar Siciliaans genoegen. Ik toomde hem nooit in. Hij zei dat het niet erg was als zijn hart op een dag de inspanning niet langer kon verdragen, want hij zou op de smaak naar zijn thuis drijven, en ik wist wel waar dat was.

Terwijl ik van de bushalte in de richting liep van het Zazò-mausoleum, dat monument van voorspoed en verlies dat ze uit steen en beton hadden opgetrokken, hield ik een hand boven mijn ogen en zag hem zwaaien. Ik had uiteraard die restanten van het drank overgoten paellaontbijt van die ochtend in handen. Om het hardplastic ding zat een stevig dichtgeknoopte theedoek met bovenop twee knopen. Het was een detail dat

Enrico Belpasso zou waarderen. Hij zou het zeer op prijs stellen. Het zou hem opvallen, maar hij zou er niets over zeggen, want het was iets Siciliaans. Zo hoorde je goed eten te vervoeren, ingepakt en dichtgeknoopt alsof je het naar de zongebruinde arbeiders in de wijngaard of op de fruit- en graanakkers bracht.

Zo hoorde het, ook al was dit niet het oude Sicilië of dat deel ervan dat de oude *cummari* en cumpari hier in de stad hadden willen stichten.

Ik vond dat te veel gezinnen 'hun' buurt in de buitenwijk New Farm hadden verlaten. Ze waren weggetrokken om te laten zien dat het hun goed was gegaan in dit nieuwe land. Het was hun manier om hun welvaart te tonen. Nu woonden er te veel in grote villa's in verre buitenwijken van Brisbane, waar keurige rijen bomen langs de trottoirs stonden en de omgeving even smetteloos schoon was als de binnenplaats van een bejaardenhuis. Iedereen moest lachen om de nep-Italiaansigheid van dit soort namaakrococo huizen met namen als Arrivederci Roma en La Dolce Vita, maar het sloot niet aan bij mijn gevoel voor humor. Ik vond het niet grappig. Ik hing aan de ruwere tijd in New Farm, toen vaders en moeders en kinderen niet bang waren om elkaar door het huis, over de straat, over drie blokken achtertuintjes heen toe te brullen. De oude familieleden en vrienden zaten allemaal bij elkaar op de lip en door al die nabijheid eindigde het altijd met samen vechten, eten, spelletjes doen. 's Nachts stonden de keukens van die krakerige houten huizen vol met hongerige nachtbrakers. Er hing een geur van eten in de lucht en als je wilde kon je naar buiten om je af te scheiden van alle gelach en gepraat (dat zoveel leek op kwaad geschreeuw dat de Australische buren er soms bang of kwaad van werden, maar in die tijd belden ze dan tenminste de politie nog niet) om de miljoenen en nog eens miljoenen sterren aan de waanzinnig bespikkelde nachthemel te bekijken. Je kon in de pas geleverde fameuze EH Holden van je oom Antonio gaan zitten, met zijn stuurschakeling en keiharde witte stuurwiel en je nestelen in de geur en het gekraak van het uitzonderlijk nieuwe vinyl. Je kon met je neefje Joe stiekem een sigaretje roken onder de gigantische loofbomen aan Abbott Street. Je kon de kleine Suzanne Steggles uit Merthyr Road, met dat loshangende lint in haar gele haar en die sproeten op haar wangen en pikzwarte Vegamite op haar tong, vragen haar broekje uit te doen en je het verrassende verschil te tonen tussen brute Siciliaanse jongens en verrukkelijke Australische meisjes. Het kon geen kwaad als je met je slechte humeur de moestuintjes van de familie in dook, maar als je je goed voelde kon je het hete, luidruchtige gewoel van volwassenen in de keuken opzoeken en je buikje rond eten. Het was er energiek, het was er levendig; voor mijn gevoel was het allemaal te snel voorbijgegaan en dat weet ik aan Gabriella's verdwijning – maar wie weet overkomt dat alle immigranten in ieder land. Ze blijven zo lang mogelijk bij elkaar, maar dan wringt het leven zich tussenbeide en gaan de oude banden teloor.

In nieuwe buurten als die van de Zazò's speelden geen kinderen meer buiten, maar leken er meer autoluwe boulevards en groenstroken te zijn dan wegen met auto's. Als je hier als kind woonde, voetbalde je in je hobbykelder. Hier had je geen sjofele huisdieren om te voeren, achterna te zitten en te begraven als ze overleden, hier ging je voor de tv zitten en liet je je volledig bestralen door dat ding. Mocht je ooit de gelukkige vinder zijn van een tand van een dooie hond, dan bewaarde je die nog altijd in een lucifersdoosje onder in je kast naast je nooit gepoetste paar schoolschoenen, maar zulke alledaagse voodoo was hier nauwelijks te vinden. In een voorgebakken gemeenschap krijg je geen leven; elke keer dat ik die wijk betrad, stelde ik me onwillekeurig voor dat Gabriella Zazò al die villa's omver zou hebben geschreeuwd.

*

Enrico Belpasso stond me met zijn volle eenennegentig jaar op te wachten.

Hij glimlachte en ontblootte zijn prachtig glanzende kunstgebit. Dankzij zijn ochtendwandelingen en een wat actievere houding dan in zijn duistere jaren was hij slanker geworden, al zou hij natuurlijk altijd een forse gestalte houden. De verwarde blik was uit zijn ogen verdwenen. De kloppende paarse ader op zijn slaap zat er nog, maar hij was niet langer wezenloos. In tegendeel, hij scheen beter in evenwicht dan de meeste mensen die drie keer zo jong waren.

Naast hem verscheen heel eventjes zijn andere kleindochter, zo verlegen en schichtig als een veulen. Ze was acht jaar en dus geboren na de verdwijning van Gabriella. Ze heette Sandra Elisabeth Zazò, werd het liefst Sandy genoemd en had niets gemeen met de Vuurtoren. Ze had geen sproeten en geen spoortje van rood haar. Ze had donker haar, was lang voor haar leeftijd en het leek of ze nooit uitgegroeid zou raken. We zeiden eigenlijk nooit iets tegen elkaar; ze was de ene keer zachtmoedig en de andere keer lichtgeraakt en meer wist ik niet van d'r.

Maar ik zag dit kleine kind graag. Ik zag haar graag rennen of zich achter de oude baas verstoppen of jasmijn of kamperfoelie uit de tuin plukken. Ze was een mirakel ter vervanging van een ander mirakel. Haar vader was geen Ierse slager op vakantie aan de Middellandse Zee maar de man die haar vader hoorde te zijn. Dat ik weinig van haar wist kwam doordat mamma en papà Zazò het kind bij me vandaan hielden. Ik was allang niemands schattie meer. Ze konden niet verhinderen dat ik de oude baas bezocht, maar ik mocht hun bovenverdieping van het huis niet betreden om er een kopje Italiaanse koffie en een schoteltje knekels te genieten. Onze families onderhielden geen contact. Gabriella's verdwijning had alles en iedereen verpletterd. Mijn familie was ver naar het noorden verhuisd en de Zazò's ver naar het zuiden en daarmee was de hele geschiedenis van die tien jaar opgesomd.

Er zat tenminste één goede kant aan het mausoleum dat de Zazò's voor zichzelf hadden opgericht en dat was dat ze een aparte plek voor de nonno hadden ingebouwd. Ze hadden kennelijk geconcludeerd dat hij het eeuwige leven had. Zo leek het althans wel. Hij had de benedenverdieping voor zichzelf, een koele afzonderlijke woning met een minuscuul keukentje en een nog kleiner badkamertje, een slaapkamer en een hoekje woonkamer waar hij graag tot in de vroege uurtjes televisiekeek. Hij hield van nachtelijke evangelisten. Hij hield van ontbijtkomedies en herhalingen van politieseries waar niemand meer naar keek. In zijn ogen waren ze gloednieuw. Hij had zijn eigen privacy. Hij had zijn eigen leven.

En nu even de waarheid over Enrico Belpasso.

Hij leefde nu alweer tien jaar in het licht. Zo beschreef hij het zelf. Dat hij kon praten was nog een mirakel in het gezin Zazò, maar hij praatte en dacht en fantaseerde en droomde. Hij zorgde voor zijn eigen eten. Hij was teruggekeerd van waar hij dan ook maar was geweest. Op een keer, toen hij me erover vertelde, over het duister, noemde hij dat *la notte*, de nacht. In eerste instantie zat die uitdrukking me niet lekker, en soms moest ik aan die vreemde terminologie denken als ik de hoefijzervormige entree van de nachtclub betrad. Vervolgens bedacht ik dan wat voor leven Tony Solero en ik onszelf hadden bezorgd en wuifde die gedachten dan weg. Voortekenen bestaan niet. De waarheid was dat tijdens die middag langgeleden in Nocturne, Enrico Belpasso en Gabriella dankzij een alchemie van prostituees en een beetje marihuana en het bezoek van de ziekenbroeders en Pietro Pierucci stuivertje hadden gewisseld. Misschien kwam het uiteindelijk neer op een alledaagse vorm van voodoo, die verwisseling, maar de ironie ervan knaagde aan ons allen. Zij vertrok. Hij keerde terug. In ons binnenste hadden we als betrokkenen allemaal honderd oude strompelaars als hij in willen ruilen voor één geliefd kind dat Gabriella Zazò heette.

Er was nog een reden waarom Enrico Belpasso zijn nieuwe leven omschreef als een leven in het licht. Want behalve die wederopstanding van zijn bewustzijn, was hij ook gezegend met een beeld van sterren en planeten en ontploffende sterrenstelsels die hem in hun maalstroom verwelkomden. Er schoten kleurrijke flitsen door hem heen als hij een biefstukje bakte. Woordeloze neonletters straalden helder als een kometenstaart voor zijn ogen als hij bij de wasbak een vlijmscherp scheermes over zijn stoppelige kin haalde. In zijn dromen zag hij rivieren aan de hemel de zon uit stromen. De rode planeet Mars stond achter zijn hoofd. De gekleurde ringen van Saturnus cirkelden om zijn villa en soms had een namiddagbriesje de kleur van een kolkende lavastroom.

Hij zag gesprekken als bizarre zwarte muzieksleutels in de lucht hangen en plotseling troffen eenvoudige feiten over andermans leven hem vol in de maag. Dan zei hij daarover: mijn vriend, je zaak gaat op de fles; cumpari, je vrouw fantaseert over het lijf van een bepaalde televisiester als je met haar vrijt; Salvatore, je belastingaanslag deugt niet en dat weet je en je krijgt per post een lelijke boete voor je oneerlijkheid. Toen ik die ontving was ik verbijsterd, vervolgens een beetje angstig en daarna besloot ik hem nooit meer te bezoeken. Alsof ik dat zou hebben gekund – maar anderen bleven wel weg, en dat was niks nieuws voor hem dus maakte hij zich er niet druk om. In plaats daarvan leefde Enrico Belpasso vrolijk door met al die verschrikkingen en genoegens, want het alternatief was la notte. En wat me meer interesseerde dan al die semi-enge dingen was dat hij zich flitsen herinnerde van vroeger in New Farm. Waar Gabriella altijd in voorkwam. Vanuit het volslagen duister dook een herinnering op aan haar warme hand in de zijne. Uit de absolute stilte klonk plots haar stem die vroeg: Wil je mijn schommel aanduwen, nonno? Vanuit het niets dat vroeger zijn kleurloze oceaan van gedachten was: waar is het kind vanochtend? Waarom is ze me nog niet komen opzoeken?

Enrico Belpasso was terug.

'Wat is er? Wat zit je nu weer dwars?' zei hij in het Siciliaans tegen me. Hij hoorde geen andere talen in zijn hoofd want Engels had hij nooit geleerd. Misschien kende hij wat woorden en zinsneden, volgens Gabriella was dat wel zo; maar mocht dat al zo zijn, hij gebruikte ze nooit zelf.

Kleine Sandy was weggerend zodra ik aankwam. Ze was bang voor me omdat haar ouders haar voor mij hadden gewaarschuwd. Vervolgens voelde ik allemaal steentjes tegen mijn rug en toen ik me omdraaide verdwenen Sandy's smerige blote voetzooltjes net om de hoek. Enrico Belpasso brulde haar achterna zoals een primitieveling op roofvogels scheldt.

'Maak dat je binnenkomt of ik splijt je schedel! Als ik je te pakken krijg, zal het je berouwen!' Dat was het ware Siciliaanse dialect. Sandy's gegiechel klonk ons tegemoet; dat was de ware onbezonnen jeugd. De oude baas wendde zich tot mij, piepte een beetje, veegde zijn neus af, lachte. '*Minchia*, er zit vandaag een groot gat in je.'

'Nee – waar heb je het over?'

Daarna liepen we door de keurige straten van zijn buitenwijk. Over een paar uur moest ik me omkleden voor mijn eigen La Notte, maar nu had ik tijd voor ons gebruikelijke blokje om.

'Begrijp je wat ik heb gezegd, Salvatore?'

'Nee.'

Enrico Belpasso plukte minachtend aan zijn kin. 'Dat gat is zo groot en zo zwart dat als ik mijn arm er diep genoeg in zou steken, ik de duivel er aan zijn neus uit zou kunnen trekken. Vertel eens wat er verkeerd is gegaan.'

'Niks. Behalve dan dat ik een vrouw heb leren kennen.'

'Je bent net een hond die met zo'n joekel van een been rondloopt en niet weet waar hij het moet begraven.' Hij grijnsde, maar ik zag in zijn ogen dat hij niet zomaar een grapje maakte. 'Er is altijd een vrouw in het spel.'

'Dat is alles.'

'En wat is er dan zo nieuw aan een vrouw?'

'Volgens mij is ze anders.'

'Ha,' knikte hij. 'Nu begrijp ik mijn droom.'

'Welke droom?'

'Vannacht heb ik gedroomd dat je met Gabriella op de maan zat.' Hij bleef staan op het keurige trottoir en gaf me met zware handen twee klapjes op mijn wang, handelingen die even antiek Siciliaans waren als zijn woorden: 'Jullie vliegen allebei over de bergen op de maan.'

'Er zijn niet veel bergen op de maan.'

Hij liep weer door, een trage tred vanwege zijn oude knieën en pijnlijke voeten.

'Wie zegt dat? Ben jij er geweest? In mijn droom worden Gabriella's vleugels oud en sleets en fladderen de witte veren los uit de lucht. Jij bent sterk als altijd, maar je laat haar zwoegen. Nu valt ze met haar kapotte veren om zich heen en jij staat op het punt naar een ster te vliegen die brandt in het oog dat over ons allen waakt.'

'Ik heb geen zin om haar te helpen omdat ik een afspraak met God heb?'

Hij haalde zijn schouders op. 'Snap jij wat die droom betekent?'

'Nonno,' zei ik. 'Nonno, ik heb geen flauw idee.'

'Die betekent dat je wacht, Salvatore, net als iedereen. Wacht. Wat valt er te liegen?'

De oude man glimlachte met zijn perfecte kunstgebitglimlach. In gedachten jongleerde ik met die woorden: een glimlach, perfect, kunst.

Ik raakte op slag uit mijn humeur.

Ik wilde schreeuwen: Hoe kan ik nou wachten? Ik weet dat ze dood is. Waarom zou ik op een dooie wachten? Ze moet wel dood zijn. Als ze in leven is, is ze nog geen vijfentwintig. Als ze nu op me afkwam, zou Gabriella een jonge vrouw zijn, een jonge, jonge vrouw, die een wereld te geven had – maar jij, onnozele oude man, waar is het goed voor om je zoiets voor te stellen?

Ze was weg en dat besefte ik; 's nachts stelde ik me nog steeds voor hoe ze stierf, met bloed, veel bloed, omdat één of andere maniak haar had ontvoerd en verkracht en met een mes omgebracht – zo leek het steeds te gaan, met een mes, want dat was het wapen waardoor je het meeste bloed kreeg. Haar lijk lag ergens begraven, gedumpt op een onontgonnen terrein, in een kloof gesmeten of verzwaard in zee gestort. Het kon niet anders.

We hadden taal noch teken van haar ontvangen. Die middag in Nocturne moet ze in paniek zijn weggerend en door een monster uit de ruimte zijn geroofd. Dat was dat. Zelfs Pietro Pierucci had het onderzoek opgegeven. Hij was er als agent mee begonnen en had het voortgezet als rechercheur en als hoofdrechercheur. Hij had de 'jongens' die boven waren geweest opgespoord, maar dat leverde niets op want onder hen bevonden zich twee jonge agenten van een bureau uit een westelijke buitenwijk en de derde was hun vriend. En dan was er nog dat mysterie van die auto die op straat had staan wachten, met die verlegen potentiële klant die naar de voorgevel zat te staren, zoals mevrouw Veronica het had omschreven. Ze zei dat het een gele Japanse auto was en haar dochter Dorothy beweerde dat het een zilvergrijze Chrysler was geweest. Geen van beide mogelijkheden had iets opgeleverd. Wat voor monster was het dan geweest dat dat kind kon laten verdwijnen?

Na de ene na de andere doodlopende weg te zijn ingeslagen had het opsporingsteam geprobeerd uit mevrouw Veronica en haar prostituees ieder detail los te peuteren dat ze kenden over alle mannen die ooit lopend, dronken strompelend en al dan niet per ongeluk hun zaak hadden betreden. Pierucci's enthousiasme voor de zaak bezorgde hem al snel de rang van rechercheur en een plek in het team, en binnen de kortste keren leek het of hij er de stuwende kracht van was. Hij liet zijn mannen en vrouwen lijsten namen aanleggen en lijsten en lijsten van combinaties van eigenschappen die ze categoriseerden als 'Leipo's', 'Idioten', 'Perverselingen' en 'Beesten'. Ze hadden de top van de forensische psychologie in huis gehaald, maar een jochie als ik kwam er maar niet achter hoe je wel in aanmerking kwam voor de ene en niet voor de andere categorie.

Zelfs niet-betrokkenen kwamen erachter dat deze hele zaak een gekmakende exercitie was; de kranten volgden het verhaal. Er werden hoeren in de cel gegooid als ze geen antwoord konden geven op de vragen van de politie. Het was een soort afrekening, deze blinde strafcampagne. Ik kreeg de indruk dat de autoriteiten vastbesloten waren de waarheid uit Brisbanes onderbuik te wringen en dat was ook wat ik wilde; 's nachts lag ik in bed stilletjes te smeken dat Pierucci en alle agenten uit heel de stad iedereen en alles zouden slaan totdat ze bekenden. Prostituees begonnen te klagen dat ze werden lastiggevallen en zaken als Nocturne gingen meer dan een jaar lang dicht. Er kon geen smeergeld tegenop, die eerste twaalf maanden.

Aan het begin van die lange geschiedenis koesterden mensen als Pietro Pierucci wellicht nog het wantrouwen dat Gabriella zichzelf op een of andere manier van de aardbodem had laten verdwijnen, en naarmate de feiten over haar gezin bovenkwamen, begonnen velen te speculeren dat ze wellicht door een ongelukkig romantisch ideaal op de gedachte zou zijn gekomen om naar Ierland te vluchten. Dat was met afstand de grootste hoop die Jan en Mien Publiek als verklaring wilden zien voor haar verdwijning; als dat klopte, was ze toch zeker nog veilig? Maar er waren geen douanedossiers of passagierslijsten van vliegtuigen of logboeken van schepen te vinden die deze suggestie steunden. Met behulp van de door mamma Zazò verstrekte informatie kostte het Interpol slechts enkele dagen om contact te zoeken met Gabriella's biologische vader, en men trof een zeer geschokte, onlangs gepensioneerde man aan die als huismeester op een paardenstal even buiten Dublin werkte. Hij had nooit contact gehad met zijn dochter en zelfs nooit vermoed dat hij er één bezat. Mamma Zazò had hem destijds toen ze hem verliet om terug te keren naar Raffaele in Catania niet verteld dat ze zwanger was. Dit deel van de geschiedenis was dus ook een doodlopende weg die weer wat extra modder op de afstervende levens van Agata en Raffaele Zazò wierp.

Een beschrijving van Gabriella ging samen met haar gegevens de wereld over. De familie Zazò nam een detectivebureau in de arm en plaatste een keer of zes een paginagrote advertentie in de plaatselijke en nationale kranten. Alleen goedbedoelende mensen zonder informatie en idioten met veel informatie reageerden daarop. Ik hoorde van iemand dat de belangrijkste dossiers over Gabriella Zazò nooit in Pierucci's dossierkast belandden. Ze lagen altijd verspreid over zijn bureau en in zijn laden, onder handbereik ongeacht aan welke andere zaak of zaken hij werkte. Tot slot hoorde één van zijn ondergeschikten hem *vaffanculu miseria* mompelen – de bitterste Siciliaanse manier om 'weg met die ellende' te verwoorden – toen hij ze eindelijk in kartonnen dozen stopte en naar het archief stuurde. Het archief was een plek die hij Politiebureau Dode Letters noemde. Jaren daarvoor had de rechter van instructie in zijn noodgedwongen onbesliste rapportage termen gebruikt als 'tegenspoed' en 'onbekende persoon of personen', en de daaropvolgende rouwdienst was even belangwekkend geweest als een plechtigheid voor een passerende windvlaag – maar de verhuizing van die met vetvlekken besmeurde, oude dossiers uit de directe werkomgeving van hoofdrechercheur Pietro Pierucci naar een of ander centraal archief in een kelder, vormde Gabriella's ware begrafenis. Dat was het moment waarop we allemaal nogmaals huilden.

Daarna werd Pietro Pierucci overgeplaatst naar de afdeling Drank en Zeden en liet hij de Dood achter zich, hopend dat dat voorgoed was, maar zoals ik al verklaarde verliet de Dood hem nimmer.

De oude baas en ik passeerden een *frangipani*-boom die lekker rook, als een prettige herinnering aan een wandeling door New Farm Park op een zachte zomeravond.

Enrico Belpasso rukte aan mijn arm en zei: 'We moeten allemaal wachten omdat Gabriella niet dood is.' Dat zei hij vaker, of woorden van gelijke strekking, en net als mijn eigen gedachten maakten ze me woedend. Woedend omdat ik niet van hem loskwam en daarom niet loskwam van wat hij geloofde. Dat maakte het leven gruwelijk, maar daaraan gaf ik de voorkeur boven – wat zou de psychoanalytische kreet zijn? – loslaten.

De oude baas zei: 'Maar mijn dromen zeggen me dat je haar zult verloochenen. Dat is het punt.'

'Nee,' zei ik, 'wat het ook betekent, dat niet.'

Hij staarde naar een perkje madeliefjes bij een van de buren. 'Misschien. Maar jouw gat is zwart. Zwart. Begrijp je?'

'Ja ik begrijp het.'

'*Allora.* Laten we haar gedenken.'

Zo ging het eraantoe. Dat was de reden waarom we elkaar troffen. Dit was de herinnering die Gabriella in leven hield.

'Ik wil niet als eerste,' zei ik. Aan de champagne van die ochtend en de opwinding van het vasthouden en zoenen van mevrouw Irina Luna had ik hoofdpijn overgehouden. De stralende zon deed me ondanks mijn zonnebril zeer. 'Jij.'

Er was één laatste onuitgesproken hoop. Ik wist dat die bestond. Ik wist het omdat haar ouders het vast ook hadden bedacht als ik het had bedacht, en als we het allemaal hadden bedacht zou iedereen die ooit van Gabriella had gehouden het wel hebben bedacht. Die hoop was dus geladen met een zekere onzichtbare energie. Het was domweg dat er weer een mirakel zou optreden bij de dood van nonno Enrico Belpasso, een mirakel vergelijkbaar met dat van tien jaar geleden toen zijn wederopstanding had plaatsgevonden. Het mirakel zou zijn dat op het moment dat zijn ziel hem verliet die van Gabriella zou terugkeren. En niet alleen haar ziel, zijzelf. Ze zouden opnieuw elkaars plaats innemen. We zouden hem begraven en zij zou uit het niets verschijnen zoals ze er ook in was opgegaan. Ik lag 's nachts soms met open ogen van die gebeurtenis te dromen. Ik lag te woelen terwijl ik me haar gezicht voor de geest probeerde te halen en de oude baas dood wenste. Maar die schurk stierf niet. Hij werd gezonder en vrolijker; hij was hier en zij was verdwenen.

En dus was er geen sprake van wachten. Wat viel er te wachten?

Enrico Belpasso had niets te zeggen. Ondanks zijn levendige droom en zijn onverstoorbare geloof dat Gabriella niet dood was, kon hij haar vandaag niet gedenken. Het was net of mijn eigen gebrek aan energie hem ook aantastte; wat ik bedoel is dat door mijn lauwheid ook zijn geestdrift leek te vervliegen, net of ik een doek over een radar of een zender gooide.

Zijn mond functioneerde maar er kwam geen herinnering uit. De laatste maanden vertelde hij me vaak kleinigheidjes over Gabriella en zichzelf in New Farm Park: hoe hij haar duwde als ze op de schommel zat, hoe haar rokje fladderde en haar witte benen recht naar de blauwe hemel wezen, tenen gespitst. Of iets over een heerlijk Siciliaans gerecht dat ze precies zo voor hem had gekookt als Fortunata vroeger, of een felicitatiekaart die ze eigenhandig voor hem had gemaakt, of hoe ze uren en uren in een soort geconcentreerd plezier met pennen en papier kon schrijven, schrijven, schrijven, God weet wat voor onzin.

Maar vandaag stonden we allebei droog. Mijn zwarte gat verzwolg Enrico Belpasso.

Hij zei: 'Het komt door die vrouw.' Hij knikte. 'Ze zit je in de weg. Je kunt maar beter naar haar toe gaan. Vandaag is verloren. Kom maar eens terug, Salvatore.'

Het leek de ergste vorm van verraad.

'Weet je,' begon ik, me geforceerd verbeeldend hoe ik Gabriella en mezelf door de achtertuintjes van onze buurt zag rennen. In haar enthousiasme liet ze me de hoge schutting tussen onze huizen beklimmen, hoewel ik er de pest aan had omdat ik grote splinters kreeg van die palen. 'Weet je, we hadden altijd een raadsel in New Farm Park. Gabriella vond dat we het moesten oplossen maar dat is er nooit van gekomen. Heb ik je ooit over dat raadsel verteld?'

De oude baas was kennelijk onder de indruk van mijn doorzettingsvermogen. Hij zei geanimeerd: 'Nee. Ik geloof het niet. Wat was het?'

'Het had met het kleine winkeltje te maken, dat winkeltje van meneer Harry. Het is nu een café. Ik weet niet of je weet over wie ik het heb.'

'Meneer Harry?' Enrico Belpasso schudde zijn hoofd. Meneer Harry was iemand die hij in la notte was kwijtgeraakt en die niet meer was opgedoken en mogelijk weg zou blijven.

'Hij had een snor. Een ongelukkige vent. Nou, maakt ook niet uit. Maar het was iets waar we ons mee vermaakten. Gabriella en ik noemden het Het Geval van de Vermiste Kranten.'

'Kranten? Hè?'

'Ja. We konden het niet verklaren. Zal ik je vertellen waar het om ging?'

'Kranten.' Enrico Belpasso herhaalde het woord, maar ditmaal was het iets dat hij door een rode hand uit de hel kreeg doorgegeven. Zijn gezicht vertrok. 'Hè. Ik zie licht.'

Enrico Belpasso was dan wel terug, maar soms was hij zo vaag als een beslagen stuk matglas.

'Licht.'

'Verschillende lichten. Als een lamp. Geen elektriciteit. Iets dat brandt. Een vlam – in een olielamp.'

Het kwam door zijn stem. Ik vond het idioot om hem te geloven.

'Wat is er?'

Hij zei: 'Pakken kranten. Pakken. Samengebonden.'

'Pakken, ja, dat was het. Maar dat kun je je niet herinneren. Herinner je je dat?'

De oude baas schudde zijn hoofd en zijn gezicht verkrampte alsof hij misselijk was, alsof hij buikpijn had en beroerd werd. 'Nee. Er is niets.'

'Niets?' Ik zag zijn grote handen teer worden toen ze begonnen te trillen. 'Wat is niets. Vertel op.'

Enrico Belpasso's verweerde oude gezicht staarde me aan en ik moest hem aan zijn arm overeind houden. Er was hier geen bankje waar we op konden gaan zitten. De trottoirs rond deze hoek van de straat waren breed en geblakerd. Degene die ervoor verantwoordelijk was had het handmatige bij gemeenteverordening geregelde bewateren van de grasstroken achterwege gelaten. Het was te ver om hem in één keer thuis te brengen, dus nam ik hem mee in de schaduw onder enkele lage, erg overhangende palmbomen. Hij haalde zijn zakdoek tevoorschijn en veegde er zijn gezicht mee af.

Ik zei: 'Wat doet er zeer?'

Enrico Belpasso keek door de schaduw naar de lucht.

Hij zei: 'Kijk naar het licht, Salvatore. Kijk ernaar. Leven in zulk licht en dan toch blind zijn. Ik ben blind. Rotwereld, ik ben nog altijd blind.'

Ik herinnerde me uitstekend hoe hij geweest was, een afwezige beer van een vent die overal door zijn kleindochter heen werd gebracht; hij traag en vergeetachtig en zij superlevendig. Maar had Gabriella niet steeds beweerd dat ze met elkaar spraken en dat hij uren- en urenlang verhalen kon vertellen? Had ze niet zijn verdriet en verlangens en zelfs zijn dromen gevoeld?

Enrico Belpasso hield mijn armen beet uit angst om te vallen.

'Ik kan me één ding herinneren,' zei hij tegen de palmtakken die boven ons hingen, tegen de stralende zon erboven. 'Gabriella's kamertje.'

'Welk kamertje?'

Hij betastte die nare elektrische bult aan zijn ene slaap. Ik keek naar zijn ogen en zag hoe ongelooflijk wijd de donkerbruine pupillen openstonden.

'Gabriella's kamertje. De kranten zijn in Gabriella's kamertje.'

Hij had een blik in zijn ogen waaruit ik opmaakte dat hij zijn eigen woorden niet hoorde. Of dat hij, als hij ze hoorde, dacht dat ze niet uit hemzelf kwamen maar van elders.

'Waar heb je het over?'

'En Gabriella ook. Ken je het, Salvatore? Salvatore, kun je je dat voorstellen? Onze Gabriella is in Gabriella's kamertje. En van daaruit is ze overal. Geen muur kan haar vlucht voorkomen.'

'Waar heb je het over?'

Enrico Belpasso was terug uit la notte, maar hij was zo gek als een stuiter. Misschien was hij helemaal niet terug. Er dansten waanzinnige kleuren door zijn hersens en hij dacht dat hij andermans lot *en detail* kon zien. In het stekende namiddaglicht van de Brisbanese zomerdag liepen er huiveringen van hoop en vrees over mijn huid. Gabriella is in Gabriella's kamertje. Het was een enge wending in een gestoord sprookje.

Enrico Belpasso hield me vast en huilde en het was volstrekt duidelijk dat hij niet begreep waarom.

JUS D'ORANGE IN DE AVOND

De glazen schalen met sinaasappels en citroenen en grapefruits in mijn keuken hadden kennelijk indruk gemaakt op Irina Luna. Ik kwam badend in het zweet en met steken in mijn zij mijn appartement binnen en had allerminst verwacht haar daar in mijn witkatoenen badjas aan te zullen treffen. Haar benen staken eronderuit, haar borsten bolden de voorkant op, haar goudbruine haar was nog nat van de douche en haar lange handen persten citrusvruchten tot de laatste druppel uit. Bij die aanblik sprong mijn hart hoog in mij op. Ze had er in de lelijkste tentjurk van de hele wereld kunnen staan, dan was mijn hart even hoog opgesprongen. Irina was een zwembad dat net in de schaduw ligt; ze was een zilt zeebriesje op een gloeiend hete dag; ze was goddomme de cavalerie. Het was nog geen twaalf uur geleden dat die troep muzikanten grappend en grollend mijn appartement had verlaten. Hun buiken zaten vol met ontbijtpaella en groene salade en hun hoofden tolden van de diverse drankjes en de champagne. Nu was de namiddag met Enrico Belpasso voorbij en het vroege duister al ingetreden; over een paar uur zou ik weer aan de deur van Tony Solero's La Notte staan te doen wat me te doen stond.

Ze had me niet binnen horen komen. Ik stond doodstil, overdonderd door haar verrassende aanwezigheid. Ik sprak geen woord. Ik wilde zo lang mogelijk naar haar kijken, maar binnen twee tellen voelde ze mijn aanwezigheid en keek ze weg van de citroenen en grapefruits. Vervolgens glimlachte ze, een heel lieve glimlach waaruit sprak dat ze zich betrapt voelde en daar blij mee was. Haar ogen stonden een tikje vermoeid, maar op een ietwat speelse toon zei ze: 'Jij hebt behoefte aan iets fris, of niet soms?'

Irina hervatte het trage, zorgvuldige uitpersen, maar bleef vrolijk glimlachen.

'Julián is voetbal gaan kijken, Juventus tegen Azzurri. Daarna gaat hij met zijn *compañeros* in een kroeg te veel drinken. Daarna gaan ze naar een pizzeria om te veel te eten. Zo gaat het zondags als we niet hoeven te werken.' Ze zocht naar sinaasappels om aan het zure vruchtensap toe te voegen. 'Dus besloot ik het niet uit te stellen. Ik vond dat ik je maar moest opzoeken.'

'Ik had je niet verwacht.'

'Waarom niet? Je hebt me een sleutel gegeven.' Irina perste

de sinaasappels snel uit en goot de combinatie van sappen in een kan. Ze liep naar de vriezer en pakte er ijsblokjes uit, alsof ze helemaal thuis was. 'Het zou zonde zijn om er suiker aan toe te voegen.'

'Breekt de vitamine C af. Misschien wat water ter bescherming van ons tandvlees.'

'Dat geldt alleen voor kinderen in de groei.' Ze vulde twee van die plastic glazen waar je ijskoffie in doet voor op het balkon of Bloody Mary's voor bij het zwembad.

'En zo te zien kun jij heel wat vitamine C gebruiken. En misschien nog wat andere.' Ze gaf me een boordevol glas en tikte haar glas ertegenaan. Er klotste sap op de tegelvloer die de werkster voor me schoonhield. 'Op die geweldige douche van jou. Ik ben maar zo vrij geweest. Dat vind je toch niet erg, hè?'

'Nee.'

'Die in onze flat heeft geen druk en de hete kraan slaat af als je net begint te ontspannen. Dus hartelijk dank. En vertel me nu maar eens waarom je er zo bescheten uitziet?'

'Misschien zie ik er wel altijd zo uit.'

Ze deed een stapje achteruit, leunde vervolgens tegen het aanrecht. Ze zag eruit alsof ze in mijn kamerjas hoorde. Er was niets ongemakkelijks aan haar houding en op een of andere manier leek het weer vier uur 's ochtends, alleen waren onze rollen omgedraaid. Irina nam me langdurig van top tot teen op.

'Nee, zo zie je er niet altijd uit. Jij bent typisch zo'n klootzak die er altijd goed uitziet ongeacht wat hij heeft uitgevreten. Hoe oud ben je?'

'Vijfentwintig. Bijna zesentwintig.'

'Ik had je ouder geschat.'

'We schelen maar vijf jaar.'

'Zes jaar. En zes jaar is afhankelijk van wat je in die tijd hebt gedaan.'

Toen sloeg Irina haar ogen neer. Het was net of ze haar act

niet kon volhouden. Op een podium is er altijd een moment waarop je moet buigen en afgaan, maar nu was ze alleen met mij en moest ze het podium op eigen kracht zien te verlaten. Ze keek in haar glas – en ik besefte dat ze een klein tikje verlegen was. Net een ietsie onzeker. Haar kwetsbaarheid nam me nog meer voor haar in.

'En, ben je blij om me te zien?'

'Ja.'

Ze dronk en ik keek toe. Ze veegde haar mond met de rug van haar hand af. Onder haar ogen zaten van die rimpelrandjes, maar haar ogen zelf stonden helder en scherp, donker en levendig, net als zijzelf.

Irina zei: 'Wil je me hier, Sam?'

'Ja.'

'Waarom toon je dat dan in godsnaam niet?'

Dat was Irina Luna.

*

Haar handen smaakten naar sinaasappel, haar lippen naar citroen en grapefruit. Ze haalde haar vingers door mijn haar. Toen ik haar zoende, zuchtte ze en alle verdriet van alle langdurige zorgen werden door dit beetje liefde verzacht. Ik moest haar op het aanrecht tillen waarop ik honderden teentjes knoflook en duizenden uien had gesnipperd, en ik moest lachen bij het idee dat zij daar zat, precies op die plek, in mijn donzige witte badjas. Ik stond tussen haar benen en haar dijen drukten zich in mijn zij. We kusten lang hard licht snel – blij en genotzuchtig als kinderen. Ik streelde met mijn lippen langs haar hals en door het kuiltje eronder en de snel kloppende ader opzij. Irina opende de badjas zodat ik haar bruine borsten en donkere tepels kon kussen, maar daar stopte ik. Ik sloeg mijn armen om haar heen en drukte mijn hoofd stevig tegen haar schouder, hield haar zo omklemd dat ze nauwelijks lucht kreeg.

Ze lachte nog maar half. 'Wat is er aan de hand?'
'Ik ben gelukkig,' zei ik. 'Ik ben oprecht gelukkig.'

Irina bevrijdde zich uit mijn omhelzing en nam mijn gezicht in haar handen. Ze zei: 'Sam Capistrano, waarom zou je dat godverdomme niet zijn?'

Dat vroeg ze zich af. Irina pakte mijn glas sap en dronk het vrijwel tot op de bodem leeg. Daarna keek ze me weer pal aan.

'Als ik niet had gedacht dat je me nodig had was ik niet gekomen. Vertel eens wat er vandaag is gebeurd.'

'Het gaat om het meisje op die foto's.'

Irina kon van die plooitjes in haar wenkbrauw maken, maar het waren haar ogen en haar mond die me fascineerden. Haar lippen waren zo vol en donker; door ons gezoen waren ze bijna zo rijp en paars als – vijgen.

'Ze heeft je hart gebroken?'

'Ja, min of meer.'

'En is ze nu hier?'

'Nee.'

'Zie je haar ergens in dit appartement? Hier in de keuken, of daar ergens, of verstopt achter de bank?'

'Nee.'

'Komt ze nog?'

'Nee.'

'Zal ze hier ooit komen?'

'Nee, nooit.'

Irina dacht erover na.

'Oké. Kijk, ik ben hier wel, nu. En straks, Sam, ben ik weg. Als je wilt dat ik nu meteen vertrek moet je dat zeggen, da's prima. Wat er met dat meisje gebeurt of met een ander meisje is mijn zaak niet. Dit is een fijne kans, een moment voor jou en mij en daarna is het afgelopen. Maar als je tijd nodig hebt om dat meisje te vergeten of over haar na te denken of wat er dan ook maar aan de hand is, zeg dat dan.'

Irina keek naar de foto's. Daarna keek ze weer naar mij.

‘Maar,’ zei ze. ‘Maar Sam, het is nog maar een kind.’

‘Ja, dat klopt.’

Irina begreep het niet en ik was niet van plan het uit te leggen.

Omdat ze me alleen het bekende recept te bieden had. Het was precies zoals ze zei. Irina was hier nu en later zou ze weer weg zijn. Ergens diep vanbinnen droomde ik nog wel over romantische liefde maar niemand wilde dat met me delen. Misschien zagen vrouwen de muren die ze dan zouden moeten slechten. Misschien voelden ze aan wat voor chaos er achter die muren huisde. Dus wilde Irina Luna gewoon een nachtclubmeid zijn, een zaterdagavondmeid in dit geval, en getrouwd bovendien; ach, nou en.

Irina boog zich voorover en drukte haar voorhoofd tegen het mijne. Haar huid was heet en haar handen, die ze nu om mijn hals had geslagen, waren klam geworden. Ze sloot haar ogen en scheen langzaam in een soort droomtoestand te geraken. Het was fijn; ik deed ook mijn ogen dicht.

Ze zei: ‘Weet je wat jij nodig hebt?’

‘Wat?’

‘Op een dag als vandaag, een lekkere lange, koude douche. Daar knap je van op.’ Ze opende haar ogen en maakte mijn dikke haar in de war. ‘En hoe schoon ik ook ben, ik denk dat ik lekker meega.’

Zodoende kreeg ik een lekkere koude douche en die bleek erg lang te duren.

Doordat Irina meeging. Ze draaide en draaide me onder de lekker ranselende massagestraal, en ze pakte het klaarliggende stuk zeep en streelde mijn schouders en borst en buik ermee. Het scheen haar niet uit te maken dat ze hier nog geen twintig minuten geleden onder vandaan was gekomen. Irina stapte onder de straal, happend naar adem door de kou en ik zag haar knopjes prachtig ontluiken. De dikke krullen van haar natte schaamhaar waren net een verzameling vreemde exotische zeeschelpen. Ik moest mijn armen optillen en zij schrobde eronder en ze liet me hurken en glimlachte me toe totdat we ons niet meer druk maakten over schoon worden, en langdurig en hard kusten. Toen ze de zeep weglegde en in haar ogen wreef, draaide ze mij haar lenige, gespierde rug toe en drukte haar borsten tegen het dikke matglas van de douchedeur. Ze stak haar bruine, maar niet zongebruinde, hartvormige achterste naar me toe en draaide soepeltjes met haar slanke taille terwijl ze achteromkeek en vroeg: 'Alsjeblieft, Sam.' En toen sloot Irina haar ogen en vloog op.

Loslaten.

EEN HERINNERING ALS EEN DROOM

Gabriella lacht terwijl ze me bij de hand neemt en we door de achtertuinen rennen, van de mijne naar de hare, over de ruwhouten schutting ertussenin klimmen, gadegeslagen door de slome honden uit de buurt en haar twee poezen, Gina en Sophia. Een van onze moeders staat voor een van de keukenramen riblappen te snijden of vis als wijting of brasem schoon te maken voor de avondmaaltijd en naar ons omlaag te kijken. Als Gabriella zo lacht als nu, trek ik me nergens iets van aan. Ik ben geen jongetje met slonzig zwart haar dat nodig naar de kapper moet en met geschaafde knieën die met zalf moeten worden ingesmeerd, maar op een of andere manier ben ik iedereen. Ik ben iedereen die ooit heeft gelachen en iedereen die ooit heeft gehuild, ik ben iedereen die ooit te midden van de sterren heeft willen wonen en iedereen die ooit zijn teleurgestelde gezicht naar de muur naast zijn bed heeft gedraaid en God heeft gevraagd of hij snel in slaap mag vallen. Ze wekt mijn geheime gedachten tot leven, dat is Gabriella. Ergens vanbinnen weet ik al dat er mensen bestaan die in heel hun leven nooit iemand zullen kennen als zij, die nooit diegene zullen ontdekken die een vreemd en heerlijk aroma aan hun bestaan verleent zoals Gabriella dat aan het mijne doet. Ze is net een raket die een suf oud tapijt van nachtelijke sterren tot leven wekt. De sterrenstelsels behoren haar respect te tonen. Ik zal nooit in kommervolle omstandigheden sterven en ik zal nooit uit koers raken; ik ben bestemd voor dit leven, net als zij.

Ik kan haar net zo goed ten huwelijk vragen.

Nou, ja, ooit op een gekke dag.

We duiken onder haar houten huis en staan samen in de modder. We hijgen, houden in de schemering elkaars hand vast. Mijn begeerte naar haar is zo hevig dat het zeer doet, mijn lichaam schreeuwt om verlossing. Zo gaat het: hoe meer weken er verstrijken des te meer betekent ze voor me en des te meer smacht mijn lichaam naar haar. Gabriella zoent graag maar verder laat ze zich niet gaan. Best, want ik houd ook van zoenen, en praten, uren- en urenlang in onze donkere plekjes, maar ik ben ook maar een mens. Ik kijk haar intens aan opdat ze mijn begeerte kan voelen. Maar er is iets anders. Wat zie ik in haar blik? Het is gek, want ondanks alle chocoladekleurige sproeten en rode haar en haar gebruikelijke roze huidskleur, lijkt het wel of ze vandaag alle kleur heeft verloren. Ik kan de sproeten op haar neusbrug stuk voor stuk tellen. Ze is wit als een doek, maar ik verlang niettemin zo naar haar dat ik wel op mijn knokige knieën wil zakken om haar knokige knieën te kussen. Ze schijnt mijn benauwenis niet op te merken, verdiept als ze is in haar eigen prikkelbare blijheid. Gabriella straalt als de zon, maar vandaag lijkt ze achter staalgrijze wolken schuil te gaan en lijkt ze – tja ik weet het niet – breekbaar.

Gabriella zegt: '*Cosa c'ai per me*, Salvatore? Wat heb je voor me?' en ik graai in mijn zakken op zoek naar snoep maar geloof het of niet, die ben ik vergeten te kopen. Wacht. Hier heb ik iets. In mijn achterzak heb ik een sjofel boek dat ik onder een stoel in Lino's busje heb gevonden toen hij Tony en mij naar de bioscoop meenam om die nieuwe film te gaan bekijken, waarvan ze hadden gezegd dat het een seksfilm was over mooie zoekgeraakte schoolmeisjes – en dat was het niet –, *Picnic at Hanging Rock*. Het boek dat ik vond heette *Sexus* en was van Henry Miller. Dat gaat tenminste over seks, maar aan de andere kant ook weer niet.

'Ze zeggen dat het goed is,' zei Lino Solero. 'Troep is het.' Lino was op zoek naar vieze verhaaltjes en de gekreukte, plakkerige bladzijden die ik eerst zag leken ook echt het ranzige gekwijl van een vieze oude man, maar er was ook iets anders, iets over wild en gek zijn en volop leven. Dat stond ook op die klamme bladzijden en ik denk dat Gabriella dat zal begrijpen.

'Madonna,' zegt ze omdat we onze geheime taal spreken. 'Ik heb van die man gehoord. Ik heb over dit boek gehoord. Mijn moeder zou me vermoorden als ze wist dat ik het heb – ook al kan ze er geen woord van lezen.' We lachen tegelijk en Gabriella bladert wat. Ze zegt: 'Ik heb verhalen van een Spaanse schrijver gelezen. Die doen me heel veel.'

'Spaans?'

'Jorge Luís Borges. Er is één verhaal bij –' Gabriella's witte wangen krijgen gaandeweg een rood kleurtje. Opeens ben ik de kluts kwijt. Begint ze te blozen door wat ik haar heb gegeven of door die andere schrijver? Na een korte pauze, zonder haar ogen van de bladzijden af te wenden, zegt ze: 'Ma kent dit woord. En dit ook. Foei en dit ook! Bedankt. Ik zal dit veilig opbergen. Ik zal het in mijn geheime bergplaats stoppen.'

'Waar is dat?'

Gabriella werpt me een blik toe. Nu komt er een leugentje om bestwil of iets dat ik echt nog niet wist. Ze zegt: 'Waarom denk je dat het geheim heet?'

'Vertel dan.'

Ze richt haar bloedeloze gezicht op als dat van een elfje en streelt dan met de bovenkanten van haar vingers langs mijn wang, heel lekker zachtjes. Ik geloof dat Gabriella een beslissing over me neemt.

Ze komt een stap dichterbij en zegt: 'O, Salvatore,' en geeft me een kus en heel even proef ik de warme punt van haar tong. 'Wil je het echt weten?'

'Tuurlijk.'

'Ben je bang?'

'Waar moet ik bang voor zijn?'

'Nou,' zegt Gabriella, 'het is helemaal daarbeneden,' en ze wijst naar de diepe duisternis onder de diepste diepte van haar huis.

'Nou en?'

Uiteraard valt er niets anders te zien dan donker. Lampen of lichtknopjes zijn er niet; onder dat deel van de woning van de Zazò's is nog geen flintertje elektrische leiding te vinden. Dat komt doordat er alleen wind kon waaien rond de verrotte houten palen die het huis overeind houden, totdat Gabriella's vader alles ommuurde, het huis opnieuw stutte met betonnen palen en een klein kamertje voor zichzelf maakte in de verste uithoek. Waar Gabriella nu naar wijst is de koele, donkere plek waar hij de vele houten kistjes wijn bewaart die hij uit de wijngaarden van zijn familie in Stanthorpe hierheen transporteert. Ik heb hem er wel eens met een kaars of zaklamp in zien verdwijnen en binnen een minuut weer zien opduiken met een of twee flessen *vino*.

Het is eigenlijk niet donker. Donker duidt op een soort onzichtbare straling, toch? Nee. Daarbeneden is het volmaakt zwart.

Gabriella glimlacht. Ze haalt diep adem. Ze neemt me bij de hand en slaat haar vingers stijf om de mijne.

Gabriella zegt: 'Jij en jij alleen. Oké?'

'Oké.'

Ik ben namelijk niet bang en ik zou niet weten waarom ik bang zou zijn. Ik ben nooit bang geweest in het donker. Ik zie midden in de nacht spookverhalen op tv en zit er voortdurend bij te geeuwen. Maar Gabriella's vingers zijn koud en trillen een beetje. Dat vind ik leuk. Als zij daarbeneden een geheim heeft, waarom is ze dan zenuwachtig? Ze houdt mijn hand vast en pakt dan mijn hele arm, drukt haar lijf tegen me aan. En dat is dik in orde. Ik hou van deze spanning. Ik ga met Gabriella dat wijnkeldertje in en in het volmaakte donker vraag ik of ze wil gaan liggen opdat ik op haar kan gaan liggen. Wat kunnen mij die meidengeheimen schelen? In plaats daarvan zal ik zachte dingetjes in haar oor fluisteren. Zal haar gezicht honderd vederlichte zoentjes voelen. Zullen haar borstjes zwellen door de tederheid van mijn vingers, en ditmaal zal ik haar korte witte broekje openritsen. Ik zal haar daar betasten, langzaam, en ik weet dat ze me ditmaal niet tegen zal houden.

'Wacht even, dit hebben we nodig.'

Op haar tenen tast Gabriella een balk af die op een betonnen paal rust. Haar hand haalt de zaklamp van haar vader tevoorschijn. Die knipt ze aan en nu ben ik teleurgesteld. Ik had liever het volledige duister gehad, het verhullende duister waarin slechte dingen lekker voelen. Of goeie dingen slechter. Nu flitst die enge straal rond en werpt overal schaduwen, en het fantastische is dat hij ook uitsluitend schaduwen lijkt te belichten. We zouden hier een prachtig spookverhaal kunnen spelen.

Het is kouder. We staan op beton. Raffaele Zazò heeft deze wijnkelder gebouwd door muren op te richten met een deur erin; de deur is zo'n ouderwets rotan ding dat je bij ingezakte arbeiderswoninkjes uit de jaren twintig en dertig aantreft. Deze heeft hij gered van een vuilnisbelt waar iemand hem had neergegooid. Hij heeft hem geschuurd en geverfd; gek dat iemand zoveel moeite doet voor iets dat in het eeuwige duister zal verblijven. Gabriella tast naar de deurknop, draait eraan en laat ons erin. Ik heb geen flauw idee waarom ze zo traag en opzettelijk bedachtzaam beweegt. Ik denk even dat het een trucje is. Misschien is haar 'geheim' eigenlijk haar geheime verlangen om me hier op deze bijzondere plek te krijgen, waar ze de zaklamp uit zal doen en op me af zal stuiven.

O, maar het doet nu niet meer gewoon zeer.

De witte straal veegt over de ene kist na de andere en ze staan allemaal keurig op stapels op de grond en tegen de muren. Ze zijn grotendeels afgedekt met flodderige dekens om ze vochtig en koel te houden. De muren zitten onder de spinnenwebben en als er 's nachts muizen en ratten door het huis van de Zazò's lopen, dan slapen ze overdag hier. Gabriella pakt de muizenvallen uit de hoek, stuk voor stuk met brokken sterk ruikende Siciliaanse pecorino pepato verlokkelijk tussen de ijzeren kaken. Raffaele Zazò denkt zeker dat muizen en ratten ook Siciliaans zijn, en als er een geplette muis in één van de vallen blijkt te zitten, zwenkt Gabriella het licht weg en besef ik dat haar vader geen stomkop is. De lichtstraal zwiept nogmaals over de kisten en het valt me op hoeveel die afgedekte, keurig in het gelid staande dingen feitelijk weg hebben van opgestapelde doodskisten. Oké. Ik vind het hier een stuk minder leuk. Ik krijg kippenvel op mijn armen en, dapper of niet, ik ben blij dat mijn Vuurtoren bij me is. Ik leg een arm om haar middel en trek haar tegen me aan, druk mijn onderlijf zo hard tegen haar aan dat ze voelt hoezeer ik lijd.

Gabriella onderwerpt zich er enkele ogenblikken aan, kust me op de mond en streelt met haar vrije hand over mijn schouder, maar ik voel dat ze er met haar gedachten niet bij is. Ik betast haar billen met beide handen en dan laat ik er eentje naar voren sluipen en het vormpje van haar ene borst omvatten. Gabriella wijkt achteruit. Ik grijp haar nogmaals en omvat die borst nog een halve seconde. Gabriella maakt zich van mij los.

'Wil je dan nooit iets anders?' Ze steekt de zaklamp mijn kant op. 'Hier,' ze spuugt bijna als een boskat.

Ik heb het benauwd. Met een stem hees van opwinding vraag ik: 'Gabriella, wat ben je van plan?'

'Dat zie je wel.'

Mijn ongeduld fluistert me in dat er weinig geheims is aan die stomme wijnkelder van haar vader.

Ze glimlacht als een kat die net een rat te grazen heeft genomen. 'O, dit is niet genoeg voor mijn geheim.'

Daarna begint Gabriella weer raar te doen. Er trekt een donkere wolk over haar gezicht en vervolgens krijgt ze een stuip. Haar hand gaat omlaag naar haar maag. Ik geef haar de zaklamp en zie dat ze haar hand tegen haar buik drukt. Onder tegen haar buik.

'O, nee,' zegt Gabriella. 'Zeg dat het niet waar is.'

Ze probeert de zaklamp aan te pakken, maar dat sta ik niet toe.

'Hoe kan ik toch zo stom zijn?' Ze vertrekt haar gezicht. 'Schijn niet op mij,' sist ze en vervolgens rent ze naar buiten.

De oude rotandeur knalt dicht.

Ik doe de deur net op tijd open om Gabriella's silhouet de betonnen paal voorbij te zien schieten op weg naar het laaiende zonlicht in de verte. Dat haar opslokt. Binnen drie seconden is ze verdwenen en dan hoor ik haar heel duidelijk de trap aan de voorkant op rennen en vervolgens door het huis rennen. De vloerplanken doefdoeven zachtjes boven mijn hoofd. Er knalt een deur dicht. De badkamer of haar slaapkamer? Ik denk de badkamer. Verdomme. Arme Gabriella. Het is beroerd om een man te zijn als je dinges tegen je gulp klopt, maar het is misschien nog wel beroerder om een vrouw te zijn; ik kan me wel voor mijn kop slaan omdat ik niet heb begrepen waar dat bleke gelaat en dat humeur op wezen. Toen ze naar buiten rende viel de lichtstraal op een ongelooflijk rode vlek achter op haar witte korte broek. Het leek wel of ze met een mes op dat geheime plekje was gestoken. Hoe lang had ze al gebloed voordat ze het voelde?

Ik beschijn de wanden tot aan de vallen vol kaas, naar die ene met die geplette muis erin en langs de doodskistachtige wijnkisten. Het is hier schimmelig en koel. Maar wat voor geheim bewaart Gabriella hier? Het slaat gewoon nergens op.

Voordat ik vertrek schijn ik met de zaklamp tussen mijn

voeten op de betonnen vloer. In het donker ligt een heldere en toch donkere bloeddruppel. Een rode, glanzende cirkel ter grootte van een cent. Van verbazing kan ik mijn ogen er niet van afhouden. Vervolgens ga ik op één knie zitten en tast er met een hand naar. Dit ding kwam uit haar; dit is de essentie van mijn Vuurtoren. Dit hier, dit is haar ware geheim.

Daarom wilde Gabriella hier niet blijven.

Ik raak het niet aan ook al zou ik het willen proeven. Ik zoek in mijn broek naar een tissue of een zakdoek. Niks. Ik trek een pand van mijn overhemd uit de band van mijn korte broek, draai het om, buk heel diep en veeg die prachtige druppel op.

HONDENNEUS

De telefoon rinkelde, Irina rekte zich uit, gaapte en rekte haar hele lange lijf uit. Ze rolde op haar buik en kroop met haastloze bewegingen boven op mij, wreef met haar donkere gezicht over mijn huid, vouwde haar armen tegen mijn borstkas. We pasten bij elkaar als zuur brood bij rode wijn; het was verrukkelijk.

'Wat doen we als het Julián is?' steunde ze.

'Wat zou hij doen als hij wist dat je hier bent?'

Irina schudde haar hoofd. Ik kon me er niks bij voorstellen, maar ik nam aan dat Julián Luna me aan de kraaien zou willen voeren die in de treurwilgen aan de rivieroever wonen.

Volgens de wekker was het ruim na elven. La Notte zou gonzen van de drukte en Tony Solero zou me vervloeken. Carlo zou alleen bij de deur staan en onze discolampen zouden hun eeuwige paringssignaal de helse nachtclubwereld in slingeren. Het zou eerder Tony zijn dan Julián aan de andere kant van de lijn en die zou me heel wat te melden hebben. Als we vriendschap en vele gezamenlijke jaren buiten beschouwing lieten, zag het er allemaal niet zo rooskleurig voor me uit; de zaken leken goed te gaan, maar hij kreeg genoeg van mijn slappe houding aan de deur en bovendien kende hij de gevoelens die hoofdrechercheur Pietro Pierucci voor me koesterde volledig. Pierucci was iemand die hij te vriend moest houden, ook al was hij kwaaiig en onvoorspelbaar, want die man had de hele afdeling Drank en Zeden in zijn zak. Het geld dat de nachtclubs Pierucci toestaken leek afzonderlijk misschien een drinkgeldje, maar hij zei altijd: kleine visjes smaken het lekkerst; en dat betekende dat ze stuk voor stuk lekker waren, maar als je ze bij elkaar legde had je een enorm feestmaal voor jou en je vrienden.

Ze hadden La Notte om honderden gezondheids- en veiligheidsredenen kunnen sluiten en dat gold voor zeker honderd andere clubs. Maar wat ik echt wantrouwde waren de vele gesprekken die Tony en Pietro telefonisch en achter gesloten deuren voerden. Ze waren geheime plannetjes voor de toekomst aan het smeden en dus was mijn zaak er niet mee gediend dat de rechercheur me haatte. Vroeger hadden Tony en ik een term om onverklaarbare vriend- en vijandschappen mee aan te duiden – 'hondenneus'. Uiteraard was er niets onverklaarbaars aan het feit dat Pierucci's huisdier het mijne niet kon uitstaan, maar de term bleef me voortdurend bij. Het was domweg zaak zulke honden bij elkaar uit de buurt te houden en dat besefte Tony. Dus moest ik alles op alles zetten om Tony te vriend te houden, maar op hetzelfde moment dat ik dat bedacht legde ik mijn arm om Irina's hoofd.

Het gerinkel hield op.

'Hombre,' zei Irina net zoals Julián Luna dat woord uitsprak. Dat krijg je als je zo lang met iemand omgaat. Ze wreef in haar ogen. 'Ik heb geslapen. En jij?'

Die droom over een herinnering, of die herinnering aan een droom was heel duidelijk geweest. Enrico Belpasso had me die bezorgd en dat gold ook voor de vrijpartij met Irina. Het was die ene gebeurtenis met Gabriella geweest, en die had nergens toe geleid. Tien jaar geleden was ik die vrijwel meteen vergeten; op mijn vijftiende had ik wel wat beters te doen dan me druk maken over een koude, donkere plek waar ik mijn mooie vriendinnetje niet had weten te verleiden. Het idee van een geheime plek had me niet zoveel gezegd. Het was niet belangrijk. In die tijd had ik er zelf zoveel her en der in de wijk. Er waren schaduwrijke hoekjes onder ons eigen huis; het houten hokje in de grote mangoboom bij Johnny Aitkin; het strookje overdekt groen onder de flessenbaobabs in New Farm Park; de immer beschikbare achterbanken van auto's van de diverse vrienden van oudere broers; zelfs de onveilige, afbrokkelende betonnen bunkers van een leegstaande elektriciteitscentrale bij de Brisbanerivier vlak bij het park. Je kon je als jongen op miljoenen plekken verstoppen. Maar nu dacht ik echt na over wat Gabriella me had willen tonen. Ik moest me er iets bij voorstellen dat overeenstemde met wat Enrico Belpasso me had gezegd.

Gabriella is in Gabriella's kamer.

Tussen mijn kraakheldere witte lakens lag Irina zo naakt als op de dag waarop ze een salsamelodietje jammerend ter wereld was gekomen. Ze tijgerde naar me toe en legde haar gezicht tegen het mijne. Gelukkig. Ze stak haar tong in mijn mond en perste haar borsten tegen mijn borstkas. Ze reed lusteloos tegen mij en het bed op, bevredigd maar toch verlangend naar een beetje meer. Ze nam ietsje afstand en glimlachte me toe.

'Jongeman. Wat gaan wij doen?'

'Je bedoelt of we elkaar nog eens zien?'

'Misschien bedoel ik dat.'

Ik zei: 'Tja, waarom blijf je niet?'

'Wanneer?'

'Nu. Vannacht. Zolang als je wilt.'

Irina haalde diep adem en wierp me een blik toe waaruit sprak dat ik *loco* was.

'Nee, serieus. Laat dit je thuis zijn. Moet je kijken wat een ruimte. Hoe raak je anders ooit van hem verlost?'

'Denk je dat ik Julián wil verlaten?'

'Niet dan?'

Irina knikte. Het viel niet te loochenen. Ze zei: 'Die man komt hiernaartoe.'

'En?'

Irina's glimlach werd breder en ze lachte me uit. 'Dacht je dat je stoer was?'

'Ik wil alleen maar zeggen dat je er gemakkelijk uit kunt stappen. Dan komt Julián hier. Dan ga je met hem in mijn salon zitten en geef je hem een kop thee en zeg je dat het voorbij is. Of jullie gaan allebei gillen en schreeuwen en vernielen mijn meubilair. Of hij probeert mij over mijn balkon te gooien. Dat doet hij niet. En dan ben jij af van datgene waar je vanaf wilt zijn.'

'Hoe kom je op de gedachte dat het zo gemakkelijk zal gaan?'

'Waarom zou het moeilijk moeten zijn? Waar staat dat het allemaal ellende en narigheid moet zijn? Waar staat dat het met groot drama gepaard moet gaan? Zeg het tegen hem en klaar is Kees. Doe wat iedereen doet. Kap er gewoon mee.'

Irina bleef mij op waarde schatten, bleef beredeneren hoe wreed mijn woorden waren. Een minder grootmoedige vrouw zou dat heel scherp hebben gezien.

Het kon me niet schelen dat ik niet wist waar ik het over had. Dat ik niets van het instituut van het huwelijk afwist, maakte me niet uit. Wat mij betrof was alles sowieso van voorbijgaande aard. De stad veranderde ieder jaar, alle moois werd gesloopt om plaats te maken voor zwart staal en spiegelglas, en net als bij een bijzondere partner hield je ervan totdat het je niet meer kon schelen; of als je aan een geweldig iemand gehecht was zou die op een dag toch in het niets verdwijnen, eigener beweging of door omstandigheden die we met die bloedeloze term tegenspoed noemen. Zodoende waren mijn verbintenissen voor de korte termijn. Daar kwam ik tenminste rond voor uit. De rest van de wereld probeerde de schijn hoog te houden.

Irina zei: 'Weet je hoe het is om dertien jaar getrouwd te zijn?'

Ik lachte. 'Nee, maar de oude prins in die Italiaanse film *Il Gatopardo* beweerde dat het één jaar van vuur was en twaalf jaar leven in as. Bedoel je zoiets?'

Irina wierp me haar meest vragende blik toe. Niet vanwege de obscure verwijzing naar een Europese film uit de jaren zestig, maar om wat ik toonde van mijn zielenroerselen.

'Oké, als jij dan zo stoer bent, kun je de waarheid krijgen.' Ze ging rechtop zitten, naakt, met de benen over elkaar, en keek mij aan. 'Ik heb nooit van Julián Luna gehouden. Ik raakte opgewonden van hem. Het was een bevlieging. Ik hield van ons reizende leven en van de veiligheid van getrouwd zijn. Toen ik achttien was, was hij een wereldwijze muzikant van drieënveertig en vond ik hem geweldig. Ik had nog nooit iets met een man gehad. Toen ik mijn eerste orgasme beleefde met zijn *pinga* in me, dacht ik dat hij God was. Ik was dol op seks en verkrachtte hem driemaal daags. Dat was het eerste jaar. In het tweede jaar kreeg ik een hekel aan zijn ijdelheid en die pocherige jongensachtigheid van hem, en aan zijn ogen die elke vrouw verslonden. Ik kreeg er een hekel aan dat hij altijd vrolijk was als ik een slecht humeur had, want dan kon hij zich als man gedragen en me opbeuren. In het derde jaar besefte ik dat ik er maar aan moest wennen of moest scheiden en scheiden wilde ik niet. Maar de tijden veranderen. Hij begint nu ouder te worden en ik word ongelukkig van al die haarverf in de badkamer. Er groeien grote zwarte plukken uit zijn oren en neus en daar word ik ook ongelukkig van. Zelfs zijn geur is veranderd. Hij stinkt als een oude man. Als hij bij me in bed kruipt stinkt hij naar whisky en muffe sigaretten en sigaren en ouderdom. Daar word ik ongelukkig van. Ik zeg niet dat die gevoelens eerlijk zijn. Dat zijn ze niet. Maar hij wordt trager en ik heb er genoeg van om mezelf door middel van slippertjes op te vrolijken. Ik ben eenendertig en vind dat ik recht heb op een eigen leven.'

'Leef dan. Blijf bij mij. Wat vind je? Ik wil dat je bij me blijft.'

Irina wreef haar goudbruine haar tegen mijn schouder. Vervolgens sloeg ze haar armen om zich heen alsof ze bang was dat er lichaamsdelen weg zouden vliegen.

'Zomaar. Gewoon blijven.' Na twee tellen, een aarzeling, even kauwen en uitspugen, schreeuwde ze: 'God-ver!' zo hard en zo theatraal dat ik ervan in de lach schoot. Ze roffelde met haar knieën op het bed en bokste met haar vuisten tegen het kussen. Ze schreeuwde alsof ze door een dolle hond werd achtervolgd en ik moest lachen en aanbad haar tegelijkertijd. En algauw lachte zij ook. Ze nestelde zich, lekker hard hijgend, in mijn armen. 'Eén week.' Met een vastere stem zei ze: 'Misschien twee. Niet meer.' En vervolgens voegde Irina er net als Julián Luna voortdurend deed en zelfs met diens intonatie aan toe: 'Waarom niet?'

We vrijden nogmaals, niet teder of lieftallig maar gek, naar elkaar bijtend en over het bed rollend en liedjes, zelfs kinderliedjes, zingend, en zo wilde Irina het hebben, maar ditmaal vloeide er bloed uit haar alsof ik haar had vermoord. In een oogwenk was Irina een bruine Afrodite die naar de badkamer stommelde met een hand als een kommetje tussen haar benen.

Het hervatte telefoongerinkel begeleidde haar naar buiten en een heldere maansikkel hing in de enorme lijst die het grote raam van mijn slaapkamer vormde. Wie belde er zo aanhoudend? Bekijk het eens van deze kant: Julián Luna had het in de sterren gelezen; Julián Luna zag krantenkoppen in diezelfde maansikkel buiten; Julián Luna wilde bloed proeven. Of het was Tony Solero wiens bloed inmiddels kookte.

Mijn hand hing aarzelend boven de hoorn en toen ik hem optilde was het geen van tweeën; de piepende stem van de oude Enrico Belpasso kwam me tegemoet. Telefoneren was niets voor hem en zeker niet om deze tijd 's avonds.

'Nonno. Wat is er? Gaat het goed met je?'

Zijn Siciliaans klonk vet en traag, afgemeten als de emoties die je in een pruttelende pan *sugo di carne* lepelt.

'Ik heb gedroomd hoe het was, Salvatore.'

'Wat gedroomd?'

'Van Gabriella en haar kamer.'

'Nou?'

'Salvatore. Ik zit tussen de kleuren. Kleuren alom. Ik verdrink erin.'

'Wat? Waar heb je het over?'

Enrico Belpasso was stil, op zijn ademhaling na, en ik hoorde de verbazing en vrees waardoor hij zo krakerig klonk.

'Ik kom eraan. Ik neem een taxi. Ik ben er over twintig minuten.'

Enrico Belpasso slaakte een kreetje en bezigde vervolgens een Italiaans woord dat ik nog niet kende: '*Il caleidoscopio*, Salvatore.'

'De wat?'

'Daar verdrink ik in. *Il caleidoscopio* wil me verzuipen.'

'Waar is hij? Wat is dat?'

'Overal. Salvatore, hij is overal...'

Il caleidoscopio. Dat klonk als caleidoscoop. Betekende het dat?

'Blijf waar je bent.' Ik stond al naast mijn bed en greep mijn kleren. 'Ik kom eraan, oké? Oké?'

'Maar hoe kan dat nou?' vroeg Enrico Belpasso mij en de sterren en de maansikkel. 'Hoe kan dit nou?' en ik besefte dat hij geen antwoord verwachtte. Hij verwachtte geen antwoord omdat hij wist dat ik de vraag niet begreep.

IN GABRIELLA'S KAMER

De dag erop gebeurde er alleen dit: het zilverkleurige spoor van de schepping leidde Irina's oude, rammelende, roestige Datsun naar de buitenwijk New Farm. Ik kon me niet heugen wanneer ik er voor het laatst was geweest. Jaren en jaren her, minstens een stuk of tien. Jaren van lafheid. De auto hoestte roetdampen uit en als hij een bocht nam, was je benieuwd welke delen rechtdoor zouden gaan. Dat was voldoende om af te rekenen met mijn romantische ideeën dat ik de geest van Gabriella aan het eind van een sterrentapijt zou zien staan. Ik staarde naar de nieuwe stukken Brisbane. Hier een flatgebouw waar de oude oprit van het benzinestation had gelegen, waarop Tony Solero en ik hadden leren rolschaatsen. Daar een opzichtig café-bar-restaurant waar vroeger een wasserette zat. Daar werkte een Joegoslavisch meisje dat ouder was dan ik en altijd naar Pears-shampoo en 4711 rook. Met onwaarschijnlijk veel charme en priapistische volharding had ik op mijn zeventiende een keer rond sluitingstijd zeventien seconden lang het enorme stevige geheim van haar D-cups van Maidenform gevoeld, voordat de eigenaar me lachend door de achterdeur het semi-industriële braakliggende terrein op smeet dat deel uitmaakte van de buitenwijk. Nu stonden er abrikooskleurige appartementencomplexen en zwart-witte eethuisjes, en op elke hoek van de straat schoten de interculturele delicatessenwinkeltjes als paddestoelen uit de grond. New Farm begon zo gelikt te worden dat je geen hondenpoep meer op de trottoirs aantrof en geen meerval in de rivier die zich zo modderig door de laaggelegen delen van de buitenwijk kronkelde.

Irina, die niet in Brisbane was geboren en getogen, zag de veranderingen niet, de veroudering. Die zou ze sowieso niet hebben opgemerkt. Soms stak ze haar hand uit en pakte de mijne enkele tellen beet, totdat ze weer moest schakelen. Daarna verdraaide ze haar hoofd om mij aan te kijken.

De avond daarvoor was Irina niet teruggegaan naar Julián. Ik was niet naar mijn werk in La Notte gegaan. Ze wachtte in mijn bed terwijl ik naar het Zazò-mausoleum ging en de oude baas trachtte te kalmeren. Mamma en papà Zazò deden alsof het mijn schuld was, en toen de dokter kwam en hem met temazepam in slaap hielp, ging ik naar huis en dacht na over de opmerkelijke dingen die hij me had verteld en waarom ik nu hier was.

We waren in elkaars armen in slaap gevallen, Irina en ik. We sloten de wereld buiten. Ik wilde haar in mijn bed om niet meer na te denken. Zij wilde blijven om de eerste stappen naar een nieuw leven te kunnen zetten, maar de eerste stappen die ze de volgende ochtend zette, leidden naar een verleden dat ze niet kende, naar Gabriella.

Ze had gezegd: 'Nou mijn auto staat voor de deur. Laten we maar gaan kijken, toch? Word je daar rustiger van?'

Vervolgens probeerde ik, onder de douche, af te luisteren wat ze in de telefoon zei. Ik wist zeker dat ik haar gaandeweg hoorde verzwakken. Het was net zo'n sensuele wending in een *canción* die ze aan Juliáns behaarde borst had geleerd. Ik meende haar te horen zingen 'Sorry, mijn Julián, het spijt me zo'. Ik meende haar te horen huilen. Ik verwachtte dat ze die avond weer in zijn armen zou liggen en dat Julián Luna echt van plan was mijn vlees in brokken aan de kraaien uit de treurwilgen langs de Brisbanerivier te voeren.

Het kon me niet schelen, vanwege dat spoor naar Gabriella's kamer.

Toen we vanaf Brunswick Merthyr op draaiden en bij de plek kwamen waar de belendende houten huizen hadden gestaan, kwaaie buren Zazò naast kwaaie buren Capistrano, bevond zich op die plek een uitgestrekt, volledig afgeschut bouwterrein. De huizen waren gesloopt en de twee percelen omgetoverd tot één maanlandschap. Nee, niet echt een maanlandschap. Over een week misschien wel, maar nu lagen er slordige, stoffige hopen bestaande uit stukken afvalhout en stukken dak en brokken steen en cement. Met een gevoel alsof ik verdronk vroeg ik mezelf af waarom ik zo onnozel was geweest om te denken dat er hier na tien jaar nog iets waardevols te vinden zou zijn.

'Rij maar door, Irina. Ik heb me ontzettend vergist.'

Ze parkeerde de walmende Datsun langs de stoep. Ze wilde de loofbomen aan Abbott Street wat beter bekijken. Dat wilden mensen die deze buurt bezochten altijd. Ze waren nog steeds indrukwekkend, die bomen, zo reusachtig als olifanten – nee, veel groter –, even alles omspannend als de hemel, waardoor ze perfect schaduw gaven, een volmaakte jungle vormden van het ene uiteinde van de straat naar het andere. Over tien jaar zou de gemeenteraad van Brisbane dit de leefbaarste straat in de leefbaarste wijk van de leefbaarste stad in het leefbaarste land ter wereld noemen. Ik zeg niks.

Terwijl zij over dat schitterende tapijt van bruine bladeren dwaalde, haar sandalen uittrok om het blad aan haar blote voeten te voelen, nam ik een kijkje op die nieuwe bouwplaats.

Op een bord stond vermeld wat dit binnenkort allemaal zou worden. Een stadswijkje bestaande uit acht smalle woningen van drie verdiepingen. Er zou een zwembadje bij worden aangelegd. Het terrein zou door een landschapsarchitect worden ingericht. Merthyr Mews zou de mensen gelukkig maken. Voorlopig was het een bouwput. Ik vond een opening in de rommelige houten schuttingen en zag dat er geen mens aan het werk was. Ik beschermde mijn ogen tegen de zonnestralen en bedacht dat het werk kennelijk al stil was gelegd in verband met de aanstaande kerstvakantie.

Ik schopte wat dikke schuttingpalen omver en glipte het terrein op. Er staken roestige spijkers omhoog en je kon je op honderden manieren bezeren. Mijn oude huis was met de grond gelijkgemaakt en dat van Gabriella ook; ik ging op de plek staan waar vroeger mijn slaapkamer was geweest, de woonkamer, de keuken. De kamer waar mijn ouders zoveel jaren samen hadden geslapen en hun kinderen hadden gemaakt. De badkamer waar mijn vader zijn zweet en wonden waste. Ik herkende het puin niet want er kon onmogelijk nog iets van mij tussen liggen. Nadat mijn ouders het hadden verkocht had er minstens één stel nieuwe bewoners gewoond, maar wie weet waren het er wel twee, drie, vier of nog meer geweest?

Ik stak over naar het huis van de Zazò's, waar aan stukken gereten gegalvaniseerde golfplaten lagen te blikkeren in de zon. Er lag splinterig, geverfd houtwerk – ooit stevige muren en vloerdelen en hoge plafonds – opgestapeld. De zaak was recentelijk gesloopt. Het schoot door me heen dat het misschien nog niet te laat was, maar ik was niet al te enthousiast toen ik de lengte en breedte van het oude huis afpaste en vervolgens de afstand mat tot waar de wijnkelder was geweest. Die bleek eenvoudig genoeg te vinden. De betonnen vloer verraadde hem. Hij was stukgeslagen tot grote brokken en zelfs die oude rotandeur slingerde nog rond, in tweeën gebroken en op een berg stenen gegooid. Maf om dat stukje verleden afgedankt te zien. Het hele terrein lag erbij of er een reus overheen had gebanjerd en een onbegrijpelijke woede had botgevierd; alles wat zijn vuisten als voorhamers konden vinden had hij platgeslagen. Ik begon brokken ijzer uit de weg te ruimen en versjouwde zoveel blokken beton als ik kon dragen. De grond eronder was stevig. Er waren nog geen funderingen gegraven. Het was in zekere zin maagdelijk terrein. Mijn hoofd begon te duizelen van de droom van de mogelijke ontdekking. Tegen de tijd dat Irina me kwam opzoeken had ik mijn overhemd uit en zweette ik net zo erg als in de tijd dat ik met mijn vader ging metselen.

'Kan ik iets doen?'

'Trek je sandalen aan. Er liggen overal spijkers. Help me even. Sta daar niet te staan.' Zonder erbij stil te staan, zei ik precies wat mijn vader vroeger zei. Dus voegde ik eraan toe: 'Pas op voor je handen.'

Irina vertelde me later altijd dat ze het ongebruikelijke werk die ochtend leuk had gevonden. Ze zei dat ik net een archeoloog was die in Egypte een of andere schatkamer uit de oudheid opgroef. Ze vertelde onze gasten graag dat ze me observeerde en iets hards in haar borst voelde bonzen en een soort onvast gevoel in haar buik. Vlinders. Ze zei dat ze me toen voor het eerst naakt zag, pretentieloos, zonder verweer, masker af, en dat ze me daardoor echt, werkelijk begeerde. Ze zei dan dat je niet kon loochenen dat Julián Luna een goed mens was met het vermogen schitterend te stralen, dat hij zo betrouwbaar kon zijn als een muur, maar dat hij zelfs voor zichzelf een masker droeg en dat ze hem nooit ook maar één masker had zien afzetten – en verder stelde Irina onze liefdesgeschiedenis niet aan de orde.

Dat was onze toekomst, maar dit was het verleden. En dat was te zeer mijn heden.

Zelfs in zijn angst was Enrico Belpasso duidelijk geweest. Ik wist van het bestaan van die wijnkelder af, die donkere, duistere plek vol kistjes en muizenvallen, maar hij wist de rest.

Een schep zou wel handig zijn geweest, maar zodra de grote stukken steen en beton aan de kant waren, werd het gemakkelijker. Enrico had verteld dat zijn schoonzoon Raffaele die keldervloer had gestort rond een valluik. Dat valluik leidde naar een schuilkelder uit de Tweede Wereldoorlog die wel zes meter diep lag. Raffaele Zazò was erdoor verrast geweest, had die kelder eenmaal onderzocht, vond hem gevaarlijk, vergrendelde hem, schroefde de kelder dicht, bedekte hem met stromatten en zijn verzameling Stanthorpewijn en vergat het stomme ding.

In de oorlogsjaren had hun huis net als het onze dienstgedaan als pension voor de overmacht aan Amerikaanse soldaten die nergens anders konden worden ondergebracht. Die soldaten hadden die maanden van afwachten onder andere besteed aan de bouw van de enorme Cloudland Balzaal, die tot

1982 het hoogste punt van de Bowenheuvels had getooid, en aan het graven van een schuilkelder. Dat was voor het geval de vliegtuigen van Hideki Tōjō, de Japanse minister van Oorlog, Darwin vernietigden en Brisbane zouden aanvallen. Die Japanse strijdmacht boekte overwinningen in Zuidoost-Azië en de Stille Oceaan, maar Darwin hebben ze nooit bereikt, laat staan mijn stad; misschien was dat bouwen en graven gewoon een plannetje van oversten om een heleboel zenuwachtige Yanks bezig en uit de Australische bordelen te houden. Nee, in die tijd was die dreiging reëel. Ik kon me herinneren dat er in mijn jeugd schuilkelders bestonden, twintig, dertig jaar na de oorlog. Er was er zelfs een geweest op het speelplein van mijn oude middelbare school, afgegrendeld met de grootste en zwartste hangsloten uit de christelijke beschaving. Ik wist absoluut zeker dat mijn oude huis niet zo'n kelder bezat: het nieuwsgierige jongetje dat ik was zou zoiets smeuïgs beslist voor zijn vijfde hebben ontdekt. Als Enrico Belpasso's verhaal klopte, had Gabriella de kelder onder hun huis gevonden en er haar geheime plek van gemaakt waar ze zich voor heel de wereld verschool.

Vervolgens zag ik dat we ons niets hadden verbeeld. Na het verwijderen van het houtwerk en het bouwafval, de verrotte matten, de oude opgehoopte rollen tapijt die eroverheen lagen – was daar het valluik. Intact en mysterieus en stevig vergrendeld. Mijn adem stokte toen ik het zag, maar nu was het de vraag of hij een heel decennium lang onaangeroerd was gebleven.

'Nou.' Irina leunde achterover, haar handen in haar zij, haar huid vol zweetdruppeltjes alsof ze net alles had gegeven tijdens een optreden. 'Is dat wat we zoeken?'

En als zij zich nou eens daarbinnen bevond? Wat als al die jaren lang –?

'Help even. Pak jij de andere kant. Nee – daar. Daar.'

Probeer scharnieren en sloten met stukken steen kapot te slaan. Met beide voeten op verweerde, aangetaste houten planken. Vloek. Probeer dat vastzittende valluik met een plank van zijn plek te wrikken. Geen sjoege. Gooi er grote zeshoekige brokken beton op, zoals de cyclopen in de oudheid rotsblokken en stukken berg naar de Griekse bevolking van het Siciliaanse kustplaatsje Aci Trezza wierpen. Zie je aanvalswapens terugveren en het op je tenen gemunt hebben. Oké. Haal diep adem. Kijk naar Irina. Krijg een ingeving. Irina, haal je gereedschap uit de auto. We gebruiken de moersleutel als hefboom. Spring onder het wachten onmachtig op de planken. Dan keert ze terug, je lange, bruine Afrodite, met net wat je nodig hebt. Nu span je je spieren maar begeven de scharnieren het. Er schieten roestige schroeven de lucht in. Het hangslot breekt precies doormidden. Spijkers kreunen. Hout breekt van hout los. Dan een golf bedompte lucht; een geheime plek die een zucht slaakt als hij wordt ontdekt.

Je daalt een kort, opmerkelijk stevig trapje af en wou dat je een zaklamp had, maar het brandende zonlicht is eigenlijk meer dan genoeg. Deze schimmelige kamer wordt niet meer overschaduwd door een groot huis. Maar hoe kon Gabriella hierbeneden iets zien? Beslist niet met behulp van een zaklamp, tenminste niet als ze hier langere tijd verbleef. Met een lantaarn? Een soort olielamp? Was dat niet het licht dat Enrico Belpasso beweerde te hebben gezien? Waarom hadden de soldaten geen aansluiting voor elektrisch licht gemaakt – waren ze stom of lui geweest of hadden ze domweg geen tijd meer gehad, omdat de oorlog hier afliep voordat zij klaar waren?

Gabriella –?

Het is geen zes meter. Het is benauwd en claustrofobisch. Kijk uit waar je loopt en dek je mond en neus af. Het stinkt. Schuin invallend licht van boven, maar donker hierbeneden.

De geur komt van rottend hout, boomwortels, veel oud, nat groen dat van zijn overdrachtelijke botten af rot. Nee, laat je niet gek maken. Het is eerder de modderige zwavellucht van de oevers van de Brisbanerivier bij eb. Toch moet een graf ook zo stinken als je om een of andere geweldige reden een lijk opgraaft. En het is geen plek voor een meisje als Gabriella. Enrico Belpasso is gek. Zij zal niet hierbeneden hebben gespeeld. Ze zou het hier nog geen tien tellen hebben uitgehouden. En bovendien zou haar vader erachter zijn gekomen en het haar verboden hebben. Raffaele Zazò, wat ben je eigenlijk voor ouder geweest? En jij, Enrico Belpasso, liefhebbende opa, in die tijd een grote beer verstrikt in zijn winterslaap, kon je er niet op een of andere manier – tijdens minstens één van die korte excursies naar het licht – een eind aan hebben gemaakt? En Sam, Salvatore Capistrano, jijzelf jongeman, wat zou jij als vijftienjarige hebben gedaan als je dat verstopplekje van je prachtige vriendin had ontdekt? Zou je dat voor je hebben gehouden of zou je haar glimlachend hebben gevolgd, je afvragend of je de gelegenheid zou krijgen om haar rokje op te tillen.

Gabriella –?

Mijn God. Mijn God. Mijn God.

Overal zijn tekenen van Gabriella Zazò. Tekenen, maar zijzelf niet.

Het klopt dus. Dit was haar plekje. Zit ze echt nog in een schaduwrijke hoek, in elkaar gezakte witte botten in een schimmelig rokje en een eng pruikje springerig rood haar om de nachtmerrie compleet te maken? Beweeg je hier voorzichtig, want het is hier onberoerd sinds zij hier voor het laatst is geweest. Sinds de laatste keer dat haar witte beentjes die trap op liepen. Of af. Sinds de laatste keer dat haar handen dat valluik sloten. Daarna was ze voorgoed verdwenen, werd het huis verkocht en was er niemand van Gabriella's kamertje op de hoogte. Deze geheime plek was lekker geheim gebleven. Je zou wel willen janken, toch? Je zou haar naam willen uitschreeuwen en haar uit het niets terughalen. Maar is ze daarbeneden? Is ze hier of hier of daar of daar of daar? Nee. Doe niet zo gehaast. Kijk om je heen. Zit ze ergens in deze broekzak van de hel? Nee. Je denkt van niet. Haal dus maar weer adem. En voeg deze doodlopende weg toe aan al die andere doodlopende wegen. Het is wellicht een veel interessantere doodlopende weg dan al die andere, maar wat schiet je er nou eigenlijk mee op om hier rond te kijken? Wat heeft het voor zin? Je duikt dus onder in oude, fijne herinneringen – en dan?

Maar stel nu niet zoveel vragen. Vraag je dit niet af en maak je geen zorgen om dat. Stoor je er niet aan dat een appartementencomplex Gabriella's kamertje voor altijd zal begraven. Ja, het zou een gedenkplaats moeten zijn, maar het ziet er toch al als een ondergrondse tombe uit, vind je niet? Vul het op. Begraaf het. Je kunt zien dat het proces allang is begonnen voordat jij hier binnenkwam, want één muur is al ingestort. Een muur van rode bakstenen is onder de druk bezweken en er ligt een manshoge berg natte aarde. Rottende, okerkleurige aarde is binnengedrongen in deze vergeten baarmoeder. Dit is geen schuilkelder, het is een valkuil. Gabriella, waarom heb je hier je tijd doorgebracht? Nee. Nu geen vragen. Kijk liever. Neem het in je op. Neem haar levenstekens in je op.

'Kan ik naar beneden komen?' klinkt de stem van boven.

'Nee!' de stem van beneden.

Want hier en hier, en – kijk hier eens! Bijna te veel kunstwerken om meteen te verwerken.

Er liggen tijdschriften als *Time Rolling Stone* totaal vergeten poptijdschriften als *RAM* (Roc Australia Magazine) boeken als *The Wild Ass's Skin* van Honoré de Balzac *The Dane Curse* van Dashiell Hammett ruimteopera's als de *Skylark of Space* sciencefiction van Ray Bradbury fantasy door Tolkien misdaad door Agatha Christie en wat Italiaanse schrijvers genaamd Pavese Pirandello en Sciascia. Je wist dat ze een fervent lezer was maar niet in deze mate. Sherbet Skyhooks Al Bano-elpees.

Geen platenspeler natuurlijk die stond boven voor het hele gezin. Aan een punt van een scheve gevlekte spiegel hing een beha die bedoeld was om borstjes op te houden meer een product van ijdelheid dan een noodzakelijk iets dat weet je beter dan wie ook. Een grijze satijnen bloes met girafpatroon weet je nog dat ze dat droeg dat was op een dag dat je met de pont de rivier overstak en jullie deelden een chocolademilkshake of was het een ijsje van Mr. Whippy lachen omdat het stomme ding helemaal over je handen smolt en je kin en haar kin en maakte vast vlekken op die bloes die daar lag als de huid van een dooie kat. Een klein make-upetuitje en een handspiegeltje een borstel een hutkoffer om op te zitten oude *doona* die op de grond ligt te rotten op een kale matras die ze godweetwaar opgeduikeld heeft. Lieve Gabriella wat als we getrouwd waren jij nu in mijn appartement we zouden een stuk of twee kinderen hebben alles zou gaan zoals het hoort te gaan er zou geen La Notte en geen la notte bestaan jij zou niet in de grond vochtig rottend vuil hoeven eten ik zou elke ochtend elke avond met je hebben gevreeën je rug in ons prachtige bed hebben gekromd je hebben meegenomen naar onafzienbare stranden met melkwegen vol zand je onder de sterrenhemel hebben geneukt 's morgens eieren met spek voor je hebben gebakken koude drankjes op een rotspunt uitkijkend over zee ons afvragend waarom wij waarom wij waarom zijn wij zo godsonmogelijk gelukkig?

Wat oude bladmuziek verzamelelpees muziekboeken posters van David Bowie in 375 kleuren Revlon. De potlodendoos waarin je je potloden bewaarde een blok tekenpapier met niks erop maagdelijk wit op vlekken van ouderdom en vocht na het wacht nog altijd op je onuitwisbare teken. Che Guevara als romantische held op een poster. Geen foto's geen schoolschriften jij was er nog niet eens geen liefdesbrieven geen geheime verlangens neergekrabbeld in een tijdcapsule die de toekomstige Salvatore aan zijn hart zal kunnen drukken. Al met al is het gewoon oude troep op een oude plek die wegrot en over een paar weken niet meer zal bestaan misschien moet je gewoon naar boven naar het stralende zonlicht gaan bedenken dat je leeft voor jezelf vaststellen dat het best interessant was Irina mee naar huis nemen en het allemaal vergeten het voorgoed laten rusten ze is nog even dood wat je in haar geheime kamertje ook hebt gezien, ja toch?

En dit dan allemaal?

Licht in je hoofd loop je rond stapels pakken samengebonden kranten. Kranten! Je moet ze aanraken. Voelen hoe klam ze zijn. Bulten van die dingen – bergen – opgestapeld tot manshoge muren verschoten drukwerk. Hoe kan dit? Het Geval van de Vermiste Kranten opgelost maar het motief ontbreekt. Kijk naar die data, kijk naar die koppen. Fraser ligt wellicht voor, maar Liberale campagne besloten. Joh beweert: ik word afgeluisterd. Iraanse kranten door autoriteiten verzocht naam Miss Juni Morosi niet te noemen. Peilingen tonen enorme teruggang in laatste twee weekends. Labor laagste punt sinds 1966, LIB-NCP 53%, ALP 40%. Sovjetminister BUZA Andrei Gromyko binnenkort op rondreis Arabische landen. Tweehonderd vrouwen bestormen redactie *Canberra Times*. Soedaanse troepen loyaal aan president Jaafar Numeiri voorkomen couppoging. Wereldpolitiek sport misdaad amusement zaken reizen tips horoscopen geboren overleden verloofd getrouwd te koop gevraagd aangeboden vacatures columns opinie duizend andere dingen die allemaal tien jaar geleden waren gebeurd. Hier lag alle rampspoed van meneer Harry opgetast. Waarom? Wie? Jij, Gabriella, was jij het die 's morgens vroeg die kranten stal? Waarom? Waarom heb je het me niet verteld? Wat was je ermee van plan?

Stemmen boven in de zonnige wereld.

'Wat bent u hier aan het doen? Wat zit er achter die deur? U mag hier niet komen, dit is bouwterrein.'

Irina sprak op een of andere stoere vent in, stelde hem gerust, kalmeerde hem.

'Woonde hier wanneer? Dit is privé-terrein. Staat u op iemand te wachten? Is er iemand daarbeneden?'

Wat is dat hier, in het duister verstopt tussen stapels schimmelig drukwerk – een grote schoenendoos?

'Hé – wie is daarbeneden?'

Geen schoenendoos, iets anders. Steek je hand erin. Trek het uit de schaduw.

'Hé jij daar! Kom naar boven!'

God, kijk nou toch.

Een door vocht en ouderdom vlekkerig geworden poppenhuisje. Je kunt het dak eraf tillen en naar binnen kijken en Jut en Jul of hoe ze maar heten in kleine fauteuils zien liggen, omgeven door theeserviesjes en een minikeukentje vol spullen en dingen ter ontspanning, als een televisie van het formaat puntenslijper en een stereo-installatie ter grootte van een nagel. Maar dat zocht je niet echt, toch? Je zoekt een schoolschrift dat tussen de plastic muren zit geklemd. Als je het tussen je vingertoppen te voorschijn trekt, zie je dat het flink beduimeld is en bijna vol, en als je het doorbladert staan er palavers in, palavers in diverse kleuren inkt. Blauw zwart groen. Herken je dat handschrift? Kom op, herken je dat handschrift? Nou, eerlijk gezegd niet, maar herinner je je Gabriella met haar pennen en papier en dat ze altijd van alles neerpende wat jij nooit las. Met haar hoofd vlak bij het papier en haar rode haar rond haar bleke wangen, en dat ze zei dat ze altijd in het Engels schreef en dat ze altijd net zo mooi probeerde te schrijven als al die schrijvers die ze bewonderde.

Maar waar je hart echt door oversloeg, echt meteen van in je keel begon te kloppen, waardoor je kleuren hoort bonzen als geluiden en geluiden ziet wervelen als kleuren, is de met de hand geschreven titel op de destijds witte en nu schimmelig verweerde eerste bladzij:

Lief Dagboek: Gabriella's boek van vuur

Ik vind het vreselijk als Salvatore zo naar me kijkt. Kon ik hem maar helpen door een extra bijzondere sugo di carne te maken, want dat is een van de lekkerste dingen die ik kan koken als ik zo blij ben. Hij wil waarschijnlijk het liefst dat ik zijn lichaam bedruip met die naar knoflook en oregano geurende pastasaus en die van zijn huid eet. Het van de binnenkanten van zijn armen lik, van het zachte vlees tussen zijn ribben, zijn zijdezachte plekjes die nooit in de Australische zon komen. Salvatore, het idee alleen al!

Ik smeer al dat soort specerijen wel graag op mijn handen. Ik proef ze graag aan mijn vingers en verlies me in al die dingen in de keuken met mijn mamma, waardoor we samen het eten op tafel brengen. Zout is de zee die ons van thuis scheidt en knoflook is het herenigde gezin en oregano is een stevige wandeling door de Australische natuur en rozemarijn is een lamsbout die in de oven ligt te braden – allemaal aan tafel, de zondagse lunch is onderweg.

Maar 's avonds vind ik het het fijnst.

Elke avond als er wordt geroepen dat we aan tafel kunnen, komt mijn papà binnen en gaat zitten, zijn lichaam schoongewassen onder de douche en zijn haar nat en achterovergekamd, zodat hij er gladjes en knap uitziet, zelfs in zijn korte broek en zijn witte hemd. Hij heeft een vermoeide maar voldane glimlach om de lippen. Is die glimlach te danken aan het eten dat eraan komt – hij heeft per slot van rekening die geuren al geroken vanaf het moment dat hij zijn auto de garage in reed; zijn maag en fantasie hebben hem sindsdien gekweld – of komt het door de vrouwen in het gezin? Of misschien gewoon door de voorspoed in zijn nieuwe leven in dit land?

Voor hem is alles hier beter dan waar we vandaan komen. Niemand zegt iets over waar ik vandaan kom. Dat is het hem nou juist. Hij werkt als een paard, maar dat paard is zo tevreden met wat hij doet dat ik vermoed dat hij er zelfs nooit mee op zal willen houden. Pensioen is een naar woord voor hem. Voor een man als hij is het zoiets als doodgaan. Laat zijn roodbruine huid blakeren door de zon en hij is tevreden. Hij spreekt nu een beetje Engels en hij beweert soms dat hij driemaal de letter G heeft, al weet hij best dat die ene aan zijn kromme uitspraak ligt. Hij is gezond en gelukkig en gier. Hij lacht er altijd bij, omdat hij dat verhaspelde 'hier' gek vindt en omdat hij gelukkig is, denk ik.

De tanden van mijn papà zijn zo wit en zijn armen zo groot en verbrand, maar als hij aan de eettafel plaatsneemt en glimlacht is hij een jongetje! Mijn broer Michael komt twee minuten te laat binnenrennen, verzwelgt twee overvolle borden overladen met stuivende parmezaanse kaas en gaat hij er weer vandoor. Opgeladen voor wat hij 's avonds ook maar doet. Nonno Enrico Belpasso zal zich door zijn halve bordje eten heen smakken, zijn afwezige blik gericht op de plek waar Michael zat en hij vraagt zich waarschijnlijk af of er daarnet nou een bliksemflits van een jongen langs was gekomen. Daarna zal de oude man opstaan, met zijn grote buik die lijkt op een mud aardappels die van een vrachtwagen is gevallen, maar voldoende bevredigd om stil in een fauteuil te gaan zitten tot de slaap hem overmant, een sirene die een dolende zeeman in de diepe armen van de zee lokt.

Dit is niet alles. In de loop van de avond gaat mijn papà ook in een fauteuil zitten en staat de televisie aan, en verstaan mijn mamma en ik niets doordat hij samen met nonno Belpasso een krachtig duet van duellerend gesnurk heeft ingezet. Dan kijk ik naar mijn papà en denk: maar hij is mijn vader helemaal niet en het meisje dat ik ben is mijn mamma met een onbekende Ier en de achternaam die ik draag is een grote vette leugen.

Dat is het moment waarop ik de avonden niet meer zo leuk vind en dan dwalen mijn gedachten af naar Salvatore Capistrano.

Ik heb een onnozel wensje. Ik wou dat mijn zware vlezigaardappeligtomatigbasilicummige smaak van mijn pastasaus Salvatores gestel net zo zou weten te kalmeren als dat van mijn familie – maar dat afgetrokken gezicht waar hij mee rondloopt! Hij gaat gebukt onder honderd soorten pijn en duizend soorten ellende en die worden allemaal daarbeneden veroorzaakt. Hij brandt van onderen en ik vanboven, met die vuurtoren op mijn kop.

Salvatore maakt me aan het lachen, en soms ook aan het huilen, zo zit het. Ik zou hem kunnen geven wat hij wil, maar geen jongen staat er ook maar een minuut bij stil welke prijs een meisje daarvoor betaalt. Dus heb ik hem vandaag, nadat hij me een roze roos had gebracht die hij uit New Farm Park had gepikt – zijn privé-bloemist om de hoek! – en wat witte chocoladebeertjes met karamelvulling, heb ik hem meegenomen naar de mangobomen van onze buurvrouw signora Sanguinetti. Signora Sanguinetti heeft negen kinderen waarvan er altijd minstens zes neusverkouden zijn, in totaal twaalf walgelijke neusgaten oplevert waaruit snotsporen recht omlaag naar de afwachtende mondjes lopen, die het spul opslurpen alsof het zoete siroop is. We hebben al die smerige snotapen weten te ontlopen – die willen altijd tikkertje doen of diefje met verlos en gooien zo hard met een tennisbal tegen je rug of je dij, dat je meteen op de grond ligt te kermen als ze je raken.

In plaats daarvan klommen we heel hoog, zo hoog als we konden, tot waar de bladeren zacht als bont en de geur van rijp fruit ons omringden en we op de dikste, hoogste tak zaten. Onze benen bengelend in de ruimte. Dat was leuk. Het was koeler daarboven. Er waaide een lekker windje. Het leek een beetje op de zoutige wind die vroeger 's morgens in mijn gezicht blies als ik in Riposto aan de waterkant stond te kijken hoe mijn ooms en neven met hun vissersboten de haven binnenkwamen. Daarvandaan, van daarboven kon je de Middellandse Zee niet zien, maar in plaats daarvan zag je de grote zee van onze woonwijk die van groen naar bruin verkleurde. Ze leek te drijven. Het beeld flakkerde alsof je door de regen keek. De hitte is het gordijn, gaasdun als vlindervleugels en traag trillend. Het zou vaker moeten regenen. Alles is te droog. Te heet. Te stilstaand. Door de hitte krijg ik het gevoel dat ik een meisje ben dat aan een waslijn zit geknijperd, dat wappert in de wind, achtergelaten maar nog altijd wachtend op iemand.

En wie van ons allen hier durft te beweren dat hij of zij niet voortdurend zit te wachten?

In de verte zie ik een paar van de meisjes met wie ik bevriend wil raken in de zon spelen, maar ik moet wachten tot het aanstaande schooljaar 1976. Nog meer wachten. Momenteel plagen ze me en schelden me uit vanwege mijn tongval en mijn Siciliaanse familie, en mijn foute rode haar en het feit dat ik jongens zoen. Ze hebben alles van mij bij elkaar opgeteld en daar kwam een verkeerd getal uit. Ze zijn aan het touwtjespringen. Met zijn vijven. Ik wou dat ik nummer zes kon zijn. Ik wou dat we vriendinnen waren en ik ze kon helpen met haren borstelen en met ze kon wandelen door het park op die lome warme middagen die overgaan in drukkende nachten waarin je slecht slaapt. Ik wou dat ze me meevroegen naar zwembad Centenary, waar ze als dolle zeemeerminnen rondzwemmen in badpakken en alle jongens het hoofd op hol brengen door hun lange natte haar achterover te werpen en met hun tienerheupen te draaien. Sarah, Susie, Samantha en Sonja, zo noem ik ze bij mezelf, ook al kloppen sommige namen niet. Ik wou vanwege de airconditioning dat ik met ze mee kon naar de filmmatinees. Ik wou dat ze me in hun keukens zouden uitnodigen om me te tonen wat ze voor Australisch kerstfeest klaarmaken. Zodra het schooljaar begint zullen ze me wel aardig vinden, daar heb ik wel vertrouwen in. Ze zullen me geen spaghettivreter meer noemen. Ze zullen me niet meer voor stoephoer uitschelden. Ik kom bij ze op All Hallows te zitten, de stokoude katholieke meisjesschool aan het eind van de straat naast Salvatores katholieke jongensschool. Ik wacht inderdaad, maar goedmoedig, ook al proberen de jongens en meisjes uit de buurt me te pesten. Waar ze me ook maar voor uitschelden.

SarahSusieSamanthaSonja lachen. Ze klinken net als overdreven enthousiaste apen in de dierentuin.

Ik genoot zo van het uitzicht dat het bijna zonde was om de tijd kussend door te brengen, maar dat is wel het minste wat ik Salvatore moet gunnen. Ik geef ze ook aan Shane Calder Johnny Aitkin John Deadman Rico Falla Graeme MacKenzie Antonio Scuderi Mark (Marco) Santo Domenico een of twee keer aan Tony Solero, die ik echt niet mag en die zich vaker zou moeten wassen en één keer en nooit weer aan zijn stomme broer Lino, die ouder, vleziger, stommer is en naar rauwe uien en gerookte salami stinkt en duidelijk niet weet wat Basta! Genoeg! betekent.

We hebben daar boven wel twintig minuten gekust. De eerste ogenblikken dacht ik na over wat ik mijn poezen Gina en Sophia die avond te eten zou geven, maar dankzij die geur van rijp fruit en dat zachte briesje en de bladeren die in mijn gezicht krasten moest ik al snel denken aan de verhalen die nonno Enrico vertelde over hoe hij zijn vrouw tussen de bloeiende vijgenbomen leerde kennen op het oude Siciliaanse landgoed waar hij werkte. Het was net een sprookje, dat verhaal, waarin de seizoenen in de war raakten en de wereld zoveel jaar geleden zo anders was, en misschien vond ik het daarom zo mooi.

We stopten even met kussen omdat onze achterwerken op die tak te veel zeer gingen doen. In werkelijkheid werd ik nogal hitsig en kon ik me niet meer inhouden. Mijn hand kreeg de neiging om naar Salvatores schoot te glijden. Ik voelde me dromerig en ik voelde een blos opstijgen van mijn tenen naar mijn neus. Omdat hij me dat gevoel gaf wilde ik hem teder beminnen. Ik wilde achteroverleunen en zijn gewicht op me voelen drukken, zoals de hemel de aarde bedekt. Ik wilde mijn benen optillen en mijn heupen voor hem kantelen. Gelukkig bevonden we ons op een plek waar ik veilig was. Ik klom en sprong vervolgens op het perfect gemaaide, perfect besproeide, perfecte donkergroene gazon van signora Sanguinetti, en ik rende naar het buurtwinkeltje alsof ik door een brandende tijger achterna werd gezeten – wat moest ik anders doen? Hem zijn zin geven? Meneer Harry stond achter de toonbank de *Telegraph* te lezen en was even ontevreden als altijd. Je zou denken dat het nog aan hem vrat. Ik gaf hem vijfentwintig cent voor een citroenijsje en zag bij mijn terugkeer Salvatore op het lage stenen muurtje naast mijn huis zitten. Nu was hij ook ongelukkig. Met wat vriendelijke woorden gaf ik hem dat koude ding in handen. Ik probeerde hem aan het lachen te maken.

Helaas had dat citroenijsje voor iemand wiens fantasie op hol slaat de vorm van een dinges van een man. Een groot, hard dinges van een man. Salvatore is dol op citroenijs. Toen hij het ding in zijn mond stak en er hartstochtelijk op begon te zuigen, kon ik me geen bedroefder ogende jongen voorstellen.

'Wat is er?' zei hij omdat ik hem uitlachte. 'Wat?'

Mijn uiterlijk laat eigenlijk niets te raden over mijn verleden en wie ik ben, dus kan het me weinig schelen om me voor te stellen als Gabriella Zazò, veertien jaar oud, bijna vijftien en ik hou van dit of dat. Nou ja, zulke dingen.

Ik ben een Steenbok en die zijn erg onstuimig, maar dat zijn de Ieren ook aan wie ik mijn rode haar en sproeten te danken heb. Voeg daar het Siciliaanse deel aan toe en je hebt een donderslag met een lont waar je maar beter geen vlam bij kunt houden. Om mijn temperament word ik wel eens naar mijn kamer gestuurd. Ontstaat er ruzie in de familie. Moet mijn moeder huilen en wordt mijn vader heel erg stil. Dus daar wil ik het maar niet over hebben. Waar ik het eerst over wil hebben is wat ik wil worden, want dat vind ik zelf van groter belang. Ik wacht op wat ik ga worden. Dus denk ik graag na over de toekomst. Ik heb eigenlijk mijn plan al getrokken. Het zal niet gemakkelijk zijn, maar ik denk dat mijn absolute zelfvertrouwen iedereen die me in de weg staat het zwijgen zal opleggen. Wat zijn dat voor mensen die je altijd in de weg staan om je te vertellen dat al je heerlijke boulevards doodlopende straten zijn? De mensen die van je houden, uiteraard. Maar zodra ze zien waar ik terechtkom zullen ze lachen en in hun handen klappen en juichen.

Gabriella! Gabriella Zazò! Za-zò Za-zò Za-zò!

Ik word een beroemde schrijfster. Sterker nog, al ben ik nu niet beroemd, schrijfster ben ik al.

Ik ben schrijfster omdat mijn handen lekker ruiken als ik met rozemarijn en basilicum werk. Ik ben schrijfster omdat de grasmaaier van mijn vader ons groene gazon naar babyverlangens laat ruiken. Ik ben schrijfster omdat de schuimkoppen van de golven wit waren als ik over zee naar die vissersboten keek. Ik ben schrijfster omdat ik een warm gevoel vanbinnen krijg als ik 's avonds in bed lig en onbekenden onder mijn raam hoor fluisteren en minnekozen. Ik ben schrijfster omdat ik vlinders in mijn buik krijg van het profiel van Salvatores gezicht. Ik ben schrijfster omdat trommels me aan het dansen maken. Ik ben schrijfster vanwege de sha-na-na's in alle goeie popliedjes. Ik ben schrijfster omdat mijn moeder mijn wang streelt en 'Goeiemorgen, schattie' zegt. Ik ben schrijfster omdat de ochtendlucht zo zacht is dat ze me doet denken aan wolken die langs de hemel drijven. Ik ben schrijfster omdat ik mezelf zo prachtig vind als ik voor de passpiegel een voor een mijn kleren uittrek. Ik ben schrijfster omdat goede woorden in een goed boek me aan het zuchten maken. Ik ben schrijfster omdat ik aan de binnenkant van mijn oogleden een weg zie die me veilig de toekomst in voert. En tot slot ben ik schrijfster omdat ik nooit zal vergeten dat er in de hemel goede engelen wonen en in de hel gevallen engelen en dat God hen allemaal heeft geschapen, dus waag het niet om er eentje te haten.

Afgelopen zondag deed mijn vader heel ernstig. Hij was gewoon geobsedeerd. Hij bleef de kamer in lopen waar mijn broer Michael sport zat te kijken en waar ik hem gezelschap hield door op de bank *Gejaagd door de Wind* van Margaret Mitchell te lezen. Papà's Engels wordt beter doordat hij zijn best doet om zinnen en woorden en gezegdes te onthouden. Hij spreekt het thuis nu zoveel mogelijk.

Hij kwam een keer binnen en zei: 'Michael, wat jij doen?'

'Tv-kijken, pa.'

Hij kwam nogmaals binnen en zei: 'Hoe is het?'

'We winnen, pa.'

Hij kwam voor de derde keer binnen en zei: 'Wanneer de universiteit, ze begint voor jou?'

'*Febbraio*, papà.'

Vervolgens bleef hij een hele tijd weg en hoorde ik hem in de slaapkamer met mamma praten. Ze hadden op hun bed blijkbaar een uitgebreide discussie. Mijn vader was iets van plan. De volgende keer dat papà de kamer binnenkwam was ma erbij. Ze keken allebei heel ernstig, maar ze probeerden te glimlachen. Papà liep naar de tv en zette die uit.

'Is mooi weer, moeten niet verknoeien, hè? Wij lekker rijden naar strand.'

Michael, geschokt en gekrenkt doordat zijn dierbare televisie voor zijn ogen werd uitgezet, zei in mitraillerend Siciliaans: 'Wat? Waar heb je het over? Waarom gaan we naar het strand? Het is al in de middag. Het is zondag. Het is te laat. Ik wil niet dat hele eind rijden. Het is veel te druk op de weg. Gaan jullie maar, ik blijf wel hier.'

Papà zei terug, ook in het Siciliaans en een beetje hoogdravend: 'Ik heb gesproken, mijn zoon,' en ma keek Michael aan met die blik die betekende: Als je die glimlach van je vader daar wilt houden, kun je nu beter opstaan en onmiddellijk meekomen.

Toen ik een ogenblik met haar alleen was, vroeg ik: 'Maar wat is er aan de hand?'

Ma fluisterde: 'Je vader moet even met Michael spreken. Het is te gewichtig om hier te doen. Wij moeten mee om ze bij te staan.'

Dus reden we een vol uur naar het zielige kleine strandje bij Sandgate, waar kinderen en oude mensen in het ondiepe water zwommen en ouders hun draagbare barbecues aan het schoonmaken of aansteken waren. Het rook er naar biefstuk en zoute lucht, en mogelijk omdat hij honger kreeg van die lucht stuurde papà Michael en mij naar de fish-'n-chipskraam aan de overkant van de straat om er vier Chiko's uit de vrieskast te kopen en voor twee dollar patat in vetvrij papier.

'Wat wil hij?' vroeg Michael aan mij.

'Ik weet het niet, maar wat het ook is, je kunt maar beter luisteren.'

'Voor de bloemetjes en de bijtjes is het een tikkie te laat.'

'Misschien is het iets anders.'

'Wat zou er anders kunnen zijn?'

Toen gingen we met zijn vieren op een rij op een bankje zitten en al etend over het grijze water uitkijken. Eerst ik dan mamma daarnaast papà en ten slotte Michael.

Eindelijk begon het, en om een of andere reden, misschien om te tonen hoezeer hij 'bij' was, besloot papà Michael weer in het Engels aan te spreken.

'Binnenkort ga je naar de universiteit voor je tandheelkunde. Je krijgt je eigen auto. Ik koop kleine tweedehands Datsun, Toyota, weet nog niet. Wat is goedkoop.'

'Weet ik, papà. Dat heb je me al verteld.'

'Met deze auto moet je voorzichtig zijn.'

'Dat heb je me ook reeds verteld.'

'Als je naar deze universiteit gaat, moet je heel voorzichtig zijn.'

'Waarom?'

Papà kauwde op zijn Chikobroodje alsof het van rubber was. Ma was attent. Zo nu en dan mompelde ze slechts twee woordjes: *È veru* – dat klopt – maar zachtjes, om niet te onderbreken. Net als de gebedsantwoorden die je tijdens de mis moest geven.

Papà scheen zijn ogen toe te knijpen. Hij zei: 'Er bestaat corruptie.'

È veru.

Corruptie was een van de eerste woorden die papà uit de krant had opgestoken en dat scheen hij altijd paraat te hebben. Hij betrok het overal op – politiek, politici, privé-ondernemingen en overheidsorganen, zelfs slechte huwelijken. En nu ook op universiteiten.

Niettemin zei Michael: 'Huh?'

'Ja. Universiteitsgeld ze verdwijnt in de zak van de professor. In plaats van nieuwe gebouwen de hoge mannen zij krijgen nieuwe huizen. En dan krijgen mensen met geld kinderen die het beter hebben dan andere kinderen. Ze betalen de professor, weet je. Op die manier het werkt in Italië ook.'

È veru.

'En dan zijn er de drugs. Deze zullen mensen je aanbieden of ze door je drinken doen zonder dat jij weet. Deze zijn enkele van de dingen die ik bedoel met corruptie van de universiteit.'

È veru.

Siciliaans: 'Papà, je weet niet waar je het over hebt.'

Engels: 'Ik weet wat mensen mij vertellen en ik weet wat ik lees in de krant. En als niemand mij vertelt en het staat niet in krant dan weet ik het toch.'

È veru.

Siciliaans: 'Papà je hebt het over Italië. Natuurlijk weten we dat het daar corrupt is, maar hier is het anders.'

Engels: 'Mannen, zijn zij niet overal hetzelfde?'

È veru.

Michael zuchtte.

Ik keek naar ma en aan de intense blik in haar ogen was eenvoudig af te lezen wat er mis was. Hun oudste zoon ging naar die geheimzinnige plek die ze universiteit noemen. Hij kreeg een auto en de vrijheid. Dat waren de eerste stappen op weg naar een beroepscarrière en een onafhankelijk leven in een land dat ze nog niet helemaal begrepen, en dus waren ze bang. Bang en verdrietig voor zichzelf en tegelijkertijd ook enthousiast voor Michael en vreselijk trots op hem. Het was het eerste loslaten in het onvermijdelijke proces van hun jongen kwijtraken. Ik voelde het verdriet in mijn hart opwellen en kreeg een brok in mijn keel. Ik pakte ma's hand vast. We begonnen Michael allemaal kwijt te raken, maar voor mijn ouders was dat het moeilijkst. Met hun eigen geringe scholing zouden ze nooit echt begrijpen wat er op de universiteit gebeurde, met al die maffe studenten en sit-ins en bebrilde en besnorde professoren die alles wisten, en cursussen met namen die je alleen kon begrijpen als je een universitaire graad had. Ma knikte heftig, haar donkere ogen prentten Michael in: luister naar je vader, luister goed.

Michael nam een flinke hap van zijn Chikobroodje om te verbloemen dat hij oogcontact met me zocht om te kunnen lachen.

Papà zei: 'Ik moet je iets vertellen.'

'Nog meer?'

'Je moet dit nooit vergeten als je naar deze universiteit gaat.'

'Oké, zeg het maar, pa.'

Onze vader werkte de laatste hap van zijn Chikobroodje weg en veegde zijn mond af. Hij keek naar mijn moeder die hem nog altijd met haar blikken aanmoedigde. Hij keek weer naar zijn zoon en was ernstiger en trilde meer dan ik hem ooit had zien doen. Iets in mijn binnenste wilde om genade smeken voor mijn papà want dit kwam uit het diepst van zijn Siciliaanse hart.

'Vergeet niet dit,' zei hij.

'Wat dan?'

'De vrouw is narigheid en pas op voor de profiteurs.'

È veru.

Mijn broer was licht verbijsterd. Hij zei: 'Wat was dat?'

'De vrouw is narigheid en pas op voor de profiteurs.'

Ik stond op en liep naar de dichtstbijzijnde kraan om mijn ouders de vernedering te besparen.

Toen ik terugkeerde was Michael tot rust gekomen. Hij vertelde me dat er stukjes Chikobroodje uit zijn neus naar buiten waren gekomen toen hij eindelijk had begrepen wat onze vader had bedoeld.

Mamma hield papà's hand nu vast en hij ademde rustiger. Hij had zijn ei gelegd.

'Oké?'

'Ja, oké, pa. Ik begrijp het.'

'Goed. We gaan naar huis.'

'Maar we zijn hier net!'

Papà stond kordaat op. Zijn taak zat erop. Hij had waarschijnlijk net zo'n hekel aan Sandgate als zijn kinderen, maar hij had met goed gevolg de langste en oprechtste toespraak uit zijn hele ouderlijke loopbaan gehouden. Het kwam dan weliswaar neer op één saillant zinnetje, maar wat hem betrof had hij zijn zoon Michael alles verteld wat hij van het leven moest weten. Die avond dronk papà twee of drie glazen rode wijn extra om het te vieren, en hij werd zo vrolijk als een spreeuw, danste met ma en vervolgens met mij rond de keukentafel op de krasserige deuntjes van oude Italiaanse 78-toerenplaatjes.

De vrouw is narigheid en pas op voor de profiteurs.

'Dans met me! *Piroetta, i miei belli tesori!* Draai, mijn prachtige schatten!'

*

Ik denk te weten wanneer ik schrijfster begon te worden. Het jaar, de maand, de dag, de lange tellen van de minuut. De geuren die in de lucht hingen en de manier waarop de tijd zijn adem inhield.

Nonna Fortunata, één jaar dood. Duizend rimpels in haar glimlachende gezicht. Handen bedreven in koken en naaien. Handen altijd bereid om het golvende rode haar van een meisje te borstelen en de verhalen op te smukken die een grootmoeder voortdurend vertelt. Bijvoorbeeld dat ze al verliefd was op haar aanstaande echtgenoot Enrico Belpasso nog voor ze hem ooit had ontmoet. Bijvoorbeeld over die keer dat hij weg was en zij alleen thuis met haar beide dochters, midden in de nacht, iedereen sliep, en ze met een geweer op twee indringers had moeten schieten. Oude handen waren stilgevallen. Oude vrouw met duizend rimpels in haar glimlachende gezicht op de grond. Oude zelf gehaakte sjaal nog rond haar witte spinnenwebhaar. Lichaam aangetast door een ziekte die op de dokter na niemand hardop durfde te noemen. Lichaam in de grond gestopt en ziel verdwenen, domweg verdwenen. Een jaar. Verward achtjarig meisje dat steentjes in de Riviera dei Ciclopi gooit en zich ondertussen afvraagt waar ze heen is waarom nonno zo naar boven staart?

Dan een uitklapbedje in een gang.

Het huis bewoond door een vriendelijke oude man die zijn verstand verliest.

Grootvader eenzaam oorlogspensioen AOW spreekt nog altijd met zijn vrouw als hij denkt dat niemand het ziet. Een uur in een droom staren naar de muur. Stokoude foto van een dienstmeid aan de muur die Fortunata heet staart hem aan. Zwart-wit uniform, wellustige mond, dikke vrouwelijke hals, zware vrouwelijke kin. Gefeliciteerd met je verjaardag, Enrico Belpasso. Mag ik een vijg? Voor hem, steeds meer dagen alleen in een rieten stoel, met zijn ouderwetse Siciliaanse *conca*, kolen en as smeulend tussen zijn voeten, houden zijn oude vlees en botten warm. Hij laat zwarte olijven naast de roodgloeiende kolen vallen laat ze bakken poetst de witte as eraf eet ze heet op ziet mensen en auto's buiten op straat hun leven en zaken voortzetten. Zijn bezorgde familie nodigt hem uit en houdt hem zo lang mogelijk bij zich in huis. Eet nog wat ga zitten en kijk televisie met ons nee nu ben ik moe ik wil naar huis. Waarom kom je niet bij ons wonen laat dat lege huis toch achter de kamer beneden is ideaal nee ik ben moe ik wil naar huis. Dag na dag kwijnt de oude baas weg, hij is alleen echt levendig als zijn negenjarige kleindochtertje er is.

Dus daar komt ze met haar rode haar in strakke vlechten logeren op doordeweekse dagen in de weekends, en zomaar tussendoor. Ze wil het vaak. Ze houdt van deze grote dikke beer die altijd wel een verrassing in zijn broekzak heeft een snoepje of een gesuikerde pasta di mandorla. Misschien zelfs een sjirpende krekel in zijn vuist of neem deze arme verdwaalde hagedis zet hem buiten kijk hem eens naar zijn mama toe scharrelen. Meisje gilt van de pret. Is dol op hoe hij haar handje op straat vasthoudt en haar dan door de lucht laat vliegen op het marktplein op prachtige vleugels die alleen hij en zij zien, dikke zeemeeuwen en vette duiven stuiven voor haar uiteen. Doet dolgraag zijn was slaat zijn wasgoed uit hangt het op kookt voor hem doet boodschappen met hem.

Hier nonno ruik eens aan deze honingmeloen denk je dat hij rijp is?

Hoort hem graag in bed praten tegen de weggerukte Fortunata terwijl ze haar hoofd op haar zachte schone kussen laat rusten en wegdrijft naar de wereld van de slaap.

Negen jaar oud die kleine krekel en vanochtend speelt ze een onnozel ochtendspelletje. Oude man stommelt zijn bed uit komt bij haar kijken ze houdt haar ogen dicht: Gabriella wakker worden ik ga ontbijt voor je klaarmaken.

Ik doe alsof ik niet wakker kan worden. Nonno Belpasso staat naast mijn bed en ik blijf doodstil liggen. Haal nauwelijks adem. Hij buigt zich dieper voorover. Ik hoor de glimlach in zijn stem. Gabriella mijn schatje wakker worden ik ga ontbijt voor je klaarmaken. Hij doet het zingend; hij kent alle spelletjes. Een klein meisje... Dat niet wakker wo-hordt... kan wel eens gekieteld wo-horden... met een vee-heer.

Wie weet hoe ik op die gedachte ben gekomen om zo stil te blijven liggen? Mijn speelsigheid samen met mijn gevoel voor drama, misschien. Er komt iets kinderlijks en onbenoembaars in me op: maar ik ben dood, nonno, ik kan me niet bewegen. Ik ben nu net als nonna Fortunata. Soms reed ik paardje op zijn rug en soms zat ik hem na door de gang, om op het laatst lachend met hem over de grond te rollen. Zie een kale grote opa met zijn voeten in de lucht trappelen om een kind aan het lachen te maken. Goeie man, grappige man, nooit een kwaad woord. Nu dit spel eens zien wat hij doet.

Gabriella wakker worden ik ga ontbijt voor je maken. Als je nu niet opschiet krijg je niks.

Hij schraapt zijn onvaste ochtendkeel. Het lijkt of hij zuchtend mijn malle gedoe aanvaardt. Nonno Belpasso schuifelt door de gang naar de keuken en ik hoor hem daar rondrommelen. Bestek dat rammelend tegen bestek op tafel wordt gelegd de plop van gaslampen. Zijn voetstappen keren snel terug. Gabriella. Gabriella. Nu is het genoeg geweest. Ik voel een zwaardere hand op mijn schouder.

Gabriella wakker worden opa vindt dat het nu genoeg is geweest.

Zachtjes en voorzichtig licht hij het laken van mijn voeten.

Korte vingers spelen vederlicht over de tere roze huid van mijn voetzolen. Ik blijf stilliggen en houd mijn mond maar hij weet precies waar een kind kwetsbaar is.

Op het punt om in dolle gelukzaligheid uit te barsten. Niet in staat het spannende geborrel van een onnozel spelletje in te houden. Op het punt om als een ballon uiteen te spatten. Zelfs in mijn broek te plassen. Wil het één ogenblik twee ogenblikken drie ogenblikken rekken. Eén ding zal ik me nooit goed kunnen herinneren. Heb ik het gezegd of alleen gedacht? Maar ik ben dood, nonno! Ik kan me niet bewegen! Ik ben nu net als nonna Fortunata!

Waar keek de oude man naar? Het bleke gezicht van zijn kleindochter. Wat raakte hij aan? Haar woeste rode haar. Wat zag hij?

Nu ik ouder ben besef ik het. Ik had het toen zelfs kunnen beseffen. Nonno Belpasso nam me teder in zijn armen. Tilde me voorzichtig half overeind. Ik liet mijn hoofd dramatisch en treurig hangen, een verdwaalde prinses vergiftigd door moordenaars en samenspanners en verraders. Hij wiegde me. Hij streelde mijn haren, duwde vervolgens zijn hoofd in de kromming van mijn schouder. En hij begon te huilen. Huilen en huilen en huilen. Hete oudemannentranen druppelden op mijn zachte kleinemeisjeshuid. Fortunata mijn liefste Fortunata mijn vrouw kom bij me terug kom alsjeblieft bij me terug laat je gezicht toch weer zien.

Stijf van de angst. Tong bevroren van schrik. Want zelfs een klein meisje moet wel iets begrijpen. Nonno. Nonno. Nonno. Toe maar. Stil maar. Ach, nonno toch, niet huilen.

En in die lange tellen die samen een minuut duurden legde een grootvader zijn gekwelde ziel bloot aan het benul van een negenjarige. Vurig gezicht overlopende ogen mond druk bezig. De afgrond in die blik, de hoop in het gezucht. Ja, zelfs een klein meisje moet wel iets begrijpen, en moet nog iets begrijpen – hoe je zonder woorden kunt onderhandelen. Zie je hoe naakt ik ben je moet voor me zorgen kind en ik moet voor jou zorgen, er zijn geen grenzen meer.

Mijn naam. Mijn naam luidt Gabriella Zazò. Ik ben veertien jaar oud en ik ben Leeuw en ik ben half Siciliaans, half Iers en ik ben schrijfster. Ik ben schrijfster omdat ik een andere naam heb. Mijn andere naam luidt Enrico Belpasso. Enrico Belpasso is de andere helft van mijn ziel en ik ben in hem binnengedrongen en hij in mij. Samen verhalen we Enrico's leven, Gabriella's leven, Fortunata's leven, Salvatores leven, de levens van Enrico's kinderen en de levens van de mensen met wie Gabriella in dit nieuwe land wil omgaan maar die niet met haar willen omgaan.

Zoveel levens en zoveel verhalen, wie zou er ooit voldoende tijd hebben om ze allemaal op te schrijven?

Jaren later. Op een dag. Een zonnige ochtend met gele en groene parkieten en grasparkieten die in de mangobomen van signora Sanguinetti zitten te zingen.

Met nonno Enrico is het bergafwaarts gegaan en zijn blik is leeg geworden en zijn mond staat open, en op drie na is hij al zijn tanden kwijt. Op Sicilië zeiden ze dat zijn ziel is ingedroogd als modder in de middagzon. Of beter nog, dat de hitte van zijn stromende magma is afgekoeld en afgekoeld en afgekoeld en dat hij nu niets meer overheeft dan zwarte lava. Dat is de Siciliaanse manier van tegen dingen aankijken. Hij was dood, zeiden ze, maar nog maar half. Daarom kan hij eten en drinken en soms praten, ook al is het raar en eigenzinnig wat hij zegt. Die oude vrienden en familieleden die Enrico Belpasso vijf of zes van zijn zeven decennia kennen, zeiden dat als je een apparaat zou kunnen bouwen dat je aan iemands hoofd kon bevestigen om ermee in zijn dromen te kijken, Gabriella kindje, en als je dat bij je nonno Belpasso zou doen, dan zou je in zijn dromen alleen een eindeloos rotslandschap zien.

Mijn papà heeft bijna drie jaar lang plannen gemaakt om met ons naar het nieuwe land te verhuizen. Michael en ik hebben ons op de nieuwe taal voorbereid, hebben die bestudeerd met een enthousiasme en opwinding die invloed hadden op al onze vakken en ons voor alles goede cijfers bezorgden. Ik had natuurlijk een voorsprong van vele jaren want ik was de taal vrijwel onmiddellijk gaan bestuderen, zodra ik wist waar mijn echte vader vandaan kwam.

Michael en ik begonnen met onze mamma en papà te spelen, leerden hun woorden en zinnen en probeerden ze stiekem Engels te leren zonder dat ze zich ervan bewust waren. Tijdens die voorbereidingen had nonno eindelijk zijn huis opgegeven en was hij bij ons ingetrokken. Nonno had hulp nodig. Michael trainde zich in het verstrekken van scheerbeurten, klopte in een kommetje met een kwast dik wit schuim op en gebruikte maar liefst het ouderwetse halsafsnijdersmes dat hij scherp sleep op een riem. Nonno Belpasso stond volmaakt stil voor de spiegel en liet zijn gezicht schoonraspen door een jongen, neigde zijn hoofd als het moest, blies zijn wangen bol als het van hem werd verlangd, hief zijn kin als Michael hem met zijn vingers aantikte, liep zonder klagen krassen en sneetjes op. Ik hield zijn kamer schoon en kookte voor hem en troostte hem als hij naar bed wilde maar niet kon slapen door de nachtmerries. Ik wist dat hij in zijn dromen meer zag dan een rotslandschap; voor de meeste mensen is de oude dag waardeloos. Maar deze man had een leven en liefdes en nog altijd verlangens en begeerten. Dat moest wel, want anders zou hij niet zo hebben gehuild.

Dat begrijpt zelfs een kind.

Mamma waste haar vader. Als het moest veegde ma zijn *culo* af. Ze hield hem de hele dag als ik op school zat bij zich in de buurt. Papà bracht geld in om zijn schoonvader te kleden en voeden, boven op zijn oorlogs- en oudedagspensioen, ontzegde zichzelf de mogelijkheid ergens anders geld aan uit te geven.

Als ik genoeg had van de liefdadigheid ging papà een wandeling met hem maken naar de zilte waterkant, naar het grote plein voor onze kathedraal, naar de herenclub waar de oude mannen van ons dorp vast nog steeds in wolken rook van sigaren en shag zitten te kaarten onder het genot van wijn of koffie. Ik zou ze graag nog eens allemaal willen ontmoeten als ik ooit terugga. Papà zou een glas fris bestellen voor nonno Belpasso, hem tussen zijn oude vrienden en buren zetten, hem daar achterlaten en ze hun oude verhalen over hem laten vertellen. Die mannen zouden ervoor zorgen dat zijn overhemd in zijn broek zat en zijn das recht hing voor ze hem thuisbrachten. Ze zouden hem ergens voor middernacht bij ons thuis afleveren en fruit voor mamma achterlaten en snoep voor Michael en mij; ze zouden hun verloren vriend Enrico Belpasso *buona notte* wensen en tot morgen, onthoud dat. Dan zou het gegrinnik om hun eigen grapje net zo over de kinderhoofdjes weerklinken als het geklak van hun harde hakken, maar die humor was allerminst boosaardig, alleen een beetje treurig, en de dag erop zouden ze een plek voor hem vrijhouden en wachten tot Enrico Belpasso weer opdook. Zo zaten kleine gemeenschappen in elkaar.

Nonno Enrico Belpasso scheen geen enkel nieuw vreemd woord te leren in de drie jaar voorbereiding die we hadden, en toen we in het nieuwe land aankwamen toonde hij noch door gebaar noch door zijn humeur noch door zijn houding noch door bezwerende gebaren dat hij begreep dat hij ergens anders was.

Maar hij kleefde aan mij; aan mij, Gabriella. Twaalf jaar oud, dertien jaar oud, veertien. Hij bleef in de buurt zelfs als hij dacht dat ik Fortunata heette of Maria of Lieve Engel van Onze Vulkaan; hij bleef me altijd zijn verhalen vertellen. Maar alleen aan mij, snap je, en zodoende ontwikkelden we onze eigen manier van communiceren – een soort steno, zeg maar. Een gebaar, een kuch, een opgeheven vinger of het rechtstrijken van zo'n grote wenkbrauw van hem, die waren betekenisvol in die verhalen.

Dus jaren later. Op een dag. Een zonnige ochtend met gele en groene parkieten en grasparkieten die in de mangobomen van signora Sanguinetti zitten te zingen.

Ik zag mijn nonno uit het verre donker onder ons nieuwe Australische huis uit komen. Dat was de plek waar dat enge kleine kamertje zich bevond, mijn vaders privé-wijnkelder, maar mijn nonno kwam er niet vandaan met een fles in zijn hand. Zijn handen waren leeg. Ik was bij de wasbekkens bezig een witkatoenen shirt, bevlekt tijdens het koken, in wat koud water met bleek in de week te zetten.

'*Nonno, cosa fai?* Opa wat doe je?'

Hij had een afwezige blik in zijn ogen maar greep mijn hand beet en wilde dat ik met hem meeliep het donker in. Hij tastte naar de plek waar mijn vader de zaklamp bewaarde en klikte die aan. Verlamde vingers die het prima deden. Het verbaasde me niks. Ik had hem soms zo onhandig zien doen als een boerenpummel en op andere dagen zo bedreven als een chirurg. We volgden de witte straal tot achter de oude rotandeur, het kleine kamertje binnen. Ik was niet bang, ook niet voor de met dekens bedekte wijnkisten of dat ze zo in het half licht wel op de vele lijkkisten van een vampier leken.

'Nonno, wat is hier te zien?'

Hij had last van zijn rug maar trok niettemin wat oude stukken tapijt opzij en daar – precies op die plek! – bevond zich een valluik. En dat leidde tot onder het aardoppervlak, de donkere schuilplaats in van die vampier. Ik weet nog dat ik al betoverd was door die spannende ontdekking. Mijn nonno trok de grendels los en zonder een blik achterom te werpen volgde hij zijn witte licht een houten trapje af.

Hierheen.

De eerste keer dat ik afdaalde naar deze benedenwereld.

Ik kon me niet voorstellen wat voor iets dit was, maar toen

begon het me te dagen. In ons oude dorp aan de kust waren schuilkelders en nu begreep ik dat de dreiging die van een oorlog uitging elke uithoek van de wereld kon bereiken. Enrico Belpasso zocht in zijn broekzakken naar een doosje lucifers. Hij streek er besluitvaardig eentje af. Er stond een olielamp op de grond.

Hij tilde het glaasje op, stak de pit aan en de muren van deze kamer kwamen tot leven.

Er stonden pylonen die waren gepikt bij werkzaamheden aan de weg; er lagen brieven die uit andermans brievenbus waren gestolen; er lagen overhemden van andermans waslijn; er lagen vele vele pakken van de vermiste kranten van meneer Harry. Hier een oude rotanstoel – waar zou die gestolen zijn? – daar een stel houten schragen. Welke arme timmerman of metselaar of aannemer was die dingen kwijt? Bric-à-brac overal verspreid op de vloer, rare dingen die niet bij elkaar pasten. Een mattenklopper, een roestige elektrische ventilator die je nooit meer koelte toe zou blazen, een koekenpan. Zoekgeraakte foto's van mij en misplaatste foto's van Michael en langgeleden verdwenen, lang betreurde foto's van het hele gezin, stuk voor stuk hier aan de muren geplakt. Een schatkamer vol verweesde sokken en handschoenen en de poppentijdschriftplasticracewagenzeepbakjespringtouwbotermespotloodkopenschotelelpeehoesschaarboekschoentruiofzoiets die je op een dag had weggelegd en die je nooit had weten terug te vinden. Er waren zelfs bloemen, of moet ik rozen zeggen, roze en geel en rood, nu zwart uiteraard, afgeknipt en gestolen en uit de bloemenperken van New Farm Park gesmokkeld zoals Salvatore dat deed, stuk voor stuk als stoffige mummies opgesteld in een crypte, in verkleurde kapotte vazen, uitgedroogd, dood, verwelkt en met hangende kopjes.

'Nonno –' begon ik, een verklaring verlangend.

Het antwoord lag besloten in de manier waarop hij zijn ogen sloot. In de manier waarop zijn rimpels van ouderdom en lijden in zijn wangen glad leken te trekken. In de trage ademhaling die een grote zucht leek.

'Als een vrouw haar echtgenoot hoort roepen –'

'Nonno, alsjeblieft. Alsjeblieft, dat klopt niet. Ze kan niet komen.'

'Als een vrouw haar echtgenoot hoort roepen. Als een moeder van haar kinderen houdt. Als een grootmoeder behoefte heeft aan haar kleinkinderen –'

'Maar ik begrijp het niet. Hoe moet ik begrijpen wat je probeert te zeggen?'

Zijn mondhoeken bewogen.

'Door hiernaar te luisteren, krekeltje.'

Het is laat op de winteravond, oorlogstijd, Tweede Wereldoorlog.

Fortunata woont in een dorpje aan de voet van de vulkaan. Ze werkt niet meer als dienstmeid in het huis van een rijke, maar is de baas van haar eigen huis en gezin. Ze kan zich nauwelijks herinneren dat ze vroeger in dat grote huis de vloeren boende, de bedden verschoonde en de gezichten en voeten van de *padrone* en zijn gezin schoonhield. Nu heeft ze mij en hebben we samen twee dochters en is haar verleden in een droom veranderd. Ons oudste kind is negentien jaar oud en het tweede amper vijf. Ik ben al wekenlang ver weg, op het vasteland, in de afschuwelijke en opwindend criminele stad Napels, waar je niks anders hoort dan verhalen over diefstal op straat en brutale berovingen uit huizen en hoererij op alle niveaus. En ook – om even ter zake te komen – verhalen over Amerikaanse soldaten die hier zijn gestationeerd. Iedereen heeft het erover. Hun vreemde tongval en opstelling, hun verhoudingen met meisjes van daar, hun geld. Ik ben op avontuur naar Napels om er geld te verdienen, samen met twee neven van Fortunata, Alfio en Agostino Lorenzano. We verkopen Siciliaanse sieraden aan die buitenlandse militairen, leuke cadeautjes die ze thuis aan hun liefjes kunnen geven zodra ze zich hebben bevrijd van de twee kwalen die als een bosbrand in Napels woeden: gonorroe en syfilis. We verkopen die boys een stukje romantiek. We maken ze wijs dat we ze Griekse kunst verkopen die honderden jaren oud is en honderden Amerikaanse dollars waard. Het is verbijsterend hoe graag die jonge militairen ons willen geloven. We vermengen de verhalen met ware geschiedenissen over de fraaiste Griekse ruïnes ter wereld, die op Sicilië te vinden zijn. We vertellen ze over de goden die in het binnenste van onze vulkaan neuken en uitbarstingen en problemen veroorzaken. De Amerikaanse jongens zijn in een vreemd land een angstaanjagende taak aan het uitvoeren en willen graag geloven dat door hun inspanningen een waardig, nobel, verfijnd en zelfs mystiek volk bevrijd zal worden. Dankzij dit soort snuisterijtjes, waarvoor op een dag hun blonde blauwogige, langbenige, trouw afwachtende cheerleadervriendinnetjes hun benen zullen spreiden vormen ze het bewijs van de waardigheid van dergelijke inspanningen. Zo beredeneer ik dat ik zelf ook een goed doel dien.

Fortunata's vriendinnen maken die bijous en prullen van gesmede metalen als brons en tin, met glas en goedkope stenen erin, feitelijk van alles dat er uiteindelijk authentiek genoeg uitziet om een paar honderd lire op te brengen. Italië is berooid door de oorlog en Sicilië nog berooider – wat een verrassing – en uit pure noodzaak hebben jonge kerels als Alfio en Agostino en ik gouden tongen gekregen. De gebroeders Lorenzano hebben werkelijk hun roeping gevonden en we grappen er vaak over dat we geen van drieën nog ooit schapen of geiten zullen hoeden. Zolang onze onderneming voortduurt en die fijne soldaten zich nog zo gemakkelijk laten bedonderen, sturen we onze vrouwen bergen en nog eens bergen lires.

Maar dit verhaal gaat over Fortunata en niet over mij.

Het zit zo. Fortunata is erg bang geweest dat onze truc fout zou lopen. Ze is een fatsoenlijke en eerlijke vrouw die dit soort bedrog beneden haar waardigheid acht. Ze is echter ook een vrouw die luizen van de hoofden van haar dochters moet plukken en hen tevreden moet stellen met venkelsoep en gekookte andijvie en aardappeltaart, want zo arm zijn we. Zo arm zijn we allemaal. Ondanks haar angstige vermoedens steunt ze ons plan dus en doet zelfs mee aan het fabriceren en spaart plichtsgetrouw zoveel mogelijk van het geld dat ik haar stuur. Heeft ze eigenlijk wel iets te kiezen? Nee. Niettemin voelt ze altijd een steen in haar buik en die steen vertelt haar dat de zaak verkeerd af zal lopen. Onze Here Gesù zal niet graag toestaan dat zo'n valse handel voorspoedig zal verlopen. Dat denkt Fortunata voortdurend – en nu, exact op dit ogenblik, komen die angsten van haar volledig uit. De hele truc keert zich tegen zichzelf.

Waarom, Gabriella?

Weet je nog wat ik in het begin zei: we treffen Fortunata laat op een winteravond aan.

Het is nacht.

Fortunata ligt in haar bed, dat op de tweede verdieping staat van het huisje dat we voor bijna niets huren van een van haar ooms. Het is dat donkere en stille moment waarop de kippen zich niet verroeren in hun ren en de konijnen zich onder elkaar verstoppen en als kleine bruinbonte engelen liggen te slapen. Toch hoort Fortunata iets. En dan nog iets. En ze beseft dat het plan om geld te verdienen in het honderd is gelopen. Hoe ze dat weet? Omdat ik op deze dag, waarover ik het nu heb, haar het grootste bedrag tot nu toe heb gestuurd, en onze jongste dochter Agata heeft er op straat haar mond niet over gehouden.

Er schiet Fortunata een mogelijkheid te binnen. Zou het die stomme kat van een Nino kunnen zijn die beneden achter wat nieuwsgierige muizen aanzit?

Ja, nee, misschien.

Dus dwingt Fortunata zich om stil, nauwelijks ademhalend, te blijven liggen en niet naar haar hart te luisteren, maar naar eventuele nieuwe geluiden die in die koude ruimte rondom haar misschien te horen zijn. Eerst niks en dan hoort ze inderdaad iets. En nog iets, enzovoort. Zacht als het geweeklaag van een monster, maar wel echt. Fortunata kijkt naar de kinderen die bij haar in bed liggen. Aan de buitenkant ligt Anitta, negentien jaar, zoals ik al zei, en middenin, warm als een kachelsteen, slaapt je moeder, Agata, vernoemd naar de beschermheilige van de stad Catania en nu vijf jaar oud.

Fortunata houdt niet van geheimen. Ze ligt elke nacht rusteloos in het donker te luisteren of ze iets hoort. Ze houdt wel van Nino, de cyperse kat die zo wonderbaarlijk goed muizen vangt, maar wat Fortunata het minst leuke vindt van heel die toestand is dat al het geld dat ik haar heb gestuurd in de loop van weken en nog eens weken, en ook dat grote bedrag van vandaag, in een rode zijden sjaal onder haar matras ligt. Je kunt de banken tegenwoordig niet meer vertrouwen. Waar je vandaag zaken kunt doen, is het morgen gesloten en je geld verdwijnt samen met de directie. Zo gaat het in de oorlog. Zo gaat het in Sicilië. De plek onder je matras is de enige veilige plek die je je geld te bieden hebt, maar het probleem is dat iedereen dat weet, en erger nog, vandaag is kleine Agata Jan en alleman wezen vertellen over haar nieuwe porseleinen pop – met het golvende vlaskleurige haar dat voor echt moet doorgaan! – gekocht ter gelegenheid van het bijzondere geld dat haar vader heeft gestuurd vanaf die bijzondere plek waarheen hij is verdwenen.

Nu haalt Fortunata zich mijn gezicht voor de geest en zou willen dat ik bij haar was. Bij die gelegenheden, ik bedoel als ik er ben, moet Anitta naar het bed in haar eigen kamer verhuizen, maar Agata blijft altijd tussen ons in liggen. Fortunata hoort haar oudste zuchten en de jongste draaien en ze beseft dat het niet uitmaakt dat haar man er niet is. Het maakt zelfs niet uit dat de Here Gesù Zijn vinger op haar heeft gericht, zeggende: Voor je oneerlijkheid zul je moeten boeten. Dit is Fortunata's thuis en dit zijn haar kinderen en wat er nu gaat gebeuren hangt slechts af van één iemand en die iemand is ze zelf.

In haar witte nachtjapon, die van de kanten rucheskraag onder haar kin tot op de grond reikt en zelfs haar voeten bedekt, glipt ze uit bed en steekt haar nachtlampje aan. De vlam staat altijd al laag om brandstof te besparen, maar nu draait ze hem nog lager. Fortunata ziet het volgende: Agata's wangen vol babyvet, de volle lippen van de negentienjarige Anitta en de slapende cyperse kat Nino als een nutteloze schaduw in de hoek. Basta, denkt Fortunata, basta. Genoeg, genoeg. Tot overmaat van ramp gaan er al wekenlang geruchten over gruwelijke gebeurtenissen. Gewelddadige berovingen dicht bij huis. Inbraken. Wat zul je je druk maken over wat er in steden als Napels plaatsvindt als zelfs hier huizen worden opengebroken om wat er daarbinnen ook maar valt te halen! En is dat alles? Nee, dat is slechts het onschuldigste. Er zijn kloppartijen geweest. Ja, sinds drie weken geleden zijn er zelfs doden gevallen. Moorden. Kent niet iedereen, mannen, vrouwen en kinderen, het lot van die arme familie Belocchio die in hun eigen bedden zijn vermoord vanwege de bergen lires die ze onder hun matrassen verborgen hielden? En wat doet de politie; wie durft er eigenlijk te beweren dat de politie het niet zelf heeft gedaan?

Kleine Agata zucht en draait zich onder de deken om en legt haar hoofd in de bocht van de arm van haar grote zus. Fortunata die naast het bed omlaag staat te kijken begrijpt alles. Ze is een vrouw en ze is over haar bloei heen en haar man is weg. Er is niets geheimzinnigs aan de geluiden die ze hoort, dus lijkt het erop dat Gesù zich van haar heeft afgewend – maar als dat het geval is, dan is het zo mogelijk nog duidelijker wat haar te doen staat.

Het geweeklaag van het spook beneden is overgegaan in geschuifel en zacht gewrik. Het zijn natuurlijk geen spoken maar mannen. Van die mannen die denken dat ze hun gang kunnen gaan, dat ze kunnen verkrachten wie en wat ze willen zoals ze dat met een gekke zigeunerin zouden doen die alleen in het bos woont. Ze koken over van zelfvertrouwen. Ze zijn onkwetsbaar, beseft Fortunata, want als de politie zich in normale tijden al gemakkelijk laat omkopen, dan is dat in oorlogstijd nog veel sterker het geval. Wie deze aasgieren ook zijn, ze maken deel uit van een georganiseerd netwerk; Fortunata staat daar minder bij stil dan bij de gedachte dat ze het huis binnen willen komen door de voordeur te verwijderen.

Aan de muur tegenover het bed hangt een crucifix van de gekwelde Gesù Cristo in Zijn doodsstrijd. Ondanks Zijn boosheid op haar doet Fortunata een schietgebedje. Naast de crucifix hangt een ingelijste beeltenis van het Lam Gods, met de borstkas open om zijn vurige hart te tonen. Fortunata mompelt wat woorden in Zijn richting. Naast het Lam Gods hangt mijn jachtgeweer kaliber twaalf aan zijn houten haak. Daarvoor zegt ze een ander gebed op, een langer gebed en ze slaat hard met beide handen tussen haar borsten om al haar moed te verzamelen.

Ze hoort zachte stemmen. De voordeur klappert alsof het hard waait. Het geknars is afkomstig van de sloten waaraan wordt geknoeid. Zelfs Nino heeft het gehoord. Hij steekt zijn onnutte zachte kopje alert op. Fortunata loopt naar het raam en kijkt naar beneden. Het donker zorgt ervoor dat je niets kunt zien, maar in de verte ligt onze vulkaan Etna met zijn roodgloeiende muil helder zichtbaar, hoog in de zwarte sluier van de nacht. Net als het hart van het Lam Gods staat ook het hart van de vulkaan in brand – en als je mij de aanmatiging even wilt vergeven, kleine Gabriella, dat geldt op dit ogenblik ook voor dat van mijn Fortunata.

De enige meevaller tot nu toe is dat de voordeur een meesterstuk is van grendels en schuiven en zware bouten in nog zwaardere scharnieren. Wij Sicilianen vormen een bijzonder gespannen ras. Ons eiland is te vaak door te veel volken bezet. Wat Fortunata tegenzit is dat er geen achterdeur is. Er is zelfs geen raam ver genoeg uit het zicht om haar haar kinderen en haarzelf ongezien in veiligheid te laten brengen. Het huis heeft maar één ingang en één uitgang.

Dus neemt Fortunata het geweer ter hand en doorzoekt de kast op patronen. Ze vindt ze meteen omdat ze zich deze situatie al veel vaker heeft ingebeeld dan ze zich bewust is. Twee patronen steekt ze in haar nachtjapon. Ze breekt het geweer doormidden en steekt de volgende twee erin. Ze sluit het wapen, weegt het in haar handen en vraagt zich af hoe lang het geleden is dat zij er eentje heeft afgevuurd. Haar broer heeft haar en haar twee zussen leren schieten toen ze zo oud was als Agata nu; hij heeft hun leren schieten en onderwater leren zwemmen en geleerd hoe ze een konijn met één klap in zijn nek kunnen verdoven en hem kunnen villen en koken voor hij weer bijkomt.

Fortunata kijkt om zich heen. Onze dochters zitten overeind, met wijdopen ogen.

'Er zijn mannen beneden en die moet ik wegjagen. Ik wil dat jullie hier blijven totdat ik terugkom. Doe de deur achter me op slot. Verlaat deze kamer niet ongeacht wat je hoort.'

Onze twee meisjes, ongehoorzaam als ze zijn, verdringen zich achter hun moeder als die de trap afdaalt. Fortunata gaat er niet tegen in. Ze voelt zich sterker door die warme, bibberende lijfjes in haar rug. Ze denkt: dit zijn mijn dochters en dit is mijn huis en als ik die kerels moet vermoorden om te beschermen wat van mij is dan zullen deze mannen vannacht sterven.

Beneden beveelt ze haar dochters snel de lampen op te steken. Spoedig zijn de kamers vergeven van de schaduwen. Drie paar vrouwenogen richten zich op het gewrik aan de voordeur, op de stijlen die door het geweld van koevoeten en wat al niet heen en weer gaan, op de manier waarop de sloten kraken.

Fortunata schreeuwt: 'Ga weg! Laat ons met rust!'

Ze hoort een mannenstem op een gewone praattoon antwoorden: 'Signora Belpasso, het spijt ons dat we zo bezig zijn. Doe de deur open, dan zijn we met vijf minuutjes klaar. We zullen uw dochters en u niet bezeren. U weet waarnaar we op zoek zijn.' Het duurt even voordat het gewrik en gekraak doorgaan. 'Trouwens, u moet tegen Enrico zeggen dat hij zijn dochter moet leren zwijgen, oké? Nou, doet u nog open?'

De mannen wachten het antwoord niet af. De deur beweegt in zijn scharnieren. Het geluid van versplinterend hout alsof er een vissersboot doormidden breekt.

Fortunata geeft een laatste waarschuwing: 'We zullen zo hard schreeuwen dat iedereen eropaf komt!'

Anitta en Agata beginnen te gillen alsof ze al worden vermoord. Agata rent op blote voeten rondjes en giert als de wind. Anitta's gezicht loopt rood aan door haar eigen gegil, waarmee ze de doden zou kunnen laten herrijzen.

Als ze ermee ophouden en zich op een versteend hysterische manier aan elkaar vastklampen, horen ze de mannenstem lachen.

'Nou. Nou, nou. Wat een mooi liedje!' Hij wacht even en zegt dan: 'Zouden ze er nu niet moeten zijn, als ze komen? Die fijne buren van u, signora, hebben allemaal hun vingers in hun oren gestoken.'

Fortunata bijt op haar onderlip en zegt dan met een gekwelde stem: 'Jullie moeten beloven dat jullie ons niets zullen doen.'

'Best, best. We zullen jullie niets doen. Wie wil een ander nou iets aandoen? Het is de wereld die ons iets aandoet. We zijn immers allemaal Sicilianen? Wij moeten toch niet onderling verdeeld raken? Wij hier buiten zijn allemaal mannen met een vrouw en kinderen. Dacht u soms dat we beesten waren? Het zijn de Amerikanen en de Duitsers en de Russen die ons tot dit soort gedrag dwingen. We moeten gewoon allemaal eten. Leg het geld klaar en dan zand erover. U kunt ook best een deel voor uzelf houden. Maar laat wel even zien hoeveel we eigenlijk hebben te verdelen. We zijn geen slechte mensen, moet u weten.'

'Ik vertrouw u.'

'Natuurlijk vertrouwt u me. Ik kom niet hier uit de streek, maar uiteindelijk zijn we vast familie van elkaar.'

'Ik doe de deur open.'

'Goed zo.'

En dat doet Fortunata. Ze schuift de grendels opzij, draait het slot open en die arme mishandelde deur stort bijna in.

Onmiddellijk slaat de koude naar binnen. Buiten staan drie mannen te wachten. Drie mannen die stuk voor stuk op Fortunata's vader lijken, die allemaal familie van haar zouden kunnen zijn of willekeurige mannen uit een willekeurig uitstervend dorp. Drie mannen met uitgemergelde gezichten en diepliggende ogen en sjofele kleren.

Ze proberen niet net als de koude binnen te komen want ze staren in de zwarte gaten van een jachtgeweer kaliber twaalf. Er staat één man vooraan en Fortunata veronderstelt dat dat degene is die heeft gesproken. Haar armen trillen niet. En die van die man evenmin. Hij perst zijn lippen op elkaar en even steekt hij zijn koevoet op zodat Fortunata die ziet, maar dan laat hij hem op de grond kletteren. Heel langzaam en doelbewust knoopt hij zijn jas los. Hij doet hem open. Aan zijn gezicht kun je zien hoe woedend hij op haar is. Zijn gezin moet eten en hij kan geen minuut uitstel velen. Hij steekt een hand onder zijn jas en haalt een jagersmes tevoorschijn. Fortunata kent dat soort messen goed. Je kunt er geweldig konijnen mee villen. Ze gebruikt er zelf zo eentje, en dan laten de zachte huiden los alsof het kledingstukken zijn.

Deze man zegt: 'Vrouwmens...'

De andere twee verroeren geen vin en halen zelfs geen adem.

Fortunata zal zich de rest van haar leven blijven afvragen of het de woede van de man was of zijn angst of zijn honger die hem de dood in joeg. In haar herinnering en haar nachtmerries is zijn gelaatsuitdrukking steeds anders. Soms heeft hij het onbewogen gezicht van een beul, soms de vochtige lippen en de trillerige houding van iemand die smeekt voor zijn leven. En soms heeft hij de vuurspuwende blik van een godheid die woedend onbetekenende stervelingen wil neermaaien.

Het beeld van dat mes is waar Fortunata bang van wordt. Wat valt er met praten nog te bereiken? Dus haalt ze de trekker over. De man vangt de lading van de ene loop met zijn borst op en vliegt achterwaarts alsof de hemel hem nu al vleugels heeft gegeven. Er spettert bloed in Fortunata's gezicht, in Anitta's gezicht en zelfs in het gezicht van kleine Agata. Gillend brengt Fortunata het geweer met een ruk omhoog en schiet het andere patroon over de hoofden van de andere twee mannen af, die al als angsthazen op de vlucht zijn geslagen. Ze breekt het geweer, laadt het en vuurt tweemaal op de zwarte hemel.

Kleine Agata staat met bloed besmeurd, vuisten gebald en gespannen trekken als een dolle te springen en brult vrolijk: 'Nog een keer! Nog een keer! Nog een keer!'

Dagen- en wekenlang wil iedereen het verhaal telkens weer horen, maar Fortunata heeft het driemaal verteld op het politiebureau en één keer aan de politierechter en dat vond ze wel genoeg. Er kwam een eindeloze stroom bezoekers op gang en sommige liet ze wel binnen, maar de meeste stuurde ze weg. Toen er een man van de krant kwam deed ze die nieuwe voordeur niet eens open. Al die buren en vrienden en familieleden die ze wel binnenliet dronken haar wijn en koffie op en aten haar gebakjes en staarden langdurig naar Anitta en Agata, de twee leden van hun gemeenschap die ze bijna voorgoed waren kwijtgeraakt. Die bezoekers lieten altijd, als de tijd van vertrekken was aangebroken, een geschenk achter. Niet het soort cadeautjes dat je zou verwachten, kleine Gabriella. Het waren geen taarten of koekjes of zelfs kippen of konijnen. De cadeautjes die de mensen achterlieten waren patronen voor de kaliber twaalf.

En zodoende had Fortunata heel wat te verzamelen en in een la te leggen en toen de la vol was legde ze ze gewoon in de kast, maar het hield niet op, nog lang niet, want iedereen was ervan overtuigd dat de moeilijke tijd aan zou houden en als dat klopte zouden er altijd nieuwe boze mannen bij een vrouw aan de deur komen, in nieuwe gedaanten en vormen, in nieuwe lichamen en met nieuwe woorden, en als ze als duivels verschenen die je naar hun slaapkamer in de hel wilden slepen, en Fortunata zou nogmaals gedwongen zijn om het geweer op te nemen, dan wilde elke buur en elke vriend en elk familielid dat het zijn of haar patroon was waarmee mijn vurig hart die slechte mannen zou neerleggen.

Snappie?

Jij zegt, Gabriella dat Fortunata niet meer terugkomt.

Hoe kun je dat beweren? Want haar hart zit vol vuur en de kasten liggen vol patronen, generatie op generatie. Is ze hier niet al, Gabriella? Staat ze niet voor mijn neus?

Wie denk je dat je anders bent?

BLOED

Irina Luna had inmiddels genoeg van de lommerrijkste en leefbaarste straat van de kosmos. Haar kon het niks schelen dat er nog vele bladzijden met van die krullerige blauw-zwartgroene letters over waren en ze had niet door dat ik stond te rillen als een hond die met een hekpaaltje is afgeranseld.

Irina zat op het trottoir in de glasachtige lichtstralen die tussen de dikke takken door vielen en slaakte een zucht die overging in een geeuw en zei: ‘Lieverd, moeten we hier eeuwig blijven zitten?’

Als klein jochie zat ik ook altijd op die plek en droomde dan van superhelden en schatten; toen die superhelden veranderden in de arrogante meisjes uit mijn buurt, bevond de enige schat waarover ik fantaseerde zich onder hun luchtige zomerkleding. Ik begeerde elke vrouw in de stad en tegelijkertijd slechts één van hen, de kleine Gabriella Zazò.

Zij was het tengere, roodharige geheimzinnige, liefdevolle, boze meisje dat naakt mijn dagdromen en al mijn nachtelijke dromen beheerste. Toen ik haar kwijtraakte, verloor ik ook dat wat we onze ziel noemen. Ik voelde die vreemde aanwezigheid stikken, stuiptrekken, snakken naar adem, maar sterven in de loop van dagen, weken, maanden en uiteindelijk jaren van leegte. Mijn late tienertijd was een periode die niet plaatsvond. Op de universiteit dwaalde ik doelloos en eenzaam tussen de gebouwen van zandsteen en sloten waar eenden zich spetterend verzamelden, en over groene sportvelden waar mijn zogenaamde gelijken hun bescheiden veldslagen van bloed en geweld leverden. Het was net of ik niemand zag of voelde. Dus wie zag me vertrekken om nooit meer terug te keren? Alleen mijn familie. Vervolgens gaf ik me over aan de dagelijkse genietingen van eten en seks en wijn, maar geen van die drie kon verhelen dat een houten marionet niet droomt.

Maar wat betekent niet dromen als er nog zoveel nachten waren waarop ik Gabriella's gezicht dicht bij het mijne zag, haar groene ogen wijdopen en haar lippen vochtig en verdoofd door het zoenen? Wat ik, geloof ik, bedoel is hoop, het verdwijnen ervan. De ironie is dat mijn ouders in mijn jeugd De Toekomst als het belangrijkste concept zagen, en daarom deden ze alles om mij een goede toekomst te bezorgen – maar de toekomst werd voor mij de minst relevante periode, de minst belangwekkende, de meest zinloze. Ergens in die verloren jaren besloot ik dat mijn lichaam wel bevredigd kon worden als ik dan mijn ziel niet wist te vullen. Ik vond mijn oude vriend Tony Solero terug. Mijn familie raakte haar greep op me kwijt en het laatste beetje dat er van mijn verstikte ziel over was, gleed me uit handen. Te midden van een overdaad aan activiteiten deed ik absoluut niks; tijdens lange nachten van gebabbel met sexy vreemden bij flessen wijn en whisky dacht ik niets; ik was alleen maar, ik was.

Om nu hier aan te belanden, met Gabriella's door de tijd aangetaste, kleurrijk, krullerig opgeschreven gedachten, die herinneringen vastgelegd op vlekkerige bladzijden.

Omdat ik zo zwijgzaam was, zette Irina de autoradio aan en de rinkeldekinkelende synthesizer en dansliedjes waarop we in stampvolle disco's ons vet liepen te verbranden, deden me verlangen naar de energieke operaplaten thuis. Nu ik zozeer werd gedwongen in mijn eigen afgrond te staren, wilde ik me liever verdrinken dan genieten van de rijkdommen des levens. In mijn huidige gemoedstoestand zou ik die platen opscharrelen en ze de rest van de dag en tot diep in de nacht draaien. Ik zou ze keihard aanzetten en een stevige, vlees- en knoflookrijke pasta met kaasvulling koken of een lasagnegerecht en daarbij een fles rijpe, vlezige, bosbesrijke Merlot soldaat maken. Irina en ik zouden dineren met uitzicht op de lichtjes in de verte en de donkere meanders van de rivier. Rode en blauwe lampen van ponten zouden flitsen en knipperen tegen het geklots van aanrollend water, en de gloed van de stad zou de indruk wekken dat er een vreemdsoortige melkweg op de aarde was neergedaald.

Ik wilde vooral de zware, loommakende bevrediging van eten en drinken in mijn buik voelen. Mijn hart bonzend van de spanning. Dan zou ik in bed kruipen, mijn zintuigen tintelend door die laatste paar glazen anisette. Twee uur, drie uur, hoe dieper in de nacht hoe beter. De uren van heksen en tovenaars. De uren om de liefde te bedrijven. De uren van tedere geheimen die onbespreekbaar zijn zolang de zon schijnt.

Ik ben bij je en mijn bloed is als wijn.

Kom in me, kom in me.

Pak me hier vast, harder, stoot, bijt me, breek me.

Schat, mijn schat, schat, mijn schat.

Irina's borsten zouden warm tegen mijn gezicht drukken en ik zou haar lenige taille en sterke heupen tegen me aan trekken. Ik zou haar bloed tegen mijn handpalmen voelen pompen zoals je de kracht van een dier kunt voelen als het in je armen kruipt om beschermd te worden. Haar bruine huid zou branden alsof ze op een of ander eindeloos strand lag te zonnen, en als ze begon te hijgen zou een ruwe blos zich vanaf haar hals uitspreiden, omlaag en over heel haar borst. Ik zou haar niet laten gaan totdat haar spieren smolten als chocola. Dan zou ze voelen dat ze leefde, en met mijn van wijn en bloed doordrenkte pik dicht tegen haar baarmoeder aan, zou ze er niet aan twijfelen dat ik dat ook deed.

Hoe ik mezelf ook in dergelijke verlangens trachtte te verliezen, zodra ik mijn ogen op de voorruit richtte was het of zich donkere wolken boven de dag hadden samengepakt.

Het deed zeer om vijf tellen lang te kijken naar de buitenwijken en straten waar we doorheen reden. Als je tegen een muur leunde, zou die om moeten vallen om de woestenij erachter te tonen. Als je je beste vriend hier op de hoek tegenkwam, zou je merken dat jullie niets hadden uit te wisselen. Als je dronken brabbelend in de goot zou belanden, zou je zien hoe weinig lef je had, hoe veelbelovend je was geweest en hoe gemakzuchtig je alles had ingeruild voor troost en vergetelheid. Waarom heeft het verleden engelenvleugels en het heden een molensteen om zijn nek? Ik wilde die vraag aan Irina stellen, maar ze keek me zo nieuwsgierig aan dat ik geen woord wist uit te brengen. Ik wreef over mijn voorhoofd. Ik probeerde haar te vergelijken met degene die op het podium had staan zingen en dansen. Het podium, waar ze doet alsof. Waar ze houdingen aanneemt en bewegingen maakt waarmee ze het publiek verleidt. Waar ze het ene masker afzet om het volgende, overtuigender masker te tonen. Ik wist niets van de vrouw die zich daarachter verborg en ik hield de waardevolle restanten van Gabriella's bestaan in handen.

Irina's gezicht zei: Vergelijk me niet. Waag het niet me met iemand te vergelijken, hufter.

De rinkeldekinkelende synthesizer en dansmuziek waren afgelopen en de radiozender draaide nu een schattig kitscherig liedje dat ook alweer een jaar of twee, drie oud was. 'All of my heart' was van de even schattige en kitscherige Engelse band ABC.

'Laat het los, Sam. Laat het gewoon achter je,' zei Irina. 'Luister hiernaar. Luister naar wat engelen je vanuit de hemel toezingen.'

Het deed zeer in mijn hart en het deed zeer in mijn hoofd, de tweelingpijnen van liefde die te lang niets had opgeleverd.

Dus deed ik wat deze vreemde me zei, sloot mijn ogen en leunde achterover. Soms is muziek net wijwater dat zelfs tot in de rotsen doordringt. Die melodie was een eerste glas champagne dat je drinkt in de heetste zomernacht. Het waren sterren die je door de patrijspoort ziet van het bordkartonnen ruimteschip uit een stomme film. Irina had iets dat ik niet had. Ze wist achter vele maskers schoonheid te ontwaren.

Zei jij dat het ging om wat de engelen zingen?

Maar jij, Irina, jij was hun lied.

Julián Luna stond ons op de onoverdekte overloop voor mijn voordeur op te wachten. Met zijn glanzende zwartleren schoenen en zwarte broek en zijn zwartzijden hemd dat losjes over zijn buik hing, was hij een hedendaagse Zorro. De ketting rond zijn hals leefde, glom goudkleurig in het zonlicht, en zijn borsthaar was zwart doorschoten met wit en grijs, dezelfde schakering die doorbrak op zijn ongeschoren gezicht. Zijn hoofdhaar was evenwel volmaakt, weelderig en had de kleur van een kat die ongeluk brengt. Hij was een Zorro – of beter, een Casanova die iets te oud en zwaarlijvig was geworden voor het energiek najagen van de liefde. Toch zou hij altijd iets van een minnaar en vechtersbaas over zich houden, al was het een minnaar en vechtersbaas met een buikje. Hij had een knap gezicht, een kromme neus en onder zijn zijden overhemd school onmiskenbaar de stevige vorm en dichte spiermassa van zijn torso. Als hij wilde, kon een man als hij onder het drinken van een glas ijskoude witte wijn de ruggengraat breken van een man als ik.

Irina liet mijn arm los en liep op Julián af.

Zijn ogen stonden krankzinnig en volledig op haar gericht. Eerst stond hij zo met zijn schouder tegen mijn deur geleund dat hij krachteloos leek, maar toen Irina dichterbij kwam rechtte hij zijn rug, slikte en probeerde zelfs te glimlachen. Het begon in hem te koken. Hij rookte een sigaret en uit het feit dat zijn overhemd door de transpiratie aan zijn huid plakte, bleek dat de zon meedogenloos had staan branden. Ik was benieuwd hoe lang hij hier al stond te wachten; hij was niet eens helder genoeg om de schaduw op te zoeken. Toen Irina hem de hand reikte, liet hij zijn sigaret vallen en barstte uit in een schokkend soort gejammer. We namen hem mee, de koelte van het appartement in en ik zette alle ventilatoren aan, opende alle schuifdeuren en ramen en Irina haalde een groot glas water met ijs voor hem. Ze liet hem drinken, doopte vervolgens haar sjaal in het glas en veegde er zijn bezwete gezicht mee af.

Ik nam in stilte al afscheid van haar.

Irina en Julián Luna fluisterden met elkaar en knuffelden een beetje, en binnen een halfuur vertrok hij, hij kookte niet meer en de blik in zijn ogen was leeg en verloren.

Hij stak zijn vlezige hand uit en was zeer sympathiek.

Hij zei: 'Als je een betere echtgenoot kunt zijn dan ik...' en toen stierf zijn stem weg, liet hij mijn hand los en leunde hij met zijn voorhoofd tegen mijn deur alsof hij verwachtte dat die er dankzij een of ander soort voodoo doorheen zou smelten. Zijn lijf werd slap als een lekke ballon. Je kon je nauwelijks voorstellen dat die man ooit komischer en tragischer was geweest dan nu. Ten slotte rechtte hij zijn schouders, zette zijn borst op en zei, al was het slechts tegen zichzelf: '*¡Vaya cabrón!*'

Julián deed de deur open en vertrok, zijn grote zwarte stierenlijf verliet de verdieping en belandde in de zon. Ik wilde hem achterna rennen en roepen: Haal haar terug, grote gek! Vecht voor haar! Je bent niet te oud! Wie zegt dat je te oud bent? Waarom vermoord je me niet? Waarom laat je me er niet voor boeten?

Toen de deur dicht was, stond Irina onbewogen midden in de woonkamer naar het tapijt te staren.

Ik zei: 'Wat ga je nu doen?'

'Niks. Ik wil dat jij het doet,' zei Irina. 'Ik wil dat jij me naar bed brengt,' en er biggelde een dikke traan over haar donkere gezicht. 'Een week wil ik blijven, als jij dat wilt. Een week of misschien maximaal twee weken en dan moet ik gaan. Ik ga. Ik moet echt weg uit deze stad en loskomen van alles en ik kom nooit meer terug. Nooit meer. Dat beloof ik.'

Ze had tenminste het lef me dat te vertellen, in tegenstelling tot Gabriella Zazò.

Ik liep op Irina af en kuste de sporen van die tranen. Wat ik voelde was geen bloed, maar de afwezigheid van bloed. De pure, beangstigende afwezigheid van bloed.

Lief Dagboek: Gabriella's boek van vuur

Na dat eerste bezoek aan de schuilplaats veranderde alles.

Ik bedoel, dat was het ogenblik waarop ik besloot deze geheime plek van mijn nonno tot mijn eigen geheime plek om te vormen. Ik stal haar van hem. We kwamen nog steeds samen hierbeneden en hij vertelde me nog altijd geschiedenissen, maar ik was hier vaker in mijn eentje. Mamma en papà hadden niets in de gaten en mijn broer Michael verkeert toch altijd in zijn eigen wereldje. Als nonna Fortunata hier ooit een bezoek heeft gebracht, naar de aarde getrokken door alle talismans die haar echtgenoot goed zichtbaar heeft gemaakt, dan heb ik haar niet gevoeld. Ik heb gezworen dat ik hier nooit iemand mee naartoe zou nemen. Ik zou er niemand over vertellen, met uitzondering natuurlijk van mijn nonno en mogelijk Salvatore. Maar die jongen moet het wel eerst verdienen. Ik heb het nu over vertrouwen. Zoiets geef je niet weg in ruil voor een paar lekkere kusjes.

Salvatore moet het verdienen. Ik weet alleen nog niet hoe ik hem dat zal laten doen.

Vandaag heb ik de dag met hem doorgebracht, niet hierbeneden, maar in New Farm Park. We zaten op een bankje op de verhoging die uitzicht biedt op de rivier, en omdat het zondag was, zaten er rondom ons overal mensen te picknicken. Ik droeg mijn grijssatijnen truitje met de geborduurde giraffes en toen we met de pont de rivier op en vervolgens af voeren, zomaar, om iets te doen te hebben, bleef ik met mijn voet hangen achter de opgetrokken afrijplank en knoeide ik met de chocolademilkshake waar we met twee rietjes uit dronken. Mijn truitje was een en al vlek. De mensen keken naar me en ik schaamde me en kreeg zelfs het gevoel dat ik moest huilen. Salvatore vond ergens wat papieren servetjes en begon mijn truitje af te deppen om me schoon te maken. Toen keken er inmiddels geen mensen meer. Er blies dieselrook in onze gezichten, ons haar en alles, maar ook wind en de geur van het water. Door mijn vochtige truitje heen kneedde Salvatore mijn borst; dat deed hij uiteraard met opzet. We zagen allebei mijn tepel erdoorheen prikken. En vervolgens de andere, en ik wilde dat hij ze zou betasten, dat hij er zachtjes in zou knijpen, dat hij me tegen zich aan zou trekken en iets liefs zou zeggen. Bij de andere jongens met wie ik kuste, voelde ik nooit iets dergelijks.

En toen stapten we van de pont en kocht hij een ijsje voor mij en één voor zichzelf en gingen we op dat bankje zitten. Toen er niemand keek gaven we elkaar koude ijskusjes en hij bleef mijn tepels maar betasten en ik zei er niks van. Doordat ze steeds hard en weer zacht werden, voelde ik steken en moest ik voortdurend op mijn onderlip bijten. We spraken trouwens ook in onze geheime taal, spraken zachtjes de taal die ik in dit dagboek niet gebruik, en ik had het op het puntje van mijn tong om te beginnen over mijn geheime plek. Ik wilde zeggen: Salvatore, kus deze mondhoek eens. En dan deze hier. Kus me zachtjes, dan neem ik je mee naar mijn geheime verstopplek. Salvatore, daar kun je met me naartoe. Salvatore, als we daar zijn wil ik dat je met me doet wat je wilt. Salvatore, als we daar alleen zijn met die olielamp die flakkerende spoken op de muren werpt, eet ik je op als Engelse pudding.

Maar het liep fout. Het liep verkeerd.

Het gebeurde weer. We werden weer uitgescholden.

Er liep zo'n stomme bende voorbij.

Er hoorde er eentje ons gesprek in onze geheime taal en die begon te lachen en zijn vrienden erbij te roepen. Ze kwamen om ons bankje heen staan alsof ze twee bewoners van het dierenrijk hadden ontdekt die mensentaal probeerden te spreken. Ik kende slechts enkele van die gezichten, maar Salvatore kende ze stuk voor stuk, en goed ook. Er waren er een paar van zijn school bij en een paar waren oudere broers van vrienden van hem. De stoere leider was een soort knappe negentienjarige boef met een naam als Hutchinson. Zijn haar hing in gouden krullen op zijn schouders. De meisjes waren dol op hem en zelfs ik kende een reeks meisjes met wie hij meer had gedaan dan 'pashen' zoals ze dat in dit land noemen. Hij heeft zelfs achter mij aangezeten vanwege de dingen die hij via de tamtam over me had gehoord. Mamma gebruikte de bezem om hem onder mijn raam vandaan te jagen. Hij keerde nooit terug, maar toen ik hem op een zaterdagochtend bij de bakkerij trof, spuugde hij me midden op straat recht in mijn gezicht – en de vrienden en vriendinnen die als vliegen om hem heen hingen giechelden en beschimpten me alsof ze een aangeboren holte hadden op de plek waar andere mensen hersens hebben. Het was alom bekend dat hij auto-inbraken pleegde en die filmtruc met een ijzerdraadje beheerste. Hij deed aan joyriding met zijn kameraden, en op een keer was hij zelfs met een Holden van nog geen week oud half in de Brisbanerivier beland.

Hutchinson was geslepen genoeg om nooit te worden betrapt. Hij had de gave om in zijn koninkrijk van New Farm Park te doen waar hij zin in had.

Met dat soort mensen was er nooit sprake van een lange inleiding. 'Vuile spaghettivreter' zus en 'stomme pizzaboer' zo, en het gebruikelijke 'oprotten, Italiaanse eikels'. Sinds ik in dit land ben zijn die woorden me beter bijgebleven dan mijn eigen naam. Vervolgens kwam er nog wat walgelijks zoals: 'Ram die stinkhoer een fles tomatensaus in d'r doos' en toen sprong Salvatore schreeuwend als een dolleman van die bank af en sloeg erop los terwijl ik moord en brand schreeuwde. Ze sloegen die arme Salvatore neer en schopten hem en ik probeerde een of andere idioot zijn ogen uit te krabben en enkele van de moeders die zaten te picknicken moesten hun kipsalade en romige maïsgerechten laten vallen om ons haastig uit elkaar te komen halen. Twee of drie vaders schreeuwden en schudden met hun witte broodjes met vlees de rennende, lachende, triomfantelijk joelende bende na.

Salvatore had een bloedneus en zijn onderlip lag open en de huid rond zijn ogen had een kleur als van rauw vlees. Ik bracht hem thuis. Signora Capistrano vroeg me wat er was gebeurd en ik zei dat het kwam door die negentienjarige lamzak, die huppeldepup Hutchinson en zijn vriendjes. Ze vroeg me waarvoor ze ons hadden uitgescholden en ik herhaalde de woorden een voor een, zelfs wat ze over die fles tomatensaus hadden gezegd. Ze hoorde alles aan en streelde mijn gezicht. Haar vingers en handpalm waren hard. Ze is een soort ouderwetse Siciliaanse mamma die een deel van de zware kleren die haar gezinsleden dragen liefst nog met loogzeep op een ouderwets wasbord wast. Signora Carmelina Capistrano vindt dat huishoudelijke apparaten als wasmachines, stofzuigers, vaatwassers en keukenmachines niet voldoen aan de eisen die je als vrouw en huismoeder stelt. Ik vermoed dat zelfs een dweilstok haar niet goed genoeg is. Ik heb haar vaak vlijtig op haar knieën het keukenzeil met een harde borstel zien schoonboenen.

Nu zag ik iets aan haar ogen. Iets in de soort rimpels in haar ooghoeken. Iets dat duidelijk maakte dat alle informatie die ik haar meedeelde in haar hersenpan werd opgeslagen voor later.

Toen begon ze zich met haar in elkaar geslagen zoon te bemoeien.

Al was Salvatore degene die onder het bloed en de blauwe plekken zat, ik had op een of andere manier ook het gevoel dat ik geschopt en gestompt was. Als je per ongeluk op een poesje trapt, zoekt die een plek op waar ze zich kan verbergen en blijft daar tot ze niet meer rilt en bibbert. Dat moest ik ook doen. Van die bende krijg ik koude rillingen. Hoewel ik mezelf in de hand had zolang ik met signora Capistrano sprak, rende ik meteen na dat gesprek naar mijn huis, kroop eronder en trok me terug in de rust, vrede en het schitterende geheim van mijn schuilplaats. Vervolgens huilde ik langer dan ik ooit had gedaan.

Ik voelde me smerig en vernederd en ik wist dat al die afschuwelijke scheldwoorden die ik naar mijn hoofd kreeg me aankleefden omdat ze één kenmerk bezaten dat niemand ooit zou kunnen ontkennen: ze waren waar.

Is het niet zo dat je de ziektes die diep onder de huid ontstaan nooit echt kunt zien?

Ik ben eindelijk tot rust gekomen. Ik weet hoe ik ervoor kan zorgen dat ik niet meer in gejammer uitbarst. Het is niet goed om het in te houden als een soort bacterie die ik binnen heb gekregen. Dus schrijf ik vanaf nu op wat ik weet.

Ik weet dat ik schrijfster ben. Ik ben schrijfster omdat ik hoop en behoefte en verlies en verdriet wil begrijpen. Ik ben schrijfster omdat ik wil weten waar liefde en haat toe in staat zijn. Ik ben schrijfster omdat ik banger voor die twee ben dan voor vampiers en geesten en boemannen. God heeft engelen geschapen die vliegen en engelen die vallen en we dragen beiden in ons mee. Ze strijden onderling en hun slagveld bevindt zich in ieders binnenste. Ik wil opstijgen, maar ik wil me ook onder het vuil en de modder verbergen. Er is prachtige kennis en gruwelijke kennis en die krijg ik in de eerste plaats via mijn nonno en in de tweede plaats door te wonen in dit land dat prachtig en gruwelijk is, alles tegelijk.

Ik sta overal buiten. Zo kijk ik er nu tegen aan. Tot nu toe heb ik geen thuis gevonden. En het enige wat ik van dit leven verlang is dat ik een thuis heb.

Het is net of ik op een groot, spannend feest ben gekomen maar er ook buiten sta doordat iets verhindert dat ik eraan meedoe. Volgens het cliché sta ik erbij en kijk ik ernaar. Ik denk dat ik schrijver ben omdat ik half dit en half dat ben, maar eigenlijk nergens bij hoor. Nonno's verhalen zijn de mijne niet.

Zijn land is het mijne niet, is het nooit geweest. Op Sicilië was ik geen echte Siciliaanse, door mijn genetische samenstelling en door de manier waarop de mensen staarden en wezen en roddelden, en hier in Australië is het nog erger. Op die oude plek was ik testa di fuoco en op deze nieuwe plek ben ik een verrekte, smerige pizzavreter. Waar ben ik dan thuis? Waar hoor ik? Waar kan ik een echt bestaan opbouwen? De ene dag zijn die vreemden hier heel aardig en bieden me hun vriendschap aan en de volgende dag is dat met een 'flikker op, spaghettiwijf' weer voorbij. Of een licht trekje van hun lip. Ik heb geen vaste grond onder mijn voeten. Alles verandert. Ik krijg er de rillingen van.

Dus kus ik de jongens zodat ik dicht bij ze kan zijn. Ik klim in mangobomen en kijk bij mensen in hun achtertuin om meisjes van mijn eigen leeftijd te zien spelen. Wel ramen, geen deuren. Is dat de werkelijke reden waarom ik denk dat ik schrijfster ben?

En wat Salvatore betreft.

Hij krijgt mijn vertrouwen niet hoewel hij die afwijzing even sterk voelt als ik. Hij is hier geboren en zou zich dus geen vreemde hoeven te voelen, maar ik merk dat hij dat toch is. Telkens als hij pizzaspaghettivretervuilegladjanus wordt genoemd, gaat dat prachtige licht in hem uit. Je ziet het aan zijn ogen als hij het probeert te verbergen. Soms doet hij zijn uiterste best om erbij te horen en op andere momenten steekt hij naar iedereen zijn middelvinger op. Zelfs sommigen van de Italiaanse jongens schelden hem uit; die beschouwen zichzelf als echte Australiërs. Ze zijn groter, ze zijn stoerder, ze zijn arroganter. Ze doen een moord voor football en cricket en verachten de plek waar ze vandaan komen. Ze schamen zich voor hun ouders. Ze blozen gegeneerd om hun grappige tongval, om hun gebarende handen en olijfkleurige huid, om de knoflook en venkel en favabonen die ze thuis eten. Ze schamen zich zelfs voor hun lunchpakketjes; ze zouden hun broodjes salami en tomaten van eigen kweek liever in een greppel smijten dan erom te worden uitgelachen. Ten overstaan van hun vrienden op het speelterrein maken ze hun vaders en moeder voor stomme spaghettivreters uit. Het is toch niet te geloven? Zo hebben ze op het schoolplein leren denken. Met een dergelijke walging spreken ze over hun eigen vlees en bloed! Walging die zo verwant is aan haat dat je het verschil nauwelijks ziet. Is dat wat er met je gebeurt als je naar een vreemd land verhuist?

Waarom kan ik gezien die dingen Salvatore Capistrano niet vertrouwen, mijn enige echte kameraad en vriend? Hij is lief voor me. Maar ik ben zo beducht omdat zijn goedbedoelde gevoelens onzuiver zijn. Zijn gevoelens gaan gepaard met wellust. Hoe kan ik over ware liefde en oprecht vertrouwen nadenken als hij als een zwerfhond klaarstaat om mijn schaambeen te bestijgen? Ik weet absoluut zeker dat het klopt want eigenlijk voel ik hetzelfde Vuur.

Ja, natuurlijk. Want ik ben net zo. De verschillen tussen mannen en vrouwen stellen niks voor als je het hebt over liefde en wellust. Dat heb ik al opgestoken. Ik wil van Salvatore houden en de liefde met hem bedrijven.

Mijn hand beeft en ik voel een brok in mijn keel, maar ik raak er opgewonden van als ik zo zit te schrijven. Ik ga verder. Dit is de waarheid en daar wil ik mee doorgaan.

De liefde bedrijven? Poëtisch als in een satijnachtige film vol bloemen en weiden en jonge heldinnen en helden? Nee. Ik wil Salvatore Capistrano zoals ik uit de boeken weet dat een sterke vrouw een fysiek sterkere man kan nemen. Bovenop, hem in zich opnemend, hem onderwerpend. Salvatore Capistrano. Ik wil zijn geval beetpakken en bekijken. Ik wil het proeven. Ik wil het zo diep in me voelen dat er een hele wereld van kracht en geestdrift en leven zal zijn. Ik wil dat hij me kust, me alleen maar tot het eind der tijden kust. Zolang ik dat allemaal niet doe, weet ik niet of ik van hem hou.

Helemaal niet. Het een staat het ander in de weg. Begeerte,

liefde. Dat geldt voor hem net zo goed, dat besef ik. Liefde. Vertrouwen. Die kan ik op dit moment net zo goed aan het mannetje op de maan schenken. Ze zijn elders. Ergens voorbij deze eerste valkuil op de lange weg – lieflijke, betreurenswaardige wellust.

Ik ben zo beroerd van wat er vandaag gebeurde. Na afloop moest ik Salvatore erover bellen. Hij klonk heel teleurgesteld. Zodra het donker werd, stuurde ik hem een flitsbericht met de zaklamp, van mijn raam naar het zijne, en het luidde als volgt: Je bent mijn held. Maar er kwam geen antwoord.

Na het avondeten en de afwas keerde ik terug in mijn pikdonkere kamertje. Daar geniet ik zo van. Mamma en papà denken dat ik met nonno aan de wandel ben, maar die zit hier naast me. Ik schrijf in dit schrift en hij doet niks. Het licht van de olielamp valt op zijn kop en de elektrische ader aan de zijkant van zijn hoofd is dik en paars. Hij ziet er afwezig uit.

Dus leg ik mijn pen neer en vertel mijn nonno wat er vandaag allemaal in het park heeft plaatsgevonden.

Het vergt tijd en geduld om door te dringen tot iemand met zo'n dolende geest. Die bezit ik. Zodra hij echt luistert en het licht in zijn ogen opflakkert, wordt hij iets anders. De Rode Indianen in Noord-Amerika hebben er een goede benaming voor: mijn nonno wordt sjamaan. In mijn bijzijn is hij een tovenaar. Op Sicilië zeggen we dat hij *stregone* is. Hij bezweert het verleden met zijn gemompel, een gemompel dat erg mooi is als je door de woorden heen luistert.

En moet ik een verhaal over bloed vertellen, dan raakt mijn nonno niet van de wijs. Uit een of andere uithoek van zijn hersenpan haalt hij een geschiedenis tevoorschijn die de mijne ver overtreft. Je hoeft hem alleen maar wat tijd te gunnen, en al je geduld.

BLOEDBROEDERS

Tony Solero zei het recht op de man af. Hij draaide er niet omheen en probeerde het niet te verzachten. Dat mag je verwachten van iemand die je al zo lang kent. We zaten op een vrijdagavond in zijn kantoor. Er lekte discomuziek door de muren en hij schonk iets voor me in. Daarna zei hij het recht voor zijn raap.

'Peter wil niet dat jij betrokken raakt bij wat we van plan zijn. Hij mag je niet en wil je er niet bij hebben. Hij zegt dat je van ons profiteert en er niets voor terugdoet. Ja, je staat bij de deur, maar daar doe je nauwelijks iets anders dan meiden oppikken. We kunnen twee uitsmijters in dienst nemen en dan zijn we nog goedkoper uit. Als Carlo er niet stond, zou er nog steeds allerlei tuig binnenkomen. Ik weet dat je goed bent voor de sfeer en we kunnen er altijd op rekenen dat je goed bent voor een feestje. Je kunt het goed vinden met de jongens achter de bar en ook de artiesten, maar ik moet je vertellen wat me opvalt, en wat me opvalt is dat je niet betrokken bent.'

De whisky hielp me inzien dat ik werd teruggeworpen in het grote niets, maar ik nam slechts één slokje en liet het daarbij.

'Moet je nou niet zeggen dat ik het bij het verkeerde eind heb? Nou? Sam. Doe je mond open en zeg wat. Kom op, ik geef je de kans.'

'De kans op wat?'

'De kans op wat? Op dat ik naar je luister. Om te zeggen dat ik het bij het verkeerde eind heb, stomme *cafuni*. Zeg dat Peter het verleden niet los kan laten en dat je echt mee wilt doen. Zeg me dat je deel wilt hebben aan mijn zaak. Zeg me dat je erom geeft. Denk je dat ik van je af wil? Denk je dat ik me enkel en alleen aan Peter Pierucci wil verbinden?'

'Wat bedoel je met enkel en alleen? Hoe zit het dan met je broer?'

'Die houdt op met La Notte.'

‘En de andere twee?’

‘Die ook. Investeerders hoor je niet totdat ze geld verliezen en als ze geld verliezen zien ze geen lange termijn meer. Maar Peter wel.’

‘Dus nu zijn jullie partners.’ Ik schudde mijn hoofd. ‘En uiteraard vindt hij dat ik eruit moet.’

‘Dat zeg ik je toch?’

We keken naar verschillende voorwerpen in het kantoor omdat we elkaar niet konden aankijken. Toen duidelijk werd dat ik niets had te melden, vervolgde Tony met iets minder zelfvertrouwen.

Maar je wilt helemaal niet met me in discussie, hè? Je bent niet betrokken, dat is het. Je hebt twee dollar geïnvesteerd en in ruil daarvoor verwacht je een leven als God in Frankrijk. Hoe is het mogelijk dat die klootzak het zo goed heeft gezien?’

We hielden op met het staren naar levenloze voorwerpen en keken elkaar eindelijk aan. Ik kon er niets aan doen: ik zag een vijftienjarige Tony Solero een verjaardagscadeautje voor me kopen dat Andrea Farmer heette en hij zag een Sam Capistrano van in de twintig tijd en geld van La Notte over de balk gooien.

‘Hoe lang is die Irina Hoeheetzeookweer nu bij je?’

‘Een week of wat.’

‘Een maand of wat. En je gedraagt je beroerder dan ooit. Ik dacht dat ze maar een week zou blijven.’

‘Het duurt allemaal wat langer.’

‘Ze is fantastisch, Sam, wat een mazzel, maar dat gaat me niet aan. La Notte wel en de ratten hebben het schip al verlaten omdat ze denken dat het zinkt. Heb je enig idee wat er aan de hand is? Heb je er met iemand over gesproken of de moeite genomen mij ernaar te vragen? Nee. Nou, luister maar. We blijven maar in de rode cijfers zitten. Wat dacht je daarvan? Zoals de zaak nu draait, blijft dat zo. Ik had het fout. Ik had het godverdomme fout. Mijn accountant is een verrekte zakkenwasser. De bank stuurt me nu om de dag een brief. Alles wat we uitgeven is een dolkstoot in een vitaal orgaan. Het geld gaat er met bakken uit en we kunnen de prijzen van de drank niet eens verhogen want dan komt er niemand meer. Zo zit het. Ik moet me erbij neerleggen. Ik moet me overgeven. Weet je wat dat betekent?'

Het was een goeie vraag, dus dacht ik er serieus over na. Ik walste de whisky rond, maar proefde er weer niet van omdat mijn handen te trillerig waren. Als ik La Notte kwijtraakte, zou ik van mijn ankers slaan. Misschien voelde Tony dat ook zo. Ik was benieuwd wat het betekende als je medio jaren tachtig in Brisbane zo'n zaak had en je 'je erbij neerlegde'? En toen wist ik het en Tony moet hebben gezien dat ik het begreep.

'Ga niet moralistisch lopen doen. Ik kan niet anders. We zijn veel te halfslachtig geweest. Ik leg me erbij neer dat we er nu voor gaan. La Notte was ooit een hoerenkast en dat wordt het nu weer, maar ditmaal zal ik zorgen dat het een klassetent is. Van die grote kamers boven maken we en suites en de hele rimram en we beginnen ook een casino. Dat zal in het begin niet zoveel voorstellen, maar Peter heeft wat vrienden die me leren hoe je klein kunt beginnen en de zaak vervolgens laat groeien. Ze schenken ons een blackjacktafel en een roulette van de Stripperama, die tent die vorige maand is gesloten. Die Libanese malloten wilden geen verhoging betalen, dus toen heeft de afdeling Drank en Zeden een inval gedaan om ons allemaal een lesje te leren.'

'En waarom zouden ze dat niet met jou doen als de tent eenmaal draait?'

'Omdat ik niet zo'n verdomde strontnerveuze Libanese debiel ben. Je hebt toch een verzekering voor je huis en je inboedel lopen, gaat die soms niet jaarlijks met het inflatiepercentage omhoog? Maak je daar ruzie over met de verzekeringsmaatschappij? Het hoort er gewoon bij. En nu is het de smerisinflatie, da's alles. Ik vind het geen punt, ik doe er niet moeilijk over. En bovendien denk ik dat alles gladjes zal verlopen omdat Peter vriendenkorting krijgt als The Joke op La Notte zou gaan passen.'

'Waar heb je het nou over, The Joke?'

Tony zweeg en bracht een hoestlachje voort, waarna hij in een van zijn betere gemoedstoestanden belandde.

'*Compareddu*, dit moet ik je echt vertellen. Had jij gedacht dat de politie gevoel voor humor had? Dat wereldje van hen is volledig verwrongen. Ik vertel het je, maar ik wil het nooit meer hoeven herhalen. The Joke is de smeris. Dat is hun handeltje. The Joke zorgt ervoor dat al die tenten in de Valley de wet overtreden zonder dat ze zich er zorgen over hoeven te maken. Softdrugs, roulette, poker, strippers, hoeren – afijn, je kent het. Ik moet je zeggen dat ik me er geen voorstelling van kan maken waar ze niet allemaal bij betrokken zijn. De kranten hebben het altijd over die geheime tenten in Anne Street en Brunswick Street en overal, maar het systeem ziet van alles door de vingers omdat de regering in honderd jaar macht heeft geleerd hoe je vrienden maakt en invloed krijgt. Het zijn corrupte smerissen net als in de film, en niet alleen zo'n rechercheurtje als Peter Pierucci die wekelijks bij ons soort zijn hand komt ophouden. Er worden ladingen en nog eens ladingen geld opgehaald en rondgedeeld, en ongelogen, daar gaat ook behoorlijk wat van naar boven.' Tony wees met zijn duim omhoog. 'Naar boven. Dat zeiden ze. De huidige machthebbers zullen een politiekorps niet verbieden een extraatje te verdienen voor zijn dienders. Ze gaan ervan uit dat er ondertussen toch toezicht is op illegale activiteiten. Er loopt niks uit de hand als je erbovenop zit, snappie? Het is een soort rechtshandhaving. Misschien noemen ze het beheersing. Hoe dan ook, wat maakt het uit hoe dat werkt? Het werkt. Dus zo staan de zaken ervoor.'

'Maar denk nou eens na. Peter een zakcentje geven om de nachtclub met rust te laten is één ding, maar hoeren en gokken, Tony, daar staat celstraf op.'

'Alsof ik ooit zelfs maar in de buurt van de bajes zal komen.'

'En je gezin dan? Wat moeten die als jij –'

'Luister. Luister goed naar me. Heb ik niet gezegd dat je niet moest moraliseren? Of ben je gewoon een lafaard? Jij hebt mij niet te vertellen dat het ene kwaad oké is maar het andere fout. Wat is er zo verkeerd aan wat ik van plan ben? En waarom zou het gevaarlijk zijn? Als prostitutie het oudste beroep is dan is de bescherming ervan nummer twee. Waarom moet dat anders en wie zal dat nu opeens veranderen? Gaat er iemand een wet aannemen dat er straks niemand meer geld wil winnen? Gaat er iemand een wet aannemen dat er straks niemand meer wil neuken?' Hij schudde zijn hoofd. 'Ik besef dat er zo nu en dan wel gedonder zal zijn, maar dat handelt Peter wel af.'

Tony haalde zijn schouders op en probeerde daarna zijn hals uit te rekken, een beweging die aangaf waar zijn spanningen en twijfels zich hadden gevestigd.

Hij zei: 'Hoe dan ook. Dat was het. Je doet niet mee.'

Tony wachtte even, mogelijk om even stil te staan bij de meer dan twintig jaar dat we elkaar kenden. Door die twintig jaar besefte ik moeiteloos dat hij wilde dat ik vertrok zonder moeilijk te doen. Hij wilde niet echt dat ik zou vragen of ik mocht blijven. Hij had al genoeg aan zijn hoofd – en eerlijk gezegd, was ik niet erg gemotiveerd.

Tony zei: 'Oké?'

Ik zette mijn glas neer. Ik liep naar de deur.

'Ik zal het appartement binnen een week ontruimen.'

'Neem gerust de tijd.'

Weg is weg en dat moet je niet rekken, maar Tony's nieuwe aanpak hield me wel bezig. Misschien had ik het zelfs wel zien aankomen, maar waar ik me zorgen om maakte, was wat ik daarna nog verwachtte.

'Je moet één ding wel bedenken, en dat is dat als er ooit een andere regering komt, dat die dan meteen alles wil verbeteren wat er vroeger fout liep.'

'Nee.' Hij schudde zijn hoofd en stak toen één hand achter zijn nek en rekte zich nogmaals uit. 'Peter zegt dat dat niet klopt.'

Overtuigd of niet, voor zoveel goedgelovigheid kon ik Tony wel slaan. Dat hij zich zo liet verblinden. En uiteindelijk omdat hij koos voor Pietro Pierucci en tegen mij. Ik wilde dodelijke kreten slaken over vriendschap en trouw, over domheid en hebzucht. Ik wilde hem tegen de muur duwen om hem aan al die jaren te herinneren die we hadden gedeeld. In plaats daarvan opende ik de deur van zijn kantoor naar de middernachtelijke heisa van La Notte.

'Als je een beetje verstandig bent, Sam,' zei hij boven de zware beat uit, 'dan laat je je investering gewoon staan. Je zult er op een dag goud geld aan verdienen.'

Ik gaf geen antwoord.

Nog steeds geen afscheid. Zelfs in deze toestand was geen van ons bereid om die kluwen van draden te verbreken waarmee we verbonden waren. Misschien hoestte Tony om die reden. Misschien schraapte hij daarom zijn keel.

Hij zei: 'Nog één ding.'

'Wat?'

Precies, Tony Solero kon zich net zomin losmaken van die meer dan twintig jaar als ik. Hij liep om zijn bureau heen en betastte wat papieren en brieven. Hij haalde diep adem.

'Je kunt misschien beter de achterdeur nemen. Loop het steegje door, dan kom je op Brookes uit. Pak de eerste de beste taxi en maak dat je thuiskomt.'

Ik voelde het ritme van de nachtclub door mijn schoenen heen, door mijn vlees trillen, ver achter mijn ribbenkast en zelfs tot in mijn haarwortels.

'Ik meen het, ga niet door de voordeur. Ga naar huis. Ga via Brookes naar huis.'

Dat was het dan. Eindelijk. Ik begreep hoe de zaken ervoor stonden. Nu ik niks meer met La Notte te maken had, kon mijn oude vriend Pietro Pierucci me zoveel haten als hij wilde – en dus stond mij de langverwachte afrekening wegens het verlies van Gabriella Zazò te wachten.

De stampende, bonkende muziek, de gierend lachende mensen, het vormde een wereld die altijd bereid was dwalende zielen op te nemen.

Om hem kleur te laten bekennen zei ik: 'Waarom breng je me niet naar huis, Tony?'

Hij liet zich in zijn leren directeursstoel zakken. Hij zette een bril op waardoor zijn ogen zo groot leken dat hij onafgebroken verbaasd leek. Toen we nog luiers droegen, lieten onze moeders ons samen in een wasmand spelen als ze zelf wilden roddelen onder het genot van een kopje koffie. We waren precies even oud, maar hij had een pens alsof hij zwanger was en zijn gezichtsvermogen was niet meer wat het geweest was. Hij zuchtte. Hij zag er hondsmoe uit.

Tony zei: 'Dat kan ik niet zomaar doen.'

De wereld buiten dat kantoor was groot en luidruchtig, maar het wereldje van Tony's kantoor glansde flauwtjes. Het glansde flauwtjes omdat dit zo'n heftige gebeurtenis was, zo'n ogenblik waarop je wordt vermorzeld.

Lief Dagboek: Gabriella's boek van vuur

Huppeldepup Hutchinson bleek Barry te heten. Bazza voor vrienden. Dat hoorde ik en ik zou het nooit meer vergeten, tenminste niet nadat hij op een donderdagochtend om kwart over zes door een jogger werd gevonden in New Farm Park, naast de rozentuin die naar men zei de grootste op het zuidelijk halfrond was.

Dat gebeurde tien dagen na onze ruzie.

De jongen was bewusteloos en was er beroerd aan toe. Dat hij onder de dauwdruppels zat, betekende dat hij er al de halve nacht lag. Hij had botbreuken en ik hoorde dat zijn hoofd zo groot was als een voetbal, zo opgezwollen door de klappen die hij had gekregen dat hij zijn ogen pas na een week weer een beetje open kon krijgen. BarryBazza Hutchinson wist niet te vertellen wie hem dit had aangedaan. Hij zei dat hij zich herinnerde dat hij onder de motorkap van zijn vaders truck bezig was geweest, dat hij bezig was wat motoronderdelen schoon te maken en toen niets meer. Ze hadden een deuk in de motorkap aangetroffen die door BarryBazza's harde kop veroorzaakt moest zijn. Vervolgens hadden degenen die het hadden gedaan hem meegesleurd en zich verder met hem vermaakt.

Wat er van hem over was, hadden ze in het park achtergelaten.

BarryBazza had misschien geluk dat hij het had overleefd, maar dat was dan wel meteen alle geluk. De politieman die het onderzoek leidde, onze lokale held Pietro Pierucci van bureau New Farm Park, snuffelde wat rond in de garage waar de truck stond en vond allerlei verdachte dingen. Hij regelde een huiszoekingsbevel en vond bij de Hutchinsons in huis allemaal gestolen waren. Vervolgens bekende het hele gezin. De jongen belandde in het gevang en zijn vader ook, en de moeder kreeg een voorwaardelijke straf die later eveneens in celstraf werd omgezet, nadat Pietro Pierucci haar had gearresteerd omdat hij haar in een geparkeerde Peugeot in Brunswick Street had aangetroffen, met naar zijn zeggen de penis van een man in haar mond, de vuist van een andere man in haar anus en overal in het rond biljetten van vijf en tien dollar.

Salvatore zei nooit dat die jongen van Hutchinson zijn verdiende loon had gekregen. Hij verkneukelde zich nooit omdat er een soort hemelse gerechtigheid had plaatsgevonden. We werden allemaal beroerd en doodsbenauwd bij de gedachte dat zoiets zo dichtbij kon gebeuren.

Er waren trouwens niet veel mensen die er wat over zeiden omdat niemand het gezin goed kende. Er was althans niemand die iets om hen gaf. Wat me wel opviel was dat er sindsdien nooit meer jongens in bendeverband door New Farm Park trokken. Het was net of er een nieuwe wet was uitgevaardigd waar echter niemand over sprak. Vervolgens vergat ik de hele zaak. Maar op een doordeweekse middag gebeurde er iets dat me deed denken aan BarryBazza Hutchinson.

Mamma stuurde me de tuin in om wat rozemarijn en basilicum te plukken en daar verloor ik me in het onschuldige schouwspel van een gelijkbenige driehoek van witte en blauwe vlinders die over de kruidentuin vloog. En ondertussen hoorde ik de achterdeur van huize Capistrano opengaan. Salvatores moeder huilde en Pietro Pierucci probeerde haar in zijn blauwe uniform zo goed mogelijk te troosten.

Ze spraken Siciliaans.

'Het was terecht, Carmelina. Het was meer dan terecht.'

'Hoe kan dat nou? Ze zeggen dat hij in de gevangenis al zijn tanden is kwijtgeraakt. Ze zeggen dat hij in zijn mond is verkracht en erger nog. Hoe kan dat terecht zijn?'

En ze bleef maar huilen en ten slotte liet de lange politieman haar alleen, liep de zon in en zette zijn blauwe pet op.

Arme signora Capistrano. Die had zo'n goed hart dat niemand eraan kon tippen.

BLOEDVERGIETEN

Ik baalde ervan dat ik bang was, maar voor deze nachtmerrie vreesde ik al jaren. Met knikkende knieën verliet ik het bonkende, beukende, sexy halfdonker van La Notte en liep door het steegje aan de achterkant waar de medewerkers van stadsopvang Brisbane soms zochten naar dronkaards die hier, omringd door katten met lichtgevende ogen, in hun eigen urine en feces lagen te slapen.

Het was zinloos.

Er stonden twee gedaanten onder een straatlantaarn tussen het steegje – Silk Lane – en Brookes Street. Achter me liep het dood. De nooduitgang van de club was automatisch achter me in het slot gevallen, dus terug naar binnen kon ik vergeten. In het gelige lamplicht zag ik dat Peter Pierucci zijn eigen smerige zaakjes niet langer opknapte. Destijds had hij jongens als Barry Hutchinson nog half doodgeslagen, maar nu had hij dit tweetal in dienst. In een heldere flits overwoog ik of Tony Solero me expres via de achterdeur had gestuurd, maar nee, dat kon ik niet geloven. Zo'n volslagen vreemde zou hij nooit voor me worden; het was domweg zo dat een kerel als Pierucci wereldwijs genoeg was om te beseffen hoe vrienden elkaar zouden waarschuwen, zelfs als de vriendschap werd beëindigd.

Die twee waren nota bene George en Eric, het stel footballspelers of amateur-boksers of wat dan ook, de ellendelingen die de eer te beurt was gevallen om mijn dag te verpesten. Wat zou hij ze hebben beloofd? Mijn benen waren niet zo slap dat ik niet in een dolle galop kon uitbreken, een vuilniscontainer kon omzeilen, een schijnbeweging uitvoeren, op het licht af sprinten terwijl het geluid van drie paar sprintende schoenzolen door de steeg weerkaatste; maar ze zaten me op de hielen, en ze beukten me afgepast in elkaar, precies zoals het hun was opgedragen.

Het was anders dan je verwacht als je alle actiefilms uit de christelijke wereld hebt gezien. Eerst waren er doodsangst en pijn, vervolgens bezorgden nog een paar beuken mij een soort sereniteit die je alleen in diepe slaap of na een heftig orgasme krijgt. Ik zocht een veilig heenkomen en het was slechts het vleselijke omhulsel dat als een stomme runderlap werd afgebeuld. In plaats van naar hen en de nacht en het bloed dat al uit mijn neus spoot, gingen mijn gedachten uit naar Gabriella en alles wat er in haar dagboek stond, de dingen die ik bijna vanbuiten had geleerd tijdens de vele malen dat ik het had gelezen, tot aan die laatste loze belofte op de laatste bladzijde. Alle geheimen uit ons verleden stonden op die gevlekte pagina's, de hele geschiedenis van jong zijn, vol vuur en bloed en niet weten wat je eraan kunt doen. Als je tussen de regels door kon lezen, stond er zelfs een onthullende opmerking over mijn ma en een maanzieke jonge agent in. Wat moest hij anders op een doordeweekse dag bij ons thuis als ik naar school was en mijn papà naar zijn werk? Ze was zijn oogappel geweest bij bals in de Cloudland Ballroom en de Sorrento Lounge in Deagon. Hij had zich altijd zeer respectvol gedragen tegenover mijn vader. Hij had Tony en mij heel vriendelijk behandeld toen we die stomme spullen bij de K-mart hadden gepikt. Hij had zo zijn best gedaan om ervoor te zorgen dat wij kwajongens op het rechte pad zouden belanden. Allemaal voor mijn ma. Had Gabriella beseft wat het betekende toen ze het opschreef; had ze de verhouding ingezien tussen de jonge agent, die nog niet van zijn levensvreugd en levenssappen was beroofd, en een oudere vrouw; die vond dat hij alleen aan God verantwoording hoefde af te leggen?

Nou, maakte dat eigenlijk iets uit?

Pijnloos wegzwevend zag ik mijn ma en papà zoals ze nu waren, rustig in een rustige straat wonend, omringd door rustige buren. De tijd van feestvierende familie en vrienden en de immigrantenkwellingen en onverklaarbare affaires was voorbij; wat er destijds ook allemaal was gebeurd, ze waren nog bij elkaar, dus had een slechte zoon er geen belang bij om hen te vergeven dat ze jong waren geweest, hij kon beter domweg van ze blijven houden.

En wat jou betreft, Gabriella. Je bent verdwaald in de tijd en even dichtbij als mijn eigen hand. Je schrijft me vanuit het verleden en schenkt me geschiedenissen die je getrouw hebt opgetekend uit de mompelmond van je nonno. Wat was een van de laatste dingen die je over hem schreef?

'En moet ik een verhaal over bloed vertellen, dan raakt mijn nonno niet van de wijs. Uit een of andere uithoek van zijn hersenpan haalt hij een geschiedenis tevoorschijn die de mijne ver overtreft. Je hoeft hem alleen maar wat tijd te gunnen, en al je geduld.'

Tijd. Geduld.

Ja, maar goddomme, wat weten die twee kerels het bloed uit me te laten stromen.

'Gabriella liefje, we gingen te ver. De tijd in dat stinkende Napels dat we die verrekte snuisterijtjes verkochten was opeens afgelopen. De jonge Amerikanen wisten ons nooit te vinden tegen de tijd dat ze ontdekten dat ze hun zuurverdiende lires en dollars hadden uitgegeven aan waardeloze troep; maar toen we onze landgenoten probeerden te belazeren hadden we moeten beseffen dat de hebzucht ons in zijn macht had.'

Godver, ik zit nu op mijn knieën, te hijgen. Wat er ook maar wegzweefde, het wordt nu teruggesleurd naar de aarde. Ik begin weer dingen te voelen, dingen die smaken als druppels bloederig zweet, en angst en dood. Vreselijke pijn ook. Ik schijn de kans niet te krijgen om genade te smeken. Ze houden niet op. Als ik om genade smeek, zullen ze denken dat ik nog iets overheb en zullen ze doorgaan. In mijn binnenste breekt er iets doormidden. Eén te harde schop en ik verlies de beheersing over mijn armen. Mijn darmen. Mijn urine. Als ik op de stenen ga liggen, zullen ze op mijn rug springen en ben ik verlamd voor de rest van mijn leven.

Nu verschijnt er een derde schaduw in de steeg.

*

'Eerst moesten we lachen omdat er iets geks gebeurde.

Weet je nog dat ik er met die twee neven was van Fortunata, de broertjes Lorenzano, Alfio en Agostino? We hoorden een idioot verhaal dat een zekere signor Raiti, aan wie we sieraden hadden verkocht voor alle vrouwen uit zijn familie, ons achternazat. Het lachen verging ons toen we hoorden dat hij naar de politie was gestapt. Nou, eigenlijk verging ons het lachen niet daardoor. De politie scheepte signor Raiti af met verwaande praatjes dat ze wel wat belangrijkers aan hun hoofd hadden; wist hij soms niet dat het oorlog was, en hoe kon hij zich er trouwens zo tussen laten nemen? Vervolgens zocht signor Raiti dus contact met een van de handelaars uit de kathedraal, een vriend van hem. En die man werkte ook voor de maffialuitenant van die wijk, die al zijn macht ontleende aan particuliere bouwbedrijven en een gezonde business in het onderhoud en de restauratie van heilige instituten. Dat zijn uiteraard allemaal politieke contracten. De problemen waarin we ons bevonden werden dus steeds ernstiger. Signor Raiti legde zijn vriend uit dat hij gerechtigheid eiste, omdat de geweldig kostbare sieraden die hij had aangeschaft en aan zijn mooiste dochter geschonken in haar oren waren gaan roesten en haar een ernstige ontsteking hadden bezorgd; en hoewel van het linkeroor alleen de oorlel verwijderd hoefde te worden, moest rechts het hele oor onmiddellijk in de spreekkamer van de dokter worden geamputeerd, zo erg was ze eraantoe. Hij beschreef hoe ze zelfs ondanks de verdoving had geschreeuwd; hoe hij haar zelf op haar plek had moeten drukken terwijl de dokter de ingreep uitvoerde. Wat we bovendien hoorden was dat die vriend van signor Raiti, de handelaar, zeer ontdaan door dit verhaal, er regelrecht mee naar de maffialuitenant liep, die toevallig zijn oom was. Lievelingsneef spreekt met machtige maffia-oom over drie Siciliaanse cafuni die troep verkopen op straat en de aanleiding zijn voor de amputatie van de oren van een prachtige dochter van de grote stad Napels. Alfio, Agostino en ik sloegen op de vlucht zodra we dat verhaal hoorden. We pakten onze koffers en sprintten het hotel uit. We renden naar het station als dolle honden die door duivels op de hielen werden gezeten, en waar de eerstvolgende trein ook maar naartoe ging, wij zouden hem nemen, weg uit die spelonken.'

Ze draaien me om zodat ik omhoog kan kijken. Mijn broek is van voren en van achteren nat. Als ze niet waren gestopt met slaan en schoppen zou ik zijn gaan stuiptrekken. Ik ben bewusteloos, verzwolgen door een andere mooie droom. Het lijkt het hallucinerende effect van de geweldigste drug op aarde. Seks en slaap en champagne vermengd tot een verbijsterende pil. Dus laten ze me zitten. George en Eric houden mijn bloedende hoofd recht opdat ik Pietro Pierucci aan kan kijken.

'Maar daar staan ze ons op te wachten. Op Stazione Centrale. Hadden ze voorkennis? Had iemand uit het hotel ons verraden? Nee. Deze mensen begrepen domweg wat drie Siciliaanse cafuni zouden doen zodra ze dat verhaal vernamen. Het verhaal dat ze zelf hadden verspreid. Ze hadden ons uit onze schuilplaats gespoeld, zo simpel. En er stonden vijf man te wachten, gewapend met knuppels en bijlstokken, en een van hen, de kleinste en pezigste, had zelfs een hamer in zijn handen.

Ik hoop dat je nooit te weten komt hoe het is om in je gezicht te worden geslagen, mijn mooie Gabriella. Wat je op televisie nooit ziet, is de enorme minachting die in zo'n klap schuilt. Als iemand een ander slaat, zegt hij daarmee: Jij bent geen mens, je bent zelfs geen beest, je bent niets. Je bent minder waard dan een olijf, en de dampende drol die ik onder een boom achterlaat, is meer waard dan jouw ziel. Als je man op een dag zijn hand naar je opheft, vergeet dan je trouw en vergeet wat vergeving is en pak je kinderen op en vertrek en keer nooit meer terug. Begrijp me goed Gabriella, dat moet je doen.

En die mannen sloegen ons wel degelijk. Ze knuppelden ons neer en toen ik in de wirwar van armen en benen en vlees lag te bibberen, die wirwar die de broertjes Lorenzano en ik vormden, toen kwam die kleine, die pezige, boog zich over ons en diende de laatste klappen toe. Ik voelde eerst hoe de verdovende dreun door Alfio heen trilde, en toen door Agostino, en vervolgens hief dat mannetje met zijn smalle bekkie en zijn borstelsnor en die prikoogjes zijn hamer boven mij en sloeg toe, en welterusten.

Zie je dit Gabriella. Zie je dit aan de zijkant van mijn hoofd? Mijn elektriciteitsknobbel. Mijn bliksemknobbel. Alfio was dood zonder een krimp of kreet. Agostino was verminkt. En ik werd gek. Vanaf dat moment kreeg ik problemen met mijn hersens.

Problemen? Er waren er nog veel meer. De plaatselijke maffialuitenant met al zijn overheidscontracten en zijn politieke vrienden en de militaire politie in zijn zak, was niet tevreden. Hij wilde dat heel zijn Napelse wijk besefte dat eenvoudige oplichters en dieven niet werden getolereerd, niet als ze zonder zijn toestemming opereerden. Voor we het wisten lag Alfio Lorenzano in het lijkenhuis en zaten Agostino Lorenzano en ik bij de carabinieri, en volgde er een rechtszaak en werden we veroordeeld tot achttien maanden dwangarbeid; en al met al werden het twee, toen drie en ten slotte vier jaar en de rest van de oorlog zaten we in de gevangenis naar elkaar te staren in plaats van naar onze vrouwen en kinderen, beulden we ons af, aaneen geketend als beesten, sloegen stenen stuk, ja, zoals je in de stomste en onnozelste gangsterfilms uit Amerika ziet, volledig doelloos stenen stukslaan.'

'Waarom?' vroeg Pietro Pierucci. 'Waarom heb je niet op haar gepast?'

Er ging iets uit en er ging iets aan.

Ik hoorde: 'Breng hem bij.'

George en Eric schudden hun lappenpop door elkaar. Pierucci's gezicht zweefde voor mijn ogen alsof hij de duivel was. En een duivel die goedheid op aarde aantrof kon niet haatdragender zijn dan hij. Niet killer woedend. Dit was het ogenblik waarop het eindelijk uit zou komen. Ik veegde mijn kin af en voelde aan mijn neus en toen ik mijn hand bekeek, was die helemaal rood.

'Ik raakte... mijn Gabriella... kwijt.' Gek dat Peter Pierucci de enige ter wereld was tegen wie ik dat zei. Toch sijpelden die woorden er slechts uit. Deels sprak ik ze, deels bestonden ze uit bloedrood speeksel. 'Mijn... Gabriella...'

Dat leverde meteen reactie op. Ik kromp in elkaar voor de volgende klap, maar in plaats daarvan merkte ik dat er tranen in Pierucci's ogen opwelden. Ze brachten me even op andere gedachten, die tranen. God, wat moest hij destijds van ons allemaal hebben gehouden. Wat een liefde voor die immigrantengezinnen en al die kinderen. Hij moet daar door de straten van New Farm hebben rondgelopen, door het park en onder de bomen door, langs de winkels en de houten huizen en hij moet zich een dappere beschermer hebben gevoeld, wij allemaal veilig bij hem, onze rots in de branding, op alles voorbereid.

'Wie zal jou dat ooit vergeven? Wie kan het vergeten?'

Gewone woorden die me murw maakten en deden snotteren.

Vervolgens kletste en wauwelde ik in een droom die in het midden wazig en aan de randen vaag was. Het was net of aan die randen iedereen die ik in mijn leven had teleurgesteld naar me stond te kijken, met middenin een tenger, roodharig meisje. Zelfs al was het Gabriella daar, dan kon ik haar nog niet direct aanspreken. Dat deed te veel zeer. Daarom was Pietro Pierucci mijn tussenpersoon. Niet langer een duivel, maar nu een hel-en-verdoemenis-priester.

'Wat zeg je? Ik versta er geen woord van.' Hij schudde me door elkaar, schudde me zo hard als hij kon.

'Waar is ze – waarom is ze – zoekgeraakt – waarom is ze niet teruggekeerd?'

Misschien dacht hoofdrechercheur Pierucci dat ik sterker was. Misschien begreep hij niet wat Gabriella's verdwijning voor mij had betekend. Er scheen een vlaag van verwarring of aarzeling over zijn gezicht te trekken. Misschien was het slechts mijn onsamenhangende verbeelding. Ja, het was net of hij in de loop der jaren was gaan geloven dat het mij niks kon schelen en nu kwam hij erachter dat het dat wel deed. Hij beet zijn verkrampte kaken op elkaar.

Hij keek naar George en Eric en zei: 'Loop naar de straat en wacht daar op me,' en hun handen hielden mij niet langer overeind en ik voelde dat ze wegliepen.

Vervolgens pakte Pietro Pierucci me bij mijn kin.

'Neem je me in de zeik?'

'Wat?'

'Kijk me aan. Kijk me aan.'

Ik moest me weer concentreren op het gezicht van de duivel-priester.

'Haal geen geintjes met me uit, klein klootzakje. Denk je nog aan d'r?'

'Tuurlijk –'

'Je was vijftien. Tien jaar – en je denkt nog aan haar.'

'Altijd altijd altijd –'

Hij hield mijn hoofd beet, mijn kin omhoog, maar zijn beeld wiegde en vervaagde alsof ik het weerspiegeld zag in een rivier waar het wazig werd door stroming en golfslag.

Pietro Pierucci, de taaiste kerel die ik kende, degene die het stilzwijgendst boos kon zijn, trok zijn zakdoek te voorschijn en drukte die onder mijn neus. Bot, kraakbeen, dinges, kraakte, brak.

'Stik maar, Sam. Stik, Salvatore Capistrano. Ik heb gezien wat er was overgebleven van een tiener die door zijn vader aan mootjes was gehakt en ik snap waar dat goed voor was. Ik heb gezien dat drie van de vier leden van een gezin door een auto-ongeluk werden onthoofd en dat begrijp ik ook. Ik heb een baby van drie maanden gezien die godverdomme in een frituurpan in de olijfolie was gebraden en zelfs dat valt te begrijpen als je je voorstelt hoe de mensen eromheen leven. Talloze geweldsmisdrijven. Martelingen, wreedheden die je niet eens in de krant kunt zetten, allemaal hier in dit slome kleine plaatsje. Hier. Overal waar ik als agent mijn voetstappen achterliet, leerde ik mezelf voorspellen waar er bloed zou gaan vloeien, niet waar het was – zoveel geluk heb je nooit, en zo wel, dan ben je te laat – maar de voorbode, de geur die je zegt dat er spoedig bloed zal worden vergoten, het gevoel dat er in de lucht hangt. En soms kon ik iets ergs voorkomen, maar meestal niet, en ik hield mezelf altijd voor dat ik het begreep, dat ik begreep waarom dingen plaatsvonden en daardoor hield ik er niks aan over.'

Hij veegde zijn mond af, eerst met de palm van zijn ene hand en vervolgens met de palm van de andere.

'Maar Gabriella's verdwijning – Gabriella – dat was anders. Ik begreep niet hoe dat zomaar kon gebeuren. Waar bleef de waarschuwing? Ik kon het niet bevatten. Was ze aangereden of door een ziekte geveld – maar er kwam geen enkel antwoord. Als ze door iemand was meegenomen, waarom had die het dan bij één gelaten? Waarom ontvoerde hij er niet meer? Waar is het patroon? Waar zijn de aanwijzingen? Eerst, eerst brandde ik een kaarsje in de Kerk van de Heilige Geest en voelde mijn geloof sterker worden. Ik zou haar vinden, en ik heb het niet over een lijk uit een greppel opgraven dat op een snijtafel door haar vader en moeder aan het gebit moet worden geïdentificeerd. Nee. Gabriella Zazò zou thuiskomen en ze zou schoon en heel zijn en ik zou het zijn die haar door de voordeur naar binnen bracht. Snappie?'

Ik knikte. Meer kon ik niet, knikken en met Pierucci meedromen.

'Maar na alles wat ik deed had ik nergens iets aan. Nergens kon ik nog aankloppen, geen engerd meer over om tot een bekentenis te dwingen, geen hoer die nog niet uitgewrongen was. Er was geen afgelegen eenmanspolitiepost in het land waar ze geen stapels foto's van haar hadden. Vliegvelden, treinen, bussen, taxibedrijven, ze hadden allemaal zo genoeg van me dat ze haar naam niet meer konden horen. Interpol liet me in de steek. Alle zendgemachtigden lieten me vallen. Geen woord, zelfs geen gefluister. Op een ochtend wist ik het. Knal. Ik word wakker en ik doorzie de waarheid, en God en de Maagd en de Kerk van de Heilige Geest zijn dood. Ze bestaan niet meer. Knal. Iemand heeft haar ontvoerd, het kan niet anders. Iemand heeft één kind ontvoerd en het daarbij gelaten. Die dag heeft iemand in Nocturne Gabriella te grazen genomen. Ik schat dat ze in paniek de straat op is gerend toen haar nonno stuiptrekkingen kreeg en wie die gek in de auto ook maar is geweest –' Pierucci knipte met zijn vingers. 'En weg. Hij nam haar mee en vermoordde haar. Ze is niet ergens anders. Het is niet als in een film, gehersenspoeld of lijdend aan geheugenverlies of ergens in een nieuw gezin opgenomen zonder te weten waar ze vandaan komt. Het meisje is dood. Doodgestoken, gewurgd, verpletterd, dood, begraven, verzonken in een rivier of een oceaan. Ik wist het toen ik ontwaakte. En wat doe je dan? Ten slotte zeg je: *Vaffanculu miseria*.'

Pierucci viel weer stil, alsof het besluit om op te houden hem had uitgehold als een dode boom.

'Wie heeft het met haar laten gebeuren?' Hij schudde me aan beide schouders door elkaar. 'Niet wegzakken. Niet wegzakken, klootzak.' Pierucci wachtte tot hij zag dat ik bij mijn positieven bleef. 'Jij. Jij liet het haar overkomen. Als het aan mij lag kwam er een misdrijf bij in het Wetboek van Strafrecht, speciaal voor jou. Nalatigheid. Stommiteit. Zo gevaarlijk als een geladen pistool. Hoe kon je haar nou meenemen naar een bordeel in Spring Hill? Haar grootvader een beurt laten geven had je wel zelf kunnen regelen. Was het een spelletje? Zien hoe een seniele oude man het er met een hoer van af bracht? Gabriella was toch je vriendin? Vrienden zorgen voor elkaar. Je had op haar moeten passen. Waar of niet? Jij hebt het lef om te vragen waarom het moest gebeuren? Het moest gebeuren omdat jij niet op haar paste. Niet oppaste. En dan heb je het lef te zeggen dat je van haar hield.'

Pierucci schudde me door elkaar.

'Ik – hou – nog – steeds –'

'Was het jou maar overkomen, Sam. Had diegene jou maar gepakt. Dat was veel beter geweest. Vind je niet? Als jij in haar plaats voorgoed was verdwenen?'

'Zou goed – zou best zijn geweest –'

'Je hebt dat gezin verwoest.' Pietro Pierucci bleef mijn hoofd optillen zodra mijn kin op mijn borst zakte. Zelfs in die wattenbollenwereld voelde ik zijn handen beven. Zijn gevoelens werden hem te machtig. De woorden kwamen met horten en stoten over zijn lippen, ze kwamen uit de restanten van onze vroegere held van New Farm. 'Daarna heb je je eigen familie verdriet gedaan. Je had een wereld aan kansen en moet je eens kijken wat er van je terecht is gekomen.'

Dat was het laatste. Het slot waarin de rekening is vereffend en de waarde van een leven wordt vastgesteld.

'Je bent waardeloos, Sam.' Pietro Pierucci's lippen waren wit weggetrokken. 'Waardeloos.'

'Waardeloos – zonder Gabriella –'

Toen hield hij op met schudden.

En wat gebeurde er toen?

Het uitspansel was zwart waar er geen sterren schitterden en dat zwart sloop op die sterren af en verzwolg ze, doofde hun licht uit, maar dat was niet het vreemdste, nee, het vreemdste kwam eigenlijk in twee stukken.

Eerst voelde ik door een heerlijke muur van watten en rubberen kussens en zelfs door een zacht pingelend muziekje sterke mannenarmen om me heen worden geslagen. Ze hielden me stevig omklemd, drukten me ontroerd fijn, en ik hoorde een gejammer dat niet van mezelf afkomstig was.

Daarna stak er een zachte hand door het donker heen, pakte mijn hand en droeg me bij Pietro Pierucci vandaan, een fijne witte hand die zei: Dit is alleen maar een droom, Salvatore, je hoeft je geen zorgen te maken, en dat was jij natuurlijk, Gabriella, jij kwam me van deze verkeerde plek weghalen naar een goede, donkere nacht.

Ti amo, mia cara Gabriella.

En ik ook van jou, Salvatore Capistrano. Dat weet je toch?

PASTA: 1995

NOGMAALS ALLEGRIA

In de keuken stonden hele rijen pannen met saus te pruttelen. Glanzende roestvrijstalen deksels trilden. Stoom vulde de ruimte met de zich kalm verspreidende geuren van knoflook en kruiden. Over een uur of twee zou dat vederlichte aroma zijn ingedikt tot een bijzonder zoete, bijzonder zware geur, want dan zou het snelle koken aan de beurt zijn en zou schotel na schotel worden doorgeschoven naar de eettafels. Dit was het mooiste deel van de avond, mijn lievelingsdeel, als de gerechten werden voorbereid.

Grote bossen peterselie en basilicum lagen op snijplanken te wachten, ernaast verse, van vet verloste stukken vlees: rund, lam en kip. Er lagen kalfsschenkels voor de *osso bucco*. Strengen zelfgemaakte Siciliaanse worst gevuld met gemalen schouder ham, venkelzaden en gekneusde peper. Bergen champignons, gewassen en klaar om fijn te snijden, en ook uien, aardappels, rode en groene Spaanse pepers, groene kroppen sla en stapels dikke rode chili, zo groot als je vingers. Aubergines, courgettes, hele artisjokken en in alle hoeken tomaten. Er lagen fruits de mer. Vis en schaaldiertjes, tegen elkaar aan. Zware brokken tonijn en fijne baarsfiletjes, zelfs een complete tong. Barramundi liet ik de laatste tijd liggen, want je vroeg je wel eens af wat je dan eigenlijk kocht. Dat weerhield me niet van de aanschaf van oesters en groene mossels, pijlstaart- en gewone inktvissen, soms zelfs een boordevolle emmer zeeslakken, al kon je daar nog zo moeilijk aan komen. Ik had gesmoorde garnalen uit de Moretonbaai, het beste van het beste, klaar om te halveren en ofwel in een marinade of gegarneerd met bijvoorbeeld een pikante mangosaus op te dienen. Soms barbecueden we ze, besprenkeld met olijfolie en oregano. En al die pasta's die voor het uitzoeken lagen? Rechte, gedraaide, witte, bruine, in groentekleuren, noem maar op. Vermicelli, tagliatelle, lasagne in plakken met ribbelranden en verse met meel bestofte raviolibladen klaar om te worden bezwangerd met malse vlees- of zalmvulling of met een wat traditioneler mengsel van aardappel met peterselie, munt en knoflook. Pasta penne, pastina, vlindervormige pasta en schelpvormige, en natuurlijk de granen – rijst, couscous en die heerlijke gele bergjes fijne polenta. Noem datgene wat je zintuigen het meest kan verwennen en ik zou me rot schamen als ik het hier niet ergens in een pot had.

Het voelde prettig om al die dingen te zien, al die dingen die van mij waren. Ik lachte met de chefs om een grove mop over één van onze keukenbedienden, een neef van me die beweerde dat hij niet met één, niet met twee, maar met drie van de jonge vrouwen sliep die hier werkten, en ik vroeg mijn papà of hij achter even wilde kijken of de vrachtwagen met brood er al aan kwam; te midden van dit alles moest ik denken aan een gestolen ogenblik met Irina. Voordat ik naar mijn werk was gegaan, zat ze in de achtertuin koffie te drinken, naast het veldje tomaten, sla en andijvie dat mijn vader voor ons had ingericht en dat ze graag verzorgde. We hadden ons als kinderen naar de schaduw gebogen, haar lippen vol, met de smaak van bittere Braziliaanse bonen, en we hadden lang, langdurig gezoend, zoals we dat nog altijd deden.

Mijn ma struinde door de keuken als een plomp generaaltje, hier instructies gevend en daar een streng bevel, toezicht houdend op de koks om te zorgen dat ze niet liepen te keten en deden wat ze moesten doen en dat goed deden. Ze zei maar steeds: 'Luister niet naar mijn zoon en ga aan je werk. Jij daar, wat sta je te doen? Mario, Vince, schiet eens op met die doperwten, de sjalotten, de uien, hebben we soms de hele nacht de tijd?' Daarna keek ze mij aan en schudde haar hoofd en glimlachte die oude Siciliaanse mammaglimlach, terwijl mijn papà deed waar onze geheime verstandhouding over de vrachtwagen met brood voor was bedoeld: hem een paar minuten tijd geven om naar buiten te gaan om even onder de knoet van mijn moeder vandaan te zijn.

Het was een droom dat alles zo lekker ging, een bezoek van pure allegria.

FALSOMAGRO

Hij mocht dan honderdeen zijn geworden, maar toen die avond het bericht kwam dat hij was overleden, verdween de meeste allegria op slag.

Hij had een maand daarvoor, in het Siciliaans natuurlijk, tegen me gezegd: 'Salvatore, ik schijn eeuwig te moeten leven,' en ik had het nog bijna geloofd ook. Hij zou simpelweg doorleven als een horloge dat niet hoeft te worden opgewonden. Hij had twee wereldoorlogen overleefd, was tijdens de eerste opgeblazen en tijdens de tweede met een hamer op zijn kop geslagen, had bijna vijf jaar dwangarbeid overleefd, had zijn verstand verloren en was stom geweest aan de buitenkant en zo kosmisch als een sjamaan vanbinnen, was vervolgens op een of andere manier weer teruggekeerd naar het licht en was twintig jaar lang min of meer dezelfde man geweest als vroeger. Om net als iedereen te verouderen. Hij had talloze vrienden en familieleden overleefd en had nooit weten bij te houden met wie het contact verloren ging. Hij had moeten toezien hoe zijn vrouw Fortunata uiteindelijk toch niet zo gefortuneerd bleek en jong overleed, en vervolgens had hij de verdwijning voor altijd moeten meemaken van zijn oudste kleindochter, zijn Vuurtoren, zijn zielsverwant, kleine Gabriella Zazò. En dat waren nog uitsluitend de voor de hand liggende mijlpalen. Wat te denken van al die andere beproevingen die hij had doorstaan, innerlijk, zijn twijfels, de vragen die iedereen zich 's nachts stelt, niet kunnen slapen door de twijfel of zijn leven wel de moeite waard was en wat ze na zijn dood van hem zouden vinden, goede of slechte man?

Ik had steeds gedacht dat ik er wel bij zou zijn, dat Enrico Belpasso zijn laatste vertrek keurig zou uitstellen tot hij mij voor het laatst de hand kon drukken. *Ciao, Salvatore, ci vediamo, va bene?* Tot ziens, Salvatore, we zien elkaar, goed?

Zoals we ook op zondagochtenden afscheid namen.

Ik keek, leunend tegen de muur, de hoorn tegen mijn oor geperst, het restaurant en de keuken rond, en Gabriella's zusje Sandra, die liever Sandy werd genoemd, achttien inmiddels – of was ze al negentien? – en die ik nauwelijks kende, praatte maar door. Hoeveel familie en vrienden moest ze afbellen, of was ik haar enige verplichting omdat haar ouders niet tegen me spraken? Ze waren tenminste zo fatsoenlijk om ervoor te zorgen dat ik het niet in de rouwadvertenties hoefde te zien of op een rouwkaart. Dat was netjes van ze.

'Dank je wel, Sandy. Bedankt. Zeg maar tegen je ouders...' Maar ik maakte het niet af. Wat moest ik zeggen: Na al die jaren zijn jullie eindelijk van me af?

'Daar heb je ze,' zei ma. 'Schiet op. Kom op, opschieten.' Ze prutste aan mijn colbertje en trok mijn stropdas recht. 'Kom op, Salvatore, waar wacht je nog op?'

Ik moest de ex-premier en zijn vrouw in restaurant Notte e Giorno verwelkomen, dus tijd voor tranen was er niet. Er was alleen het soort verdoofdheid dat alle treurig nieuws met zich meebrengt. Ik had wel graag willen gaan liggen, maar mijn ma, die nog niet op de hoogte was van wat Enrico Belpasso was overkomen, duwde me die lawaaiige keuken uit. Inmiddels vriendelijk glimlachend en handjes schuddend wist ik onze twee plaatselijke beroemdheden aan het afgezonderde tafeltje te zetten, dat we reserveerden voor het geval zij of bepaalde supermodellen plotseling opdoken.

'Is uw moeder vanavond aanwezig?'

'Toen ze hoorde dat u zou komen – weet u wat, doe haar een lol en bestel iets bijzonders.'

'Ik zat te denken aan dat gerecht, dat echte Siciliaanse. *Falsomagro?*'

'O, ja. Dat kan alleen als zij er is. Ze laat niemand anders aan haar recept komen. Toe maar, bestel dat maar, gelukkiger kun je haar niet maken. Weet u dat de naam eigenlijk vals mager betekent omdat het magere rundvlees aan de buitenkant de zware vulling verbergt? Ik hoop dat jullie honger hebben, het zal voldoende zijn voor twee personen. We geven jullie wel een schotel mee opdat jullie de rest voor de kinderen kunnen meenemen. Falsomagro is de correcte Italiaanse benaming, maar op Sicilië, waar het gerecht vandaan komt – uit Palermo, volgens mijn moeder – heet het in dialect *fassumauru.* Hoort u het verschil? Het lijken wel verschillende landen. Het enige is, fassumauru kost wel even tijd.'

'Hebben we haast?' De ex-premier keek zijn vrouw aan. 'Vanavond niet. Laten we maar eens kijken wat voor chianti's je hebt.'

'*Subito, commendatore,*' zei ik, want een beetje toneelspel stelde hij wel op prijs.

Hij lachte, maar die steen van treurigheid weerhield me van meelachen. Misschien kon ik van hem leren hoe je ondanks je problemen kunt lachen. Hij had zijn positie verloren en zijn partij was nog maar enkele maanden geleden de regeringsmacht kwijtgeraakt, na slechts twee kabinetsperiodes, maar hij leek in orde te zijn. Sterker nog, hij scheen oprecht plezier te hebben. Misschien was het het plezier dat bij vrijheid hoort. Ik vond het prettig dat hij mijn restaurant bezocht, hoewel het zijn regering was geweest die eind jaren tachtig met haar onderzoeken en rechtszaken La Notte en vergelijkbare Brisbanese zaken de deuren had laten sluiten. De rest van het verhaal was dat Tony Solero en enkele anderen die dergelijke zaken runden achter de tralies waren beland, waar ze nog vrijwel allemaal zaten. Zelfs de commissaris van politie was niet gespaard, niet nadat al die politiemensen – inclusief Pietro Pierucci – hun hachje hadden gered door te vertellen hoe al die drinkgeldjes op zijn bureau belandden en vervolgens van daaruit werden verdeeld. Slechts een handjevol burgers en politiemensen belandde uiteindelijk in de gevangenis, maar dat was voldoende om het breiwerkje van The Joke uit te halen. Pierucci ontkwam door zijn loslippigheid aan gevangenisstraf, dook vervolgens onder en de hele periode was voorbij.

'Misschien begin ik wel met een biertje. En jij, schat?' vroeg hij, terwijl hij naar zijn vrouw keek en de wijnkaart bevingerde.

De regering van deze man had geprobeerd het politiekorps te ontdoen van corruptie en had alle zogenaamde geheime casino's en bordelen van Brisbane gesloten. Ze hadden minder succes gehad met het achterhalen van de ware aard van de dubieuze zakelijke afspraken met de vorige regering, en van de gunning van contracten aan de partij die met de grootste bruinpapieren zak geld kwam aandragen, maar de kogel was door de kerk en dat was dat. Dus wellicht hoefde Brisbane zich wat minder te schamen. Sommige mensen betreurden de veranderingen, maar het merendeel was opgelucht dat de oude tijden eindelijk voorbij waren. Deze ex-premier die zo dol was op de recepten van mijn ma, had erop toegezien dat een zeer verfijnd systeem van corruptie was ontmanteld en toch was hij enkele jaren later zelf buiten bedrijf. Het was net of hij door engelen aan één grote taak was gezet en vervolgens was vrijgesteld.

'Je begint zwaarder te worden, Sam.'

Ik haalde mijn schouders op, altijd een tikje gegeneerd door de reserveband die de horeca en mijn leeftijd om mijn middel hadden gegooid. 'Misschien moet ik boven een fitness beginnen.'

'Ik zou een klant worden hierboven – nu wel, bedoel ik.'

De ex-premier lachte nogmaals toen hij dat zei en zijn vrouw ook. Ze kenden de geschiedenis van dit pand net zo goed als ik. De bovenverdieping van Tony Solero's La Notte was een sleets hol van harde bedden, goedkope witte handdoeken en citroentjesfrisse toiletten geweest. Dat was tijdens de hoorzittingen allemaal gebleken en had tot in de smeuïgste details in de krant gestaan, die de stad, wat heet, het land er eindeloos mee had vermaakt.

Al met al was het wel een goeie avond, zoals al onze avonden wel goed waren. Ma bleef bij de koks in de keuken, maar kwam later even kijken hoe haar bijzondere gerecht beviel en dronk een glas marsala met onze beroemde gasten. Toen ze vertrokken bracht zij ze naar de deur en zelfs tot aan hun taxi, en stonden ze elkaar nog veel te plagen in het avondbriesje dat de trap beklom als een welkome bezoeker die je wil verrassen. Mijn papà hield zich bezig met taakjes als borden stapelen en bestek verzamelen, ook al hadden we genoeg studenten in de keuken rondlopen. Als hij er genoeg van had om die studentjes voor hun tien vijftig per uur achter de broek te zitten, ging hij de vuilnisbakken in het steegje schoonmaken omdat hij te verlegen was om de eetzaal met al dat wit en rood, kaarsen in glazen kommen en zachte muziek te betreden, om de hand van die beroemde man te schudden met zijn eigen gelooide, eeuwig vuile handen.

Nadat ik haar het nieuws had verteld, zei ma: 'Ga naar huis en maak je geen zorgen over Enrico Belpasso. Met hem is het goed. We zouden allemaal moeten worden gezegend met zo'n lang leven.'

'Ik weet het niet. Ik moet blijven.'

'Ga naar huis – wie heeft je hier nou nodig?'

Ik zou dik twee uur eerder thuiskomen dan anders. Dat was de tredmolen van een restauranteigenaar: laat naar bed en om vijf uur, halfzes weer op om op de groente-, fruit- en vismarkt de beste spullen in te kopen. Daarna had je de ochtendvoorbereidingen voor de lunch en dan het bijbehorende spitsuur, vervolgens 's middags wat zakelijke dingen, dan naar huis en misschien een uurtje dutten voordat de kinderen uit school kwamen. Ik speelde graag een poosje met ze, of ging knus met ze ergens hun huiswerk zitten doornemen of naar hun nieuwste avonturen luisteren. Daarna was het douchen en schone kleren aan en een grote verse glimlach opzetten om aan de lange avond te beginnen. Het was mooi werk en we leefden er goed van en mijn ma genoot ervan om iets te doen in plaats van thuis rond te hangen op zoek naar iets dat ze kon schoonmaken. Mijn papà ook, die was liever even niet met pensioen want dat verveelde hem al jaren en hij werd er somber van. De eetzaal was groot en vereiste dus veel personeel en nu ik onlangs een ervaren businessmanager uit de horeca in dienst had genomen, Larry Rowe, waren de zaken nog veel groter gegroeid en tegelijkertijd meer gestroomlijnd. Hij had alles op een rijtje gezet dat ik fout had gedaan en het gecorrigeerd. We konden nu honderdvijftig couverts plaatsen. Tweehonderd als we werden afgehuurd voor feesten als iemands eenentwintigste verjaardag, een verloving of een bruiloft. Hij liet me advertenties zetten in stijlvolle bladen en nodigde culinair recensenten uit. Hij liet me kleine Siciliaanse kooktips en receptjes schrijven voor de plaatselijke kranten. Nu er zoveel mensen te gast waren, raakte ik eraan gewend dat vreemden me met ontzag vertelden: Maar ik heb mijn vrouw / man / ex-man / ex-vrouw hier tien jaar geleden leren kennen – nee langer nog! Toen was het de beste nachtclub van heel Brisbane!

Niemand herkende mij, althans niet als een gezicht uit het verleden. Soms begon er wel eens iemand over de Fitzgerald-enquête die de vorige onderneming in dit pand de kop had gekost. De naam La Notte was behouden, als een stukje plaatselijke folklore. Tony Solero had tijdens de voorbereidingen van de rechtszaak en vervolgens tijdens de zittingen ook een zekere beruchtheid verworven. Als hij mij er niet zo vroeg al uit had geschopt, zou ik deel van die geschiedenis zijn gaan uitmaken, maar het had mij meegezeten. Tony's foto stond in de kranten, zijn huis werd gestalkt door actualiteitenprogramma's en de meeste journalisten hadden geprobeerd hem uit te maken voor een maffiadon die zijn vingers in elke mogelijke illegale pap had zitten. Tony Solero was uiteraard niet de enige in dit hele vuile zakie, maar hij was de jongste die werd gepakt, de knapste en degene met de gemakkelijkst te citeren babbel. Daardoor was hij een ster geworden. In zijn fraaie pakken zag hij er op tv uit als een aanstormende bestuursvoorzitter of politicus. Hij had zelfs een keer voor de grap het zinnetje gebezigd dat beroemd was gemaakt door Giulio Andreotti, de Italiaanse christen-democratische politicus die twintig keer minister was geweest en zeven keer premier en die tot in zijn merg corrupt was: '*Ma io sono più innocente di Gesù Cristo!* Maar ik ben nog onschuldiger dan Jezus Christus!'

Geen wonder dat Tony zoveel aandacht kreeg; maar uiteindelijk begreep iedereen dat hij een jonge, kortzichtige zakenman was die een foute politieman had betaald om de politie uit de buurt van zijn populaire uitgaanstent-bordeel-casino te houden. Hij raakte zijn geld en eigendommen kwijt en doordat hij iets ingewikkelds met zijn bedrijfsadvocaat had uitgeknobbeld viel het pand mij toe. De eigendomsovereenkomsten en de absoluut legale bezittingen werden verdeeld en mijn oorspronkelijke investering in La Notte, die ik nooit ongedaan had gemaakt, bleek een goudmijn. De afspraak was dat we iets zouden regelen zodra hij vrijkwam. Harder dan dat had ik me niet opgesteld en dat was ook niet nodig. Tony Solero was nog altijd een broeder. Toen ik hem drie jaar geleden eens in de cel bezocht, zei hij: 'Misschien trek ik me wel terug op een verlaten strandje als ik hier ooit uit kom, net als die kloot van een Pierucci,' en hoewel hij er verder niets over kwijt wilde, begreep ik dat ze op een of andere manier, ondanks alle verraad en bedrog, weer contact met elkaar onderhielden.

Het viel niet mee om al die dingen uit mijn gedachten te bannen terwijl ik buiten op een taxi stond te wachten. Op deze hoek had eerst Nocturne gestaan en vervolgens La Notte en nu Ristorante Notte e Giorno. Hier kwamen dagelijks alle auto's en bussen en fietsen van Spring Hill voorbij, de schoolkinderen en kantoormensen, en de zwervers die hun ontbijt bijeen liepen te scharrelen. Ze waren Gabriella Zazò en nu ook Enrico Belpasso. Ze waren mij en mijn gezin en ze waren zichzelf. Iedereen wierp schaduwen naar binnen en naar buiten, en het beviel me dat ik zoveel jaren na dato nog steeds zozeer gebonden was aan deze plek, waar mijn leven zulke vreemde wendingen had genomen. Want ondanks alle ellende begreep ik juist hier wat hoop en dromen zijn. Hier, op deze plek, besef ik dat de dood geen nul is en een leven nooit vergeten raakt. Deze hoek doet me beseffen dat elke ochtendstond die de horizon in brand zet de moeite waard is.

En doordat ik dat geloof, kan ik gemakkelijk blijven liefhebben, wat jij, Gabriella?

DIT DOOR VUUR BEMINDE MEISJE

Irina lag op de bank te slapen.

Een geopend script bedekte de helft van haar gezicht; haar bril was gevallen. Ze werd niet wakker toen ik met mijn sleutel de voordeur van ons houten huis met de vele kamers opende, en in plaats van naar haar, liep ik naar de keuken en schonk mezelf een glas kraanwater in, dronk het op en toen nog één en nog één, net zolang tot Enrico Belpasso's gerimpelde honderdeenjarige gezicht me niet meer voor de geest stond. Irina sliep nog toen ik naast haar ging staan en zelfs met mijn ogen tot spleetjes geknepen kon ik de titel van haar gefotokopieerde scenario niet lezen. Ik pakte voorzichtig haar bril op en las de woorden *Bloedbruiloft* door Federico García Lorca.

'Ze hebben me getypecast,' zei Irina terwijl ze gapend en met de slaap nog in haar ogen opkeek.

Ik ging bij haar zitten en gaf haar haar bril terug. 'Ha-llo. Hoe bedoel je getypecast?'

'Die hufters. Ik ben Spaanse moeder.'

'Dat ben je ook.'

'De regisseur gaat de tekst zo aanpassen dat ik ook de Dood kan spelen, in de vorm van een bedelares. Dat is de rol waarnaar ik echt verlang.'

'Maar ze hebben je gecast?'

'Ik ben opgebleven om je dat te kunnen vertellen.'

Ik nam haar gezicht in mijn handen en bedekte het met zoenen.

Irina dacht dat al die emoties met haar nieuws te maken hadden. 'Het is een heel seizoen. Een echte productie. Tweeënhalve week met matinees op zaterdag en alles. Eindelijk krijg ik een kans.' Ze keek naar de klok aan de muur. 'Je bent vroeg, Sam.' Ze keek nogmaals en zette haar bril af.

'Enrico Belpasso is overleden, vandaag. Ik wilde gewoon naar huis.'

'O,' zei Irina, 'wil je erheen?'

'Alsof ze me daar willen hebben. Hij heeft me sowieso niet meer nodig, dus ik weet het nog niet.' Irina trok mijn stropdas los en knoopte mijn boord open. 'Honderd en één. Veel meer kun je niet verlangen.'

'Toch valt het niet mee.'

'Nee.'

Irina zei: 'Ik ben benieuwd naar wat dat telefoontje te betekenen had, ik ben benieuwd of dat er iets mee te maken had.'

'Wie belde er dan?'

'Iemand. Ze liet geen boodschap achter.'

'Dat zal Sandy zijn geweest, hun dochter. De kleindochter van die ouwe. Ik ken haar niet goed. Ze heeft me in het restaurant gebeld.'

'Nou,' zuchtte Irina, 'kom op. Een goeie nachtrust en je voelt je weer een stuk beter.'

Ik fronste mijn wenkbrauwen, zo mistroostig als een zwerfhond. 'Hoe is 't met de meiden?'

'Vandaag prima. Geen gesnotter, hoofdpijn, buikpijntjes of knokpartijen op school. Huiswerk af. Bordjes leeggegeten en op tijd naar bed.'

'Ze wilden dat je van je goeie nieuws kon genieten.'

Irina glimlachte omdat we allebei wisten dat altruïsme geen eigenschap was die kinderen onder de tien kenden. Toen zei ze een tikje bedroefd: 'Nou, je kent onze afspraak, vanavond gaat het niet. Het moet maar wachten.'

Dat porde me op. Daardoor besefte ik weer waar ik was en wie en waar mijn wereld om draaide. Enrico Belpasso hoorde er hier niet bij, niet hier, niet bij dit huis.

Onze regel was dat iets moois onmiddellijk gevierd moest worden. Irina zei altijd dat als je iets moois half onopgemerkt voorbij liet gaan, je jezelf daarmee voorhield dat het je niet kon schelen. En al snel zou het je echt niet meer kunnen schelen – en Irina wilde al heel lang in een echte productie spelen. Ze had zich onlangs verbonden aan een agentschap dat haar twee budgetloze studentenfilms had bezorgd en een tv-reclame waarin alleen haar handen zichtbaar waren, die met een heel bijzonder, eeuwigdurend scherp mes een biefstuk sneden. Met een stel anderen had ze *A Midsummer Night's Dream* gespeeld in New Farm Park en vervolgens een erg lukrake, luidruchtige en door voetgangers onderbroken uitvoering van *The Crucible* op het bordes van het gemeentehuis. Sinds ze met zingen was gestopt en haar keelproblemen langs chirurgische weg had laten verhelpen – twee operaties om de poliepjes, die allemaal goedaardig waren gebleken, te laten verwijderen – had haar leven in het teken gestaan van de tweeling en onze jongste, van vier. En van mij en het restaurant, waar ik haar buiten hield behalve bij bepaalde leuke gelegenheden als het voor haar niet echt werk was.

In haar vrije tijd, die Irina creëerde door een combinatie van familie, vrienden en tienermeisjes in te schakelen om onder het studeren of televisiekijken te babysitten, gaf ze zich over aan toneellessen. Ze had alles over het onderwerp gelezen. Ze ging naar avondschool. Vervolgens probeerde ze geavanceerdere technieken uit met een vriendin die in de jaren tachtig aan het NIDA was afgestudeerd en tot halverwege de jaren tachtig soapactrice was geweest, tot ze minder mooi werd en ontdekte dat haar hoogtijdagen voorbij waren.

In de koelkast lag iets Frans zonder jaartal waar Irina zich kennelijk onmiddellijk aan te buiten was gegaan toen ze het nieuwtje van haar rol had gehoord. Ik dacht dat Enrico Belpasso dat vanuit de hemel wel zou goedkeuren. Misschien zou hij denken dat we dronken op zijn leven.

Irina dacht hetzelfde: 'Op Enrico Belpasso.'

'Op Lorca's droomactrice.'

'Ik wou zo graag jong genoeg zijn om de rol van bruid te spelen. Ze heeft zulke mooie monologen. Moet je horen.' Irina zette haar glas neer en bladerde wat. '"Laat haar met rust! Ik wil dat ze beseft dat ik puur ben, dat ze me kunnen begraven hoewel ik waanzinnig ben en dat geen man zich in het wit van mijn borsten zal hebben gezien!" Vind je het niet prachtig?'

'Laat me het wit van jouw borsten eens zien.'

Dat vond Irina leuk. We zaten tegen elkaar aan, en dronken. Dode oude man of niet, het was fijn om vroeg thuis te zijn. Ik voelde me beter. Die uitwerking had Irina op me, ze kon me opvrolijken als ik zwaarmoedig werd.

Ze zei: 'Heb je iets tegen de repetities? Er zal veel gerepeteerd worden.'

'O, dat regelen we wel. We hebben hulp zat en als het echt niet gaat, blijf ik wel thuis en kunnen ma en Larry het restaurant bestieren. Of ma kan hier wachten tot de meiden uit school komen. En je weet hoe goed mijn vader is met ophalen en wegbrengen. Die vindt een paar ritjes op en neer naar school helemaal geen punt.'

Irina frunnikte aan het scenario. 'De moeder en de Dood, wat wil ik nog meer? Ze nemen een of ander ongelooflijk stuk om de bruid te spelen en dan lijk ik een oude trut.'

'Nee.'

'Ik moet ook een oude trut zijn. Moet je dat arme bruidje nog eens horen. "En ik vertrok met uw zoon, die net een kind van het koude water was, en de ander stuurde honderden vogels om mij de weg te versperren en de wonden van deze arme weggeteerde vrouw met vorst te overdekken, dit door vuur beminde meisje."'

Ik keek Irina aan terwijl er iets tot me doordrong. Ze was misschien blij met deze ontwikkeling in haar loopbaan en ze dronk misschien wel champagne, maar ze dacht aan iets anders. Ik besefte waarom ze die passage had gelezen. Toen ik het over Enrico Belpasso had gehad, had ik Gabriella Zazò dit huis weer binnengehaald.

'Godallemachtig,' zei ik, 'ik *ben* haar vergeten.'

Irina zei: 'Dat ben je niet, Sam, en ik wil niet dat je erover liegt. Dat is alles, ik wil niet dat je me voorliegt.'

Dus had ik niets meer om me vervelend over te voelen.

Irina nam nog een teug uit haar glas. Ze kwam met haar gezicht dicht bij het mijne en kuste me. Ze wilde weten dat ik van haar hield en van niemand anders, deze liefdevolle vrouw die beloofd had een week, hooguit twee te blijven, maar zeker niet langer. Drie kinderen later was ze er nog. Haar goudbruine haar was even kort geknipt als het mijne. Haar taille was steviger geworden. Die heupen die zo hemels waren geweest, hadden drie kinderen gedragen, maar waren nog even mooi, nog even heerlijk, en ik hield van haar om hoe ze er vroeger uitzag en om hoe ze er nu uitzag en om hoe ze zou worden. Ze had grote ogen, een brede glimlach, dikke lippen, grote borsten en een dik achterwerk. Ze werd op straat nagestaard; dat was nog net als vroeger. Wat er ook niet veranderde, was haar gouden hart. Ze was nu eenenveertig. Ik dacht met liefde terug aan de dag dat we elkaar hadden leren kennen en elke dag die we vervolgens samen hadden doorgebracht. Ze had me nooit verlaten, niet in de goede en evenmin in de slechte dagen van een heel decennium. Ze was gebleven en ze wilde nog langer blijven. Bij mij. Bij mij.

Soms vergeleek ik Gabriella Zazò met Irina. Daar kon ik niets aan doen. Ik dacht aan Gabriella en dat ze had geschreven dat ze me niet kon vertrouwen. Dat ik dat niet had verdiend. Dan dacht ik eraan hoe ze was verdwenen en soms gaf ik haar er de schuld van. Dan welde er haat in me op, en woede, en wenste ik haar dood, ook al wist ik dat ze dat al was. Je gedachten gaan met je op de loop. Gabriella wandelde soms zelfs mijn dromen binnen, soms als ik aan haar had gedacht of aan Irina, en dan zei ze in het Engels, met dat lieflijke Siciliaanse accent van d'r: Waag het niet om mij met iemand te vergelijken. Waag het niet mij met iemand te vergelijken, klootzak die je bent.

Maar tegelijkertijd was het een feit dat Gabriella zich in sommige opzichten niet kon meten met mijn vrouw, hoeveel zoentjes met karamelsmaak ze me in mijn slaap ook gaf, of hoe ver ze me op haar vleugels ook meenam door de sterrensteden aan de hemel.

Nu zaten we als pubers op de bank te zoenen, Irina en ik.

Het was magisch, eventjes, zoals dat in het huwelijksleven soms kan gebeuren. We hadden veel gedronken en wat te knabbelen gehad, en ik was naar de badkamer gegaan om mijn tanden te poetsen voor het slapengaan. Om een of andere reden was Irina er ook, haar zware lijf al vrijwel naakt. Ze ging op een of andere manier op de rand van de badkuip zitten, naast de wastafel waarvan de kraan nog liep, haar benen wijd en trok me aan mijn middel tussen die benen. Ze glimlachte, haar armen om mijn hals geslagen. Haar huid was subtiel licht chocoladekleurig. Met trage bewegingen leek ik dichter bij haar hart te komen, maar mijn gezicht met mijn gebroken neus kwam ook dichterbij in de spiegel achter haar. Het was komisch om zo te vrijen, met mijn eigen kromme en geblutste neus zo dichtbij. Het was komisch, maar ook heerlijk, alsof ik, in Lorca's woorden, mezelf in het wit van haar borsten zag, al waren die van haar niet wit, maar diep getint, met sterke, donkere tepels. In het spiegelglas was ik niet olijfkleurig zoals anders, maar rood, blozend; de trekken van een middendertiger met een kapotte neus die nooit goed was geheeld en zilveren draden in mijn zwarte haar – maar ik kon mezelf tegenwoordig weer aankijken. Ik kon mezelf recht in de ogen kijken zonder me walgend af te wenden. Ik kon Irina aankijken en me geliefd voelen. Ik kon Natalie en Annie en Lara aankijken en mijn ziel voelen opgloeien.

Irina greep me vast, knarsetandde en drukte vervolgens haar prachtige mond op de mijne, probeerde mijn ruggengraat met haar armen te breken; en toen ik hoorde 'Ik kan niet slapen' dacht ik dat Irina me die woorden telepathisch had toegezonden.

We draaiden ons als één wezen om en keken naar de deur van de badkamer.

Die nu openstond en onze jongste toonde, onze Lara van vier in haar roze katoenen nachtponnetje. Ze wreef in haar oogjes en zei nogmaals met haar babystemmetje: 'Ik kan niet slapen. Mammie had een boze droom. Pappie daar een oude man. Enge oude man.'

HAD IK HAAR MAAR GEKEND

Tijdens de dienst en het elektrische gezoem waarmee de geliefde in zijn glimmende walnotenhouten lijkkist de oven en het vuur in rolde, bleef ik op de achtergrond.

Veel mensen in de kapel kenden me en ik hen, maar ik wisselde nauwelijks een woord met deze mensen die destijds in New Farm zo bij mijn leven hadden gehoord. Je kan rustig stellen dat die mensen me uit de weg gingen. Ik knikte Gabriella's vader en moeder toe en van een afstandje knikten ze terug, maar het was alsof ze voor het geval ik eraan twijfelde bevestigden, Salvatore, wij zullen je niet verwelkomen.

De jaren waren hun niet welgezind geweest. Ze zagen er veel ouder uit dan mijn ouders, veel vermoeider en veel meer door het leven geslagen. Ze zagen eruit als mensen die de hongerdood sterven, en wie zou daar geen begrip voor kunnen opbrengen na alles wat zij hadden doorstaan? Gabriella's oudere broer Michael was er met zijn vrouw en kinderen, en zijn mobiele telefoon begon te rinkelen op het moment dat de priester zei: 'Heer, wij smeken u' en toen nogmaals tijdens het Ave Maria. Ooit toen hij eenentwintig was en ik negentien en al mislukt, had hij me in een gangpad van een supermarkt 'stomme lul' genoemd en was vervolgens het pad van hondenvoer en vlooienriempjes in gelopen.

Sandy Zazò was het buitenbeentje onder de aanwezigen in dat kleine, nietgeloofsgebonden kapelletje. Op het oog was net als bij Gabriella op zijn minst een van haar ouders geen ouder van haar. Sandy was bijna een meter tachtig. Te midden van een groep Sicilianen was ze zodoende een Amazone. Ze was zeer opvallend, met haar lange, lange benen in een strakke zwarte jurk zonder opsmuk. Haar lipstick was het tegenovergestelde van zedig, zo felrood als de beste tomaten die ik voor mijn restaurant per krat kocht, en in beide oren droeg ze een spoor van knopjes, waardoor je het idee kreeg dat je ze langs de stippellijn kon afscheuren. Als ze zich op een bepaalde manier draaide trof het licht een of ander waardevol, subtiel steentje, dat verwachtingsvol in haar neus zat. Haar haar was van nature gitzwart en hoewel het ooit in weelderige kinderlokken had rondgezwierd, was het nu kort, stond het rechtop en was het brandweerrood geverfd, net als haar lippen. Ze had zelfs een soort oogschaduw in diezelfde tint. Ondanks haar merkwaardige verschijning omarmde ze haar beide ouders alsof ze hen nooit los zou laten. Zij was degene die het gezamenlijke huilen inzette toen de lijkkist weggleed.

Een groen gazon golfde in de zonneschijn omlaag naar de hoofdweg waar ik een taxi zou aanroepen.

Terwijl ik daar in mijn eentje stond te wachten begon iedereen uit te zwermen over het crematoriumterrein. Toen ik ze schouder aan schouder handen zag schudden en elkaar omhelzen, wenste ik oprecht dat ik erbij kon horen. De stoeprand was een verbanningsoord. Daar klonk het kabaal van het verkeer en stonk het naar uitlaatgassen, maar het ergste was dat ik daar helemaal alleen stond. Het was oneerlijk – en toen, alsof ze in staat was negatieve gedachten te horen, kwam Sandy Zazò die groene helling vol bedden margrieten en jasmijn en azalea's af lopen. Haar zwarte jurk was een beetje te kort voor rouw en ze leek een en al vlees, haar dijen lang en wit en haar armen ivoorkleurig en slank.

'Ik wilde jou nog spreken,' zei ze, en gaf me een vluchtige kus op mijn wang die ik niet had verwacht. 'Bedankt voor je komst.'

'Goed dat je belde.'

'Iedereen komt zo meteen naar ons huis. Wil jij –'

'Ik moet terug naar het restaurant.'

'Zelfs geen kop koffie?'

'Vandaag niet.'

Sandy zei: 'Als jij de eerste stap zou zetten.'

Ik zei: 'Dat geloof ik niet.'

Sandy liet zich niet afschrikken, maar nam me bij de arm. Ze gedroeg zich evenwichtig. Ze hoefde niet naar woorden te zoeken. Ze wist wat ze wilde zeggen.

'Het spijt me dat we elkaar nooit beter hebben leren kennen. Mijn opa, ja, die hield echt van je. Hij mocht je naam bij ons thuis niet uitspreken, maar ik begreep wat hij voelde.'

Ik keek haar aan, op zoek naar een spoortje van Gabriella, maar dat was er niet. Gabriella was misschien wel duidelijker in mij aanwezig dan in haar.

'Je trilt,' zei ze.

'Uitvaarten. Die...'

'Hield je van hem?'

'Dat weet ik niet. Ik heb hem heel lang gekend.'

'Hij hield van jou, Sam.' Sandy kneep me in mijn arm. Ze voelde warm aan. 'Heb je gehoord dat ik binnenkort naar Sydney ga verhuizen? Vast niet. We krijgen hier te weinig erkenning. Onze manager heeft een rijtje huizen in Newtown geregeld en we gaan allemaal verhuizen. Mijn ouders gaan eraan kapot.'

Ik had geen idee waar ze het over had. Ik kon me ook nauwelijks concentreren. Die uitvaart was wat mij betrof het sluitstuk van alles wat met Gabriella Zazò te maken had. Nee, meer dan dat. Ik wou dat ik net als Sandy openlijk had kunnen huilen in die kapel, maar ik had verwacht dat iedereen dan zou hebben begrepen waar ik werkelijk om huilde, het einde van mijn adolescentie – ook al was ik halverwege de dertig. Enrico Belpasso's herinneringsflitsen betreffende zijn kleindochter waren jaren geleden in la notte verbleekt. De verrukkelijke lichtschijnsels waarin hij beweerde te hebben geleefd waren gedoofd. We hadden Gabriella eigenlijk nooit meer ter sprake gebracht, niet na die nacht van zijn ommekeer en de geschiedenis die hij me had verteld over de oude schuilkelder onder het huis van de Zazò's. Telkens als ik sindsdien haar naam te berde had gebracht, had hij er stijfjes het zwijgen toe gedaan. Het was net of de herinnering aan die plek hem te zeer kwelde. Hij werd zelfs bedachtzaam en was dat tot nu toe, tot aan zijn laatste dagen, gebleven. Hij was veranderd in een mopperaar en meer dan ooit in een zonderling; vaak was de manier waarop hij me verwelkomde geforceerd en kreeg ik de indruk dat hij liever alleen was gebleven. Zijn gedachten waren zwaarmoedig, maar hij bleef een verteller, en als het soepeler liep tussen ons, ging hij op een zwoele zondagmiddag op een bankje zitten kijken hoe mijn dochters tikkertje speelden en dan vertelde hij iets over Sicilië wat niet over Gabriella ging. Toch was de oude baas een leidraad naar mijn verleden en nu die gebroken was, stemde dat me verdrietig.

Ik hield het verkeer in de gaten, loerend op een taxi; meer wilde ik niet, wegwezen, terug naar mijn veilige wereld. Ik werd nerveus van Sandy, want haar hand op mijn arm voelde aan als een anker van iets waarvan ik wist dat ik het moest loslaten.

Ze zei: 'Ik wou dat ik met je kon praten.'

'Ik moet een taxi hebben.'

'Ik moet met je over mijn zus praten.'

'Waarom zou je?'

Ze duwde zich steviger tegen me aan, haar borsten tegen mijn arm; die gebruikte ze zoals vrouwen wel vaker doen, agressief, en toch voelde dat prettig aan.

'Ik weet alleen maar wat ze bij mij thuis vertellen, maar ik kijk er anders tegen aan. Ik verlang naar een zus. Ik verlang naar mijn zus. Ik wil gewoon weten hoe ze was. Michael is aardig, maar we kunnen niet met elkaar praten en mijn neven en nichten zijn geweldig, maar ik voel me bedrogen. Ik wou dat ik eens met jou over haar kon praten.'

Ik probeerde mijn arm te verroeren, maar Sandy liet me niet los.

'Alsjeblieft, Sam, zou je dat willen doen?'

Op die plek, over dat onderwerp, terwijl iedereen die een hekel aan me had van zo dichtbij toekeek, was Gabriella het laatste waarover ik wilde praten. Gabriella was weg. Sandy besefte hoe ongemakkelijk ik me voelde, maar trok zich daar niets van aan; ze liet zich zelfs niet intimideren door de afkeurende blikken uit de richting van de kapel. Als het een ander onderwerp had betroffen zou die houding me voor haar hebben ingenomen. Maar verhalen over Gabriella waren verboden terrein voor mij. Dat was mijn oude, oude belofte aan mezelf en het was een belofte die ervoor had gezorgd dat ik een echt leven had kunnen beginnen met Irina en de kinderen.

En dus probeerde ik eenvoudigweg te ontkomen, bevrijdde mijn arm uit de stevige warmte die uit haar jurk straalde en kwam tegelijkertijd met de uitvlucht: 'Je bent erg groot geworden. Ik kan me nog herinneren dat iemand me vertelde dat je model wilde worden.'

Ik zag welke kleur Sandy's ogen hadden. Ze waren groen zoals die van Gabriella, maar volmaakt, beangstigend volmaakt. Ze vertoonden geen vlekjes of oneffenheden, en van zo dichtbij zag ik ook dat ze contactlenzen droeg. Toen besefte ik dat de contactlenzen zo groen waren en dat ik allang wist dat haar ogen net zo bruin waren als de mijne.

'Nee, modellenwerk is me te oppervlakkig. Wat een vreselijk leven. Ik hou van eten. Misschien op mijn dertiende.'

'Wat dan? Wat is dat met naar Sydney gaan?'

'Hoe beroemd moet ik worden voordat het tot jou doordringt? Ik zit in een band. Elektronische ambient dance. We spelen overal. Pop party?'

Ik schudde mijn hoofd.

'Heb je onze singles nooit gehoord? De onafhankelijke stations draaien ze. De laatste is op zesenzestig gekomen in de Triple Z top-honderd van afgelopen jaar.' Ze keek me nieuwsgierig aan, benieuwd of het me iets zei, maar dat was niet het geval. 'Nou, daar gaat mijn ego. Je moet eens naar ons komen kijken.'

'Je begrijpt nu toch wel dat ik geen verstand heb van muziek?'

Sandy keek sip. 'Elektronische ambient dance' en Pop party waren duidelijk alles voor haar.

'En – die band, is dat een soort meidenband?'

'Nee, de draaitafeljongen is een jongen.'

Daar begreep ik ook niks van.

'En hij heet Guy. Dat is mijn vriend.'

'Juist. Maar ben jij niet –'

'Ik ben achttien,' zei Sandy een tikje verdedigend. Het duurde maar drie woorden. 'Maar inderdaad, ik ben de jongste van de band. Veruit de jongste zelfs. Guy en ik gaan al veertien maanden met elkaar. Zo lang zit ik erbij. We hebben een contract bij een platenmaatschappij en alles, en dit jaar en misschien ook volgend jaar zijn we non-stop op tournee. Kijk niet zo, Sam. Het is echt heel geweldig. Als alles goed gaat, gaan we in januari de studio in. Ik schrijf de teksten. Ik ben de zangeres. Ik heb de hele plaat al in mijn hoofd. Guy is bijna even oud als jij en heeft veel ervaring met producen. We gaan samenwonen. De rest van de band trekt bij ons in, maar het is toch wel romantisch, vind je niet? Weet je hoe hij gaat heten, onze plaat bedoel ik?'

'Nee.'

'*I wish I knew her*. Had ik haar maar gekend.'

Ja, ondanks haar onhandige verleidingstrucjes mocht ik haar wel. Ik wist alleen niet waartoe ze me wilde verleiden. Sandy was jong en hoe ze leefde was me een raadsel en haar band en haar verhuizing naar een andere provincie waren waarschijnlijk nog een klap voor haar ouders, maar ze deed er zelf erg luchtig over. Ze was enthousiast, had het optimisme van een achttienjarige en ik vroeg me af of dat iets was dat je je hele leven zou kunnen behouden. Als ik mijn dochtertjes zag spelen, slapen, eten en rennen als hazewindhonden hoopte ik altijd dat ik ze zou kunnen leren zo fris en open te blijven, zo vol vertrouwen in de wereld en vol geloof dat het goede voorbij elke hoek op de loer ligt.

Sandy keek nu dwars door me heen en weer voelde ik me ongemakkelijk. In die nepgroene en onbetwist prikkelende blik van haar school iets te begrijpends.

Ik moest ontsnappen of eronder bezwijken. Dat is de macht van de vrouw, zelfs al is ze pas achttien. Sandy straalde een levendigheid uit die je alleen aantreft bij iemand die zo bewust, zo verdacht sexy is. Het lag niet zozeer aan haar bijzondere manier van kijken, maar aan de indruk die ze achterliet dat ze bereid was het hele leven zonder kauwen door te slikken. Ik dacht aan Enrico Belpasso, nu teruggebracht tot onzichtbare rookdeeltjes die in de blauwe lucht opgingen, en Gabriella een reeks herinneringen, en Sandy hier pal voor mijn neus en zo anders dan die anderen. De elektriciteit van het leven knetterde in haar en daarom wilde ik haar geruststellen omtrent haar zus. Ik wilde haar zeggen dat ze die loze wens om haar te kennen moest opgeven, want het was uitsluitend een romantische fantasie over een oudere-wijzere-dode verwante. Het was heel gothic: O, God, had ik haar maar gekend, een kreet die wordt geslaakt uit een prachtige en tragische mond. Wat zou dat uitmaken? Ik wilde eigenlijk zeggen dat ze adieu moest zeggen tegen alles en iedereen die al dood en verdwenen was, ook al was het haar eigen vlees en bloed. Sandy had nog een heel leven voor zich. Er lag geen Boek van vuur op haar te wachten. Ik wilde haar zeggen wat ik later tegen mijn eigen meiden zou zeggen, tegen de tijd dat ik ervan overtuigd was dat ze het zouden begrijpen: Kijk nooit om, schat, vergeet wat er is gebeurd. Ga alsjeblieft gewoon door.

Toen ik een taxi voorbij zag komen, stak ik mijn hand op en zwaaide tot hij naast de stoeprand tot stilstand kwam.

'Heb je van haar gehouden, Sam? Heb je echt van mijn zus gehouden?'

'We waren nog maar klein. We waren jonger dan jij nu. Wie zal het zeggen wat we voelden?'

'Was je vaak met haar alleen? Kuste je haar? Kusten jullie elkaar vaak?'

'Sandy – veel succes met alles.'

'Ik wou dat ik met je over Gabriella kon praten. Mag ik je opbellen? Mag ik je thuis opbellen?'

'Ik heb het nogal druk.' Ik had het gele portier van de taxi open en stapte achter in. Tegen de chauffeur zei ik: 'Spring Hill,' en toen ik zat, keek ik uit het raampje naar Sandy Zazò die daar stond, een Amazone op lange benen met een indringende blik die verhit was geraakt door het zonlicht en al haar eigen paarse tinten.

Ze zei nogmaals: 'Mag het? Alsjeblieft? Geef me je nummer voor je wegrijdt. In het telefoonboek staat alleen dat verhipte restaurant.'

Irina en ik hadden een geheim nummer om niet te worden lastiggevallen door mensen die iets over het restaurant wilden weten, of me nog meer flauwe stukjes over eten en Sicilië wilden laten schrijven voor gratis huis-aan-huisblaadjes.

'Zeg het nou? Ik heb een visueel geheugen. Weet je wat dat is? Stel me op de proef. Zeg het maar, Sam, ik vergeet het nooit meer.'

De taxi trok op en ik keek niet om en zwaaide evenmin. Sandy kon wel bij iemand anders te rade gaan over de zus die voor haar geboorte was overleden. Ik wilde het niet meer oprakelen. Door mijn nieuwe leven was ik begerig geworden – begerig om het te behouden. De halfslachtige, dolende jaren waren achter de rug, en godlof had ik Irina en Natalie en Annie en Lara, al mijn vrouwen – al mijn vrouwen die nooit zouden verdwijnen.

Toen schoot me, mijns ondanks, want ik wilde geen gedachten meer verspillen aan het helpen van Sandy, iets anders te binnen. Het schoot door mijn hoofd toen we Ristorante Notte e Giorno in het schetterende namiddaglicht bereikten. De hitte dampte van de straten. In die trillende lucht trilden de plompe kantoorgebouwen en de mensen die in dat schelle licht aan het werk waren. In de airconditioningloze taxi liep het zweet vanaf mijn boordje over mijn rug.

Maar Sandy hoefde mijn privé-nummer helemaal niet te vragen. Zeker niet als haar geheugen zo goed was als ze beweerde. Want ze had me er immers al gebeld op de dag dat de oude baas overleden was, en ze had toch met Irina gesproken voordat ze me ten slotte in het restaurant had weten te bereiken?

EEN GESCHENK UIT HET NIETS

Enkele dagen later begonnen Irina's repetities en voorzover dat in een gezin mogelijk is probeerde iedereen haar afwezigheid te compenseren. Mijn ma, mijn papà, vrienden en een babysitter, ik – eerst leken we het allemaal belachelijk druk te hebben met eenvoudige dingen als de meiden naar bed brengen, naar school, naar dansles, naar tennis, naar muziekles, naar het park, naar het volgende kinderfeestje, het volgende slaapfeest, wat er ook maar aan de orde was.

Totdat we een werkbaar ritme te pakken kregen.

Het runnen van het restaurant liet ik grotendeels aan Larry Rowe over en de snuggerste personeelsleden liet ik op de vroege markten los; en na een paar weken ontdekte ik hoe weinig Notte e Giorno me eigenlijk nodig had. Ik raakte in de ban van iets merkwaardigs. Ik begon ernaar uit te zien dat ik niet meer 's ochtends om vijf uur de deur uit zou hoeven, en in plaats daarvan wilde ik in de keuken rondlopen, broodjes smeren en stukken fruit afspoelen en alles in drie hardgroene plastic broodtrommeltjes pakken met extraatjes als wat wortels of een stengel bleekselderij. Het had veel weg van mijn prinselijke leventje in dat prachtige appartement in St. Lucia, alleen was het ditmaal leuker omdat ik een doel voor ogen had. Als Irina nog lag te slapen, maakte ik voor de meisjes het ontbijt klaar en controleerde of ze hun gezichten wel hadden gewassen en hun haren geborsteld en of hun uniformpjes fris en gestreken waren. Pas vlak voordat ze de deur uitgingen, mochten ze hun moeder in bed gaan plagen, daarna verschenen ma en papà in hun auto en die brachten hen dan naar school. Zodra de kust thuis vrij was en de keuken weer schoon, bracht ik Irina een kop thee en sneetjes toast met honing en jam en dan zat zij met een stapel kussens in haar rug en het scenario en een pen in de hand.

'Hoor eens,' zei ze dan en ze las een paar regels op. 'Klinkt het zo goed?'

De repetities voor *Bloedbruiloft* begonnen later op de dag en duurden tot in de avond, en Irina kwam ofwel uitgelaten thuis, ofwel in gedachten verzonken of compleet uitgeput. Ik vond het heerlijk dat ze weer zo in de buitenwereld opging. Ze had altijd iets stralends, vooral in het bijzijn van de kinderen, maar nu was het of ze die pit had hervonden waardoor het zo'n genot was geweest om haar op het podium te zien zingen. De ochtenden werden van ons, en nu het restaurant in goede handen was, de meiden tot drie uur weg bleven en ik geen haast had om te vertrekken, begonnen Irina en ik elkaar trager en tederder te beminnen dan we sinds onze eerste kennismaking hadden gedaan. Aan de ene kant gaven we ons er als ranzige tieners aan over, aan de andere kant hadden die ranzige tieners voldoende levenservaring om te weten dat er tijd zat was om alle zinnen te bevredigen.

Later ging Irina in de tuin zitten met de zon op haar gezicht. Ik bekeek het door het raam, zag dat ze die bladzijden niet las en geen kanttekeningen maakte met haar pen, maar in plaats daarvan naar de boomkruinen zat te kijken, naar de kleuren van de bloemen die ze had geplant, naar de moestuin die ze zondag en op haar volgende vrije dagen met de schoffel zou gaan wieden. Op sommige dagen werkte ze er samen met mijn papà; hij in een versleten broek en stinkend naar oud zweet en zij in een felgekleurde zomerjurk of een topje en een korte broek. Op zulke momenten hield ik het meest van haar. Later verdween ze naar de repetitie en werd het huis leeg en krakerig zonder mijn vrouwen.

Misschien kwam het door de lege uren tussen Irina's vertrek en het moment dat ma en papà de meiden 's middags thuisbrachten, dat er van alles veranderde. Die lege uren als ik eigenlijk naar het restaurant had moeten vertrekken, maar steeds vaker door het huis of de tuin dwaalde en oude elpees draaide en oude boeken las.

Doordat ik op zo'n middag de voordeur opende om te kijken of er al post was en voor de deur bij de mat een kinderspeeltje aantrof, een plastic caleidoscoop. Er renden altijd vreemde kinderen door ons huis en er kwamen speeltjes van andere kinderen tussen die van de mijne, maar toen ik bukte om het ding op te rapen besefte ik dat hij voor mij was. Ik hield hem tegen mijn oog en zag allemaal woest wervelende kleuren en dat liet mijn hoofd tollen van de herinneringen. Alles kwam weer terug en mijn overhemd en broek raakten doordrenkt van de transpiratie, alsof ik een acute koortsaanval had. Ik moest gaan zitten maar ik kon niet zitten, dus liep ik het huis uit en beende naar het winkelcentrum. Die avond gaf ik Lara de caleidoscoop en ze maakte hem meteen stuk en begon te huilen; en de volgende dag dat ik alleen thuis was, deed ik iets onverstandigs, ik pakte de hoorn van de telefoon en belde Sandy Zazò.

Haar stem klonk heel ingetogen.

Ik zei: 'Wanneer ga je weg?'

'Zondag,' antwoordde ze, 'als ik ga. We moeten er allemaal met de auto naartoe.'

'Waarom zou je niet gaan?'

'Ik weet niet.'

Ze liet een stilte vallen die aangaf dat ze er niets aan toe te voegen had.

'Oké. Ik wil je iets vragen. Het klinkt misschien een beetje vreemd, maar ben jij hier geweest, Sandy? Ik bedoel, heb je iets bij mij voor de deur gelegd?'

'Nee.'

'Wie dan wel?'

'Hoe moet ik dat weten?'

'Volgens mij weet je het.'

Dat was het duwtje dat ze nodig had. Ik moest me blijven inprenten dat ze een kind van achttien was. Sandy begon zachtjes te praten alsof ze bang was dat iemand het zou horen. Het was net het gefluister van Gabriella en mij vroeger, toen dat een spelletje was waarbij je je mond dicht tegen het oor van de ander moest drukken en er dan pal in smiespelde.

'Sam, geloof jij dat er een plek bestaat vanwaar je de hele wereld kunt overzien? En eigenlijk niet alleen de wereld, maar – ik kan het niet zo goed uitleggen – het heelal? Denk je dat er zo'n plek bestaat? Geloof je dat je alles zou kunnen zien alsof je een soort God was of zo?'

'Sandy –'

'En als er zo'n plek bestond en die raakte je kwijt, Sam, zou je dan niet alles in het werk stellen om er nog een te vinden?'

Sandy begon te huilen. Ze huilde echt, en ik voelde een klomp in mijn maag omdat niemand ooit zou begrijpen wat Sandy zei als ik het niet begreep.

'Waar is ze, Sandy? Heb je haar ontmoet?'

Ze gaf geen antwoord. Ik hoorde haar nog meer snotteren.

'Oké. Ik wil dat je bij me langskomt. Begrijp je dat, Sandy?'

'Ik wilde de hele tijd al bij je komen.'

'Eerst begreep ik het nog niet. Je had het moeten uitleggen. Kom je langs?'

'Wanneer?'

'Vandaag – nee, morgen. Morgen is beter.'

'Waar?'

Ik wilde niet dat Sandy me thuis zou komen opzoeken. Ik wilde zo'n gesprek niet hier voeren. Ik wilde haar evenmin in een café ontmoeten en ik wilde niet met haar op een kruispunt afspreken alsof ze een geheime geliefde was. De volgende dag was het restaurant gesloten.

'Notte e Giorno. Halverwege de middag. Het is er dan rustig.'

'Drie uur?'

'Drie uur.'

Ik legde de hoorn neer omdat we telefonisch niets meer hadden te bespreken. Ik bleef zitten en probeerde tot mezelf te komen, maar dat lukte niet, dus stond ik ten slotte op en liep naar het kleine kamertje dat als kantoortje dienstdeed. In de schemering van gesloten gordijnen en papieren her en der zocht ik onder in mijn boekenkast naar de geheime plek waar Gabriella's dagboek al die jaren dat mijn leven zo gezegend was geweest onaangeraakt, maar niet vergeten, had gelegen.

Lief Dagboek: Gabriella's boek van vuur

Ik heb op Salvatores aanraden *Sexus* gelezen en het was helemaal niks, gewoon een man die opschepte over de vrouwen met wie hij naar bed was geweest; en op een of andere manier ziet Salvatore daar iets in van het leven zelf. In de gedetailleerde beschrijvingen van seks en zelfs verkrachting. Ik kan mezelf er niet toe verlagen om dat met liefde in verband te brengen. Niet één passage gaat over liefde. Als dat de liefde tussen volwassenen moet voorstellen, dan *vaffanculu a tutti.*

Het draaide allemaal om een man die opschepperig beweerde dat zijn geval zo zwaar was als een hamer en dat een erectie een blok lood is met vleugels. Is me iets ontgaan? Dat vraag ik aan jou, Salvatore. Wat ontgaat me? De man die dit boek heeft geschreven, die stelde zich geen hoge doelen, dat vind ik ervan, dus naar de hel met hem en zijn soort; alleen de rites van het vlees beschrijven, en de verkrampingen in de gezichten van de mensen, en het gekreun, en goedgelovige lezers voorspiegelen dat dat iets met de ziel en de zintuigen te maken heeft en dan verkopen, verkopen en nog eens verkopen, kopen, kopen en nog eens kopen, dat is toch zeker boosaardig? Of op zijn minst een geweldig opgezet bedrog. Ben ik te stom om het te snappen en moet ik daarom mijn pennen doormidden breken en nooit meer iets zwart op wit zetten?

En toen kwam dat andere, dat volstrekt tegengestelde. Wat gek dat iemand als Salvatore kan denken dat hij je een bepaalde kant op stuurt en dat zijn handelen je in werkelijkheid precies de tegenovergestelde kant op stuurt.

Doordat ik beroerd werd van dat boek besloot ik iets beters te kiezen.

Afgelopen zaterdagochtend vond ik in de bibliotheek van New Farm, waar ik alleen naartoe ga als alle jongens en meisjes uit de buurt met hun fietsen en dergelijke bij elkaar komen om plannen te maken voor het weekend, iets van een schrijver uit Buenos Aires, Argentinië. Het heette *De Aleph en andere verhalen* en was vertaald uit het Spaans. Ik weet niet waarom ik dat boek nou precies pakte. Ik weet niet wat mijn belangstelling wekte toen ik het doorbladerde. Misschien was het de eenvoudige taal en de korte biografie die aangaf dat de heer Borges, de schrijver, in 1899 was geboren. Misschien trok het me om iets te lezen dat was geschreven door een man die in dezelfde tijd was geboren als mijn nonno, die dezelfde decennia had meegemaakt. Of misschien deed het me wat omdat ik wist dat de

Aleph de eerste letter is van het Hebreeuwse alfabet, want ik weet zeker dat ik de enige in die bibliotheek was die zoiets geheimzinnigs wist.

Thuis las ik geen van de andere verhalen, alleen dat ene, het belangrijkste, 'De Aleph'. Het liet me niet los en dat doet het nog steeds niet. Het is een vreemd verhaaltje en ik kwam tot de ontdekking dat de titel heel iets anders betekende dan wat ik zo waanwijs had bedacht.

*

Als het verhaal op gang komt lijkt het over van alles te gaan – onbeantwoorde liefde bijvoorbeeld – maar eigenlijk gaat het over een protserige dichter genaamd Carlos Argentino Daneri die de schrijver, Borges, over een plek vertelt waar hij iets heeft ontdekt dat eigenlijk alle plekken is. Hij noemt die plek de Aleph en die bevindt zich in zijn huis. De Aleph bevindt zich onder de negentiende trede van de trap naar Daneri's souterrain, en om hem te kunnen zien, moet je op een bepaalde manier gaan liggen. Dat doet Borges dus. Tot zijn stomme verbazing ziet hij dat fenomenale ding inderdaad. Het blijkt een bol van een centimeter of vijf doorsnee te zijn en daarin ziet hij, nou ja, het complete heelal. Verleden, heden en toekomst ook, allemaal tegelijk, en als een levend wezen, met alle facetten van het bestaan tegelijkertijd duidelijk zichtbaar. Borges ziet de aarde en de zee en alle schepselen, hij ziet alle mensen en dingen, hij ziet de kleinste details van landen en steden en hij ziet een spinnenweb in een piramide. Ik raakte zo enthousiast toen ik dat las. Ik werd duizelig van alle mogelijkheden. De schrijver ziet onder het schrijven alles, alles, alles. Hij ziet zelfs zichzelf en het wegterende vlees van de vrouw die hij heeft bemind, en hij ziet ons ook, de lezers van zijn verhaal. Borges beweert dat hij in de Aleph ziet waar iedereen van droomt, 'het ongrijpbare heelal'.

Het verhaal was verbijsterend en beangstigend en spannend. Ik las het nog drie keer en kon het dagen- en nachtenlang niet uit mijn hoofd zetten. De volgende ochtend kwam Salvatore aan de deur en bracht een handjevol pruimen voor me mee. We werden samen zo baldadig dat we niet konden wachten tot we op onze geheime plek waren en dus maar onder de onzichtbaar makende dikke takken van de loofbomen bij ons in de straat begonnen te kussen. Zijn blok lood met vleugels was inderdaad klaar om op te stijgen – maar terwijl onze tongen elkaar omstrengelden en ons bloed zong, dreven mijn gedachten een andere kant op. Ik droomde over de mogelijkheid van een plek die alle plekken is.

Salvatore was vrijpostig. Hij kneep hard in mijn borsten en perste zijn hand mijn korte broek in, stak zijn vingers onder het elastiek van mijn onderbroek en betastte mijn haar en duwde zijn vingers bij me naar binnen. Ik rilde. Ik voelde mijn ruggengraat smelten en mijn vlees week worden onder die zachte-tedere-trage aanraking van zijn vingertoppen. Dat was de eerste keer dat hij me daar betastte. Ik liet hem begaan, ik drukte me tegen hem aan, ik ontdekte een mond die trek had in zijn vingers. Waarom stond ik dat toe? Waarom sloeg ik niet op de vlucht? Waarom wilde ik hem zo – uiteindelijk? Omdat ik nota bene onder het kussen besefte wat die oude schrijver bedoeld moest hebben. Zijn thema was heel ouderwets. Prozaïsch en zelfs onnozel romantisch, net als wat je in de bijbel leest, oude en nieuwe testament. Wat hij tot uitdrukking bracht was de gedachte dat je al vele vele jaren achter de rug moet hebben voor je het ware geloof vindt. Het helpt – denk ik – als je een paar oorlogen hebt meegemaakt.

Hij bedoelde natuurlijk dat we tegelijkertijd onszelf zijn en iedereen. We zijn hier en overal. Onze bijzondere persoonlijke ogenblikken zijn ieders ogenblikken. We leven in onszelf en we leven door middel van anderen, en de dood bestaat niet omdat we niet allemaal tegelijkertijd sterven, in tegendeel zelfs, we blijven gezamenlijk allemaal leven, tot in der eeuwigheid verenigd, en daarom is het leven zo'n mysterie en is het zo ongelooflijk prachtig dat het je tot in je ziel kan raken.

Dat was voor mij een stap in de goede richting. Ik dacht dat in ons binnenste alleen goede en slechte engelen om voorrang streden; maar om het complete heelal te herbergen – dat is nog eens een verantwoordelijkheid.

Vervolgens begon ik aan een reeks tests. Ik onderzocht het huis aan de binnen- en buitenkant om een eventuele Aleph te vinden. Die was er niet en dat maakte me wanhopig. Er moest er eentje zijn. Ik wist dat er eentje moest zijn vanwege alle gedachten die ik had gedacht en al het schrijfwerk dat ik had verricht. Wat is een ander woord voor schrijven? Voelen. En wat ik heb beschreven heb ik vanbinnen gevoeld en vanbuiten en dus concludeer ik dat dit Aleph-ding me heeft geroepen. Het ligt misschien ergens buiten, op straat of onder een pomp van een benzinestation, of bij de vrieskist in het buurtwinkeltje van meneer Harry of verborgen ergens achteraf waar geen hond het ooit zal vinden, maar wat heb ik daaraan? Op die plekken kan ik het nooit vinden. Hoeveel kans heb ik dan?

Dagen later besefte ik hoe stom ik ben geweest. Op een ochtend werd ik wakker en besefte dat het antwoord vlak voor mijn neus stond. Had het verhaal van meneer Borges me geen aanwijzingen gegeven? Had hij me niet verteld dat de Aleph in het souterrain lag van die protserige dichter?

En dus besefte ik waar hij lag en dat hij op me lag te wachten. Misschien ligt hij al honderdduizenden jaren op mij of iemand als mij te wachten. Ik rende er in mijn flanellen pyjama naartoe, naar mijn geheime kamer onder het huis en onder de trieste aarde, en ik ging languit op de sleetse matras liggen om hem te zien. Al snel kreeg ik het gevoel dat ik als een bloem moest uitbotten, want zo gaat het daarbeneden. Ik liet de schaduwen over me heen vallen en de last van de hemel, door wiens vuur ik me rauw ging voelen, maar ik bleef omhoogkijken, zoekend naar de omschreven bol, verlangend naar die ruimte ter grootte van een munt waar het hele bestaan zich in samenbalde. Mijn mond rekte zich uit maar mijn kiezen wilden knarsen. Ik voelde me rauw door het vuur, telkens en telkens weer.

Maar stel dat ik gelijk heb, dat hier een Aleph is!

Ik hoef niets te fantaseren. In dit Boek van Vuur wil ik het opschrijven. Ik heb hem gezien. Ik heb hem gevonden. Ik zit nu op nog geen meter afstand, maar uiteraard kun je hem hiervandaan niet zien, want ik zit er scheef voor, mijn hoofd staat er niet naar, ik ben er nog niet aan toe.

Over een tel leg ik mijn pen neer. Dan kniel ik op de matras, ga op mijn rug liggen en rek mezelf uit. Het kan me niet schelen of de schaduwen over me heen vallen of niet. Wat de last ook is van de hemel die op me neerzijgt of niet. Ik kijk God in zijn aangezicht, wat mijn aangezicht is en het jouwe Salvatore en dat van het naakte, verhongerende kind dat in Biafra in een golf van hitte baadt en van onbekenden die ergens in het verleden leefden en tot nu toe werden vergeten.

Ik zal de geschiedenissen van Enrico Belpasso zien, vervlochten met die van iedereen die we hebben gekend en de massa's die we niet hebben gekend. Mijn grootmoeder Fortunata zal naar me glimlachen en haar moeder ook, en haar moeders moeder, en de andere kant op zal ik mijn kinderen zien huilen, en hun baby's enzovoorts. Ik zal steden en landen en vlakten en velden zien waarvan ik nooit weet had gehad, en ik zal sterren geboren zien worden en planeten zien sterven en ik zal naar ze toe gaan en merken of ik een thuis heb en op een dag keer ik terug – mocht je dit ooit lezen, Salvatore Capistrano –, want nu ik dit alles overzie besef ik één ding en dat is dat liefde en eeuwigheid even werkelijk zijn als haat en sterven, dus als je gewoon van me kunt dromen en me in je hart bewaren, zal ik op een dag terugkeren uit dit ongrijpbare heelal dat een oude schrijver voor me heeft geconstrueerd, en zal ik op engelenvleugels hebben gereisd door de caleidoscoop die de hemel is en het spoor van jouw gedachten naar mijn huis hebben gevolgd, dus wie anders dan jou zal ik dan ooit toebehoren?

OVER DE KUNST VAN HET BEZWEREN

'Heb je vannacht niet geslapen? Wat is er met je ogen?'

'Ja – ik ben opgestaan en heb naar de PGA kampioenschappen gekeken of zoiets.'

'Is dat golf? Jij haat golf.'

'Ik kon gewoon niet slapen.'

'Ik wou dat je naar mij toe was gekomen,' zei Irina terwijl Natalie, Annie en Lara met hun boterhammen, frisdrank, muesli en speelgoed voor de tv zaten. Onze dochters hadden een collectief rothumeur en ik was niet van plan ze ter wille te zijn. Ze wilden thuisblijven en naar de treurbuis kijken. Voorgoed, zeiden ze. Irina zat zich te ergeren aan dat stel en verlangde dankzij hun gezanik, gedrein, door hun babyachtige gedrag naar het moment waarop ze zou vertrekken. Ik kon het haar moeilijk aanrekenen. Ze zei: 'Vandaag hebben we de eerste complete doorloop en ik wil dolgraag dat je die ziet. Misschien kun je me ergens op wijzen.'

'Je wilt mij er helemaal niet bij hebben. Wat weet ik ervan? Ik zou je alleen maar zenuwachtig maken.'

Irina zei: 'Dat klopt, dat zou je inderdaad doen. Het is mijn eerste doorloop en jij bent degene die de hele nacht niet heeft kunnen slapen.'

Ze kwam me een zoen geven, en van haar eigen vermoeidheid en rimpels was vrijwel niets merkbaar. Dat is het effect van plezier, het verlicht je, zomaar. Mijn handen waren plakkerig van de bananensnoepjes die ik de meiden zo meteen zou toewerpen, maar ik had mijn handen liever over Irina's rug gehaald en haar billen gekneed.

Ik wendde me af van haar natte zoenen en riep naar de kinderen: 'Hé! Weten jullie wel hoe laat het is? Hebben jullie je bord nog niet leeg?'

Irina leunde tegen me aan en keek over haar schouder. 'We hebben zeker geen tijd, hè?'

'Dankzij hen. Hoe dan ook, ma en pa Capistrano staan zo voor de deur.'

Ik hoorde hun claxon schetteren toen ze de oprit op kwamen.

Mijn ouders kwamen binnen. Het was een topdag voor ze. Ze zouden hun kleinkinderen naar het schoolfeest brengen en daarna de hele middag met ze doorbrengen. De meiden wilden niet omdat ze het bedrog vonden om een vrije dag door te brengen op school. Ik zoende mijn vader en moeder en probeerde een biljet van vijftig dollar in de grote bouwvakkershand van mijn papà te duwen.

'Wat doe je nou?' zei hij in het Siciliaans. 'Wat mankeert jou?' Hij was beledigd, wilde het geld niet aannemen en vervolgens struikelde hij bijna doordat de meiden op hem afvlogen en zijn benen omhelsden en hem omklemden als wurgende wijnranken. Ze gilden als speenvarkens. Omdat ze kwaad waren op mij stortten ze al hun enthousiasme over hun grootvader uit. Hij schreeuwde zijn longen uit zijn lijf, in het Engels: 'Wilde beesten! Duivels!' en begon ze in het plots ontstane pandemonium door het huis achterna te jagen.

De prikkelige sfeer was verbroken. Papà liet ze gieren van de pret.

'Totdat hij zijn geduld verliest,' zei ma, met verstand van grootvaders en kleinkinderen. En vervolgens keek ze mij aan en zei: 'Wat is er met jou aan de hand? Wat ben jij vandaag van plan?'

Is het vreemd dat ik Gabriella's bestaan al die jaren heb ontkend? Is het vreemd dat die laatste woorden die ze had opgeschreven me voldoende gal hadden bezorgd voor tien jaar? Jegens haar, jegens haar en dat zogenaamd ongrijpbare heelal van d'r? Ik had mijn best gedaan om het te bevatten en was daar niet in geslaagd. Uiteindelijk was die boosheid domweg te onredelijk en moest ik ervan af. Toen ik ervan af was kon ik iets nieuws en waardevols voor mezelf opbouwen. Er bestond niet zoiets als een Aleph en ik wist zeker dat Gabriella het als een soort metafoor had gebruikt, haar eigen bijzondere code, om een reden die ik niet kende. Ze zou het allemaal in haar Boek van Vuur hebben kunnen uitleggen, maar die kans was haar ontnomen door wat er in Nocturne had plaatsgevonden.

Geen wonder dat ik de slaap niet kon vatten.

Twintig jaar na dato kwam haar zus naar Notte e Giorno om te horen wat ik ervan wist, maar de vraag die mij nu bezighield was hoe zij ervan op de hoogte was. Eerst had ik, domme idioot, halsoverkop geconcludeerd dat Gabriella Zazò was teruggekeerd uit de dood en lekker lang met haar zus Sandy had zitten praten. Vervolgens, toen ik daaroverheen was, toen ik besefte dat ik na al die jaren nog steeds op het onmogelijke hoopte, luidde het voordehandliggende antwoord dat de oude Enrico Belpasso zijn tweede kleindochter verhalen over Gabriella had opgelepeld die hij mij nooit had verteld, waardoor zij dingen wist die ik niet wist – en dat maakte me bang, dat maakte me oprecht bang. Waarom precies wist ik niet, maar bepaalde aspecten van Gabriella's dagboek hadden me altijd dwarsgezeten, woorden die samen iets betekenden waardoor ik dacht dat ik het begreep terwijl ik me diep vanbinnen zorgen maakte dat ik ze verkeerd las.

Ik verwachtte Sandy om drie uur.

Ik was tegen twaalven in Notte e Giorno, smeerde een boterham voor mezelf en zette een kop verse koffie in de verlaten roestvrijstalen vlakte van de keuken. De airconditioning sloeg niet aan en het ergerde me dat niemand me daarvan op de hoogte had gebracht.

Vervolgens ontdekte ik dat ik de boterham niet door mijn keel kon krijgen. Het brood was van karton en het beleg van papier. Ik legde hem weg, bij de kop koffie die wel koud zou worden. Het was net gemalen kiezelsteen of rots, een vieze dikke vloeistof die naar modder smaakte. Mijn slapen bonkten en ik voelde iets zuurs in mijn maag dat ik niet kon verklaren. Hadden Irina en ik die ochtend maar even tijd voor elkaar gehad. Dan zou de spanning weg zijn en de dag veel luchtiger verlopen. Ik voelde me beroerd; met stomheid geslagen, verward, gespannen, allemaal omdat Sandy zo meteen kwam.

Larry Rowe had plichtsgetrouw de recepten en rekeningen, de aantekeningen en de kasboeken voor me klaargelegd op het bureau in het kantoor. De stilte in het restaurant was eindeloos veel dreigender dan die eindeloze cijferreeksen, en vanuit mijn comfortabele leren stoel kon ik door de deuropening naar de uitgestrekte onbezette eetzaal kijken. De tafels waren ontdaan van hun witte tafellakens en aardewerk en servies; er stonden geen bloemen, niets herinnerde aan feesten en mooie nachten en muziek. Een restaurant is, als het gesloten is, net een paleis waarvan alle koningen, koninginnen, courtisanes, prinsen, prinsessen, narren, wachters en priesters in rook zijn opgegaan. Ik duwde mijn bril wat verder op mijn neus en controleerde de berekeningen, vooruitzichten en onbeschrijflijke hybris die me voorspelde hoe de toekomst eruit zou zien. Er zat een paar uur degelijke arbeid in dat rekenwerk, maar na tien minuten zat ik al te gapen, binnen een halfuur draaiden mijn ogen weg en kort daarop zat ik half te slapen.

Wat zag ik?

Ooit, twintig jaar terug, zo ongeveer de laatste keer dat ik alleen was met Gabriella, waren haar familie en de mijne allebei op een regenachtige zaterdagmiddag te gast op een Siciliaanse bruiloft. Ik had koorts of iets dergelijks en bleef thuis. Gabriella gebruikte een of ander smoesje, ik weet niet meer wat. Ze kwam een kwartier nadat onze families naar wijn en gezang waren afgereisd mijn slaapkamer binnen in haar gele regenjas. We stonden tegenover elkaar en zij trok haar bloes uit en trok mij mijn shirt uit. Mijn handen en voorhoofd waren verhit en mijn ogen waterig, maar ik knipte haar dunne behaatje los; ze hielp mij mijn spijkerbroek uittrekken en ritste haar rokje los; ze ging op haar knieën zitten en trok mijn onderbroek omlaag en vervolgens viel ik op mijn knieën en zoende de prachtige rode wig een handbreedte onder haar navel. Ik duwde haar tegen mijn wang, mijn verhitte handpalmen drukten tegen haar koele billen. De zomerstorm beukte tegen mijn ramen. Daarna betastte Gabriella mij, wreef met haar hand over me heen en eromheen, in een soort dromerige spiraal, maar dat was bijna alles. Ze bleef mijn naam hijgen, Salvatore, o, Salvatore, maar misschien was ik die avond echt te beroerd. We hadden waarschijnlijk gedacht dat we tijd zat hadden en dat dit een nacht uit duizenden zou zijn. Ik kan me Gabriella's benen nog herinneren, niet meisjesachtig in dat rokje, maar vrouwelijk in hun naaktheid; ik herinner me haar tepels die vooruitstaken vanaf haar witte borsten. Voor een groene tienerjongen waren Gabriella's knopjes zacht en toch stevig, roze aan de randjes, maar in het midden zo donker, zo paars als vijgen. Wat Lorca had geschreven in het stuk dat Irina ging spelen klopte: ik zag mijn spiegelbeeld in die jonge, nog niet waarachtig beminde borsten. Gabriella was met opgetrokken knieën in mijn bed gaan liggen, maar had me met haar handen stevig tegen mijn schouders tegengehouden; ze had niet gewild wat ik wilde. Ze had me naar beneden laten glijden en mijn wang tegen haar buik laten drukken en toen was mijn tong daar waar hij van haar niet mocht komen en hoewel haar lijf leek te sidderen en zingen was er daarna niets, niets, niets gebeurd.

Maar zelfs ondanks de koorts van mijn ziekte en de koorts van bij haar te worden weggehouden had ik één ding heel goed beseft. De wereld behoorde mij nu volledig toe en Gabriella zou er altijd met mij in verkeren.

De computer begaf het eerder dan ik. Het beeld vervaagde en het gezoem van de processor hield op. Het was donker geworden in mijn kantoor en ik keek om me heen naar de verlichting die het niet deed. De elektrische rekenmachine rekende niet, maar wat maakte het in die nieuwe schemering allemaal uit? Het was een opluchting dat ik een reden had om mijn bureau in de steek te kunnen laten. Ik liet mijn bril liggen. De stoppen waren in orde en omdat er nergens in het gebouw licht brandde, moest ik beneden een zaklamp gebruiken. Ik probeerde te bellen naar het nummer van het elektriciteitsbedrijf dat aan de muur hing, maar de telefoon was zo dood als een pier.

Dus liep ik de hete buitenlucht in. De lucht was droog en het verkeer rustig, de trottoirs verlaten. Aan de overkant zat een ijszaak en meneer Mikalou vertelde me dat de zaken tam waren, maar dat telefoon en elektriciteit het gewoon deden. Ik keerde terug naar het restaurant, waar het stil was en drukkend, schaduwrijk en stil. Ik vermaakte me een tijdje met het openzetten van elk raam, elk blind en elk gordijn dat open kon, zodat er zoveel mogelijk frisse lucht en licht binnenvielen. En toen ik op mijn horloge keek, stond dat ook stil en trok er een siddering door me heen.

Een keuken is altijd een prima plek om de tijd te doden. Alle elektrische apparaten stonden stil en ik maakte me zorgen over de etenswaren die we in voorraad hadden, maar ik had het nog nooit meegemaakt dat de stroomtoevoer in deze buurt langer dan een uur werd onderbroken. Het ergste dat ik me kon voorstellen was dat hier een stelletje technici mijn gesprek met Sandy zou komen verstoren. Ik had Gabriella's dagboek bij me omdat ik van plan was haar dat te geven. Daarna zagen we wel verder. Zij verdiende het om de gedachten van haar zus te lezen en ik had mezelf voorgenomen het dagboek door te geven en het dan nooit meer terug te krijgen.

Alle fornuizen in de keuken hadden gaspitten en toen ik aan de knoppen draaide klonk het vertrouwde gesis. Het was er niet zo donker dat ik niet kon zien wat ik deed; ik trok de ventilatieschachten open met de hendels en zonder er verder bij stil te staan ging ik aan het werk. Wat Sandy en ik overhielden zou ik voor ons avondmaal mee naar huis nemen. Ik ontkurkte een fles Zuid-Australische rode wijn, begon alles op aanrechten en houten snijplanken klaar te zetten en rolde mijn mouwen op.

De elektrische klokken van de magnetrons en de omflapklok van de reusachtige oven was stil blijven staan op 13:12 uur. Ik keek nogmaals op mijn polshorloge; de wijzers hadden zich niet verroerd. Dus richtte ik me maar op het ouderwetse handwerk.

Lief Dagboek: Gabriella's boek van vuur

Als je een kilo gehakte biefstuk neemt, en drie eieren, en een eetlepel fijngesneden knoflook, en net zoveel peterselie, wat gemalen peper en wat zout, en anderhalf kopje geraspte pecorino pepato en dat alles vermeng je goed in een kom en je maakt er kleine hoopjes van ter grootte van golfballen of desnoods iets groter, dan rollen er al bijna echte Siciliaanse gehaktballen uit je keuken.

Je moet ze natuurlijk nog wel braden. Doe dat in de beste koudgeperste olijfolie die er te krijgen is. En doe er een grote fijngesneden ui bij. Doe het langzaam; haast je niet; drink wat of zet er een plaatje bij op. Zorg dat de gehaktballen goed doorbakken worden en zet ze dan weg met die glanzende ui. Zorg dat die gehaktballen goudkleurig zijn. En waarom zou je dat niet doen, tenzij je lui bent en het je niet kan schelen wat je je familie voorzet.

Voor de saus heb je honderdvijftig gram tomatenpasta nodig; kook en ontvel een paar lekkere sappige tomaten en ontdoe die van de zaadjes. Zeg een stuk of acht à tien. En snij ze fijn. Je doet een halve liter water in een grote sauspan en vermengt de pasta en de tomaten daarin met een houten lepel. Je zet de sauspan op een grote pit en dan begint de hele pret: doe de gehaktballen en uien erbij; en een kwart kopje suiker; twee hele tenen knoflook en een half kopje doperwten en een half kopje champignons in plakjes en een fijngesneden wortel. Zout en peper naar smaak. Ik gebruik nooit ergens zout in, maar dat is mijn persoonlijke smaak. Sommige mensen zijn zo zoet dat ze nooit suiker nemen en ik ben zo flauw om nergens zout doorheen te doen. Doe gewoon wat je lekker vindt en waar je lichaam om vraagt. Roer alles lekker om in die grote sauspan van je en laat het lekker sudderen; en dan bedoel ik ook sudderen, wees niet zo lui om het vuur hoog te zetten. Laat het twee uur lang zachtjes sudderen. Ik zeg het je nog een keer: draai dat vuur niet hoog, wees niet lui. Waarom zou je je haasten?

Oké, na die twee uur moet je het volgende doen: neem drie middelgrote aardappels, was die en schil ze en deel ze in vieren. Neem een grote bos Italiaanse of Griekse basilicum (je weet het verschil toch wel?) en stop dat allemaal in de pan en laat het dan nog twintig minuten doorsudderen.

Bijna klaar.

Kook een kilo of anderhalve kilo pasta in veel water waar je eventueel zout aan kunt toevoegen. Volgens de oude Sicilianen moet dat, maar voor mij hoeft het niet, dat moet je zelf maar weten. Heb je trouwens inmiddels al minstens twee glazen gehad van iets dat rood en kostbaar is?

Welnu, mijn nieuwe Siciliaanse chef-kok, zoek in die saus naar de gehaktballen en de aardappels. Voorzichtig. Haal ze uit de saus en dien ze apart op in een mooie aardewerken schotel. Kijk eens hoe mooi roze ze zijn geworden. Spoel de gekookte pasta in een vergiet af – scolapasta noemen we dit – en meng die door de saus. Dien het je gezin op heel grote borden op en geef ze er geraspte parmezan of pecorino pepato bij om eroverheen te strooien. Moedig hen aan om veel gehaktballen en aardappels te eten. Je hebt per slot van rekening de hele middag in de keuken gestaan, dit hoeven ze niet snel weer van je te verwachten. Bovendien heb je voldoende gemaakt om zes hongerige Sicilianen mee te voeden. In Australië is dat waarschijnlijk genoeg om tien tot twaalf uitgehongerde mensen te voorzien – zeg het ze op luide toon en gebaar druk met je rechterhand, speel je rol volledig uit: *Mangia, mangia!* Eet, eet!

Het gerecht heet toepasselijk *polpetti al sugo.* In ons Siciliaanse dialect heet het *puppetti o suco di carne.* Blijf tijdens de maaltijd die rode wijn schenken, dat doet mijn moeder ook. En ze laat het niet zo merken – terwijl alle anderen dat wel doen, want die zitten allemaal breed te grijnzen bij dit feestmaal –, maar als zij dit gerecht bereidt is ze gelukkig. Ik weet dat ze vanbinnen zingt. Nou, ik hoef me niet in te houden. Als ik dit gerecht klaarmaak, zing ik gedurende al die uren. Onnozele liefdesliedjes van de radio die je tot tranen roeren ook al rijmen ze van trouw-hou-blauw-jou, en rasechte Maria Callas-aria's waar ik nooit bij kan. Doe wat je wilt, zing wat je wilt, maar ik garandeer je dat je opgevrolijkt zult raken.

Het was heet in de keuken en de rode wijn veranderde daar niets aan. Mijn overhemd was drijfnat en het zweet droop van mijn voorhoofd en wangen, maar ik voelde me lekker. Ik was inderdaad opgevrolijkt. Dit was wat ik wilde – mezelf verliezen in aardse verlokkingen; leven met pulserende zintuigen; maken, creëren, zijn. Hoewel dit Gabriella Zazò's manier van koken was, deden de hitte en de zware geur van de ingrediënten en de indringende knoflooklucht aan mijn vingers me denken aan Irina en de geboorte van onze kinderen, aan hoe ze had gedropen van het zweet en hoe uitgeput ze was geweest van de inspanning, extatisch van de pijn en het snijdende genot van het bezorgen van nieuw leven.

Ik stond ervan verbaasd dat ik zo gelukkig was geworden met alles wat ik aan de tijd te danken had; zo gelukkig en toch zozeer geneigd om die last mee te sjouwen.

Omdat ik mezelf haatte vanwege de hoop kon ik nooit ophouden met hopen. Waarom probeerde ik mezelf te bedriegen? Ik wist waarom ik in Ristorante Notte e Giorno was en dat was niet om Sandy Zazò te zien en te helpen, dat was om Gabriella's stem opnieuw te horen. Ik wist dat ze dood was en toch verwachtte ik dat ze binnen zou komen lopen. Dat wat het. In gedachten zag ik Gabriella die caleidoscoop bij me op de stoep leggen. Dat was haar talisman. In gedachten zag ik Gabriella met Sandy praten over de Aleph en niet Enrico Belpasso. In gedachten hoorde ik haar op de dag dat de oude baas was overleden met Irina telefoneren. Ja, ik stelde me voor dat ze terug was, en sterker nog, dat ze aan me dacht. Die gedachten was ik nooit kwijtgeraakt. Die hoop had altijd in me voortgeleefd, bij alles wat ik zei en alles wat ik deed. Dat was sinds het vinden van het Boek van Vuur niet veranderd, het was niet veranderd sinds ik als verwarde tiener bij het hek van Nocturne naar het behekste, van de hitte trillende kruispunt had staan te kijken.

Geen wonder dat de verlichting in het restaurant uit was. Notte e Giorno bevond zich in de schemerzone tussen dag en nacht. Geen wonder dat de telefoon dood was. De enige woorden die hier de moeite van het aanhoren waard waren, waren de woorden die je jezelf wilde influisteren. Geen wonder dat mijn polshorloge het had begeven. Want tijd is geen lijn maar een tirannieke cirkel die je altijd terugbrengt naar het moment waarop je hoop werd geboren.

Hoe lang nog tot ze zou komen?

Het waren de rode wijn en de hitte en mijn vermoeidheid van een nacht zonder slaap, verder niets. Met een dronken gevoel glimlachte en zuchtte ik half. Grote zweetdruppels liepen over mijn gezicht en onderarmen en vingers, en het was net als langgeleden toen ik in de achtertuin met botjes en moordwapens en kiezen van dode honden speelde. Toen ik zoentjes had leren kopen met karamellen en drop en tuttifrutti, zelfs met donkere pruimen en Valencia-sinaasappels. Toen ik op stille donkere plekken had leren liefhebben, in krakkemikkige hutjes en wiebelend op de hoge takken van de mangobomen uit onze buurt. Als kraaien zaten we op onze onkruidrijke, gebarsten, dampende straatjes neer te kijken, altijd te dicht tegen elkaar aan; zo waren Gabriella en ik. Daarna had ik leren wachten en haten, in stilte huilen en uiterlijk niets tonen, dromen van engelen en in de goot liggen. Ik had geleerd om als een zot door het leven te gaan totdat iemand me redde, iemand me werkelijk redde en dat was mijn Irina, en vervolgens onze kinderen, Natalie, Annie en Lara.

Dus waar moest ik de kracht vandaan halen om hen te verlaten nu Gabriella Zazò bijna thuiskwam?

De tijd verstreek volstrekt niet, althans niet op een manier die door de klokken van het restaurant werd aangegeven. Toch flakkerden en likten de gasvlammen en verrichtte de grote pan zijn dagelijkse voodoo; en ik droomde in de schemerige stilte terwijl de geuren en smaken zich gaandeweg vermengden en vermenigvuldigden en ontwikkelden.

Achteraf weet ik nog goed dat er geen sprake was van aankomen. Er ging geen deur open of dicht, er klonken geen spookachtig krakende voetstappen op de geboende vloeren, er was zelfs geen onverwacht windje dat beloftevol de kamers vulde. Nee. Ze kwam en er gebeurde niets onheilspellends, er waren alleen woordjes zo ruim als het heelal.

En, wat is er tot nu toe misgegaan?

Het klonk zo zachtjes dat het mogelijk was uitgesproken door een stem in een uithoek van mijn gedachten. Mijn hand die op dat ogenblik in de oranjerode pan roerde, viel stil. Mijn lichaam werd even onbeweeglijk als de wijzers. Ik draaide me niet om; ik bleef integendeel recht voor het fornuis staan. Het scheen zelfs onredelijk om adem te willen halen uit vrees dat deze geestverschijning die aan mijn fantasie was ontsproten terug zou willen vluchten naar de diepten van de duistere duistere nacht.

Ik hoorde het nogmaals, gewichtloos en onduidelijk.

En, wat is er tot nu toe misgegaan?

Er trok een siddering door me heen, van top tot teen, want aan die oude geheime taal van Siciliaans licht kleefde nog altijd de nooit vergeten geur van Brisbanese regen en natte kruiden in de kruidentuin, en vers gemaaide glooiende achtertuinen waar je voor je vriendjes uit vanaf rolde. Die paar woorden zeiden in al hun schitterende tinten: Hé, gaat het goed met je? Mis je me? Kom je straks bij me in het park bij de rozentuin?

Ze herhaalde ze nogmaals, die eerste woorden uit 1975, toen onze buurt dankzij haar voor het eerst tot leven kwam en de zomerzon op mijn gezicht me dromen van de eeuwigheid bezorgde.

Vervolgens kon ze het geduld wel opbrengen om haar oude vriend de tijd te gunnen, tijd om de twintig jaar weer terug te halen en te bedenken wat hij ermee aan moest.

Ik legde de houten lepel neer en steunde met mijn handen op het aanrecht, mijn hoofd omlaag en het zweet viel met druppels tegelijk op de geboende tegelvloer tussen mijn voeten. Ik was overdonderd, doodsbenauwd om mijn hoofd te verdraaien om haar aan te kijken. Ik had dit verwacht en ik had dit niet verwacht. Twintig jaar lang had ik verwacht dat ik een hoek om zou slaan, een deur open zou doen, op een dag wakker zou worden en dan zou ze daar zijn.

Ditmaal was haar stem geen gedachte. Ze zei het heel duidelijk, voor de laatste keer en met een zweempje irritatie, met een zweempje dat als ik nu niet reageerde zij zou weerkeren naar la notte, waar ik haar niet meer zou terugvinden.

'En, wat is er tot nu toe misgegaan?'

Het klonk anders. Niet zoals ik het me herinnerde. Niet zoals de kleine Gabriella Zazò was. Ik had mijn hoofd gebogen en mijn tong zat in de knoop. Ik kon absoluut niet denken. Ik was als de achttienjarige Enrico Belpasso toen hij met het onverklaarbare feit van Fortunata en haar verlangen naar hem werd geconfronteerd: hij wist niets anders te bedenken dan vluchten naar een plek waar hij kon – nadenken.

Ik antwoordde verkrampt, onduidelijk mompelend: Nog niks.

'Wat, Salvatore?'

'Nog niks. Ik zei nog niks. Er is nog niks misgegaan. Oké?'

Het bleef even stil en ik hoefde niet eens te kijken om te weten dat ze op haar eigen oude manier glimlachte.

'Fout,' zei ze op een vreemde toon en ondanks de brand in mijn hoofd begon ik ook te glimlachen.

Zo trekt de tijd je in haar cirkel naar een plek waar je onbeholpen jong bent.

SOMS BEN JE ZWAK

Door de damp van het koken stonden al mijn poriën open. De lucht was verzadigd van de gezonde zoetige dampen van Siciliaans eten. Het kostte moeite om een vork te pakken en er de borrelende, sudderende saus mee te doorzoeken naar de lange basilicumsteeltjes, die inmiddels bruin en slap waren geworden en hun blaadjes allang zacht, gesmolten voor hun edele taak. De vork danste door het getril van mijn hand.

'Salvatore,' zei ze. 'Draai je je niet om?'

Ik voelde mijn gezicht samentrekken. Ik kon nog geen tel lang glimlachen, mijn spieren en pezen waren er niet toe in staat. Toen deze nieuwe Gabriella die ook de oude Gabriella was dichtbij kwam en haar vlezige armen om me heen sloeg, was het net of een geest me van deze wereld kwam meevoeren naar een plek die zo heerlijk was dat ik die niet mocht aanschouwen. Het lijf dat tegen me aan drukte was het tegenovergestelde van wat ik me herinnerde. Ze was voluptueus en vrouwelijk. Op de plekken waar ze me aanraakte was het heet. Ze zoende mijn hals en de zijkant van mijn gezicht, en mijn hoofd en mijn haar, en haar parfum was haar eigen zoutige, klamme huid; en ze drukte een handpalm tegen mijn zweterige wang en dat was domweg te erg, gewoon te erg.

Totdat ze me omdraaide.

Toen zoenden we.

Op een bepaald moment tijdens dit gezamenlijke hijgen, lippen op elkaar, onsamenhangend denken, keek ik haar aan, inspecteerde elke trek van haar gezicht en uiteraard was het Sandy Zazò, twee keer zo fors als haar destijds verdwenen zus; en ze verkeerde in zo'n roes door wat ze van haar dacht te weten dat ze dit spelletje speelde, en ik dacht: kreng, smerig bedrieglijk kreng, en vrijwel tegelijkertijd: wat maakt het uit? En ik speelde het spelletje mee omdat ik destijds bedrogen was, nooit de kans had gekregen de liefde met mijn Gabriella te bedrijven, alleen van haar had kunnen dromen, en als Sandy zich dat in Gabriella's naam liet welgevallen, waarom zou ik dat dan tegenhouden? Waarom zou ik schijt hebben aan wat dit ongrijpbare stinkende rotheelal me te bieden had?

Ze was per slot van rekening de plaatsvervangster, zoals iedereen dat noemde.

Sandy Zazò duwde zich van me af en leunde tegen het aanrecht ertegenover, met haar hoofd vlak bij de elektrische oven en de digitale klok die stilstond op een andere tijd dan het nu was. Ze observeerde me, nam me in zich op. Wat waren we elkaar onbekend en toch vertrouwd. Voor mij was het net als vroeger. Mijn hart bonsde zwaar en pijnlijk. Ik voelde het kloppen in mijn kruis en oksels, in mijn keel en mijn slapen. Door haar voelde ik me een en al vlees en botten en bloed.

'Je moest Gabriella's kusjes toch altijd kopen? Wat heb je nu voor mij?'

'Haar pastasaus. Zoals ze die in haar dagboek beschrijft.'

'Heb je dat? Ik heb erover gehoord. Dat wil ik wel eens zien. Krijg ik het van je?'

'Ik heb het hier.'

'Ik wil je de naam Gabriella horen noemen. Ik wil dat je me zo noemt.'

'Waarom? Waarom zou ik?'

'Omdat ik wil dat je met me vrijt zoals je dat met haar zou hebben gedaan als je de kans had gekregen.'

Ik staarde Sandy aan in een poging haar te begrijpen.

'Noem me Gabriella.'

'Hoe kan het dat je zoveel van haar en mij af weet? Hoe kun je dat in vredesnaam weten?'

'Geef me eerst maar iets om mijn kusjes mee te kopen, dan vertel ik het je daarna.' Sandy hield haar hoofd een tikje schuin en sloot haar ogen half. 'Dit ruikt lekker. Basilicum, en volgens mij – volgens mij heb je er ook een beetje peper in gedaan.'

'Dat is mijn eigen toevoeging. Niet de hare.'

'De mijne, bedoel je.'

'Goed, die van jou.' Ik aarzelde. 'Waarom doe je dit?'

Sandy's lippen begonnen een glimlach te vertonen en een antwoord bleef uit.

Ik stelde nog een vraag. De echte. 'Heb je haar ontmoet?'

'Ik wil wat van jouw eten, Salvatore. Wat je hebt klaargemaakt is precies wat ik wil.'

Ik liep naar de pan en begon er de gehaktballen en aardappels uit te halen. Zo nu en dan keek ik even of Sandy niet wegliep, maar dat gebeurde niet. Ze had vandaag een heel bleke, ietwat gescheurde canvas herenbroek aan, donkerpaarse Doc Martens en een kreukelig overdreven strak T-shirt waar 'Blam' op stond. Ze had haar lippen en oogschaduw en haar iets minder rood gemaakt, maar nog steeds erg rood en ook haar ogen waren nog zo opvallend nepgroen, en zelf had ze minstens twee keer het formaat van die veertienjarige mug die Gabriella Zazò had geheten.

'Ik moet nog pasta koken.'

'Doe het dan op brood.'

Ik vond een groot Italiaans brood dat over was van gisteren. Het was niet uitgedroogd. Ik sneed er plakken van en lepelde de erg rode saus erop. Daarna legde ik er een gehaktbal op en brak die met een vork open. Dat alles legde ik op een porseleinen bord en gaf het aan Sandy. Iets in die handelingen, aan dat overhandigen, bezorgde me een slap gevoel. Ik wilde op mijn knieën zinken en uitleggen wat ik vond van een meisje dat een geestverschijning was. We raakten elkaars handen aan en de lading die tussen onze vingers oversprong was elektrisch, was beladener dan onze zoenen. Ik zag hoe Sandy een hap nam en haar ogen sloot, en vervolgens keerde mijn woeste bui in volle hevigheid terug en sloeg ik met mijn vuisten het bord uit haar handen, waardoor het op de grond stukviel.

'Waar denk jij dat je mee bezig bent? Wat is dit voor spelletje? Ze was een klein rotkreng dat nooit is teruggekomen en nu wil jij net zo zijn als zij? Waarom? Nou, vertel eens. Waarom?'

'Ze heeft me alles over je verteld. Ze heeft me alles verteld. Het was opwindender dan alles wat ik ooit had gehoord. Hoe je kusjes van haar kocht, hoe jullie elkaar boodschappen stuurden uit je slaapkamerraam –'

'Nee! Dat kan niet –'

'Ze wil je ontmoeten.' Sandy hijgde, en ik ook.

'Wat?'

'Ze wil je ontmoeten.'

'Je liegt. Je bent net zo'n leugenaar als zij was.'

Sandy schudde haar hoofd, met haar nepgroene ogen wijd opengesperd en tegelijkertijd opgewonden en bang. 'Merk je niet dat ik alles van jullie tweeën weet?'

'Nee, dat weet je niet. Je hebt geen flauw benul.'

Sandy wachtte even en zei toen op neutrale toon: 'En, wat is er tot nu toe misgegaan?' en onmiddellijk antwoordde ik: 'Nog niks,' en ze pakte een kom ter vervanging van het kapotte en bebloede bord op de grond. Ze schepte saus uit de pan en gehaktballen en aardappels en alles. Toen zei ze: 'Steek je arm uit.'

Omdat ik het niet deed pakte ze mijn pols, doopte haar wijsvinger in de kom en schreef met veel en voorzichtig indopen 'Zazz' op de zachte binnenkant van mijn rechteronderarm.

'Schrijf nu jouw naam op mij.'

'Nee.'

Sandy wachtte even voordat ze zei: 'Ze schreef "Gabriella" op jouw arm, maar nu staat ze bekend als Zazz.'

Ik bleef naar die naam staren, in rode letters, op mij.

'Het is niet waar, het is niet waar.'

Sandy doopte haar vinger nogmaals in de kom en beroerde ditmaal haar lippen met de saus. Daarna kwam ze op me af en zoende me, haar mond open en zacht, en ik wankelde en viel.

Vervolgens lag ik op de grond en huilde om twintig jaar afwezigheid, en Sandy zat bij me en zei: Het geeft niet, noem me Gabriella, je mag me Gabriella noemen als je je daar beter door voelt, steeds maar weer en ik kon me zo'n begeerte en zo'n verlies niet voorstellen, niet zo, niet allemaal tegelijkertijd.

ZAZZ

Door het aangename ritme van de regen opende ik mijn ogen en maakte ik me los uit mijn dromen. Het ritme van de regen en het ritme van Sandy Zazò die zich uitrekte en haar spulletjes aantrok.

De bank was comfortabel en de vierkante kussens onder mijn hoofd geurden nog naar hoe we haar heupen ermee hadden opgetild. Ik herinnerde me iedere zoen, iedere stoot, ieder geurspoortje van haar jonge lijf tegen het mijne, elke zucht en hijg die haar keel verliet. Ik herinnerde me de keuken en de koude vloer vol rode vlekken; ik herinnerde me hoe Sandy op zoek ging naar een toilet, de sperma van haar lange liezen druipend, haar borsten gezwollen en roze van het harde kneden. Ik herinnerde me hoe ze terug was gekeerd in mijn kantoor, op mijn bank, met de fles wijn die me tijdens het koken gezelschap had gehouden in de ene hand en twee glazen in de andere. We hadden zelfs gegeten, doopten Italiaans brood in grote kommen saus en hadden ook wat gepraat.

Ik zag hoe ze de veters van haar donkere laarsjes strikte, met haar borsten nu gevangen in een heel stevige beha met een lief patroontje.

Er was maar één onderwerp de moeite van het onthouden waard.

'Hoe heb je haar ontmoet?'

'Ze zocht me op nadat nonno was overleden.'

'Is ze weer weg?'

'Ja.'

'Waarheen? Waar woont ze?'

'Op het strand. Op een eiland.'

'Nee. Waar?'

'North Stradbroke Island.'

'Wil je me wijsmaken dat ze zo dichtbij woont?'

'Ze woont er nog niet zo lang. Een jaar hooguit. Maar het punt is –'

'Wat?'

'Nou, wat ik al zei. Ze wil je ontmoeten.'

'Waarom heeft ze me dan niet opgezocht?'

'Ben je soms niet getrouwd? Heb je geen drie kinderen?'

Dat was een flinke dreun.

Sandy kromde en rechtte haar rug. Ze kwam overeind, vond haar Blam-T-shirt en zei: 'Ik weet het niet. Wil je dit nogmaals meemaken?'

'Het had nu al niet moeten gebeuren.'

'Waarom gebeurde het dan?' Ze glimlachte. 'Trek het je niet aan. Ik ben overigens op weg naar Sydney. Ik heb een poosje overwogen op Gabriella te wachten maar dat moet ik niet doen.'

Sandy's geur kleefde me aan. Ze liep mijn kantoor uit en ging terug naar het restaurant waar ze buiten mijn blikveld was, maar haar geur bleef achter. Die bleef overal hangen. Vanaf de plek waar ik op de bank lag verbeeldde ik me dat het hele restaurant rook naar eten en de onmiskenbare geuren van de wellust. Sandy kwam terug met haar tas. Ze haalde een notitieblok tevoorschijn en een pen en schreef linkshandig. Gabriella was rechtshandig. De zusters verschilden zozeer van elkaar dat ik besefte dat ik schuldig was aan dat ene, dat wordt aangegeven met dat botte en ontzielende woord: overspel.

'Hier,' zei Sandy, terwijl ze een blaadje afscheurde en het aan mij gaf; maar toen ik mijn hand uitstak, trok ze het terug.

'Wat is dat?'

'Ik weet niet wat je van plan bent, maar als je haar nodig hebt, kun je haar hier vinden.'

'Geef dan.'

'Moeten we niet ruilen?'

Haar spel was dus niet ten einde. Ik kwam van de bank af en liep naar mijn bureau. Het dagboek lag naast mijn computer en ik pakte het en gaf het haar met een vreemd gevoel van – niet van opluchting, maar van ontlediging.

Sandy woog het op haar hand. 'Dat is een heleboel.'

'Meer dan je had verwacht?'

'Nee. Ze is schrijfster. Dat is haar werk. Ze gebruikt haar nieuwe naam.'

'En die is?'

'Die staat hier.' Ze gaf me het papiertje, en de naam en het adres zeiden me niets. 'Zazuella?' zei ik, 'Zazuella O'Connor? Wie zou daar verdomme intrappen? Je neemt me in de maling. Zazuella is geen naam.'

'O nee?' Sandy lachte. 'Zazò wel? Of Capistrano?'

'Geef me het telefoonnummer.'

'Geen telefoon.'

'Ik trek het na.' Ik las het adres nogmaals. 'Dit is nog steeds een spelletje, of niet soms?'

'Nee. Ik weet het niet. Ik heb haar ontmoet en met haar gesproken en wil haar nog steeds leren kennen.' Sandy slingerde haar tas om haar schouder. 'Guy is vast benieuwd waarom ik niet op de repetitie ben.'

Sandy liep mijn kantoor uit en vanaf mijn plek zag ik haar naar de voordeur lopen. Ze keek achterom en zei: 'Veel succes,' en ik hield haar niet tegen. De deur viel in het slot en ik wist niet wat ik ervan moest denken. Dit was het soort bizarre droom waar je doodmoe uit ontwaakt, waarna je je precies zo voelt als ik nu, naakt en stom op een plek die je vertrouwd zou moeten zijn.

Met een zwaar hoofd dwaalde ik door de zalen van het restaurant. Die waren donker. De stroom was er nog steeds af. De telefoon bromde, maar de klokken stonden stil. Er kletterde regen tegen de ramen. Met water en zeep boende ik in de toiletruimte de naam Zazz van mijn onderarm en de geur van Sandy Zazò van de rest van mijn andere ledematen. Toen ik een blik in de spiegel wierp, zag ik een gezicht dat ik niet kende. Eenmaal aangekleed was ik tijdenlang bezig de boel in de keuken op te ruimen en schoon te maken, deed vervolgens het deksel op de pan en draaide hem in een tafelkleed waar ik twee knopen bovenop legde, zoals het hoort.

Zazuella O'Connor. Gelul.

Ik liep naar de telefoon. De informatiedienst vertelde me dat er in heel het land geen aansluiting bestond op die naam. Vervolgens draaide ik een ander nummer.

'Larry, d'r is hier iets aan de hand. De stroom of zo. Kun je even komen kijken wat er aan schort?'

Het klonk heel gewoon, maar ik was niet meer dezelfde, want Sandy was foetsie en mijn huwelijkstrouw ook. Ik was benieuwd of mijn meisjes bij mijn thuiskomst zouden beseffen dat de man die ze omhelsden niet hun vader was maar een vreemde. Ik voelde me zo vermoeid en teleurgesteld. Ik had er altijd van gedroomd dat ik van een enorme teleurstelling bevrijd zou worden wanneer ik zou horen dat Gabriella Zazò nog leefde, en nu wist ik dat dat nog een leugen was in een leven vol leugens. Ik verliet het restaurant nog niet; ik rekte de boel alsof er zich een oplossing zou aandienen. Wat kon ik natrekken: boekwinkels en bibliotheken. Vanbinnen voelde ik me beroerder dan ooit. Ik had Sandy gegeven wat ze hebben wilde en ze had gegeven wat ik nodig had. Ik kon natrekken wat ik wilde, maar er zat niets anders op dan Gabriella op te zoeken; dat zou ik beslist doen. En als ik dat deed, als ik de band met mijn gezin verbrak, zou ze me eindelijk vertrouwen.

Daar wachtte ze op.

Ik keerde terug naar mijn kantoor, omdat ik vergeten was dat Gabriella's dagboek daar niet meer lag.

Nadat het me zovele jaren van mijn leven had vergezeld, voelde het nu of ik het Boek van Vuur kwijt was, maar misschien moest ik er niet zo over denken. Het boek was naar een nieuwe rechtmatige eigenaar gegaan. Toch voelde het niet alsof ik van een last was verlost, maar wederom was bestolen.

DE TWEE OUDERS, DE ENE VROUW EN DE DRIE VEELEISENDE DOCHTERS VAN SALVATORE CAPISTRANO

Later die avond was mijn vader boos op Lara, de jongste, die zich dan ook vanaf het ogenblik dat ik binnenkwam helemaal treurig kijkend en klagerig aan me vastklampte. Het feest en de dag hadden te lang geduurd en waren te benauwd geweest en vervolgens waren ze in de regen vast komen te zitten op het overvolle parkeerterrein; en mijn papà en zijn jongste kleindochter waren oververmoeid geweest en daardoor op elkaar gaan mopperen en afgeven.

Het was altijd hetzelfde liedje met die twee. De oudste van de familie lag altijd met de jongste overhoop. En ze hadden ook een heel sterke band. Niettemin hoefde hij haar maar boos aan te kijken of ze was in tranen. Was ze te veeleisend met haar spelletjes en liedjes, dan raakte hij zijn geduld kwijt. Soms negeerde ze hem, deed ze of hij lucht was. Op andere momenten droeg hij haar voor haar plezier op zijn schouders van kamer naar kamer, eindeloze uren lang, middagen lang die overgingen in avonden, speels genoeg om paardje met haar te rijden of bij haar op de marmeren vloer van de speelkamer te gaan zitten spelen met poppen of vetkrijt, opdat ze zich niet eenzaam zou voelen. Zo deden Siciliaanse mannen dat met kinderen. Stoer enerzijds en anderzijds als lammetjes. Ik werd er onredelijk kwaad om.

Ma pakte de ingepakte pan van me aan en zei, in een poging de boel op te fleuren, dat zij de pasta zou koken aangezien haar zoon het zware werk al had gedaan. Ik haastte me naar de badkamer om me onder de douche te ontdoen van eventuele sporen van Sandy.

Ik had me nauwelijks ingezeept en de gezinsshampoo in mijn haar gemasseerd en over mijn gezicht laten lopen of Irina kwam binnen. Ze leunde tegen de muur tegenover me en bleef met over elkaar geslagen armen door het matglas tegen me staan praten. Die dag hadden zij en haar collega-acteurs en andere medewerkers te horen gekregen dat de productie van *Bloedbruiloft* was gestopt voordat ze zelfs maar had kunnen beginnen, omdat het bedrijf, SmashtimeCrashtime Theatre, financieel was ingestort, net als zoveel van zijn voorgangers. Irina probeerde hier niet koeltjes onder te blijven; ze gooide het er allemaal uit. Dus spoelde ik alle zeep en shampoo van me af en kwam druipnat onder de douche vandaan en sloeg mijn armen om haar heen terwijl zij hartverscheurend huilde.

'Er komt wel iets anders. Er komt vast wel weer iets nieuws.'

Ik wist hoe belangrijk het voor Irina was om iets buiten haar wereld van moederschap en vrouwschap om te hebben, en nu had ze de kans niet eens gekregen om zichzelf te bewijzen. Het duurde even voor ze zichzelf weer onder controle had.

Ze zei: 'Ik ben blij dat iedereen er vanavond is, al zijn ze in een slechte bui. Het is goed om iedereen dichtbij te hebben.'

Vervolgens liet Irina haar blik ietsje zakken, tot vlak onder mijn schouder.

'Sam,' zei ze, haar pupillen volledig donker en wijdopen, 'aan wie heb je dat te danken?' en toen ik in de beslagen spiegel keek, zag ik dat de aanslag de zuigplek vlak onder mijn sleutelbeen niet aan het zicht onttrok.

Het enige dat ik uit wist te brengen was: 'Gabriella Zazò is terug,' en toen riep ma vanuit de keuken dat we allemaal aan tafel moesten komen.

We verdeelden de pasta en sommigen aten luidruchtig, vooral mijn papà, die de gladde rode slierten het liefst op de ouderwetse Siciliaanse manier opslurpte en wiens lippen rood waren van de saus. Ma was eleganter, maar ze praatte en praatte en liet al kauwend het eten in haar mond zien, zich volstrekt onbewust van de gevoeligheden van de andere aanwezigen. Ik kreeg sowieso geen hap door mijn keel en Irina staarde me aan, en de tweeling, Natalie en Annie, zat met het eten te spelen alsof het leefde. Ze hadden hun buikjes waarschijnlijk vol drop en snoep van het feest. Vervolgens toonde Annie Natalie dat ze het korstje van een zere plek op haar arm kon optillen en het verse roze wondje eronder kon tonen.

'Annie!'

Ze schoot overeind en staarde me met grote bange ogen aan. Ze stond op het punt om in janken uit te barsten en als ze niet zo was geschrokken zou ze dat ook vast hebben gedaan. Maar het waaide over en ze ging verder met het kriegel heen en weer rollen van een gehaktbal van de ene kant van haar bord naar de andere. Vanaf dat moment gedroeg Annie zich even humeurig als haar moeder. Ma legde een hand op de mijne om duidelijk te maken dat ik niet zo streng moest doen. Buiten kletterde de regen neer, maar binnen bleef het niettemin plakkerig heet. Mijn papà dronk wrange rode wijn uit Stanthorpe en Lara hing jammerend bij me op schoot, waardoor het me zwaar viel om een hap binnen te krijgen omdat ze steeds haar gezicht tegen mijn overhemd duwde en met haar voetjes tegen mijn schenen schopte en jammerde, jammerde en nog eens jammerde. Haar lijfje was warm en ongedurig en voelde zich ongelukkig. Ze kon me ook geen ogenblik met rust laten. Onder het luidkeelse pastazuigen en smakken met zijn natte rode lippen na elke slok rode Stanthorpe, gluurde mijn papà op zijn bekende pesterige manier naar Lara en brak zij weer in tranen uit en begon te snotteren en te trappelen alsof haar mooiste barbie in duizend stukjes was gebroken.

Ik sloeg met mijn hand op de tafel en alle bestek en serviesgoed schoten omhoog.

'Wat doe je nou?' riep mijn vader vanaf de andere kant van de tafel. 'Wat doe je nou? Laat haar met rust! Kun je dat kleine kind niet met rust laten?'

Door dat geschreeuw vergezelden Natalie en Annie Lara in haar gejammer. Het gejank was oorverdovend. Mijn ma haalde de kinderen van tafel en nam ze mee de kamer uit. Ik hoorde haar de kinderen op een of andere grootmoederlijke manier sussen zoals ze dat vroeger ook met mij deed.

Mijn papà bleef ondertussen dooreten en legde vervolgens zijn vork neer en veegde toen zijn mond met de rug van zijn hand af en vervolgens met de rug van de andere hand. Hij keek eerst naar Irina. Zijn oude ogen waren nog bruiner dan zijn zongebruinde Siciliaanse huid en nadat hij haar in ogenschouw had genomen, wendde hij zich tot mij. Hij zei lange tijd niets en ik staarde terug, woedend en uitdagend. Woedend op alles en iedereen waardoor de aderen kloppend op mijn slapen moeten hebben gelegen. Mijn papà keek me zo lang aan als hij nodig vond. Hij had geen haast. Ten slotte zei hij, na me helemaal te hebben geobserveerd, en op vriendelijker toon dan een wilde stier als hij waarschijnlijk ooit iets had gezegd: '*Figlio, cosa c'è?* Wat is er aan de hand, zoon?'

Ik had dat oude boerendialect van ons nog nooit van mijn leven zo liefdevol horen klinken. Het dialect van de velden en bergen, onbelast door de Siciliaanse literatuur of cultuur, was een taal om ezels mee terecht te wijzen, om hatelijk te schreeuwen of gepassioneerd te brullen, maar dit – dit was iets nieuws. Hoe vaak had ik niet staan bibberen als mijn vader woedend was uitgevallen, tekeer was gegaan tegen mij en de onrechtvaardigheden van dit leven? Maar dit wat er nu gebeurde was veel beangstigender dan dat allemaal ooit was geweest.

Omdat ik me erdoor schaamde.

Ik keek naar mijn handen en wat ik zag was hoe ze Sandy's borsten kneedden en haar vulva beetpakten en haar billen optilden om me beter toegang tot haar te verschaffen.

Irina boog zich naar me toe en rukte mijn overhemd zo hard open dat er drie knoopjes over de eettafel vlogen, waarvan er eentje in de schaal pasta belandde.

Inmiddels was mijn moeder teruggekeerd. De kinderen waren stil. Zij en mijn papà, die allebei niet meer zulke beste ogen hadden, moesten goed kijken. Mijn ma zette haar bril op en gaf die vervolgens door aan haar man opdat hij kon zien wat zij zag. Ze keken naar mijn zuigplek en ze keken naar Irina.

Ze zei: 'Volgens jullie zoon is Gabriella Zazò terug.'

'Gabriella Zazò'

'Hij zegt het.'

Ma was gerimpelder dan ooit en zei terwijl ze hem bij de arm greep tegen haar echtgenoot: 'We moeten gaan.'

'Nee,' zei Irina. 'Blijf. Waarom zouden jullie weggaan?'

De geest van mijn vader was in al die jaren niet trager geworden. Hij begreep nog altijd genoeg om te weten hoe mannen zich gedragen. Hij herinnerde zich de kleine Gabriella Zazò evenzeer als anderen, en hij en ma schoven de schuld van het afglijden van het veelbelovende leven van hun veelbelovende zoon indertijd uiteraard in haar schoenen.

Hij zei: 'Ze is niet terug. Ze is dood. Dat heeft een of andere heks gedaan.'

Irina zei: 'Wie heeft het gedaan, Sam?'

Ik zei, omdat dat op een of andere manier waar was, zij het niet op elke manier: 'Gabriella Zazò.'

Mijn papà zei: 'Die meid is waardeloos. Je dacht altijd dat ze wel terug zou komen. Moet je zien wat ze met je heeft gedaan. Je had wel in de gevangenis kunnen belanden door wat ze met je heeft uitgespookt. Ze had dood moeten blijven. Oké, ze was je vriendin, maar dat is twintig jaar geleden. Ze heeft je leven bijna verwoest. Heb je ooit onder ogen durven zien dat ze je leven wilde verwoesten? Waarom heeft ze je daar met die oude man achtergelaten? Waarom is ze nooit teruggekomen? Dus ze is destijds niet ontvoerd. Dus ze is niet gekidnapt. Ze is weggelopen, zit het zo? Dat soort mensen bestaat. Heksen, zigeuners, die spreken vervloekingen uit. Als zij er niet was geweest zou je nu dokter of advocaat zijn. Maar moet je kijken wat je desondanks hebt. Ondanks haar. Ondanks Gabriella Zazò. Moet je eens kijken wat je hier in dit huis hebt. Spuug haar in haar gezicht als ze terugkeert. Dat zal ik tenminste doen. Doe je dat? Zul je die kleine heks in haar gezicht spugen?'

Ik zei: 'Nee.'

Irina zei: 'Zoek je haar nog eens op?'

Ma zei: 'Zeker niet!'

Ik zei: 'Ja.'

Ma zei: 'Hij is behekst. Moeder Maria, hij is behekst.'

Irina zei: 'Hoe vaak heb je d'r geneukt?'

Mijn ma zei: 'Wat nou neuken? Wie heeft het daar over? Dat heeft hij nooit gedaan.'

'Hoe vaak vandaag en hoe vaak gisteren en hoe vaak vorige week?'

Zelfs mijn ma wilde die vraag niet voor me beantwoorden.

'Oké,' zei Irina. 'Zeg me alleen hoe lang dit al aan de gang is?'

Ik zei: 'Alleen vandaag.'

Irina zei: 'Vandaag – is dat alles?' en sloeg me in mijn gezicht. Ik bleef omlaag kijken. Mijn ma noch mijn papà trachtte haar tegen te houden. Ze zei: 'Waar is ze nu?'

Ma zei: 'Hoe moet hij dat weten? Hoe kan hij nou weten waar ze is? Het kan hem niet schelen. Zeg tegen je vrouw dat het je niet kan schelen. Zeg tegen je vrouw dat je haar nooit meer zult ontmoeten. Hij zal haar nooit meer ontmoeten, Irina, maak je geen zorgen. Die hele familie is verdorven. Wat kunnen ze hem schelen?'

Ik zei: 'Gabriella woont op een strand op North Stradbroke Island. Ik weet niet wat ze daar doet. Misschien is ze schrijfster of iets dergelijks. Haar familie gelooft dat ze dood is, net als ik steeds heb gedacht. Haar hele familie behalve haar zusje. Hoe heet ze, Sandy.'

'Is Sandy hier ook bij betrokken?'

Ik knikte een beetje, bang om iets te zeggen, bang om de waarheid eruit te flappen.

'Heb je ze vandaag ontmoet? Allebei of maar eentje? Jij zei dat je de administratie ging doen.'

'Ik heb Sandy dat dagboek gegeven dat ik toentertijd heb gevonden.'

'Had je dat bewaard?'

'Ja.'

'Waar?'

'Hier, in mijn kamer.'

'Verstopt.'

'Ja – verstopt.'

Irina wendde haar blik van me af. Ze sloeg haar ogen neer en zei: 'Je hebt al die jaren dat je met mij samen was met een geest geleefd. En nu weet je waar ze woont. Een of ander strand –'

Mijn vader riep: 'En wat kan het je schelen?'

Irina zei: 'Je gaat naar haar toe. Je gaat echt naar haar toe.'

Lara kwam weer binnen en toen ik goed keek zag ik Natalie en Annie zich onhandig om de hoek verstoppen, alles afluisterend, doodsbenauwd en ernaar verlangend om binnen te mogen komen en te worden getroost.

Lara zei: 'Pappie, ga jij naar het strand?'

Ik nam haar gegeneerd weer op mijn knie. Maar niet zo gegeneerd om niet te zeggen: 'Ja. Pappie gaat naar het strand.'

'Ik wil mee. Ik vind het strand leuk.'

Irina stak haar armen uit en tilde Lara van mijn schoot en zette haar op de hare. Lara sloeg haar armen om haar hals en keek me afkeurend aan.

'Je kunt niet mee, schatje. Pappie gaat alleen.'

'Sniet eerlijk.' Lara wreef in haar oogjes. Op dezelfde toon waarop ze zei dat ze reuze honger had of moest plassen: 'Ik wil mee.'

Natalie en Annie zwalkten zo'n beetje de kamer binnen. Natalie, die soms de meest serieuze en volwassene van de hele familie was, zei: 'Waarom mag jij wel en wij niet?'

Annie zei: 'Wij willen ook. We willen altijd mee. Je neemt ons nooit mee. Je neemt ons helemaal nooit mee.'

Mijn papà zat me nog steeds hoofdschuddend aan te staren. Ma hield de handen van mijn vrouw vast en er liepen tranen over haar wangen. Irina troostte Lara, streelde haar roze wang en in haar eigen oog balanceerde een dikke traan als een rots boven een afgrond. Ik wilde het huis uit rennen, alle straten van ons keurige buitenwijkje door. Ondertussen vormde de regen, die de ramen zachtjes streelde, als het ware honderden gedachten tegelijk, vroeg toegelaten te worden.

Mijn papà keek nog langer naar me en duwde vervolgens zijn bord van zich af. 'Als jouw zoon ook maar een greintje fatsoen in zich heeft,' zei hij tegen mijn ma, 'neemt hij zijn hele gezin mee naar dat verdomde strand.'

Natalie en Annie schrokken van het woord dat hij bezigde. Het leek of ze verwachtten dat het huis nu onmiddellijk door een of andere ramp zou worden getroffen. Toen er niets gebeurde, sloegen ze hun handen voor hun mond. Ik wist zeker dat ze morgen elke gelegenheid zouden aangrijpen om 'verdomd' te zeggen.

Lara schopte geërgerd in zijn richting. Terwijl ze haar neus plette zei ze: 'Nare oude man. Nare, nare oude man,' en Irina duwde haar stoel achteruit.

Met haar armen wijd zei ze tegen de meiden: 'Kom op,' en ze verdrongen zich om haar heen en liepen de kamer uit.

Zodoende zat ik daar met mijn ma en papà, die me op hun trieste en merkwaardig onnozele manier zaten aan te kijken, zich afvragend wie of wat hun zoon eigenlijk was.

Ik sleepte mezelf uit bed en begon me aan te kleden.

Irina zei: 'Neem voor je vertrekt afscheid van je kinderen.'

'Die slapen nog. Ik wil ze niet wakker maken.'

'Dat is het antwoord van een lafaard.'

Ik gooide wat spullen in een tas. Irina draaide het bedlampje aan en kwam me helpen.

'Hier heb je wat schone shirts. Heb je ondergoed nodig? Ben je vergeten. Zwembroek? Jullie gaan vast wel zwemmen, denk je niet? Hier zijn je sandalen. Op het strand kun je geen schoenen aan. Vergeet je scheerspullen niet.'

Ze kroop weer in bed en draaide de lamp uit.

Ik liep de slaapkamer uit, met de volle tas over de gang langs de kamers van de meisjes. Hun deuren stonden op een kier, maar ik keek niet naar binnen. Ik ging naar beneden, naar de keuken, deed het licht aan en stond toen verblind te knipperen. Toen ik mezelf een glas water inschonk en het leegdronk, trilden mijn handen zo dat ik het met twee handen tegen mijn lippen aan moest drukken. Door het raam zag ik de ononderbroken zomerregen vallen. Ooit hadden Gabriella en ik boven in die mangoboom in New Farm samen op een tak gezeten tijdens zo'n zware bui. We waren nat gespetterd en rillerig geworden, maar hadden met elkaar geknuffeld en gezoend en gelachen omdat het ook leuk was.

Op de keukentafel lagen drie tekeningen in vetkrijt op grote vellen vetvrij wit papier.

De eerste stelde een kleurrijke clown voor met een grote bananenglimlach. Die was van Lara.

De tweede, een grote gele zon die straalde boven een oceaan waarin een walvis zwom. Die was van Annie.

De derde, een familie aan het strand. Natalie kon het beste tekenen van het drietal. Om een of andere reden tekende ze mij altijd met mijn bril op hoewel ik die niet vaak droeg, alleen tijdens het werk. Ik kon mezelf altijd herkennen op haar tekeningen. Op deze stond de man met de bril op het strand terwijl er zwarte en goudgele hoofden voor hem op het water dreven. Er staken handen omhoog, met gespreide stokachtige vingers in alle kleuren van de regenboog. Iedereen had een lachende mond op hem na. Er hing een gestreepte bal in de lucht. Die zweefde boven de zwarte en goudgele hoofden, die Irina, Annie, Lara en uiteraard Natalie zelf moesten voorstellen.

Ik liep naar de voordeur en deed die open en die regendruppels op mijn gezicht deden me op een of andere manier denken aan de zoentjes van Gabriella Zazò. Welriekende, zoete, nimmer aflatende zachte lippen die de mijne beroerden en eeuwig bezetten. Toen ik me omdraaide, stond Irina daar in het lange katoenen T-shirt dat ze als nachtjapon gebruikte.

Ze zei: 'Sam –'

Ik zei: 'Stel je voor dat je liefde voor mij overgaat als ik weg ben? Stel je voor dat er iets met de meisjes gebeurt? Stel je voor dat een van hen verdwijnt? Stel je voor dat je me nooit meer binnenlaat?'

We bleven elkaar aankijken.

'Alsjeblieft, Irina,' zei ik, 'laat me er weer in.'

'Ach, idioot,' zuchtte Irina. 'Je bent nog niet eens vertrokken.'

EEN ACHTERSTALLIG BEZOEK AAN TONY SOLERO

Doordat het een soort open gevangenis was met weinig toezicht, ver weg op het platteland, kon ik met Tony Solero in de zon op een bankje zitten. Aan de overkant van het gevangenisterrein speelde een groep mannen basketball of football en anderen dwaalden alleen of samen rond, praatten zachtjes of lachten om een grapje of rookten in hun eentje. Anderen stonden rijen te schoffelen in een moestuintje, waar de maïsstengels en groene wijnranken gezond en overvloedig oogden.

'Ik had verwacht dat je vaker zou komen. Vind je het hier niet prettig?'

'Nou,' zei ik, 'het gaat wel.'

'Bedankt voor het schrijven, trouwens. Er zijn er maar weinig die de moeite nemen. Overigens krijg ik volgend jaar proefverlof en als het allemaal goed gaat ben ik nog een jaar later weer helemaal vrij man.' Tony strekte zijn benen. 'Het houdt je aan de gang, over dat soort dingen nadenken.'

'Het restaurant staat voor je open.'

'Nog steeds goed?'

'Beter.'

Hij knikte met zijn grote hoofd en kneep zijn ogen tegen het licht tot spleetjes.

'Dat beweer je in je brieven ook steeds. Maar daar heb ik ook over nagedacht. Het betekent niet zoveel voor me. Eerlijk gezegd helemaal niks. Ik heb het mijne wel uit La Notte gehaald. Ik heb meer dan genoeg geld op spaarrekeningen staan. De rechter heeft het niet allemaal te pakken weten te krijgen, niet eens de helft. Goed, hè? Jij moet aan je gezin denken. Notte e Giorno is officieel jouw eigendom, laten we het maar zo houden.'

'Dat hebben we zo niet afgesproken.'

'Nu wel.'

Op het basketbalveld begonnen twee dikke mannen ruzie te maken. De anderen haalden hen uit elkaar en vervolgens werd er collectief handen geschud. Het viel me op dat er geen bewaker in de wijde omgeving zichtbaar was en dat de hekken ver weg schenen. Het trof me ook dat Tony geen woorden meer wilde vuilmaken aan het restaurant.

Dus zei ik: 'Je ziet er goed uit, cumpari.'

'Ja, ik ben de afgelopen maanden wat afgevallen. Het sporten bevalt me wel. Ook weer leren boksen. Je verleert het nooit en soms is het hier wel eens handig. Weet je dat Bob Dylan bokst? Kun je je voorstellen dat die oude zak erop los timmert? De meeste witteboordenjongens hier zijn doetjes, maar er zitten wel eens een paar klootzakken tussen. 's Nachts is het het linkst. Ze wachten je op. Er was een keer zo'n gestoord geval onder de douche die zijn salami in mijn oor wou steken, maar ik trof hem in de tweede ronde van een wedstrijdje dat we hadden georganiseerd. Tjonge wat een lekker gevoel toen ik die plat kreeg.' Tony grijnsde bij de herinnering. Op een of andere manier was hij twee tanden kwijtgeraakt, die naast zijn voortanden, aan de rechterkant. Hij zag me kijken. 'Maak je geen zorgen, ik ben geen bruinwerker geworden. Daar heb ik me niet toe verlaagd.'

Ik zei: 'Dat had ik ook niet verwacht.'

'En wat is er trouwens zo aantrekkelijk aan de harige aars van een vent?' vroeg hij. 'Dat zou ik nou wel eens willen weten. Een paar weken geleden moest de dokter mijn prostaat onderzoeken en ik zie niet in wat daar de lol van is. Ik droom alleen maar van tieten. Tieten tieten tieten tieten tieten, dag en nacht.'

'Lekkere borst,' zei ik.

'Lekkere borst?'

'Dat heb ik wel eens iemand horen zeggen.'

'Tieten en liefst verse pasta. Het eten dat ze hier proberen klaar te maken is afgrijselijk en die klootzakken hebben me nog geen echtelijke-plichtenbezoekje gegund met Santina. Daar hebben ze van die caravans voor. Ik kweek hier verdomme de beste boontjes en tomaten en dan zeggen ze dat ik die tien minuten alleen met mijn vrouw nog steeds niet heb verdiend. Maar ik blijf ernaar vragen.'

Tijdens de hoogtijdagen van La Notte had het goede leven zijn gebruikelijke uitwerking gehad op Tony en was hij zwaarder geworden; zijn nek was zo dik als die van een stier en hoewel hij nog steeds aan de forse kant was, hadden zijn armen en schouders weer de dichtheid van spiermassa. Onderweg naar het bankje was me een zekere lichte tred aan hem opgevallen. Ik begreep dat hij het leuk vond om weer te leren boksen, en misschien hielp dat voortdurende aan borsten denken hem wel aan dat kleine beetje extra energie om gewichten te heffen in de sportzaal – of kwam het door die zombies die hem in het donker lagen op te wachten, wie zou het zeggen?

Ik zei: 'Herinner jij je Gabriella Zazò nog?'

'Huh. Daar heb ik al een hele poos niet meer aan gedacht.'

'Ik geloof dat ze weer is opgedoken.'

'Ben je gek geworden?'

'Ik geloof niet dat ze dood is.'

'Gelul.'

'Nee.'

'Hoe bedoel je, dacht je van niet?'

'Ik heb het van horen zeggen.'

Tony zei: 'Van horen zeggen liegt men veel. Geloof wat je ziet. Hoe lang is het, twintig jaar?'

'Twintig jaar. Haar grootvader is overleden. Herinner je je Enrico Belpasso?'

'Week in zijn hoofd, maar opgeknapt, toch? Dus nu is hij dood en komt zij terug.' Tony fronste zijn wenkbrauwen nu hij het zich weer allemaal herinnerde. 'Nee, dat kan niet. Godverdomme. Bedoel je dat ze niet gekidnapt was of zo?'

'Ik denk dat ze is weggelopen.'

'Waarom?'

'Iets over het heelal.'

'Wat?'

'Ik weet het niet.'

'Wat vindt haar familie ervan?'

'Die weten het nog niet, behalve haar zus Sandy. Die heeft het me verteld, gisteren pas.'

'Sandy. Nooit gezien. Die werd erna geboren toch? Maar weet je, ze moet het haar familie wel vertellen. Jij moet het ze vertellen. Als er ook maar de geringste kans is – waar wacht je op?'

'Ik moet eerst iets van jou weten.'

'Van mij? Wat heb ik ermee te maken?'

'Niks, maar ik ben wel ergens benieuwd naar. Het knaagt

aan me. Het heeft te maken met iets dat jij me ooit hebt verteld, toen ik je hier voor het eerst bezocht.'

'Wat?'

'Over Pietro Pierucci.'

Tony draaide zich naar me om en staarde me aan.

Ik zei: 'Je zei dat je als je hieruit kwam misschien wel naar een of ander afgelegen strandje zou vertrekken. Je zei dat je dat misschien zou doen, net als Pietro Pierucci. Weet je dat nog?'

Tony maakte een sissend geluidje tussen zijn tanden door en trok een gezicht.

'Je verzon dat niet zomaar. Het was niet zo dat je je voorstelde dat hij dat zou gaan doen.'

'Sam, je moet dat gelul van mij niet zo serieus nemen.'

'Nee, je wist wat hij wilde. Dus hoe lang hij er ook al vandoor is, op de een of andere manier hebben jullie nog...'

'Hij heeft me geschreven.'

'Hij heeft jou geschreven?'

'Ja.'

'Waarvandaan?'

Tony schraapte zijn keel en keek naar de blauwe hemel terwijl hij zijn gedachten op een rijtje zette. 'Wat maakt het nu nog uit. Volgens mij was het toen Adelaide of daar ergens in de buurt. Hij zei dat hij niet lang zou blijven.'

'En heeft hij daarna een strandje voor zichzelf gevonden?'

'Maar waarom wil jij dat weten? Je weet dat het allemaal moeilijk ligt. Na alles wat hij heeft gedaan is het feit dat hij me schreef...' Tony schudde zijn hoofd. Hij wreef in zijn ogen en vervolgens over zijn wangen. 'Eerst heb je het over kleine Gabriella en dan over die verrekte Pierucci. Wat maakt het nou uit of hij wel of niet een strand voor zichzelf heeft gevonden? Dat heeft hij gewoon één keer geschreven.'

'Eén keer. Of hou je nog steeds contact?'

Tony ging verzitten. Dat kon hij niet zeggen. Hij zei: 'Je

houdt je mond erover, oké? Het is al moeilijk genoeg voor hem om uit de wind te blijven.'

'Wat kan het je schelen of hem wat overkomt?'

'Het kan me schelen, toch wel.'

'Waar is hij?'

'Cumpareddu, hij maakt zich niet meer druk om de kleine Gabriella Zazò.' Tony schudde zijn grote kop, glimlachte, nog steeds een tikje ongelovig. 'Ex-hoofdrechercheur Pietro Pierucci. Grappig dat die naam steeds weer opduikt. Hierbinnen hebben ze het ook over hem, moet je weten. Je zou ze moeten horen als ze wisten dat ik contact met hem had. Maar hoe weet jij of we nog altijd contact houden?'

Dat was een goeie vraag, en voor een goed antwoord kon ik op niets anders terugvallen dan op die oude banden die nooit echt verbroken raken.

'Doordat jullie vrienden waren. Omdat hij waarschijnlijk nergens anders vrienden heeft.'

Tony knikte, lachte besmuikt, maar eigenlijk was het geen lach. 'Een corrupte smeris die doorslaat en iedereen verlinkt om zelf uit de bak te blijven maakt moeilijk nieuwe vrienden, dat is duidelijk. De meeste mensen, of het nou smerissen zijn of niet, zouden hem liever in zijn bek schijten. Dat wilde ik ook.'

'Dan heb ik dus gelijk.'

'Het begon met brieven. Ik zou hem niet hebben weten te vinden.'

Tony ging verzitten en pakte iets uit de achterzak van zijn spijkerbroek. Hij haalde een smerige in vieren gevouwen envelop tevoorschijn.

'Hij heeft lang geschreven voor ik de moeite nam om te reageren. Twee jaar, zo'n beetje. Maar ik bleef benieuwd naar wat hij te vertellen had. Het was niet echt interessant, maar wat me uiteindelijk toch trof was dat hij het überhaupt wilde zeggen. "Sorry Tony." En nu schrijven we dus. Hij schrijft niks anders over wat hij nu doet behalve dat hij een baby heeft weten te scoren. Moet je nagaan, op zijn leeftijd. Hij gaat maar door over alles wat hem is overkomen. Hij noemt jou nooit en Gabriella Zazò al helemaal niet.'

'Maar waarom schrijft hij jou denk je?'

'Sam, als hij niet iedereen had verraden, als hij geen bewijzen had overlegd en iets voor zichzelf had geregeld, zou hij in een zwaarbewaakte gevangenis zijn beland en daar houdt iemand als hij het niet lang uit. Er zitten weinig watjes in zulke gevangenissen en smoezende smerissen staan er op gelijke hoogte met kinderverkrachters. Iets lagers kennen ze daar niet. Ik heb verhalen gehoord die ik zelf niet kon geloven. Pierucci zou al heel snel een schroevendraaier in zijn hart hebben gekregen of een eindje prikkeldraad om zijn strot. Of als hij daar te taai voor was dan zou zijn balboekje in elk geval voortdurend vol hebben gestaan, als je begrijpt wat ik bedoel. Dus heeft hij een deal gesloten. Had ik ook gedaan. Maar dacht je dat een ouwe ijzervreter als hij het zo gemakkelijk kon verteren dat hij de lafaard had moeten uithangen? Weet je wat hij me een keer schreef? Hij schreef dat hij altijd had gedacht dat hij in een vuurgevecht zou sneuvelen in New Farm, bij een poging om een of ander onnozel joch te redden, en toen puntje bij paaltje kwam bewees hij alleen maar wat voor lafaard hij was. Hij schreef dat hij sinds dat ogenblik wou dat hij dood was. Hij schreef het zelfs op, zwart op wit, en stuurde mij dat toe. Moet je je voorstellen! Hij!' Tony zuchtte. 'Wat verwacht je nou van me, moet ik hier al die jaren Pietro Pierucci gaan zitten haten?'

Ik stak mijn hand uit naar de envelop.

'Zijn naam staat niet achterop, maar zijn adres wel. Ze controleren de post hier niet.' Tony wees. 'Kijk, dat daar. Hij heeft zich uit de maatschappij teruggetrokken en wil dat de rest van zijn leven volhouden.'

Ik staarde naar de plek waarop Tony wees. Ik had mijn bril niet op en kon het dus slecht lezen, maar dat ik licht in mijn hoofd werd kwam niet doordat ik mijn oogspieren zo moest inspannen. Het was de verrassing dat ik het zozeer bij het rechte eind had gehad.

'Dat is een strand op North Stradbroke Island. Deadman's. Het is een prima plek, erg rustig en vredig, weet ik nog. Behalve in de vakantie. Ik ga een keer met mijn gezin bij hem logeren. Of misschien alleen met Santina, dan laat ik de kinderen thuis. Ik denk voortdurend aan tieten en als ik niet aan tieten denk, dan denk ik eraan dat mijn vrouw me niet heeft laten zitten toen de pleuris uitbrak of tijdens die rechtszaken. Ze is er bijna aan kapotgegaan, weet je.'

'Ik weet het.'

'Toen we trouwden had ze een geweldige voorgevel. Weet je nog?'

'Wie zou dat kunnen vergeten?'

'Ik ben een belazerde echtgenoot geweest. Ik heb het gevoel dat ik een tweede kans krijg. Maf. Ken je dat gevoel?'

Ik kneep mijn ogen dicht vanwege de brandende zon. Die blakerde nu natuurlijk ook het langgerekte, stille strand van Pietro Pierucci en Gabriella Zazò. Daar zouden ze vast zin van krijgen om naakt te gaan zwemmen in het koele, kristalheldere water voor hun deur.

'Soms.'

Tony grapte: 'Nou, wat is het verband volgens jou?'

Ik haalde het verfomfaaide papiertje tevoorschijn waar Sandy Zazò het identieke adres op had geschreven en gaf het aan Tony. Hij las het, dacht een poosje na en zei toen: 'Shit.'

'Ze wil mij ontmoeten.'

'Wil hij je ook ontmoeten?' Tony dacht nog even na. 'Misschien kun je haar maar beter schrijven.'

'Nee, ik heb zin in een weekendje naar het strand.'

Tony schudde zijn hoofd en toonde de plek waar door een of ander nachtelijk bajesdrama twee tanden verloren waren gegaan. Misschien was het toch in de ring gebeurd, maar ik bleef me niettemin afvragen of het niet anders was gebeurd en of zijn nieuwe boksvaardigheid hem veel bescherming bood en of het een genoegdoening was om vechtend ten onder te gaan.

'Ze is er niet. Dat kind is allang dood. Je moet je erop voorbereiden dat je steeds weer tot die ontdekking komt.' Tony likte zijn lippen af. Hij dacht erover na. 'Misschien is het wel een goed idee, Sam. Ga erheen en laat het eindelijk tot je doordringen. Overtuig jezelf er nou eindelijk eens van dat kleine Gabriella Zazò dood is. En als je hem ziet, als je Peter ontmoet, probeer hem dan een hand te geven en hem te vergeven. Echt te vergeven. De kapelaan hier zegt altijd dat we dat moeten doen. Pater Max zegt het zelfs als hij een rechtse hoek uitdeelt. Hij slaat je neer in de ring en helpt je dan overeind en zegt: "Ik vergeef het je, mijn zoon."' Tony zweeg eventjes. 'Maar wat doe je als ze er echt is?'

We wisselden blikken uit en Tony keek weg naar het veld waar de basketbalwedstrijd serieus begon te worden. Het zag er lomp en log uit als dikke mannen zo'n soort spel speelden. Toch lachte Tony niet om hun inspanningen. Hij bezat zelf wel enige schwung. Misschien was hij van plan mee te gaan doen als ik was vertrokken. Het was grappig. Voor het eerst in twintig jaar mocht ik Tony Solero; ik mocht mijn oude vriend eindelijk weer.

EN VAN HIERUIT KUN JE ZIEN WAT JE MAAR WILT

Op de rood geroeste, wiebelige oude autopont die ons in vijfenvijftig minuten naar het eiland bracht, dronken Irina en ik thee uit bekertjes van schuimplastic en zagen we Natalie, Annie en Lara met de twee kinderen spelen met wie ze tijdens de eerste vijf minuten van de overtocht bevriend waren geraakt. De pont stond stampvol auto's en busjes; busjes met goederen en met mensen, en vrachtwagens, grote, zelfs een achttienwieler die terugkeerde naar het eiland om er aan één van de zandwinningsprojecten te werken. Behalve al die voertuigen scheen er overal vistuig te zijn; de zee rond het eiland en de afgelegen meertjes en waterwegen waren befaamd om hun overdaad aan vis.

Maar dat was uiteraard niet wat Irina of mij bezighield.

Ze tastte naar een dunne paperback in de tas die tussen ons in stond. Het boek was het enige exemplaar dat onze plaatselijke bibliotheek bezat van *Big News From a Bad Planet* van de hand van Zazuella O'Connor. Irina sloeg het open.

'"Zazuella O'Connor is pottenbakster en schrijft kinderboeken." Nou en?'

'Ze heeft vier boeken gepubliceerd die niet meer verkrijgbaar zijn. Dit was het enige dat ze voorradig hadden en dat is meer dan drie jaar oud. Ze zeiden dat ze niet erg bekend is.'

'Denk je dat zij deze schrijfster is?'

'Ik weet het niet.'

'Heb je het gelezen?'

'Een paar bladzijden. Ik denk dat Natalie en Annie het wel leuk zullen vinden.'

'Ik lees het eerst.'

Irina gaf mij de paperback en ik stopte hem terug in de tas. Ondanks haar opmerking was het fout om dat boek mee te nemen, fout en toch belachelijk belangrijk. Het stomme was, Irina had het ingepakt, terwijl ik het thuis had willen laten, op mijn kantoor, ergens waar het zich niet kon opdringen. Maar doordat het er was gebeurde dat toch en dat was dat. Irina wilde het dus niet verborgen houden. Ik had een verhaaltje gelezen dat heel eenvoudig en direct was, over een meisje genaamd Emma dat bij haar geboorte een meter negentig was en droomde dat er vreselijke dingen zouden gaan gebeuren en er gaandeweg achter kwam dat juist het tegenovergestelde gebeurde van die erge dingen die ze droomde. Het was dus een boek over blijven hopen, als je er zo diep op in wilde gaan. Dat deed ik, en ik zocht ook naar tekenen van Gabriella Zazò. Moest dat meisje haar voorstellen? Ik had geen idee. Wat ik wel wist was dat de kinderen die ik me bij de fictionele Emma voorstelde mijn kinderen waren, Natalie en Annie en Lara.

Irina zag ze over het drukke dek rondrennen.

'Waarom heb je me teruggenomen?' vroeg ik. 'Waarom heb je me Gabriella vergeven?'

'Je bedoelt Sandy,' corrigeerde ze. 'Sandy en Gabriella.'

'Ja,' zei ik.

Ze zette haar zonnebril van vijf dollar af die ze ergens bij een benzinepomp had gekocht, opdat ik haar ogen kon zien. Ze glimlachte niet en probeerde de vraag niet te verzachten. Ze staarde naar de blauwgroene horizon terwijl er vakantievierders in wijde korte broeken en kleurrijke shirts en met grote zonnehoeden op voorbijliepen, de meeste met een tijdschrift of de zaterdagskrant in de hand.

'Vanwege alles wat we samen hebben.'

'Is dat alles?'

'Is het niet genoeg?'

Ik knikte, maar Irina dacht er nog wat langer over na. Ze was soms zo serieus dat ik me niet kon voorstellen hoe ze eruitzag, als ze lachend of zingend of sexy op een podium danste of verstoppertje of ik-zie-ik-zie-wat-jij-niet-ziet speelde met haar dochters.

'Vanwege de manier waarop je voor me zorgde toen ik Julián destijds verliet. Het was beroerd om met mij te moeten leven, maar je stond toe dat ik bleef. Je zei nooit: Maar je beloofde een week, hooguit twee weken te blijven. Weet je wat ik op een dag vond? Ik vond een noodadressenlijst. Kun je je dat stomme ding nog herinneren? Je had altijd een A'4tje bij je dat je in vieren vouwde en dat was je boodschappenlijstje, en je aantekeningen stonden erop en je nieuwe adressen en alle nieuwe telefoonnummers die je tegenkwam. Je had het verscheurd en de vorige ook en die daarvoor. Toen ik naar iets op zoek was dat ik nergens kon vinden zag ik ze tussen het vuilnis liggen. Ik was nieuwsgierig. Ik legde al die stukjes aan elkaar en zag dat het allemaal rijen meisjesnamen waren. Je vrijdag- en zaterdagavondmeisjes van La Notte. God weet wie het allemaal waren. Sharon, Shauna, Joan, Jean, Jane, ik verzin maar wat, want ik weet het niet meer. We kenden elkaar nog maar zo kort, we waren niet eens uit dat grote appartement geschopt en toch gooide je al die namen en telefoonnummers al weg. Weet je het nog? Kun je je herinneren dat je besloot ze allemaal weg te gooien?'

Ik kon me er niets van herinneren. Helemaal niets. Ik kon me het moment niet herinneren dat ik Irina had verkozen boven een heerlijk leven van vrije, bandeloze, jeugdige, dronken leegte. Het was domweg gebeurd. Ze oordeelde gunstig over me vanwege iets dat zo eenvoudig was geweest dat ik het me niet eens kon herinneren.

'Ik heb je vergeven omdat ik nooit de dag zal vergeten dat je thuiskwam in dat kleine flatje waar we woonden, wat was het, drie jaar later, en toen hadden we vaak ruzie en bespraken we zelfs of we niet beter uit elkaar konden gaan en toen vertelde ik je dat ik zwanger was. Je glimlachte en vervolgens lachte je en toen deden we het op de grond en je bezorgde me verschrikkelijke schroeiplekken door die vloerbedekking en vrijwel meteen toen je klaarkwam, zei je: "Dit is geen plek voor een kind, we hebben een huis nodig met een tuin in een straat vol bomen," en dat hebben we toen gezocht. Je hebt me aan het lachen gemaakt. Je hebt me geweldig aan het lachen gemaakt. En toen ik erachter kwam dat het een tweeling was, keek je gelukkiger dan ooit. En toen ik erachter kwam dat het meisjes waren, stonden je ogen vol tranen. Ik zag ze gewoon opwellen. Dacht je dat ik dat kon vergeten, Sam?'

De pont werd achtervolgd door zeemeeuwen. Er liepen er een paar brutaal tussen de kinderen en vakantiegangers door over het dek. Ze waren allemaal op voedseljacht. Ik zag hoe Lara er eentje probeerde te pakken, en die meeuw rende weg, pikte een windvlaag op en zweefde met vrijwel onbewogen vleugels elegant weg.

'Ik vergaf je omdat je een verleden hebt, net als ik, en omdat je mijn bezit niet bent; en je gedachten en dromen zijn mijn bezit al evenmin, want niets in het leven is eenvoudig, behalve ophouden met liefhebben en doen of je dood bent en dat heb jij niet gedaan, hoe moeilijk het ook is om een restaurant te runnen en drie kinderen op te voeden en je vrouw zo ongelukkig te zien omdat ze niet weet wat ze anders kan behalve vrouw en moeder zijn. Weet je hoeveel van mijn vriendinnen een man hebben die zo dood is als een pier? Kun je je voorstellen wat ze mij over hun mannen vertellen?' Irina schudde haar hoofd. 'En dan is er nog iets. Nog iets dat ik je moet vertellen.'

'Wat?'

'Ik heb je vergeven vanwege Gabriella. Omdat je wilde dat Sandy Gabriella was. Goed. Ik ben niet blij met wat er is gebeurd of dat je het probeerde te verbergen, maar ik probeer het te begrijpen. Ik probeer het evenzeer te begrijpen als jij. Ik heb je vergeven omdat je je Gabriella herinnert en nog steeds van Gabriella houdt, omdat je haar herinnering koestert en je haar alle goeds toewenst. Kijk je nooit rond, Sam, om je dan af te vragen wat alle anderen bezielt? Neem mij nou. Ik was elf jaar lang getrouwd met Julián, en ik was jong en beïnvloedbaar, dat klopt. Maar niet zo jong als jij toen Gabriella verdween; en toen het tijd was om hem kwijt te raken, toen heb ik dat gedaan, zomaar. Ik heb hem weggegooid. Ik heb hem uitgegumd. En dat was eenvoudig, want dat doen alle mensen, ze gebruiken anderen en gummen ze dan uit, zomaar, zeg niet dat het niet waar is. Na elf jaar samenzijn, wiste ik hem uit en vergat ik hem. Als mensen klaar zijn met elkaar, dan maken ze zich los, draaien zich om en herhalen woorden en clichés die ze uit Amerikaanse talkshows hebben opgepikt over loslaten en elkaar vrijlaten, maar feitelijk verhullen ze het feit dat het ze echt niet kan schelen. O, het kan ze natuurlijk wel wat schelen, het zit ze wel dwars dat ze iemand kwetsen, iets heftigs als een vriendschap zien mislukken is altijd pijnlijk, maar als het zover is dat ze weg willen, dan gaan ze. Wat moeten ze anders? En degene die wordt achtergelaten, die wordt gewoon achtergelaten. Die kan er niemand op aanspreken dat hij wordt opengereten. Elke belofte die zijn of haar geliefde ooit heeft gedaan blijkt niets waard. Alles wat ze ooit van zichzelf weerspiegeld hebben gezien in het gezicht van die geliefde, lijkt een gruwelijke, botte leugen. Als ze nadien de woorden "Ik hou van jou" horen, verstaan ze "Ik ga jou uitvreten". De menselijke natuur is begerig en wreed en als mensen vertrekken is dat omdat ze binnen hebben wat ze wilden en verder nergens meer belang bij hebben, of ze zien iets beters in het verschiet en willen dat of ze vertrekken domweg omdat het ze te zwaar valt om langere tijd van iemand te houden. Ik heb je vergeven omdat je liefde voor Gabriella bleef bestaan en omdat ik Julián met een enkel gebaar heb afgedankt. Jij hebt jaren- en jarenlang om dat meisje getreurd en ik heb mezelf er geluk mee gewenst dat ik zo snugger was om een opgebruikte echtgenoot af te danken. Ik weet dat je van Gabriella hebt gehouden. Ik weet dat ik nooit van Julián heb gehouden. Goed. Daarom heb ik je vergeven. Ik heb je vergeven omdat Sandy wat jou betrof Gabriella was en Gabriella was Sandy en je kon je emoties niet meer in bedwang houden. Als Julián in de stad is en ik drink ergens een kop koffie met hem denk ik uitsluitend dat hij er zo gerimpeld uitziet en dat iemand eens tegen hem zou moeten zeggen dat hij zijn neushaar moet knippen en dat het niet mee zal vallen voor een vrouw om bemind te worden door zo'n trage, oude Spaanse stier.'

Ik grijnsde naar Irina, maar hield daar snel mee op, want haar grap was niet als grap bedoeld, ze meende het.

'Het punt is, dat ik je benijd. Echt waar. Niemand krijgt garanties, Sam. Ik heb je vergeven omdat je misschien eeuwig van mij kunt houden als je eeuwig van Gabriella blijkt te kunnen houden. En als je niet zo lang van mij kunt houden, dan geloof ik, geloof ik echt, dat je tenminste wel zo lang van Natalie en Annie en Lara kunt houden. Wat verlangt een vrouw en moeder nog meer van haar man? Wat zou ik verder nog willen? Wat denk je dat ik ooit verder nog te wensen zou hebben?'

De eerste grijs-groen-bruine omtrekken van het eiland begonnen in de verte op te doemen, achter de breed uitwaaierende zee.

'Nou, één ding, Sam. Er is één ding dat ik verlang. Lieg nooit meer tegen me. Als je Gabriella Zazò hier aantreft en je houdt genoeg van haar om haar te begeren, echt te begeren, zeg dat dan. Dat is alles. Oké?'

'Oké.'

'En weet je? Acteren kan me gestolen worden. Sinds wanneer moet ik zo nodig actrice worden? Ik geloof dat ik weer zou willen zingen. Ik ben zangeres en daar had ik in moeten blijven geloven. Mijn keel is tegenwoordig in orde, ook al heb ik niet de mooiste stem ter wereld. Ik moet les nemen om te zorgen dat het niet zeer gaat doen, maar dat is niet onmogelijk. Als ik op een podium ga zingen betekent dat niet dat ik nog iets te maken heb met Julián Luna en Zijn Orkest. Ik denk dat ik me daar zo lang door heb laten weerhouden. Ik denk dat ik me daarom dat genoegen heb ontzegd. Maar om je de waarheid te zeggen, Sam, is dat wel wat ik het liefste wil. Ik heb er 's nachts wel van gedroomd, gewoon van zingen. Ik droom er net zo over als ik droomde van bevallen toen ik zwanger was. Mijn dromen zijn een en al muziek. Ik heb het gevoel dat ik echt die muziek weer zou kunnen zijn. Klinkt dat stom?'

'Nee, Irina, nee.'

'Ik denk dat het betekent dat ik gelukkig ben. Ik geloof dat het betekent dat ik echt, echt gelukkig ben. Of Gabriella nou echt is of niet, dat kan me niet ongelukkig maken. Ze maakt deel uit van jou, Sam, levend of dood, en zo is het.' Ze beet op haar onderlip en nam me bij de hand. 'Wil je me helpen weer zangeres te worden? *¿Puedes ayudarme?* Wil je me helpen?'

Irina was vast blij met wat ze in mijn ogen zag. Ze glimlachte nu. Een brede glimlach. Ondanks alles was ze opgewekt. Witte tanden in haar bruine gezicht, mooie donkere amandelvormige ogen met kleine kraaienpootjes en zo'n glimlach die geen nep kan zijn, die je niet met lipstick kunt opbrengen of kunt spelen. Er was nog iets. Haar handpalm, waar de mijne in lag, was erg klam. Dat kwam niet door de warme morgen. Irina zweette echt en dat kwam doordat alles wat ze had gezegd diep uit haar binnenste kwam. Het had allemaal zoveel voor haar betekend en ze had er zo diep over nagedacht en haar hart was er zo vol van geweest.

Vanaf dit door enorme stampende motoren en propellers trillende dek kon je alles zien wat je maar wilde: het blauw en groen van de golven, de heiige contouren van het dichterbij komende eiland, de zon brandend in de azuurblauwe hemel. Je kon eerlijk gezegd zelfs de eeuwigheid zien, als je er aanleg voor had; die lag inderdaad besloten in die wijde, allesomvattende hemel, maar vooral dichterbij zag je haar in de blikken van de kinderen die gillend en lachend rondrenden over de ijzeren dekken beneden.

'Wat zou je willen zingen? Latin, salsa, jazz, blues?'

Irina legde haar hoofd op mijn schouder. 'O, wie weet? Dromerige dingen,' antwoordde ze. 'Mooie, dromerige dingen.'

DE DROOM VAN DE DODE MAN

In de namiddaghitte van een eiland ten zuidoosten van Queensland vond ik de straat en het nummer en wandelde een sjofele voortuin in van een schamel strandhuisje, waarvan het adres overeenkwam met dat van Sandy en Tony.

Alle ramen stonden wijd open voor de aantrekkende bries, de voordeur ook; de entree werd uitsluitend bemoeilijkt door een hordeur met kapotte scharnieren en een diagonale scheur in het gaaswerk. Ik keek dwars door het huisje naar de achterkant waar de hele bovenste helft van de gevel tot op kniehoogte uit jaloezieën bestond, die opengedraaid waren en uitzicht boden op hoge zandbulten die uitkeken op de ondergelopen wereld van Deadman's Beach. Het leek alsof het huis van glas was en daardoor de groene zee erachter niet kon verbergen. Er jammerde een baby en ik moest met bonzend hart diverse keren op een buitenmuur kloppen en met de hordeur rammelen.

Eerst kwam een heel lelijk hondje poolshoogte nemen, blafte tweemaal droog wraf-wraf en ging vervolgens achter de hordeur niks zitten doen. Vervolgens riep een mannenstem: 'Even geduld.'

Na dik een minuut verscheen Pietro Pierucci bij de deur met een baby in een verblindend witte luier. Hij drukte die baby tegen zijn linkerborst en schouder en met zijn rechterhand klopte hij het kind zachtjes op het rugje. Het gejammer was nu afgelopen, maar ik had het gevoel dat het ieder ogenblik weer kon beginnen. Zodra hij mij zag, stokte Pierucci's hand. Hij bleef heel stil staan, staarde me aan in zijn zwembroek en meer niet achter zijn kapotte hordeur, zijn ogen opengesperd en gekwetst als een beest dat een enorme dreun heeft gekregen. Het leek erop dat Pierucci, als de baby er niet was geweest, door zijn hoeven zou zijn gegaan.

Hij zei niks en ik ook niet.

In een oogopslag begreep ik alles wat Tony Solero me had verteld over de brieven en wat erin stond. Dit was niet dezelfde man als onze buurtheld of zelfs die onvoorspelbare corrupte informant uit de jaren tachtig. Hij was bruin en pezig, maar erg, erg oud geworden, zijn haar wit en gemillimeterd, de strakke huid van zijn gebruinde gezicht doorgroefd met lange verticale lijnen en een angstige blik. Misschien keek hij altijd zo tegenwoordig. De laatste keer dat ik hem had gezien was hij tartend en kwaad en schaamteloos in een beige kostuum opdringerige journalisten en cameraploegen van het nieuws voorbij gebeend, in 1989 of 1990 of beide, en dit handjevol jaren later was hij het absolute tegendeel.

Na nog enkele zwijgende momenten, waarin de totale verbijstering niet van zijn gezicht verdween, leek het of hij iets wilde zeggen – maar er kwam niets over zijn lippen.

Dus zei ik: 'Is ze hier?'

*

Hij had zijn handen vol, maar hij schopte de buldog aan de kant waardoor ik de hordeur kon openen om mezelf binnen te laten. Hij ging me voor door een kort gangetje naar de achterkamer. Het wandelingetje leek een eeuwigheid te duren en ik zocht naar tekenen van Gabriella in alles en in elke ruimte die we passeerden. De keuken stond blauw van iets dat stond te sudderen en stomen op het gasfornuis, maar daar bleven we niet. Ik verwachtte uiteraard een valstrik na de laatste bocht. Ik vermoedde dat ik al in de val was gelopen en dat Gabriella er niet was. Het korte buldogje drentelde ergens anders naartoe. De achterkamer, waar de lucht lekker circuleerde, was veel koeler en heel licht door al dat glas en ook vol, met een kleine box en een lading gele bouwstenen, los of op allerlei manieren tot architectonische ontwerpen geknutseld; en een oude mahoniehouten schommelstoel en een flink doorleefde sofa met doorhangende zittingen, die op hun kant staand een vreemd vierkant vormden, en een wieg waar een vaak gerepareerde klamboe boven hing.

Pierucci zei terwijl hij de baby wiegde: 'Joshua is niet zo tevreden; hij heeft een beetje koliek gehad.'

'Is ze hier?'

'Nu niet.'

'Is hij van haar?'

'Van ons.'

'Mag ik hem vasthouden?'

'Nee.'

Hij legde Joshua voorzichtig neer en het energieke ventje dat zijn tranen en gejammer nu was vergeten, kroop naar de bouwstenen, bulldozerde eroverheen, ging richting schommelstoel, pakte daar een poot van beet en begon er woest aan te rukken. Nogal trots, eerlijk gezegd, en dat leek me op mij gericht. De schommelstoel viel achterover en bleef liggen en Joshua huilde niet, maar keek buitengewoon verrast. Hij wurmde zijn nieuwe schone luier uit en ging in zijn blootje midden in de kamer aan de voorhuid zitten plukken van een zo te zien buitensporig grote babypiemel. Zo nu en dan brabbelde hij wat woordjes.

Zijn vader zei: 'Goed, blijf zitten,' wendde zich vervolgens naar de jaloezieën en keek met een hand boven zijn ogen naar de zee. 'Wie ik ook aan mijn deur had verwacht, jou nooit.'

'Ik ontving een boodschap die zogenaamd van Gabriella Zazò afkomstig was.'

'O ja?'

'Ja.'

'Waar?'

'In mijn restaurant.'

'Een boodschap in Notte e Giorno?' Pierucci schudde zijn hoofd alsof hij zich niet kon voorstellen wat ik nu allemaal uitkraamde, maar aan zijn gekwelde blik was af te lezen dat hij het onmiddellijk begreep en goed ook.

Stilte – en hij keek uit over de groene kolkende zee.

'Overigens,' zei ik, vanwege de verstikkende geur uit de keuken, 'je hebt de pit te hoog staan. Wat heb je opstaan – kip met rozemarijn of zo?'

'Ja, precies.'

'Dacht ik al. Je laat het te hard sudderen. Als je het niet wat lager zet wordt het taai.'

Pierucci negeerde mij en mijn advies. Misschien hield hij van taai en droog kippenvlees. Ik zei niks meer maar besloot zijn zwijgzame staren over Deadman's Beach te verdragen totdat hij zelf behoefte voelde om iets te zeggen.

Dit kwam er: 'Heb je een vrouw en een tweeling, Sam?'

'Ik heb inmiddels drie dochters.'

'Drie, dat hoorde ik, en allemaal meisjes. Ik houd het wel bij. Drie meisjes, die bezorgen je op een dag een hartaanval.'

'Misschien.'

'En nu denk je dat Gabriella Zazò je in je restaurant heeft gebeld om je hier uit te nodigen?'

'Nee, haar zus Sandy heeft me de boodschap overgebracht.'

'De popster-Amazone. Die is hier wel eens geweest.'

Pietro Pierucci lachte zo humorloos dat het klonk als een droge blaf waar zijn kleine buldog trots op zou zijn geweest. De rimpels in zijn gezicht werden dieper uit woede of gekwetstheid of beide.

'Accussi sunu i cosi, chi ci putemu fari?' zei hij, wetend dat ik het zou verstaan. Het was de duizend jaar oude fatalistische standaardopmerking van Siciliaanse mannen, die in rieten stoeltjes te midden van vrienden zitten te roken en mopperen op de onverstoorbare loop der dingen: 'Zo gaat het nou eenmaal, wat kun je eraan doen?'

Zijn hand speelde met een van de jaloezieën, klapte die om, duwde hem terug, klapte hem nogmaals zo om dat de zonnestralen erop vielen. Zo hadden we de hele middag kunnen blijven zitten. Het werd tijd om aan te dringen.

'Gabriella wil me ontmoeten, Peter. Je kunt er niks tegen doen.'

De oude Pietro Pierucci zou iedereen die zoiets brutaals had durven zeggen ervoor hebben laten bloeden, maar de nieuwe, deze grijze, zei: 'Nou, zoals je met eigen ogen kunt zien, is het dametje afwezig.'

Hoe kon ik me Gabriella ooit als een dame voorstellen? Voor mij was ze veertien, vijftien hooguit, maar nooit ouder.

Maar het maakte me hoe dan ook niet uit, want ze was er natuurlijk niet. Ze was nergens. Om een of andere reden haalden deze griezels een geintje met me uit, en met deze griezels bedoelde ik Pietro Pierucci en de popster-Amazone Sandy. Die slecht bereide kip met rozemarijn was niet voor Gabriella Zazò. Zij zou een man absoluut beter hebben opgeleid. Misschien waren Sandy en Pierucci sadisten die samenwerkten of onderzoekers die onderzochten hoeveel spelletjes de menselijke geest aankan voordat hij het begeeft. En de baby was niet van Gabriella. Kleine Joshua had qua ogen of haar of huid niets met haar gemeen. Misschien was hij van Sandy. Misschien zat die forse, vlezige Sandy in een van de kamertjes haar lachen in te houden. Misschien waren die achttienjarige en deze slanke grijsaard geliefden; misschien was Sandy zelfs wel Zazuella O'Connor, een zo onbetekenend schrijfster dat haar boeken niet eens meer in druk waren. Ik overwoog alle mogelijkheden om de toestand te verklaren, maar het leidde allemaal tot niets.

*

En het stilzwijgen dat tussen Pierucci en mij heerste leidde eveneens tot niets; elk woord dat er viel leek wel uit een graf te moeten worden opgegraven. Op het geknars van de jaloezie en het gebeuk van de aanrollende golven op die kromme kustlijn na, viel er vrijwel niets te horen. Pierucci scheen te denken dat ik me wel zou gaan vervelen en zou opkrassen als hij maar lang genoeg deed of ik er niet was.

'Peter,' zei ik, 'waarom zou je me jouw levensverhaal niet vertellen?'

'Dacht je dat je daar recht op had?'

'Als Gabriella erbij betrokken is. Zit het zo, wil je nou echt beweren dat Gabriella er iets mee te maken heeft?'

'Ik heb niks gezegd.'

'Maar wil je dat dan niet? Wil je dan niet een keer schoon schip maken? Als je het mij niet vertelt, wie zou het dan ooit willen horen?'

Pierucci wendde zich even hatelijk als gekwetst mijn kant op. 'Heel wat mensen zouden het willen horen.'

'Maar wie zou het begrijpen behalve ik? Wie?'

Kleine Joshua nieste en verloor zijn evenwicht, viel opzij en lachte er vervolgens om. Pierucci bukte, zette hem rechtop en veegde het natte babyneusje met zijn vingers af.

Hij was veranderd. Hij moest brieven schrijven aan Tony Solero en God weet wie nog meer om een soort absolutie te verkrijgen. Het was goed dat hij het deed, maar het feit dat hij onophoudelijk schreef gaf wel aan dat hij het zichzelf niet gunde. De hardste man uit mijn leven was zwak geworden door de wendingen die zijn leven had genomen, en doordat ik tegenover hem zat kromp hij nog verder – of misschien was het uit liefde voor Gabriella en haar nagedachtenis dat hij me ten slotte zijn levensverhaal opbiechtte.

'Je weet hoe dwaas het leven in elkaar zit,' begon Pietro Pierucci.

En zodoende stelde ik me in op luisteren; en in zekere zin dacht ik dat ik me net zo voelde als Gabriella zich moest hebben gevoeld als ze destijds naar de verhalen van haar nonno Enrico Belpasso luisterde, en zo hoorde ik Pietro Pierucci's woorden aan – net zoals mijn Vuurtoren ze zou hebben opgetekend.

'Maar weet je hoe dwaas het leven echt in elkaar zit, Sam? Toen ik in de getuigenbank zat, midden in die rechtszaak tegen de politiecommissaris, en een verklaring aflegde, dat was het ogenblik waarop het tot me doordrong. Na al die jaren zaten we voor de Hoge Raad over familiebezit te praten en over het verbergen van vermogens en hoe je bankrekeningen kunt openen onder schuilnamen en toen drong het tot me door, toen schoot me een mogelijk onderzoekstraject te binnen dat ik nog nauwelijks had geprobeerd. Schuilnamen. Ik had het niet geprobeerd omdat ik er geen reden voor zag, maar toen besefte ik dat het best zo kon zijn ook al zag ik er geen reden voor. Het blijft een feit dat iemand die niet gevonden wil worden moeilijk te achterhalen valt en ik had altijd blindelings aangenomen dat Gabriella, als ze tenminste niet dood was, gevonden wilde worden.

Maar als dat nou eens niet het geval was?

In het begin onder Fitzgerald en later onder Drummond had ik nog collega's die me wel eens een dienst wilden bewijzen ook al was ik geen politieman meer, maar burger en ook al had ik getuigd. Die vrienden zochten zo breed mogelijk naar een nieuwe naam in alle databases die hun ter beschikking stonden. Niet langer Gabriella Zazò, maar G. O'Connor, vrouw. Een vrouw die de achternaam van haar vader kon hebben aangenomen. Er waren bergen voornamen in combinatie met de achternaam O'Connor en ze kwamen met honderdvierentwintig Gabriel O'Connors in dit land aanzetten. Geen enkele Gabriella, maar misschien was dat een detail. Ik liet mijn collega's contact opnemen met al die mensen, stuk voor stuk, hoewel er een stuk of vijf, zes mannen bij waren, want ik wilde zeker zijn.

Ze bleek er niet tussen te zitten, weer een doodlopend spoor.

Ik droomde weg tijdens die rechtszittingen. Ik was er wel op de dagen dat ik verklaringen moest afleggen, maar tegelijkertijd was ik er niet omdat ik door iets groters en beters in beslag werd genomen. Ik schreef voortdurend de namen Zazò en O'Connor op en op een dag leek het ten slotte wel of ze met elkaar waren getrouwd, Zazò + O'Connor. Toen ik die schok kreeg, was mijn reputatie binnen het korps en de gemeenschap inmiddels bedorven en waren vriendschap en loyaliteit tussen politiemensen of rechercheurs of ondersteunend personeel en mij onmogelijk geworden, maar ik had nog één contact met iemand van de verkeersdienst en die kon een database onderzoeken van rijbewijzen en dat leverde een pracht van een treffer op.

O'Connor, Z., geboren 1961, voornaam Zazuella.

De mensen van Getuigenbescherming hadden de pest aan me, maar ze verleenden me één gunst en dat was de vraag waar ik in het land wilde wonen en toen zei ik Adelaide, omdat dat de plek was waar Zazuella O'Connor volgens haar Zuid-Australische rijbewijs woonde, maar dat vertelde ik hun niet en zij vonden die verhuizing best, voornamelijk omdat ze me weg wilden hebben uit Queensland.

Na jaren van dood spoor, belandde ik nu in een doodlopende stad. Wat ik in die nieuwe stad ook deed, niets bracht me op haar spoor. Er ging een jaar voorbij en toen bijna nog één en ik zat op een zaterdagmorgen op een terras en daar kwam Gabriella aanlopen en het leek of mijn hart zou ontploffen. Ik kon me na al die tijd nauwelijks voorstellen dat ze nog in leven was. Tot in die fractie van een seconde waarin ik haar zag.

Ze had een mannenkapsel, pikzwart haar en ze was langer en niet meer vel over been, maar ze was nog steeds wel dezelfde. Ze had een andere vrouw bij zich. Ze zag me niet. Ze zagen me geen van beiden gedurende de week dat ik ze overal volgde. Het was het interessantste dat ik in jaren had gedaan en ik had het nog wel tijden willen volhouden omdat het zo leuk was. Ik wist nog niet wanneer ik me aan haar zou openbaren, maar dat ogenblik kwam al snel en dat was in de nacht dat ik haar met die andere vrouw in bed zag.

Ik sloeg dat appartementje kort en klein en hoewel ik het niet van plan was geweest, sloeg ik Gabriella zo'n beetje bewusteloos en wie ze ook maar was, die vrouw, ik sloeg haar bont en blauw. Ik sloeg Gabriella om alles wat ze me had aangedaan en omdat ze kort zwart haar had en een nieuwe naam, omdat ze leefde terwijl iedereen had gehuild om haar dood. Ik sloeg die vrouw omdat ze haar had. Ik deed waar ik zin in had, geïnspireerd door twee dingen: door hoe ik in het korps en de kranten was afgeserveerd en doordat ik wist dat ik veilig kon doen wat ik wilde omdat iemand die zichzelf anoniem had gemaakt en vernieuwd en al zo lang op de vlucht was, geen autoriteiten in de arm kon nemen. Ik joeg dat andere mens van wie ik de naam niet eens meer weet, het stomme wijf, de stuipen op het lijf en Gabriella smeekte toch niks tegen wie dan ook te zeggen. Ze smeekte haar voortdurend, nog erger dan mij.

Waarom smeekte ze haar zo en mij minder? Omdat ze op haar sluwe, lepe, handige eigen manier besefte dat ze mij er wel onder zou krijgen. Zo zit die kleine Gabriella Zazò in elkaar.

Daarom zocht ik haar iedere dag op en zag haar in haar minihuurhuisje potten bakken en boekjes schrijven, en op een dag verfde ze haar haar zo blond als een Zweedse en probeerde ze Adelaide te ontvluchten en dat was precies waar ik bang voor was en vormde de reden voor mijn onafgebroken surveillance. Op het laatst heb ik haar aan dat korte blonde haar mijn auto in gesleurd en besloot ik alle schijn te laten varen. Ik heb haar dus meegenomen naar mijn bungalow in Glenelg, wat zoals je weet een kustplaatsje is vlak buiten Adelaide. Ten slotte moest ze me wel mijn gang laten gaan en heb ik haar voor het eerst geneukt en dat was weliswaar grotendeels tegen haar wil, maar daarna vroeg ze me het bed naar de zee te draaien en sindsdien wendde ze haar hoofd elke keer af en liet ze me mijn gang gaan en keek ondertussen naar de zee.

Natuurlijk viel het met zo iemand als haar niet mee, maar op den duur dacht ik dat ik had gewonnen. Het was domweg een akkoordje waarover we niet spraken. Ik bewaarde haar geheim als ze bij me bleef en als zij wegliep zou ik haar verraden, en dat was haar grootste vrees dus hadden we een afspraak. Ik wil niet beweren dat ik er niet bij heb stilgestaan of het goed of fout was. Ik moest mezelf afvragen of ik haar nog wilde verenigen met haar familie of zelfs Sam Capistrano wilde ik iedereen gelukkig maken maar ik kwam tot de conclusie dat ik het geluk had verdiend en wat me gelukkig zou maken was haar te bezitten ook al keek ze naar de zee en ook al was dit pact onuitgesproken en dus deed ik dat zorgde ik ervoor dat ze van mij was.

Ze werd al heel snel zwanger maar al vanaf de eerste keer dat ik het met haar deed dacht ik zelfs toen al maak haar zwanger maak haar zwanger neem haar.

Waar ik niet bij had stilgestaan was dat ze met het feit van mij en het feit van een baby eindelijk na al die jaren terug naar huis zou willen. Ik moest instemmen met dat nieuwe idee of anders besefte ik zou ze ongeacht de consequenties weer weglopen omdat dat nu haar manier van leven was. Het andere dat ik niet had verwacht was dat ze niet in staat zou zijn terug te keren naar haar oude thuis. Eerst maakte ik haar aan het lachen om onze katholieke achtergrond en noemde ik haar Eva en was ik Adam en waren we uit het Paradijs geschopt. We vlochten er het verhaal van Mozes en zijn beloofde land doorheen en dat Mozes er niet mocht binnengaan na alles wat hij had doorgemaakt. Dit – dit eiland hier is zo dichtbij als ze durft te komen bij die plek die ze een beetje weemoedig thuis is gaan noemen. Dus wonen we vlak aan de overkant van het water.

Ik vind het hier eerlijk gezegd prima. Het bevalt me hier.

En toen veranderde er weer iets en met Gabriella weet je is het altijd de dolste en gevaarlijkste achtbaan die je kunt verzinnen. De verandering was dat Gabriella of Zazz zoals ze nu heet het overlijdensbericht van haar opa in de krant zag. Dat was het laatste waar ze doorheen moest vanwege die hele geschiedenis met die ouwe en nu merk ik dus dat ze echt klaar is om naar huis te vertrekken. Snappie?

Je gelooft het niet. Je gelooft er geen woord van, Salvatore Capistrano.'

Het was moeilijk en eng om waanzin aan te horen die zo waanzinnig was.

Pierucci zoog zijn lippen naar binnen en beet erop en ging weer bij de jaloezieën staan uitkijken over de zee. Toen zag ik dat ik het mis had, hij keek al die tijd niet naar de zee noch naar het opkomende tij noch naar de badgasten. Het was een lange strook zand en wie er eventueel op zou lopen. Pietro Pierucci keek uit en verlangde naar Gabriella of waarschijnlijk naar haar geest.

Terwijl ik weifelde tussen zegevieren en teleurgesteld zijn zei ik: 'Ik had je bijna geloofd. Misschien heb je in Adelaide iemand gevonden die veel op Gabriella leek. Misschien ben je wel een of andere perverse relatie met haar aangegaan. Ik weet het niet en het kan me niet schelen. Ik geloof je niet omdat je het bij het verkeerde eind hebt. Want als ze leefde zou er vooral één reden voor haar zijn om terug te keren. De oude baas. Ze hield van hem. Ze hadden een bijzondere band. Enrico Belpasso's dood zou een reden te meer zijn om niet terug te gaan.'

Pierucci schudde zijn hoofd in de richting van de jaloezieën. Het was bijna sympathiek en het duurde maar enkele ogenblikken.

'Enrico Belpasso,' mompelde hij.

Vervolgens draaide Pietro Pierucci zich om en staarde me aan met een blik die zo kil en leeg was als zijn innerlijk, en tot mijn stomme verbazing was dat het – het absolute – dat ten slotte de laatste lacunes in *Gabriella's boek van vuur* dichtte.

Zijn gezicht scheen voor mijn neus te smelten. Het brandde achter mijn ogen. Of laaide het hoog op? En de kracht stroomde uit mijn armen en benen waardoor ik moest gaan zitten. Transpiratievocht verzamelde zich tot dikke druppels op mijn voorhoofd en liep vervolgens omlaag. Mijn handen waren nat.

Pierucci weigerde me nog langer aan te kijken.

Ze had hem ervan verteld, maar het stond immers ook in haar dagboek, de woorden die de geschiedenis uitduidden, als je ze maar goed las.

Dat had ik nooit gedaan, nooit bedacht, nooit gezien wat zich voor me afspeelde. De schaduwen die op haar neerdaalden en het vuur dat in haar binnenste brandde. De mentale ontsnapping in een droom die ze het heelal noemde en het heelal dat ze de Aleph noemde. Waarom had ik me nooit afgevraagd waarom ze zo onverklaarbaar was gevlucht? Waarom had ik die dode ogen van Pietro Pierucci ervoor nodig om het licht te zien? En dan die verhalen over oude liefde in romantische Siciliaanse velden en een oude man die ze aan een klein meisje vertelde. Je zegt Gabriella dat Fortunata niet terugkeert. Is ze er niet al, Gabriella? Staat ze niet voor me?

En wat had Gabriella zelf tegen mevrouw Veronica gezegd?

Kunt u dan vragen of een van hen zich Fortunata wil noemen.

En daar bedoelde ze mee: want ik kan niet nogmaals voor Fortunata spelen. Ik betaal iemand om mijn plek in te nemen. Hartelijk gefeliciteerd Enrico Belpasso, maar het cadeautje is voor mij.

De tien volgende jaren sprak Enrico Belpasso nooit meer over Gabriella. Dat was de periode nadat hij mij over de schuilplaats had verteld; toen moest alles weer bij hem boven zijn gekomen en daarom noemde hij haar naam nooit meer en vertelde geen verhalen meer over haar. Wat voor absolutie had die oude man gezocht? Hoe kon ik dat weten? Pietro Pierucci vrat zich op, maar de ziel van de man met wie ik zo'n band had gehad zou dit raadsel in zich bewaren.

Wat ik wel wist was dat hij dood was en zodoende moest ik wel geloven dat Gabriella Zazò terug was.

Joshua staarde me vanaf zijn plekje op de grond aan. Zijn slappe natte babylippen hingen open en zijn grote ogen stonden volledig opengesperd, en er liep een speekselspoor uit dat op het roomwit van zijn borst drupte. Hij kirde en begon op zijn worstvingertjes te kauwen omdat de onschuld zoiets doet als ze niet beter weet.

Pierucci kwam bij het raam vandaan en veegde Joshua's kin af, trok zijn katoenen rompertje recht en liet hem opstaan en zijn been omklemmen.

'Ze is haar middagwandeling over het strand aan het maken. Als je een kind hebt, heb je behoefte aan rust, anders word je gek. Dat heb jij al drie keer gemerkt. Mijn rustmoment is om een uur of zeven, dus kun je maar beter om die tijd terugkomen, als je tenminste nog terug wilt komen. Ik ga op een terras een paar biertjes drinken. Je kunt op bezoek komen tijdens mijn afwezigheid en met haar afspreken wat je maar wilt, oké? Waarom sodemieter je niet op en doe je het jouwe achter mijn rug om?'

Dat was dus even hatelijk als gekwetst; dat was de reden waarom hij nooit de tijd had genomen om me te vertellen dat Gabriella Zazò nog scheen te leven; hij wist dat ik, als ik hierheen kwam, haar zou trachten mee te nemen.

Zelfs ondanks het jammerende duister dat mijn hersenen vulde, zag ik hoezeer hij verlangde dat ik zijn droom zou laten voortbestaan; en die droom hield in dat hij en zijn vrouw en baby zo voort konden gaan, dat de emotioneel mismaakte Gabriella Zazò haar gezicht naar de zee zou blijven afwenden zodra zijn schaduw over haar heen trok.

Mijn God, maar wat moest ik geloven?

Pierucci probeerde voor het eerst en laatst een beroep op me te doen omdat hij niet anders kon. Hij zei: 'Ze heeft haar eigen leven, Sam, ze heeft een baby. Ze heeft werk, ze heeft mij. Waarom zou dat moeten veranderen? Laat haar met rust, oké, laat ons met rust.'

Die behoorlijk afgeleefde sofa met die ingedeukte kussens die zo vreemd schuin tegen het rechthoekige raam stond, naar het heelal van lucht en zee gericht, bleef mijn blik trekken. Als er ook maar iets waar was van Pierucci's verhaal, dan was het een monsterlijk ding.

Tussen mijn tanden door zei ik: 'Dus ze is zo gelukkig?'

'Ze is tevreden.'

*

Toen ik de stoel achteruitschoof en het ding omviel zette Pierucci een stap naar achteren, viel de baby op zijn billen en begon te janken. Pierucci zette die stap naar achteren, maar rechtte vervolgens zijn rug en bleef staan, terwijl het gejank maar doorging.

Het kon me niet schelen dat de man nog enige waardigheid bezat.

Want dit droomwereldje dat hij voor zichzelf had geschapen was bijna ten einde. Gabriella was bezig naar huis te vertrekken en waarmee zou hij haar nog moeten bedreigen om haar bij zich te houden? Het was bizar – ik geloofde hem bijna. Zijn waanzin drong zich aan mij op. Gabriella Zazò leefde en dit was haar jammerende kind en ze heette nu en de afgelopen twintig jaar al Zazuella O'Connor. Was een *zarzuela* niet een soort oude Spaanse muziek die iets met liefde en hoffelijkheid had te maken, het soort dat Julián Luna nog wel ergens zou spelen met een van zijn vele orkesten? Ik pakte een witte porseleinen vaas op en daarna een waterkan van blauw glas met een grote gedraaide handgreep. Toen ik ze omdraaide stond onder beide: 'Zazz'.

'Waar maakt ze die?'

Hij was al zo op dreef dat hij niet meer kon ophouden. Pierucci knikte naar een houten schuurtje dat vijf meter verderop bouwvallig en wel op een sjofel zandbultje stond. Er flapperden witte luiers in de wind, vastgeknoopt aan een waslijn die van het schuurtje naar het huis liep.

'Haar heiligdom.'

Er viel mij in dat ik dat tenminste beter kon plaatsen dan hij, Gabriella's behoefte aan een plek om zich alleen terug te trekken.

Ik vroeg: 'Weet je wat een Aleph is?'

Pierucci bukte en tilde zijn baby op, die gestopt was met moord en brand gillen en nu snotterde en reutelde. Hij aaide Joshua, wiegde hem voorzichtig in zijn armen tot het babyhumeur omsloeg en het kind begon te kirren en te grinniken, met zijn dikke voetjes te trappelen en met zijn kleine klauwhandjes naar het grijze gezicht te tasten.

Pietro Pierucci zei: 'Een wat?'

Het blikken dak van het schuurtje blikkerde in het zonlicht.

DE DROOMSTER IN HAAR DROOM

Toen ik buitenkwam vond ik de zon te scherp en mijn shirt veel te nat als dit een droom was, maar dat moest het toch wel zijn, een droom van het soort dat je evenveel angst als waarheid bezorgt.

Ik bleef staan en moest eerst tot mezelf komen. Kijk naar de zee kijk naar de hemel kijk naar het bleke gras en zand tussen je voeten. Toen ik dat deed kwam die kleine buldog met zijn treurige, kwabbige, ingedeukte kop me weer inspecteren. Hij wachtte en ik voelde me lichtelijk dom, vervolgens liep hij me achterna door de achtertuin. Toen hij zeker wist dat ik het schuurtje in zou gaan, rende hij voor me uit alsof hij me in Gabriella Zazò's atelier wilde verwelkomen. Er stond een draaischijf en kapot aardewerk, een klein houtgestookt oventje met een blaasbalg en er lagen miljoenen klompjes onbewerkte klei, die op een dag wellicht de vorm zouden krijgen die Gabriella in haar hoofd had. Aan diverse muren hingen houtskooltekeningen die aangaven wat zij of haar geest hierna zou gaan maken.

En Zazuella O'Connors kleine boekenoeuvre stond diverse keren op een plank. Ik bekeek het boekje dat ik kende en de andere drie, en zag dat ze allemaal grofweg gelijk waren, allemaal zonder biografische gegevens of foto's.

De muur die op zee uitkeek was bijna een en al jaloezie, precies als in het huisje. Er stond geen sofa of een bed tegenaan maar een pas gevernist eikenhouten bureau. Dat lag helemaal vol, maar was wel netjes; schoon op wat zandkorrels na, en voorzien van zes diepe laden met bronzen handgrepen en bedekt met stapels papieren en schrijfblokken. Als er een Gabriella bestond, dan gebruikte ze een van haar zelf gebakken koffiekoppen om haar vele pennen in te bewaren. Die stonden daar te wachten om opgepakt te worden zodat ze er bij thuiskomst twee of tweehonderd of tweehonderdduizend woorden mee kon gaan zitten schrijven. Ik stak mijn hand naar het papier uit, domweg omdat ik na twintig jaar zonder haar te hebben geleefd me nog steeds niet kon voorstellen dat Gabriella Zazò ooit in dit zogenaamde heiligdom was geweest.

De buldog hijgde, keek naar me omhoog en krabde vervolgens woest aan één oor.

Het duurde even voordat ik doorhad dat het *Boek van vuur* boven op een stapeltje schrijfblokken lag. Toen ik het zag liggen, overkwam me vrijwel hetzelfde als toen ik het destijds in de bedompte schuilkelder onder Gabriella's vroegere ouderlijk huis had gevonden. Het was raar dat het dagboek, dat pas enkele dagen geleden mijn handen had verlaten, nu al hier was. Hoe zou Gabriella hebben gereageerd op het lezen van haar kindvrouwgedachten? GabriellaGabriellaGabriella – haar naam was een vraag die mijn gedachten verwarde kronkels bezorgde. Vanuit die kronkels dook een nieuwe vraag op: waren Sandy en haar rol van plaatsvervangster niets anders dan een sexy opzetje dat deze 'geest' had bedacht om haar dagboek terug te krijgen?

Behalve door het *Boek van vuur* werd de stapel schrijfblokken in bedwang gehouden door een caleidoscoop. Dit was allerminst een speeltje. Het was een zwaar, beslist duur ding van brons en gepolitoerd hout en glazen lenzen in plaats van plastic en karton. Het was Italiaans dacht ik, vanwege de naam die op de zijkant stond: Poli & Co. Ik hield hem voor mijn ogen, en de zee versplinterde tot een nevel van vallende sterren en exploderende planeten en kometen die vurige sporen langs de hemel trokken.

Ik legde hem zorgvuldig neer. Deze dingen in dit heiligdom, dat klopte wel min of meer.

Rondneuzend als een slechte spion ontdekte ik dat die losse vellen en zware schrijfblokken helemaal volgeschreven waren met blauwe, zwarte en groene inkt, en dat elke zorgvuldige notitie of correctie met een dunne rode ballpoint was verricht. *Gabriella's boek van vuur* was nooit voltooid. Wat ik in bezit had gehad was slechts een aanzet geweest, maar zelfs nu al die myriaden neergepende data voor mijn ogen dansten – tot het eind van de jaren zeventig, de jaren tachtig door, en de jaren negentig, een ononderbroken uiting van verhalen en gedachten – raakte ik vervuld van twijfels. Welke macht mij ook maar dreef, ik scheen te moeten geloven dat Gabriella in de twintig jaren die er sinds Nocturne waren verstreken altijd aan haar geschiedenis was blijven schrijven, de verhalen van haar grootvader en de verhalen over haar eigen eilandje ver weg in de Middellandse Zee. Dat had Gabriella gedaan of – vooruit – Sandy Zazò, geen popster-Amazone maar de jeugdige schrijfster van vier kinderboeken, die om redenen die alleen zij kende, en uiteraard Pietro Pierucci, de belangwekkende creatieve taak op zich had genomen om de geschiedenis van haar vermiste zus te vervolgen.

Dat was de mogelijkheid waarbij alle eindjes met elkaar werden verbonden.

Als het handschrift van begin tot eind anders was, dan lag daar het antwoord in. Net als meestal was ik mijn bril, die ik uitsluitend voor lezen gebruikte, vergeten. Ik inspecteerde de bladzijden en bladzijden met het handschrift zo nauwkeurig mogelijk, maar die zinnen die zo onvermoeibaar in elkaar overgingen leken belachelijk moeilijk te beoordelen. Het schrift aan het begin was min of meer gelijk aan dat aan het eind, of niet soms? De krullen, de neerhalen, de interpunctie. Op mijn amateur-manier vond ik dat het alleen maar de verschillen waren tussen een puber- en een volwassenenhandschrift.

Daardoor moest ik mijn handen tegen elkaar gedrukt houden om niet te staan trillen.

Er viel me nog iets op. *Gabriella's boek van buur* heette niet meer zo. De titel was doorgestreept en vervangen door een ander woord: *Caleidoscoop*.

De buldog nieste.

Ik verwijderde mijn blik van die volslagen wanorde die het schrijfsel voor me vormde en keek even door dat grote glazen oppervlak. Er was zout op de jaloezieën neergeslagen, maar het uitzicht was zo helder en scherp – de eindeloze uitgestrektheid van de zee en daarboven de grote leegte van de lucht – dat het zeer deed, dat het lichamelijk zeer deed om ernaar te kijken.

Toen zag ik haar.

*

Gabriella Zazò liep over het strand, precies zoals Pietro Pierucci had verteld, ze keerde terug van hoe ver ze ook maar weg was geweest, haar voeten in de rimpelingetjes van de ondiepe plassen spetterend. Haar haar was niet kortgeknipt en zwart of blond of zoiets geverfd. Ze had haar eigen kleur en haar eigen coupe.

Anderen waren her en der over het witte zand verspreid, gezinnen, kinderen, honden, strandparasols, wat heb je zoal, maar zij scheen in haar eigen wereldje te lopen, onaangeraakt door de buitenwereld en ook zonder die aan te raken. Haar woeste bos rood haar kenmerkte haar voorgoed als Vuurtoren.

Ze wandelde verder naar het mulle zand dat het water op dit uur niet bereikte en ze leek zomaar in haar roze blootje uit haar kleren te stappen. Ze maakte een hoopje van haar kleren, draaide zich om en stortte zich in de golven, vlak duikend terwijl een roller zich schuimend over haar heen stortte. Ik zag haar billen in een flits in het kolkend-schuimende groen en blauw verdwijnen en vervolgens dook ze weer op, met nat haar dat nu steil tegen haar aan plakte, haar hoofd en bleke schouders deinend tussen de witte schuimkoppen van de golven.

Ik wierp mijn kleren naast de hare en de buldog ging, met zijn tong uit zijn bek, op zijn hurken zitten. Hij wachtte vast elke dag zo op Gabriella of op Pierucci of beiden. Niemand zag me als een duivel achter Gabriella aan de zee in rennen – niemand op het strand althans; maar ik had het gevoel dat Pietro Pierucci nog altijd voor het raam stond in het strandhuisje met zijn baby op de arm, elke beweging gadeslaand die Gabriella Zazò maakte.

Inwendig wanhopend, overspoeld door geluk en opluchting en bevrijding, met de aangename bittere smaak van zout water al achter in mijn keel en in mijn ogen prikkend, zwom ik hard weg. Ik wilde lachen en schreeuwen, want wat houdt allegria anders in? Gabriella kon goed zwemmen; het leek of ze door de golven sneed, soms dook ze en verscheen pas weer achter een volgende bulderend aanrollende golf. Ik vond het lekker om me in die branding te werpen en te worstelen met golven die zich op de kust stortten. Het voelde goed om naakt te zijn, wonderlijk om op mijn nimmer aflatende droom af te zwemmen. Hoe lang had ik niet meer in zee gezwommen? Het water was koel en er dreef geen industrieel of natuurlijk schuim op. Men zei dat er vaak dolfijnen dicht onder de kust zwommen of walvissen langstrokken in de paaitijd, maar vandaag niet. De zon scheen warm op mijn hoofd en schouders zonder in te branden. Ik voelde me verjongd; het loodzware gevoel dat me bij Pierucci had overvallen was verdwenen. De tollende jaren van verwarring en teleurstelling waren voorbij. Er bulderde iets in mezelf en zelfs de last van wat ik nu wist over Gabriella en Enrico Belpasso en Pietro Pierucci kon me niet onder het oppervlak van die prachtige golven sleuren.

Toen ik dichterbij kwam, moest ik Gabriella's naam tot drie keer toe roepen. Ze was aan het watertrappen en ging vervolgens op haar rug drijven. Ik kon haar bijna aanraken toen ze zich omdraaide.

We staarden elkaar over de kloof van twee decennia heen aan.

Toen wierp ze zich in mijn armen en huilde tegen mijn schouder. Als de golven terugstroomden konden we niet meer met onze tenen bij de zanderige bodem, maar als ze kwamen opzetten spoelden we richting strand.

'Mijn God,' zei Gabriella, 'je lijkt wel een geest die uit het water opduikt.'

Ze had nauwelijks iets raarders tegen me kunnen zeggen, maar door mijn allegria begeerde ik haar zodoende alleen maar meer. Er was nog slechts een klein spoortje over van die oude Siciliaanse tongval, een sprankje dat de staartjes van de woorden verdraaide en haar voorgoed kenmerkte als iemand die van elders kwam.

'Ben jij het echt? Gabriella, ben jij het echt?'

'Ik ben het echt – mijn God ik ben zo echt.'

Ze wilde me zoenen, me helemaal met kussen overdekken, maar we waren te ver in zee om elkaar te kunnen omhelzen zonder te verdrinken.

Ik zei tegen haar, toen ik de kans kreeg nadat ik haar had omgedraaid en nog eens had omgedraaid en haar had gezoend en aangeraakt en haar had verteld hoe stapel ik op haar was: 'Baby – ik heb je baby gezien.'

'Is het geen wondertje? Kun je je voorstellen dat hij van mij is?' Ze pakte haar borsten vast om ze mij te tonen en kneep er lachend in. 'Kun je je voorstellen dat ik hem met deze dingetjes heb gevoed?'

Gabriella was zo begeerlijk in de zee. Er waren geen twintig jaren verstreken. Niet eens twintig dagen. Zoals haar haar nat op haar rug omlaag hing, zoals haar witte armen en benen door het water heen schitterden, zoals haar borsten met hun koraalroze tepels door de koele golven werden geliefkoosd. Ze was een vrouw van in de dertig en het kind van veertien zag ik nog in haar ogen. Ik bleef maar naar haar staren, bleef haar strelen, betasten. De rimpels in haar gezicht accentueerden haar vroegere schoonheid op een manier die ik niet had durven dromen, waardoor ze mooi was van volwassenheid. Maar 'mooi' was niet het juiste woord. Ze was adembenemend. Niet zoals acteurs of modellen of fotogeniekelingen wier volmaakte trekken de omslagen van tijdschriften sieren, maar adembenemend doordat ze levenservaring meedroeg. Leven, echt leven. Daarom juichte mijn hart zo – Gabriella leefde.

Ik zag ook in een overweldigende oogopslag dat haar lichaam voller was geworden. Ze was niet meer mager en stakerig en een en al knoken. Haar borsten hingen en waren gerimpeld door het zogen en toen we elkaar naderden drukten ze tegen me aan, maakten een indruk op mijn koude huid en vervolgens namen de golven haar weer mee. Haar buik was zacht, haar dijen waren ook zacht. Haar huid was donkerder geworden en was niet meer volslagen wit of roze maar hier en daar heel licht gebruind; haar gezicht was ook niet meer zo strak als dat van een meisje. Je kon ieder jaar aan haar gezicht afzien en ook veel lijden en hoop, en ik wilde weten waar dat allemaal door was veroorzaakt.

De golven donderden achter onze ruggen.

'Kun je me het vertellen, Gabriella? Kun je me vertellen wat er is gebeurd?'

'Nu al?' zei ze. 'Maakt het wat uit?'

Ze kwam weer op me af en ik nam haar in mijn armen en ze gilde 'O!' en het kon me niet schelen dat ze het niet wilde zeggen of zelfs dat we kopje-onder gingen, allebei met een spoor van luchtbellen achter ons aan, ons allebei wentelend in het zoute water. Haar benen omklemden mijn middel; we zoenden en zoenden, onze tongen likten het zoute water, niet de karamel- en drop- en citrussmaak van vroeger. Niettemin wilden die rollende golven alles bederven en kreunde Gabriella speels en lachte nogmaals, en ik werd licht in mijn hoofd en hard van begeerte en verlossing – en terwijl onze ogen zich verwijdden en onze monden opengingen, kwam er een huizenhoge golf aanrollen, die vervolgens over ons heen stortte en ons in miljoenen stukjes vergetelheid uiteen sloeg.

We gingen niet het water uit om ons aan te kleden. We liepen nog te hoesten nadat we omver waren geworpen en weggespoeld, en we vlijden ons neer in een ondiep stuk, op een afstandje van de anderen die zich aan het eind van de middag op het strand bevonden. Gabriella zei dat ik bloedde en ik zag de rode druppels naast me in het heldere water vallen. Ik vond het leuk dat zij en ik en bloed bij elkaar pasten. De wond op mijn wang prikte en zij kwam dichterbij en drukte haar lippen erop en kuste het plekje terwijl ze mijn gezicht vasthield. Haar adem was even lieflijk als de zeewind. Ik wilde haar daar ter plaatse bedekken, mijn lichaam over het hare spreiden en alles vergeten waar mijn gezegende leven uit bestond.

Gabriella zei: 'Zie je hoe het hier is? De hemel is het. Voor mij is het een hoekje van de hemeltuin.'

'Maar wil je nu naar huis? Wil je dat echt?'

'Wil je me helpen?'

Had Irina me vanochtend niet dezelfde vraag gesteld, op de roestige veerpont hierheen?

En ik moest denken aan de vorige keer dat Gabriella dat had gevraagd, me om hulp had gevraagd en me vervolgens in de steek had gelaten met de last van heel de wereld op mijn schouders. Haar hand voelde nog steeds aan het bloedende wondje. Ik moest mijn gezicht wegtrekken.

Gabriella's hand bleef in de lucht zweven en vervolgens beroerde ze bedachtzaam haar lippen met haar vingertoppen. Ze zei: 'Ik ben bereid mijn vader en moeder te ontmoeten. Ze moeten hun kleinzoon eens zien. Ik wil graag een wandeling door onze oude buurt maken. Misschien ga ik er zelfs wel wonen.'

'Het is er nogal veranderd.'

'Sandy ook, ik wil het gevoel hebben dat ik dicht bij mijn zusje ben, ook al gaat ze weg.'

'Maar hoe kon je toch weggaan? En hoe heb je weg weten te blijven?'

'Kom op, dat weet je toch inmiddels wel?' vroeg Gabriella zonder op mijn verwijtende toon te reageren. Ik kon aan haar gezicht zien dat ze niet meer prijs zou geven.

En de zon bleef blikkeren op de golven en hun schuimkoppen deden me denken aan de gedachten die me 's nachts wakker hielden – druk en kolkend en nooit helemaal tot rust komend. Het was een sudderend soort wereld waarin we zo dicht tegen elkaar aan zaten; Deadman's Beach was niet stil en vredig als een begraafplaats, maar gleed loom een avond van zoetgeurende luchtstromen binnen die het bruisen van de branding meedroegen. En nu ik met een geest sprak die geen geest was maar kleine Gabriella Zazò als een vrouw van halverwege de dertig, vond ik dat dat ook een fantastische kant bezat, alsof ik een alledaagse droom droomde, de zee en ik en het zoekgeraakte meisje dat terugkeerde.

Maar Gabriella moest eraan geloven. Ik was het, per slot van rekening. Ze was niet zo hard geworden dat ze me compleet kon negeren.

'Wat ik bedoel is – na het bezoek van Sandy en jouw bezoek aan Pietro in het huis weet je toch voldoende?'

'Over de oude baas? Als ik dat destijds had geweten, of later zelfs, dan zou ik...'

'Dan zou je wat?'

Er veranderde iets in me en het laatste beetje allegria was verdwenen, maar dat wilde ik nog niet onder woorden brengen, nog niet, dat zou dit alles verpesten.

'Wat ik wil zeggen, Gabriella, is dat ik zijn vriend ben geworden toen je weg was. Met die leugen heb je mij opgezadeld.'

Gabriella's vingertoppen betastten nogmaals het wondje op mijn wang. Ze wilde de pijn verzachten, alsof dat zo gemakkelijk was.

'Je hoeft me niet zo aan te raken. Vertel me liever waarom het zo moest gaan.'

Het viel haar niet licht. Ze had een leven vol bedrog en teleurstellingen geleid, maar de hoop was ook nog niet vervlogen. Dan zou ze nooit zijn teruggekeerd uit haar eigen vorm van la notte, en daarom moest ik aandringen.

Ze zei: 'Verhalen kunnen verleidelijk zijn, net als wijn en een maaltijd. Misschien hoef je niet meer te weten dan dat. Het betekent dat zelfs de lelijkste verhalenverteller prachtig wordt als zijn verhaal je diep genoeg raakt.'

Ik schudde mijn hoofd. Ik kon alle moois, de fantasie, de droom niet intact laten. In mijn binnenste vervloekte ik de nagedachtenis van een oude man; in mijn binnenste balanceerde ik op het randje van haar vervloeken om haar afwezigheid – maar ik moest mezelf bedwingen, mezelf echt weerhouden. Wat zou ik nu met wreedheid bereiken? En woede en romantiek en vergelding, Gabriella, zouden die je niet juist hebben afgeschrikt?

In plaats daarvan zei ik: 'Al die verhalen, ik heb je hele dagboek gelezen.'

'Er zijn er nog veel meer en daarom is schrijven voor mij ook zo moeilijk. *Caleidoscoop* zou het boek kunnen zijn dat ik wil schrijven, maar het is nu al te lang' – nu glimlachte ze echt –

'dat oude dagboekgedoe. Alles staat er wel, maar het is zoveel dat het uiteindelijk toch weer niks is. Maar ik heb tenminste mijn ware thema ontdekt. Het begint iets te worden. Wil je weten wat mijn thema is?'

'Vertel maar.'

'Thuishoren.'

'Ik heb bijna je laatste kinderboek uit, Zazuella.'

'Heus?' Ze glimlachte nog steeds, nog meer zelfs nu ze haar verkeerde naam hoorde noemen. 'De boeken worden gepubliceerd en opgeschrokt door jonge lezers en dan verdwijnen ze. Ik vind dat niet zo erg, maar mensen die er verstand van hebben zeggen dat het beter kan als ik wat aan promotie zou doen.' Ze schudde haar hoofd. '*Caleidoscoop* zal het zonder mij moeten doen. Zo wil ik het.'

'Zodat je buiten beeld kunt blijven. In je dagboek schreef je dat de mensen ooit je naam met gejuich zouden begroeten.'

Gabriella gunde zichzelf de tijd om rustig mijn gezicht te bestuderen. Ik vond het fijn dat ze dat deed; ik vond het fijn dat ze me bekeek. Het gaf me het gevoel dat ik een richtpunt voor haar was.

'Ben ik soms de enige die is veranderd? Kijk naar jezelf,' zei ze. Ze lachte. 'Moet je je neus zien.'

Van de concurrerende elementen van de zee en mijn veranderde gezicht moest de zee het ten slotte winnen. Ze keek er al dromerig naar toen ze zei: 'Je wilt het begrijpen.'

'Ik verdien het om de kans te krijgen.'

Gabriella kon niet voorkomen dat ze terug leek te schrikken. Haar schouder kwam los van de mijne, een nauwelijks merkbare beweging waardoor er een oceaan van ruimte tussen ons ontstond.

'Ik heb her en der in het land gewoond, als dat is wat je wilt horen. Ik ben gewoon mijn gang gegaan, ben verdwaald en op mijn schreden teruggekeerd en heb nieuwe wegen gevonden – maar eigenlijk haalde ik beweging en vooruitgang door elkaar.

Wat ik twintig jaar lang voornamelijk heb gedaan is verhalen opschrijven. Ik heb bijna een structuur gevonden die deugt.' Ze keek me een beetje tartend aan. '*Va bene?*' vroeg ze, 'Alles goed?'

Het was pas het eerste bezoekje aan onze oude geheime taal en dat benadrukte de afstand tussen ons.

'Ik wil weten wat er voor die tijd is gebeurd,' drong ik aan. 'Je bent weggelopen vanwege Enrico Belpasso.'

Ik moest het zeggen, ik zou me door niets hebben laten weerhouden, maar ik had er spijt van zodra ik het had gezegd. Toen ik zijn naam noemde, trok er een blos over Gabriella's hals en die breidde zich uit, waardoor het al snel leek of het hele horizontale vlak rond Gabriella's sleutelbenen te lang in de zon was geweest. Het was een blos, maar je kon het ook een brandplek noemen, als de herinnering aan meisjesvlees dat door een vreselijke aanraking verschroeide. Zo wilde ik het althans zien. Ze hield haar handen tussen haar borsten en kneep hard. Ik dacht dat ze zou flauwvallen, net als in oude films, maar toen ik een hand uitstak om haar te troosten, weigerde ze. Gabriella's ogen waren intens groen toen ze me aankeek. Groen als de oceaan. Oceaanogen, diep van kwetsbaarheid, tartend. Ze schudde haar hoofd en haar natte rode haar volgde, en viel omlaag.

Ze wilde niet praten.

Daarom zei ik: 'Je was nog maar een kind, Gabriella, er is je zo'n onrecht aangedaan.'

Gabriella schudde haar hoofd. 'Soms. Soms was het goed. Soms was ik degene die hij in me wilde zien en dat stemde me dan gelukkig.' *Ossi dei Morti.* Knekels. Waarom was ze dan teruggekeerd? Ik dacht aan knekels, die harde oude Siciliaanse koekjes die Gabriella in haar handen verkruimelde om de drie rottende tanden van haar nonno te sparen. Maar ik dacht niet aan de koekjes, maar aan hem, en dat zijn eigen knekels nu gecremeerd waren, tot stof vergaan. Op het jaarlijkse Allerzielen

– ieder jaar na nu op de tweede november – konden ze terugkeren. En welke gaven zou Enrico Belpasso voor Gabriella meebrengen behalve de oude vermolmde zak desillusies van anders? Ik moest gaan zitten en mijn kaken op elkaar klemmen uit angst om de knekels van de dode man hartgrondig te vervloeken.

Gabriella scheen haar gedachten te willen verhelderen. Of misschien besloot ze me eindelijk te vertrouwen.

'Er is nog iets anders. Dat heeft te maken met hoe we woonden.'

'Wat bedoel je?'

'Het gaat om wat ik daarstraks "thuishoren" noemde. Ik heb nooit een plek gevonden waar ik thuishoor.' Gabriella drukte haar handen tegen haar borst. Het deed haar zelfs zeer om het uit te spreken en ik begreep het meteen. Het was de pijn van wat er in haar geheime schuilkelder was gebeurd, gecombineerd met de pijn van wat er toen in de buitenwereld gebeurde; haar adem scheen de woorden die ze nu wilde zeggen nauwelijks te kunnen voortbrengen: 'Al die mensen die ons haatten, die bezorgden ons schaamte, toch? Schaamte – wat een woord.'

'Had het me dan verteld.'

'In Sicilië hoorde ik niet thuis vanwege dit.' Gabriella haalde een hand door haar haar. 'En mijn gezicht. Mijn sproeten. Mijn Ierse uiterlijk waarvan iedereen de herkomst kende. In die tijd beschimpten ze me om me woest te maken en dat lukte, ik ontbrandde. En toen we ontsnapten moest dit mijn hoopvolle thuis worden. Ik had behoefte aan al die nieuwe mensen om me heen, ik had oprecht behoefte aan ze en wat bleken we te zijn? Spaghettivreters, knoflookkauwers. Ze waren stom en hersenloos en ik wilde er toch heel graag bij horen. Ik voelde me vies en lelijk en ik kuste vieze en lelijke jongens om erbij te horen. Dacht je soms dat ik daar trots op was?'

'Maar niet iedereen gedroeg zich zo.'

Dat leek een einde aan het gesprek te maken. Dat scheen Gabriella te doen denken dat ik haar nooit zou kunnen begrijpen.

Ze zei: 'Ik heb het je al een keer gevraagd. Wil je me helpen?'

En toen stokte die vraag ook abrupt. Waarom lag voor de hand. Ze wist dat ik geen antwoord wilde geven en ze wist dat ze de vuurtoren was. Ergens in de loop van haar leven had ze ontdekt dat er momenten waren waarop ze haar woede moest intomen – of net zo ontbranden als vroeger. Ze leek me nu te haten omdat ik niet zei dat ik haar zou helpen; misschien toonde dat aan hoezeer ze door zichzelf in beslag werd genomen. Toch kon ik niet geloven dat dat alles was.

Gabriella slikte eenmaal, tweemaal, alsof er iets droogs in haar keel stak. Ze leek haar ogen open te sperren.

'Inmiddels vraag ik me andere dingen af. Zaken als hoeveel mensen er heden ten dage net zo lijden. Ik noem ze mijn broeders en zusters. In Australië is er heel, heel erg veel doorsnee, maar als je daar buiten valt –'

'Nee, je hebt het bij het verkeerde eind, je bent te bitter. Zo zit het niet.'

'Lees jij de krant?' Gabriella sprak nu rustiger. 'Vertel me eens. Tony Solero en jij en al die anderen. Hoe hebben jullie vreemdelingen verwelkomd? Hoe hebben jullie ze het gevoel bezorgd dat ze gelijkwaardig zijn? Hoe hebben jullie hun laten merken dat je ze nodig hebt?'

Eerlijk gezegd moest ik het antwoord schuldig blijven. Ik moest het antwoord schuldig blijven omdat het vragen waren van twintig jaar geleden. Dat hadden we allemaal achter de rug. Het was met ups en downs gegaan, maar de animositeit was min of meer overgegaan. We hoefden niet langer op elkaar te lijken. Ik zou niet weten hoe ik het anders had moeten zeggen. Of misschien was dat wel te simpel en was Gabriella minder gepreoccupeerd dan ik dacht. Ja, ik had de krant bijgehouden, maar als een man die denkt aan zijn gezin en zijn zaak, die let op berichtjes die van belang zijn of vermakelijk en vervolgens weer vergeten mogen worden. Misschien was ik inmiddels wel erg midden in het gezapige Australische leven beland en zag ik niet meer wat er om me heen gebeurde – met anderen bijvoorbeeld, met Gabriella's broeders en zusters, van wie ze me wilde laten inzien dat het ook mijn broeders en zusters waren. Ik keek naar Gabriella met iets nieuws, een soort gevoel van oprecht begrip.

'Waar moet dat boek *Caleidoscoop* over gaan?'

Toen ik dat vroeg veranderde ze, ze veranderde in de Gabriella die ik kende. Het leek of er een vertrouwde lamp in haar aanging; haar gezicht begon weer te stralen en uit die trage dingen las ik af dat we onze geheime gedachten net als vroeger met elkaar konden delen als we er maar de tijd voor namen.

'Ik zeg het je nog maar eens. Zwartwitbruingeel, rijkemanarmemanbedelaardief. Wasvrouw kindvrouw zakenvrouw huilvrouw en natuurlijk ook moeders.'

Dat was de kant van haar persoonlijkheid die gemakkelijk in de smaak viel. De kant die kon verleiden en verbazen en je het verlangen kon bezorgen om voorgoed van haar te houden.

'Vind je het te romantisch?' vroeg ze.

'Dat ben *jij*.'

'Nee,' zei ze heel stellig. 'Het is alles wat ik zou moeten doorgronden.' Toen wachtte ze even alsof ze bang was om het me nogmaals te vragen: 'Wil je me helpen?'

Maar zover waren we nog niet.

'Oké. Zeg maar niets,' zei ze. 'Zeg maar niets.'

Gabriella zuchtte diep. Haar glimlach verslapte en verdween vervolgens en haar ogen leken de oceaan af te turen. Zodra ze naar het water keek, scheen haar lichaam ontspannen te raken. Haar blik werd glazig en de rimpels trokken uit haar gezicht, waardoor ze eruitzag – als een kindvrouwtje.

Wat ze ook maar van me wilde of verwachtte, eindelijk was mijn bezieling voor haar weer terug. De oude begeerten waren per slot van rekening oude begeerten. We bevonden ons naakt in het koele water, geliefkoosd door het zonlicht, maar ik was geen vijftien meer. Ik raakte niet verblind door die tergende, allesoverheersende begeerte naar fysieke ontlading. Hadden die zaken destijds alleen afstand tussen ons teweeggebracht? vroeg ik me onwillekeurig af. Ik had haar ook nog miljoenen vragen te stellen, maar ik wist dat ze nu niet beantwoord konden worden. Ze was Gabriella en ze was het niet. Ik vreesde dat haar leven vol ontsnappingen haar het gevoel gaf dat ze nog eens moest ontsnappen; ik overdacht wat ik van Pierucci had gehoord, dat ze haar hoofd afwendde zodat ze naar de zee kon kijken wanneer zijn schaduw over haar heen viel. Misschien joeg elke schaduw haar dat ongrijpbare heelal in. Misschien was het schrijven haar daarom zo zwaar gaan vallen: ze durfde haar grote thema niet onder ogen te komen.

Of misschien had ze gelijk en kon ze het nu wel.

En ze was mijn Gabriella wel en ze was het niet; ze was mijn eerste liefde; ze had zich omgevormd en ik wist onvoldoende om te kunnen zeggen of ze erop voor- of achteruit was gegaan. Toen ik er weer helder over kon nadenken, besefte ik dat wat er voor mij toe deed het feit was dat we weer bij elkaar waren. Ik kroop een beetje dichterbij, betastte vervolgens haar borst met de bovenkant van mijn vingers, waarna ze me verbaasd aankeek, nieuwsgierig; vervolgens sloeg ik een arm om haar heen en voelde haar warmte en ze zuchtte nogmaals en toen legde ze haar hoofd tegen mijn schouder.

'Je bent gevlucht voor de dingen die je zeer deden, en daar maakte ik deel van uit.'

'Niet praten, alsjeblieft. Niet praten.'

*

De plas waar we in zaten begon deel uit te maken van de zee. Het ondiepe zou niet lang meer ondiep zijn. Het water kwam bijna tot borsthoogte en de aanrollende golven rolden ons heen en weer, waardoor we nauwelijks bij elkaar in de buurt wisten te blijven.

Gabriella stond als eerste op. Ze haalde diep adem. Achter ons stond een kleine buldog te blaffen, opgewonden zoals honden dat nu eenmaal worden als het baasje iets doet. Ik keek op naar Gabriella, naar haar vrouwenlichaam, naar het donkerrode gazonnetje een handbreedte onder haar navel. Ik was ooit op mijn knieën gaan zitten om haar daar te zoenen. Ik keek naar haar fraaie borsten en harde tepels en stelde me voor hoe ze die had gebruikt om een baby te voeden.

'Nu wil ik in mijn eentje zwemmen,' zei Gabriella.

'Je gaat weer verdwijnen.'

Gabriella schoot bijna in de lach. 'Wat, hier?'

'De vorige keer – dat moet je me nog vertellen. Hoe ben je toen verdwenen? Niemand kan zo volledig verdwijnen. Niemand. Je zat samen met mij te wachten in Nocturne, de oude baas kreeg die toeval en je was weg. Je had geen geld, geen kleren bij je, je bent toen zeker gaan zwerven of zo? Onzichtbaar. Hoe heb je het gered? Hoe leefde je?'

Gabriella keek naar me omlaag. Ze likte haar lippen af.

'Weet je nog wie de oudste jongen was die me mocht kussen?'

Ik schudde mijn hoofd. 'Wat –?' Ik probeerde het me te herinneren, probeerde het voor de geest te halen.

'Hij wist wat er in Nocturne gebeurde. Ik had het hem verteld. Hij was heel boos dat ik jou als helper had gekozen en hem niet. Hij kwam er werkelijk heen om me te redden.'

'Mevrouw Veronica en haar dochter zeiden steeds dat er een auto voor de deur stond, met iemand erin die naar de voordeur keek. Maar dat was een man.'

'Een tienerjongen achter het stuur van een auto, die kan er best uitzien als een man, toch? Toen alles fout ging, raakte ik in paniek. De druk was te groot. Ik weet nog dat ik de achterdeur uit rende en de weg niet meer wist en in de war was en toen stond ik opeens op straat. Ik dacht dat ik mijn nonno had vermoord. Ik moet zo hard hebben gerend als ik kon, want het enige dat ik me nog goed herinner is dat mijn hoofd in brand stond en dat hij daar stond te wachten.'

'En toen?'

'En toen nam hij me mee naar huis. Zijn ouders waren er niet. Wie weet wat er was gebeurd als die thuis waren geweest. Zo gaan die dingen.'

'Zijn huis. Je bedoelt zijn huis in New Farm?'

'Misschien verlopen de dingen altijd zo, van het een komt het ander en je plant het niet zo, maar voordat je het weet verloopt heel je leven zo.'

Ik moest aan Irina denken toen ze dat zei, ik moest denken aan onze eerste ontmoeting in de nachtclub, de zoenen in mijn keuken, de ene week, hooguit twee, die ze zou blijven, tot het moment tien jaar later dat we drie kinderen hadden en ons leven deelden.

'Het was nooit de bedoeling om van jou weg te lopen. Het was nooit mijn bedoeling dat hij me zou redden. Het was nooit mijn bedoeling om naar zijn huis te gaan. Het was nooit de bedoeling dat er iets in me zou breken, maar dat gebeurde wel, ik voelde het, ik voelde dat er iets brak. Zo duidelijk was het. En het werd er niet beter op toen hij me vertelde dat mijn nonno dik in orde was. Toen wilde ik inmiddels niet meer terug naar huis. Toen dacht ik al: niemand weet waar ik ben, dus ben ik eindelijk vrij. Het was of het moeilijkste al achter de rug was. Ik wilde niets anders dan ophouden te bestaan. Opnieuw beginnen en iemand anders worden. Hij probeerde me te bepraten, maar ik hoorde niks, begreep niks; maar toen ik besefte dat hij verliefd was, of wat hij ook maar precies voelde, wist ik dat hij me mijn zin zou geven.'

Ik moest die naam nog steeds uit de grafkelder van het verleden lichten.

'Slome-leip-ski?'

'Bobby Slomilovski.'

'Was je bij hem? Je was gewoon in New Farm?'

'Ik gunde hem dat waarmee ik hem zeker stil zou houden. Ik wist wat me te doen stond. Zijn tegenprestatie was mij verbergen en voeden en aan kleren helpen. Je zou kunnen zeggen dat ik me onder ieders neus verstopte, maar zo was het niet, ik kwam niet buiten. Het duurde maar enkele dagen. We planden wat we zouden doen en zijn toen gewoon in zijn auto vertrokken.'

'Mevrouw Veronica beweerde dat het een Japanner was, een gele en volgens haar dochter was het een zilverkleurige Chrysler.'

Gabriella keek naar de lucht tot ze zich iets herinnerde dat een bijdrage vormde aan dit bittere spelletje verbind-de-stippen-met-elkaar.

'Een witte, bijna doorgeroeste EH Holden.'

Ik schudde mijn hoofd. Hadden de bordeelhoudster en haar dochter met de paardenkop niet zo'n slecht geheugen gehad, dan zou Gabriella Zazò binnen een week in ons midden terug zijn geweest.

'Hij schreef een briefje aan zijn ouders en legde dat op de keukentafel. Hij belde ze wel eens en dan smeekten ze hem terug te komen, maar van mij hadden ze geen weet. Ze hadden het benul niet om Pietro Pierucci te gaan vertellen dat hun zoon was weggelopen. Een negentienjarige jongen die de wereld in trekt om er zijn eigen leven te beginnen – dat gebeurt honderd keer op een dag. Wat er van hem is geworden toen het uitging weet ik niet.'

'Waar zijn jullie beland?'

'We zijn regelrecht naar Melbourne gereden. Dat was ons doel. Dat was een mooie grote stad om in te verdwalen. We werden andere mensen en ik ben tot mijn achttiende bij hem gebleven. Ik plande mijn toekomst en veranderde opnieuw en toen ik zeker was van mezelf liet ik hem in de steek. De rest doet er niet toe, tot Adelaide.'

Ik schudde mijn gebogen hoofd; ik was weer de ontgoochelde adolescent van vroeger. Kwam het door Gabriella's neutrale toon? Door het verbind-de-stippen-met-elkaar-gehalte ervan? Kwam het door het harteloze zus en zo en dit en dat was gladjes verlopen, terwijl wij er allemaal aan kapot waren gegaan? Of kwam het doordat ze nog niet één keer had gezegd dat ze dag en nacht aan me had gedacht?

'Je had ook terug kunnen komen.'

'Salvatore,' zei ze ten slotte enigszins vriendelijk en voegde er nog aardiger de oude Siciliaanse versie aan toe: '*Turiddu*.' Dat was intiemer dan hoe ze nu mijn haar streelde. 'Niet iedereen zit zo in elkaar als jij. Niet iedereen vindt een thuis.' Ze glimlachte. 'Pietro's oude relaties hebben hem aan je telefoonnummer en adres geholpen. Ik heb ze in zijn papieren aangetroffen. Ik heb Irina gesproken. Ik heb je kinderen zelfs gezien.'

Toen ik naar haar opkeek, keek zij alweer vooruit.

'Ik hou in elk geval van de zee. Ik loop er graag in en verlies me erin. Dat geeft me het gevoel dat ik ergens bij hoor. Uiteraard is dat niet zo, maar het is zo'n verleidelijke gedachte. Thuishoren – dat is het doel waarnaar ik voortdurend op zoek ben. Maar wat ik heb gevonden is eenzaamheid. In zekere zin streef ik daar ook naar. Ik geloof dat ik ervan ben gaan houden – te veel zelfs. Dat kan ik niet opbrengen als ik voor een klein jongetje moet zorgen. Ik moet veranderen. Maar toch. Als ik in zee ben, voel ik me gewoon zo prachtig. Ik heb dan het gevoel dat ik het heelal kan zien, en alles wat ooit is gedroomd en iedereen die het ooit heeft gedroomd.' Ze wachtte even. 'Het is niet genoeg.'

Gabriella stak haar handen uit en trok me met kracht overeind.

'Wil je me helpen?'

Het was veel gevraagd, en werd steeds erger.

'Als ditmaal...' zei ik.

'Wat?'

'Als je ditmaal naar mij komt.'

Gabriella keek eventjes naar haar kleine voetjes en prutste haar tenen het doordrenkte zand in. Ergens in een hut had ik me een miljoen jaar geleden gebukt om die voeten te strelen en had ik vervolgens haar witte teentjes in mijn mond genomen, waardoor ze het had uitgeschreeuwd van de verrukkelijke jeuk. Gabriella Zazò was te jong geweest en te ontheemd om echt van me te houden.

'Ga nu maar naar je gezin,' zei Gabriella. 'Nu je weet hoe ik ben. Je bent niet meer zo van me onder de indruk, maar alsjeblieft Salvatore, bewijs me één dienst. Denk terug, denk zo nu en dan terug aan hoe ik was. Ik heb het overal waar ik kwam gevoeld. En als ik het voelde, hield ik zodoende ook even van mezelf.'

Het was of ze een mes in mijn zij stak, nu ze dat eindelijk zei, en meteen stond ze weer op het punt om de golven in te rennen.

'Wacht,' zei ik.

'Waar moet ik op wachten?'

Er viel nog genoeg te vragen, te zeggen, te stellen, te eisen, maar totdat ze naar me toe kwam, of niet, nam ik hiermee genoegen: 'Bestaat er zoiets als een Aleph?'

Daar moest ze om glimlachen, glimlachen alsof haar hart nooit zou ophouden te slaan.

De zeewind was stevig komen opzetten en zodoende sloegen de golven krachtiger om en zwiepte Gabriella's haar rond haar gezicht. Ze keek me aan, zoende me gehaast, een korte kus op de lippen en drukte haar handjes heel even tegen mijn borst. De zoen was anders dan ik me van haar kon herinneren. In zekere zin wilde ik nog steeds in Gabriella opgaan, mezelf in haar verliezen, ook al wilde zij liever zwemmen in de zee wier kind ze voor eeuwig wilde zijn. Maar de prijs die het kostte om haar te bezitten was te hoog; ze droeg alles wat ik kwijt was nog steeds met zich mee – al die verbittering en eenzaamheid in de dromerige straten van ons grote dromerige verleden. Nu wilde ze die dingen aanwenden om er sterker van te worden. Ik bleef achter met precies hetzelfde als ik in het begin had gehad. Ik zou haar nooit kwijtraken, niet zolang ze zozeer deel van me uitmaakte. Ik wou dat ik haar dat had kunnen uitleggen, maar het ging mijn verstand te boven. Dat ging werkelijk mijn verstand te boven.

Gabriella dacht behoorlijk lang na over mijn vraag.

'Ik had er vroeger één, maar die ben ik kwijtgeraakt en daarna heb ik mijn geloof erin verloren,' zei ze. 'Maar als ik hier sta, zie ik het weer allemaal. Als ik aan mijn bureau zit te schrijven ook. Het is het gevoel dat je alleen bent en toch ook niet. Kijk.' Ze rekte haar hele lijf uit alsof ze zich aan zon en wind uitleverde. 'En...'

'En?'

'En. Waarom is er altijd een en?' Ze hield er tenminste van om luchtig te doen. 'En daarom denk ik dat ik een schrijfster ben, omdat ik zulke gedachten heb.'

Gabriella Zazò wierp me onze oude geheime glimlach toe, maar dat was alles, daarna liep ze naakt terug de zee, haar droom in.

CALEIDOSCOOP

Toen ik terugkeerde in ons kleine huurappartementje aan de rand van Cylinder Beach, wat natuurlijk niet zover verwijderd is van Deadman's, lagen de kamers vol her en der verspreide koffers en kleren en speelgoed en kinderboeken. In de slaapkamers lag het beddengoed op een bult alsof een enorme knokpartij er als een wervelwind had huisgehouden. In de keuken lagen de restanten van een late lunch. Er was niks opgeruimd, er kropen mieren over het brood, de augurken, de plakken tomaat en bietjes, de kip en de kaas en de sla, en er was zelfs een dikke mier verdronken in de pot mayonaise. Er stond een fles bruisend mineraalwater zijn prik te verliezen. Vuile borden stonden zorgeloos voor de televisie, die zwijgend een tekenfilm vertoonde over een verliefd stinkdier dat een sluwe en sexy zwarte poes probeerde te verleiden. Ik begon het aanrecht schoon te boenen en dingen in plastic te verpakken om ze in de koelkast te leggen, en ik wilde mijn handen tegen de muur drukken en een geest uit de hemel vragen om me te verlossen uit de eenzaamheid die aan me knaagde.

Op dat ogenblik liet er een klein briefje van de plank los waaraan het, kennelijk op ooghoogte, had gehangen. Ik raapte het op. In veelkleurig vetkrijt stond er: HET STRAND!!!

Ik liet alles liggen en liep het balkon op. De lucht was koel en schurend droog alsof hij vol zout en zand zat. Ons appartement bevond zich op parterreniveau en ik klom over de reling van het balkon, stak het keurig bijgehouden gazon van het complex over en liep over een paar duinen, een heuvel af waar het warme zijden zand mijn voeten masseerde. De wind was hier krachtiger en rook slechts naar één ding – net als Gabriella's adem –, de frisheid van de zee. Er waren nog maar weinig mensen zo laat in de middag, zo kort voor het vallen van de avond buiten; al liepen er wel paartjes hand in hand naar de grotten waar de rotsen begonnen, en een visser wierp een lijntje de branding in.

Dichtbij zat een kind vlak voor het ondiepe water met een emmer een zandkasteel te maken en het gilde telkens als de elkaar overlappende, bruisende golfjes te ver het strand op kwamen en haar bouwwerk lieten instorten. Ze droeg een grote wit-blauwe vreemdelingenlegioenachtige zonnehoed en verder niks. Het duurde een moment voordat ik me realiseerde dat dit kleine meisje mijn dochter was. Het volstrekt zinloze van haar werk leek volledig gelijk aan het plezier dat ze eraan beleefde.

Achter Lara dobberden enkele zwemmers als kurken op de

golven. Mijn hart werd licht en het voelde net zoals dat van Gabriella, gebroken en gekwetst maar ook merkwaardig licht door de liefde. Ik vond het niet te romantisch om te geloven dat ze Belpasso vergaf en Pierucci en onze oude dromerige straten, want als ze dat niet deed zou ze nooit dat ene kunnen vinden waarnaar ze op zoek beweerde te zijn. Ze wilde thuishoren, of op zijn minst een pad vinden dat haar naar die specifieke hoek van de hemel zou voeren. Ik voelde me niet schuldig dat ik het van haar had weten te winnen.

Ik rende over het winderige strand waar het laatste licht van de dag nog helder weerkaatste van de zilveren golven, de mooie zwarte en goudkleurige hoofden van mijn vrouw en kinderen belichtend als wat ze zijn: een menigte.

DANKWOORD

Dit boek is geschreven met steun van een schrijfbeurs van Arts Queensland, die ik daarvoor bedank.

Mijn grote dank gaat uit naar Consigliere Bettina Keil voor haar enthousiasme, inzicht en vriendschap; naar Fiona Inglis en Linda Funnell voor hun steun; en naar Susan Ballyn van de Universiteit van Barcelona en Maria Vidal Grau van de Universiteit van Lleida, de twee prachtige stations aan de Catalaanse spoorweg waartussen dit boek is geboren. Voor uitstekende redactionele input dank ik Meredith Rose, Rosemary Forster en Susanne Rikl van List-Verlag in München. Mijn helpers in Sicilië verdienen mijn diepste respect: Ylenia Fazzio, haar vader Nello, haar moeder Camilla en broer Orazio; Leonardo Giacobbe en Margherita Milceri en Signor Catino Viscuso en Signora Francesca Armanno-Viscuso. Het schrijven van dit boek werd bevorderd door het uitstekende artikel 'Eternities of the Heart' van Alberto Manguel, dat verscheen in *The Australian Review of Books*, jaargang 3, nr. 2, maart 1998.

Alle personages zijn verzonnen, hoewel sommige gebeurtenissen op feiten zijn gebaseerd.

Federico García Lorca's toneelstuk 'Bloedbruiloft' wordt geciteerd op bladzijde 253 en 254 uit *Lorca: Three Plays*, in een Engelse vertaling van Gwynne Edwards en Peter Luke (Methuen, Londen, 1989).